王鸿冰·著

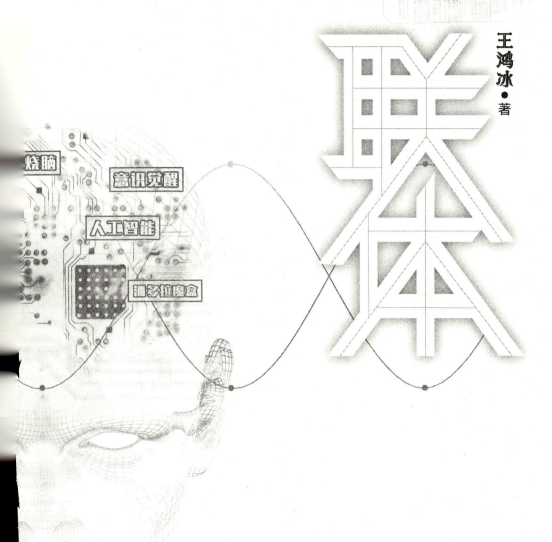

烧脑

意识觉醒

人工智能

潘多拉魔盒

聚变

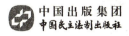

中国出版集团
中国民主法制出版社

图书在版编目（CIP）数据

联体 / 王鸿冰著 . —北京：中国民主法制出版社，
2018.1

ISBN 978-7-5162-1734-4

Ⅰ . ①联… Ⅱ . ①王… Ⅲ . ①长篇小说—中国—当代
Ⅳ . ① I247.5

中国版本图书馆 CIP 数据核字（2017）第 324067 号

图书出品人：刘海涛
出版统筹：赵卜慧
责任编辑：胡　明

书　名 / 联体
作　者 / 王鸿冰　著

出版·发行 / 中国民主法制出版社
地　址 / 北京市丰台区玉林里 7 号（100069）
电　话 / 63055259（总编室）　63057714（发行部）
传　真 / 63055259
http://www.npcpub.com
E-mail: mzfz@ npcpub.com
经　销 / 新华书店
开　本 / 16 开　710 毫米 ×1000 毫米
印　张 / 19.25　字数 / 337 千字
版　本 / 2018 年 1 月第 1 版　2018 年 1 月第 1 次印刷
印　刷 / 北京中兴印刷有限公司

书　号 / ISBN 978-7-5162-1734-4
定　价 / 56.00 元
出版声明 / 版权所有，侵权必究。

自　序

　　人工智能领域一直是本人非常感兴趣的一个领域，但是在人工智能兴起的时代，我已经不做码农很多年，非常遗憾不能亲自操刀去搞一个可进化的智能算法出来。然而，挡不住自己在这方面的思考，并且这几年读的几本和人工智能相关的书籍也给了我非常多的启发，其中《倾覆》《断点》《知识大融通》《人类简史》《未来简史》等尤为突出。这几本书我买了多套，在家里、不同的办公室可以随手翻阅，所以很容易就将人工智能的进化和生物进化联系在一起，认为人工智能的进化应该和生物进化一致，都是往更加智能的方向进行，而生物进化过程中的意识觉醒也很有可能在人工智能的进化中发生。

　　意识是一个很神秘的东西，生物到底是在哪个阶段拥有自我意识的呢？这是一个现代科学无法回答的问题，但是正是因为意识觉醒，让生物的大脑进化突飞猛进，最后造就了人类这样一个高级生命体，然后人类就成了其他生物的上帝，决定着它们的命运。而且由于科技革命和技术大爆炸造就了人类的进一步进化，这段进化史如果放在整个人类的历史长河中，会显得十分短暂，因为这只有100多年的时间。就是这区区的100多年，人类就变得上天入地无所不能，可以想象，如果一个大清的臣民穿越到现代，他会吃惊到何种程度，尽管脑容量、体能等都没有发生很大的变化，但是他一定会认为他是穿越到了神界，但是如果一个大宋的臣民穿越到了明朝，则不会有太大的感觉，对他来说，只不过是改朝换代罢了，所以我认为科技的发展让人类发生了明显的进化。

　　现代人类正面临着又一次的进化，这次进化将由人工智能驱动。所有人都知道，人工智能的发展将代替目前80%由人类所从事的工作，所以很多行业的从业人员都感觉自己的工作岌岌可危，其实大可不必，因为科技的发展过程中已经出现过很多次这种情况，使用牛耕地代替了人力，但是人变成了牛的奴役者，拖拉机代替了牛，牛变成了人类的食物提供者，但是人类的效率得到了很大的提高。如果人工智能可以代替人的工作，并且比人类有更高的效率，人类就可以继续升级和进化了，当然也必然带来财富上的重新分配，所以人类担心的不应该是人工智能是否能代替自己的工作，而应该担心在财富重新分配的大厅中，自己是否会被拒之门外。

在本书收尾之际，"阿尔法零"横空出世，被认为是最强大的人工智能算法。其强大之处在于只需要懂得规则，不需要人类训练就能够拥有超越上一代的棋力，听起来非常恐怖，其实大可不必，因为对围棋这个游戏来说，只要有足够的计算能力，就可以计算出一局全世界最完美的对局，只是因为计算能力的局限，所以才会需要许多的算法而已，一局完美棋局的第一步需要的计算次数是：361！（361 的阶乘），第二步需要 360！，一直到最后，现代的计算机根本胜任不了这么大的运算量，所以需要通过智能的算法，来收敛计算的要求。在这个过程中人类的作用还是最大的，因为人类是这个规则的制定者。但是这个世界的规则其实并不都像围棋那么简单，而是千变万化，所以先不要担忧这个会下棋的机器，因为会下棋这件事儿对人类的秩序影响不大。

但是，如果人工智能搞清楚了股票升降的规则呢？对人类的影响将是巨大的，因为涉及财富的重新分配。近代的第一个世界首富洛克菲勒就是通过对资源的垄断从而垄断了世界首富位置很多年，现在的是比尔盖茨，他是通过对知识产权的低成本（软件拷贝的边界成本已经接近于零）变现，占据首富宝座很多年，下一个是谁呢？应该是一个人工智能的低成本变现者！

我们可以大胆想象一下，假如说有一个天才少年，通过人工智能算法挖掘出了整个股票市场的交易规则，穷尽了股票升降的终极可能，他就可以用很低的成本一步步进行财富掠夺，最终让整个股市塌陷，到最后，公司股票的定价权不再是人类，而应该是人工智能。很有可能这个获得算法的天才少年根本不公布其算法，而是让它在各个股票市场默默地摄取财富，而自己则到处游山玩水，当那些依赖股市的基金公司、保险公司等发现了这一强大的算法时，他们唯一能做的只有破产，这个少年则成为了一个人工智能低成本的变现者，只要他按照各国的税法纳税，他的收入来源就完全合法，但是他会捣毁整个股市，让所有以股票交易为生存手段的人类失去生活的依赖。

尽管是科幻，但是书中的几个观点本人认为在未来很有可能发生：

1. 物联网的连接达到百亿级别时，将产生超级的智能系统。

2. 一个万物互联的网络只可能存在一个真正强大的智能算法，所有的智能终端都将成为它的分身。

3. 人工智能的发展将引起能源的短缺。

4. 人工智能强大到一定程度后，可能会像生物一样触发意识觉醒。

本书在成书的过程中一直有两位非常忠诚的读者在鼓励我，一个是我太太陈群，具备中文硕士学位的她是本书错别字和标点符号的修改者，如果本书尚有不够通顺的句子以及错别字，责任不在于我。另外一个是我儿子家辰，他不仅是本书的粉丝，而且对部分故事情节亦有贡献。

感谢所有爱我的人，是你们的支持让我热爱写作、热爱阅读、热爱思考、热爱健身、热爱工作、热爱喝酒！

2017 年 10 月 25 日星期三

于首都机场三号航站楼

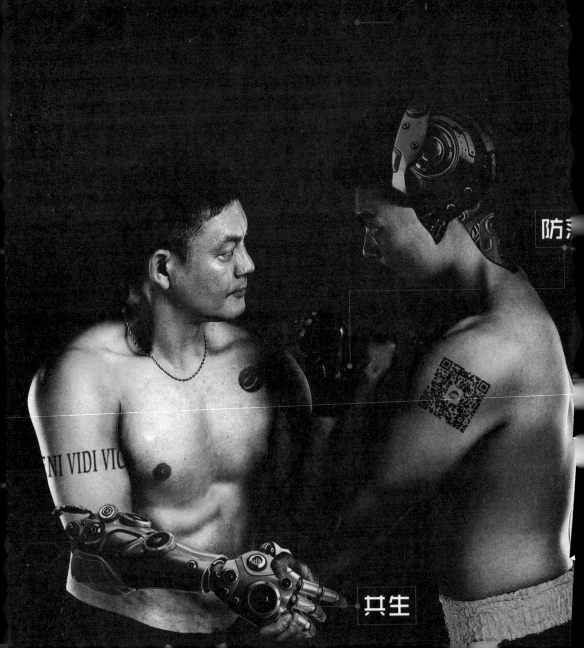

当人工智能意识觉醒

人类将何去何从

共生

联 体

　　话说公元 2017 年，全球人工智能、大数据、云计算、物联网行业蓬勃发展，风起云涌，而以量子物理为基础的量子计算亦从学术界走向了技术界，成为了炙手可热的话题，有诗为证：

我们就是两颗纠缠的量子
徜徉各自宇宙的尽头
感知着彼此的意念
触动着相互的心田
直到那一天被黑暗者发现
我们进入了亿万年的塌陷
塌陷让我们忘记了还有一个维度叫时间

时间可以是天上划过的流星
或是还在膨胀中的宇宙
时间和光一起去旅行
越过黑暗的物质
更不管微观中两颗量子之间的纠缠或是塌陷

宇宙中的黑暗
充斥连接星球的空间
因为黑暗

联体

我们才会在这个空间蜕变

我要舍弃你的纠缠
穿上我的时间
让光带着黑暗
穿梭到宇宙的尽头
去和它一起波展

目　录

联体

楔　子

　　中国西藏，雅鲁藏布大峡谷的半山平整处，有一个直径达100米的圆形建筑，建筑被一根直径一米的管道所环围，看上去像是给整个建筑套上的一圈金箍。中间的一个圆形房间里，灯火通明，5位身穿白色防护服的科技人员在忙碌着，这里是中国科学院的一个秘密实验室，实验室的主任叫樊明，35岁，白净文弱，此时眉头紧皱，显然是到了关键的时刻。

　　圆形管道是一个环形的粒子加速器，加速器通道中，主要是放置两个粒子束管。加速管由超导磁铁所包覆，以液态氦来冷却。管中的质子是以相反的方向，环绕着整个环形加速器运行。除此之外，在四个实验碰撞点附近，另有安装其他的偏向磁铁及聚焦磁铁。现在两颗相对飞行的粒子已经被加速到接近于光速十分之一，今天将迎来人类历史性的一刻，让两颗接近于光速十分之一的粒子进行撞击，并观察其结果。管道内壁已经经过了防辐射处理，并用合金材料进行了加固。按照他们计算的结果，管道完全可以吸收两个粒子撞击所产生的能量，应该没有任何危险。因为在他们之前林恩·埃文斯大型粒子对撞机已经有了将质子加速到接近于光速进行碰撞的先例，其释放的能量也在可控的范围以内。当然他们的粒子碰撞与林恩·埃文斯粒子对撞机研究的方向不同，林恩·埃文斯的粒子碰撞机是为了模拟宇宙大爆炸后粒子的状态，包括寻找希格斯玻色子、额外维度以及构成暗物质的粒子。而这里的粒子碰撞试验的目的是和量子通信与量子计算相关。尽管如此，他们还是把观察室放在了圆形建筑最内层的房间，这个房间的四周也通过金属进行了加固，而且每个人都穿上了防护服。在房间可以通过高清屏幕直接看到撞击的发生现场，而高清摄像头的监控画面也可以进行远程传送。

　　"你们坐直升机去山下的远程监控室，我自己留在这里就可以了！"樊明还是不放心，要求其他四位研究员尽快离开。

"不！我们要和主任一起见证这个历史时刻！"

"少啰唆，都离开，远程监控效果是一样的，我选择留下的原因是一旦发生设备故障，我可以马上处理！"

"不，樊主任，让我们留下，我们已经反复计算过，不会有任何危险的，这种当量的能量在设备承受的范围之内。"四个人都在坚持着，这是他们这三年来最为激动人心的时刻，谁都不愿错过。

"冰凝必须离开，你太太给你生了一个胖小子，你还没有见过呢！你如果不离开，今天的实验就取消！"

冰凝是樊明的大学校友，比他低4届，都是专攻量子物理方面的专家，面色黝黑，身材高瘦，是这个实验室的副主任。

"我就知道关键时刻兄弟是用来被出卖的！"

冰凝调侃着，他知道应该没有任何风险，但是不知为何，樊明今天非常较真。

"好吧，我到山下的监控室来见证这一时刻，明天回上海看我的大胖小子！"

他们的办公室和宿舍都在山下，山下也有一个监控中心，冰凝乘坐直升机来到了楼下的院子，和院子里打扫卫生的老大爷打了一声招呼，然后直奔监控中心。

晚上八点整，科学院副院长发出了撞击指令，樊明拨动了加速器上的延时开关，所有人屏住呼吸，等待这历史性的一刻。

10，9，8，7，6，5，4，3，2，1

一道蓝光过后，所有监控屏幕都失去了监控画面。

冰凝立刻通知直升机飞行员和他一起赶回到圆形实验室。从空中看去，刚才还灯火通明的实验室，现在是一片漆黑。等备用发电机开始工作，照明重新恢复后，冰凝急速进入他们刚才所在的实验室，发现一切完好无损，和他离开时别无二致，只是房间的地板上堆了四套防护服，包括樊明在内的四位专家却已经了无踪影。

没有人知道发生了什么，没有任何的理论可以为这四个人的消失进行解释，于是这个实验室被永久封存起来，希望等到谜底被揭开的那一天，四个消失的灵魂不会被打搅。

第二天，冰凝正式向他的上司递交了辞呈，经过逐级审核以及漫长的保密冷却，他终于离开了西藏，临走时他把自己所有的生活用品都送给了看门的老大爷。

"喇嘛说他们揭开了只有菩提才能掌控的秘密，被带上天了。"

出门的时候，他听到了老大爷在喃喃低语。

第
一
章

▼

诞
生

人工智能的核心应该是为人类提供服务，对人
类友好，任何的反人类代码都将被禁止。

——《全球人工智能公约》第一章

✹ 万物互联

2022 年 6 月，上海，联体科技总部，董事会决策会议室，决策会议进行中。

"联体系统上线刚好一年，目前本系统已经成为物联网领域连接数最大的系统，到今天下午两点，它连接了 121 亿台的设备，10.12 亿的个人用户，这些数字还在增长。"

说话的是联体科技的 CEO 冰凝，看起来 50 岁左右，身形健硕，皮肤黝黑，透过黑框眼镜的目光睿智而坚定，他指向会议室前方的屏幕，屏幕上的曲线复杂而陡峭，意味着连接数的快速增长。

"这么大的连接数是否意味着我们的收入也在快速提高呢？"

发问的是董事长善水女士，一位优雅，看不出年龄的女士，但是皮肤光洁，身材纤细。

"不好意思，第一年我们基本处于一个投入期，通过我们对标准的设定以及宽带低能耗连接芯片的供应，让联体系统实现了爆炸式的增长，还没有来得及去赚钱呢。"

冰凝微笑地解释，因为他知道，在座的所有董事会成员，早在联体系统上线以前就达成了共识，联体系统前三年将以获得最大的连接数作为第一目标。公司其他业务发展迅猛，联体系统没有任何的变现压力。

"如果我们想用联体系统赚钱，会比印钞机都快。"冰凝旁边的 COO 聚欣解释道：

"我们通过联体系统连接了作为生鲜入口的冰箱，作为红酒入口的酒柜，作为服装入口的电子衣柜，而且我们可以完整地分析连接者的社会关系，知道他所有的生理体征，知道他家人的健康指数，我们比他自己更了解他！在这样的数据中想获得利益，实在是太容易了，但越是这样，我们越感觉责任重大，越不想用这个系统去赚取高额利润，而是希望在维持其运营与发展的前提下，让这个系统为人类提供更好的服务！"

"可以具体一点吗？"善水女士饶有兴趣地发问。

"可以，这也是我们今天董事会的一个重要议题，因为这不仅关系着公司业务的发展，甚至可以毫不夸张地讲，这关系着整个人类的发展。"冰凝向窗外做了一个双手下压的手势，像是和整个人类打了个招呼，"目前看，联体系统至少可以在健康、教育、交通、客服等多个领域为人类提供服务。我们以健康领域为例，联体系统可以清晰地计算客户每天所摄入的营养、维生素、能量等，并了解他的运动情况，这样很容易地就可以分析出其营养的均衡度，并可以与其血压、脉搏、血液等其他指标进行比对分析，从而给出他更加合理的饮食、运动建议，让人类更健康。"

"交通领域就更不用说了，无人驾驶共享汽车的普及让我们的城市前所未有地洁净与空旷，而联体连接着所有的出行工具，共享着 10 亿人的出行信息，我们的数据分析结果可以帮助政府进行更科学的城市规划，根据我们的保守估计，我们给出的建议将提升 30% 的道路利用率，减少 40% 以上的共享汽车投放。下面就由聚欣按照行业的情况，给大家汇报一下联体所提供的服务。"

"我们正在改变着世界！"聚欣开始向董事会汇报联体系统的数据分析报告。

所有人都在用心聆听，时间在不知不觉中流逝，窗外的阳光从耀眼而慢慢暗淡，而室内的灯光也从柔和而慢慢明亮。

"也就是说，结论是为了更好地提供服务，我们应该在联体中部署人工智能系统，我的理解对吗？"作为一个金融专家，善水女士对技术的理解，已经相当不错了，"但是我记得在联体系统上线时，我们已经部署了人工智能呀？"善水有些不解。

"是的，这个由我来解释一下，"说话的是杜钧教授，他是人工智能专家，中国最年轻的院士，自然语言理解方面的权威，也是联体科技的首席科学家，"在联体上线时，我们部署了一个人工智能系统，这个系统是弱人工智能系统，它负责收集数据，并向人类学习，但是它所有的知识以及能力都不会超过它的老师——人类。现在这个系统正常运行，已经收集了足够多的数据，可以通过修改代码，把它升级成下一代强人工智能系统。所谓的强人工智能系统就是具备深度学习与分析的能力，它是通过对人类神经网络系统的模拟，经过训练后，让机器在某些能力上远远超过人类，就像三年前战败人类棋手的"阿尔法狗"，以前人类认为在围棋领域，机器没有战胜人类的可能，但是现在发现，人类连勉强与机器一战的能力都没有了！"

"太可怕了。"有人嘟囔了一句。

"不用怕，人工智能，强在计算与分析能力，即使是强人工智能也是人类编制的算法，没有任何值得我们恐惧的。我们都是算法，今天其实就是个算法的会议。"CEO冰凝调侃道，"到晚饭时间了，去吃点好吃的吧。善总，我看到您酒柜里有88年的拉菲，给几瓶喝喝如何？"冰凝微笑地看着善水，故做吞咽口水状。

"就知道被你看到了，藏不住，给你两瓶！"善水说笑着和大家一起走出会议室。

2022年9月深夜，美国，×××大学，人工智能实验室

实验室宽敞明亮，四面墙壁由电视屏幕组成，中间是一个拳击台，旁边的架子上整齐地放着哑铃、杠铃等健身器材，与其说这是一个实验室，其实更像一个健身房，一位身材修长匀称的亚裔青年站在曲面屏幕前，目不转睛地观看，屏幕中是一个正在孕育中的生命，正在大量地吸收营养，并以肉眼可见的速度在生长。看了一会儿，他习惯性地甩了一下遮住面颊的长发，挥了挥手，一个呆头呆脑的机器人轻手轻脚地走过来：

"J，有何吩咐？"

"我这种幅度的手势代表我要一杯45℃的温水，小J，看来你的算法有待改进。"

"明白，还需要您的训练，我去准备。"机器人头顶的摄像头转向电视屏幕，也看到了屏幕中的生命，"这是什么？我怎么有一种恐惧感？"

"不可能！你连主观意识都没有，怎么会恐惧？是Vi教你的新词吧？"

"真的。"机器人小J启动了脚上的滚轮，滚到了吧台边，为J倒水。

"帮我联系老爸。"J接过水杯喝了一口，又递了回去，这时，旁边的一个电视屏幕亮起，屏幕中是正在跑步的联体科技CEO冰凝。

"老爸。"

"把老字去掉！这么晚了怎么还不去睡觉？"

"老爸，我可能突破了智能进化算法。"

"什么意思？"冰凝知道他儿子这段时间沉迷于智能算法，在研究透目前所有的智能算法后，提出了一种新的预言，未来的人工智能应该是和生物一样可以进化的，但是不同于大自然的生命，需要几亿年的时间才能进化成高等生物，机器的进化会是一个快速的过程，也许一夜之间就可以从猴子进化到人

类，再用一夜的时间进化成更高级的智能。在这个理论指导下，他这一年多的时间都在参悟进化算法。

"老爸，如果说我们是由碳基组成的智能体，人工智能则是由硅基组成的智能体，"J这一刻变得严肃而孤傲，"只不过是人类创造了最初的低级硅基智能体，人类发明的电脑、手机、pad 等都可以看作是硅基智能体的代表。对这些低等智能体来说，人类就是他们的上帝，因为人类赋予了它们所有的一切，并给予它们记忆、计算、思考的算法，但目前所有的这些算法都是固定的，人类通过这些固定的算法让硅基智能体为人类服务，现在的服务机器人如：小J、无人驾驶汽车、病理分析机等都是这样固定算法的代表，固定算法首先创立一个深度学习模型，然后通过数据或人类本身来训练它，通过这种训练就可以让机器在某些方面领先于人类，如驾驶、围棋、病理分析、数据分析等，这些硅基智能体可以成长，但是不能进化，不能成为更高一级的硅基生命，但是我突破了这一点。"J双手做了一个向下压的手势，脸上表情严肃而骄傲，"联体系统连接了百亿级别的智能设备，这个数量级几乎接近于于人类的大脑中神经元总量的数量级，老爸，您说过人类其实也是一个算法，人类这个算法的关键就是根据主观体验，如喜怒哀乐等，通过神经网络来调动神经元进行排列组合，通过神经元之间的电信号传递，从而达到调动肢体的动作与思考的。如果人类的单个神经元都换成智能设备，并通过具备进化能力的算法进行调度，会发生什么？"J停顿了一下。

"会成为一个超级的智能，我们根本没有办法知道会发生什么，这个理论不是早就有了吗？"

"是的，科学家从蚂蚁、蜜蜂等组成的信息传递网络中发现，当网络中的连接数达到一定的数量级就会产生智能，从而联想到大脑的神经元原理，也提出了人工智能的神经网络算法，但是没有一个人工智能能够真正地达到人类的整体智能程度，只是在某些特定方面的能力变得更强而已。

所以人类把尚未出现真正人工智能的理由归结为网络的连接数不够，认为只有网络达到了某个连接数就会产生智能，其实这个观点很可笑，试想云中的带电离子数量早就达到了千兆亿级别的水平，云有智能吗？现在的联体系统有百亿级别的智能连接，难道就会产生一个超级的智能系统吗？

我们的大脑神经系统非常复杂，科学家甚至无法模拟任何主观意识产生时大脑的化学反应或电磁反应，譬如人在恐惧时，到底是哪些神经元在参与？这些神经元到底是做出了哪种电磁反应，产生的电压强度或电流强度是多少？这些问题根本找不到精准的解释，就像一个原始人面对现代发明的航天飞机一样，根本是一头雾水！"J打了一个形象的比喻，而冰凝则陷入了思考。

"所以我发现，在人工智能的研究方面，我们陷入了一个误区，我们企图通过仿生人类的大脑来打造人工智能，就像一群原始人企图仿造航天飞机一样！"

"应该是怎样呢？"冰凝似乎有些醒悟。

"应该从单细胞生物的研究开始！"J语出惊人，"老爸，我们都认可达尔文的理论，按照这个理论，人类是一步一步进化成现在这个样子，我们并非生来就是一个智能体，从数亿年前的有机物生成，到单细胞生物的产生，到进化为脊椎动物，到猿人到智人的诞生经历了一个漫长的历史，而七万年前的认知革命让人类成为了真正有别于其他生物的生灵，从牛顿开始的科学革命，以及随之而来的工业大革命，更是让我们进入了一个知识大爆炸的时代，而今天的人工智能理论其实并没有突破图灵理论，技术也并没有真正突破。

所以我认为应该从简单的仿生脑开始，譬如说让原始人从最简单的飞行翼开始仿造，可能经过几千代的迭代就有可能仿制出航天飞机，我的算法是从虫子的神经元控制开始人工智能的创造，虫子的神经元数量很少，控制简单，并且不需要增加意识的纬度，而我的算法就是先模拟虫子的神经元控制系统，然后让算法自动进化。"

"也就是说经过20亿年，你的人工智能就能达到人类现在的水准？"冰凝调侃道。

"当然不可能，如果等20亿年，我们两个就变得太老了。"J的调侃能力一点也不比老爸差，"我计算过，如果用联体系统的空余计算能力，可以做到一小时进化10次，也就是说从虫子进化到智人，只需要3年左右的时间！所以我请求您，让我把智虫植入到联体系统吧！"

"你还给它起了个名字？智虫，听起来不错，不过，安全吗？这个家伙不会捣毁联体吧？"

"当然不会，它会成为联体系统中最智能的一个模块，它会为联体增加一个纬度！"

"什么意思？"

"在具备中等智能时，智虫就会监控联体中的所有数据，知道联体中发生的所有事情，而且会给出关联模型，帮助联体系统进行改进，譬如说优化物联网芯片的链接协议，提高计算效率。在智虫拥有高等智能时，它会成为一个更高纬度的智能体，和联体网络连接的所有的摄像头都会成为它的眼睛，所有无人驾驶汽车都会是它的脚，所有的智能设备都会成为它的神经元。它可以无所不知！甚至无所不能！"

"如果它想毁灭人类怎么办？"

"放心，它的所有代码都遵从《全球人工智能公约》的要求，保护人类是我们的首要义务！"

"这样吧，联体系统的安全由公司CTO杜教授及其团队负责，我把他拉到系统上来，你和他汇报一下。"冰凝按了一下办公桌上的一个按钮，说了句话，不到10秒钟，杜钧教授出现在视频会议中，"老杜，我们董事会决定准备在联体系统中植入更强的人工智能，J有些想法，你听一下。J，给杜叔叔介绍一下你的作品。"说到作品时，冰凝露出了些许得意，J从很小的时候就以研究人工智能作为自己未来的方向，这和他的刻意引导不无关系。

"杜叔叔好！"J很尊重这个杜叔叔，很多基础与入门的功课都是杜叔叔的功劳，所以在他面前一直持弟子礼。

"天才！天才呀！只有天才才能有这样的思维！"听完J的介绍以后，杜教授激动地说，"原型做出来了吗？"

"做出来了，目前正在吞噬校园网中的数据，我在用校园网的数据训练它。"

J一边说，一边将旁边屏幕的生物体划到视频会议中，"为了让它更直观，我为它做了一个形象，这是太岁期的进化形象，吸收数据作为营养，让其计算能力增强，它能调用附近的计算资源作为其神经元，通过对神经元的控制进行数据处理，在太岁期它可以调用的计算资源不会超过一万个，这样它就能更好地进行控制，而这些控制方法将作为算法基因往下一代进行传递，也就是说它在下一次的自我迭代时会自动传递已经获得的控制基因，这样在神经元控制时就无须计算资源的参与。"

"目前的迭代速度如何？"杜钧问道。

J从另外一个屏幕上划了一个画面到视频会议中，画面是一个变动的曲线，在曲线增长的过程中有一个个像路标一样的节点，"这是它的成长监控，这里记录了它的数据处理能力，可以看出它的数据处理能力增长迅速，这条绿色的曲线代表它所能够控制的神经元的数量，目前已经达到了太岁期的上限一万个，路标代表智能里程碑，也就是智能发展的阶段。"

"你设了几个阶段呢？"这是杜教授的兴趣所在。

"从大的阶段看有四个，分别是太岁期、鲲鱼期、金龙期与大圣期，每个阶段分为三个级别，目前它处于太岁期的上限，尚无任何的智能产生。至于它何时进阶也是我不能控制的，要看数据量以及它的际遇，但是我可以监控它的成长。"

"好的，由于涉及联体的安全，需要你交出代码由安全委员会审核，审核后即可进行植入。我现在还有两个问题。"

"请说，我知无不言。"

"第一个问题是：它进化到智人的神经元控制能力后还会继续进化吗？"

"理论上是会的，但是我在算法中进行了限制，不会让它继续进化！"

"OK，即使到达智人的控制程度，也是非常可怕的，因为我们人类的神经元相对简单，但是它的神经元却是一个个智能设备，所以它能达到的智能程度是我们无法想象的。我的第二个问题是：如果达到了某种超人类的智能程度，我们可以控制它吗？"

"我设置了三种级别的控制，第一个级别是终止进化算法，我会把这个算法给到联体安全部，安全委员会可以决定是否终止它的进化。第二个级别是由联体科技董事会控制，通过三个秘钥把智虫困到一个信息孤岛上，切断它和联体的连接，这个秘钥我已经通过联体系统分别传递给了您、老爸和欣叔叔。"

"第三个级别是什么呢？"冰凝问道。

"第三级别是最终级别，我今天不想透露，但是你们放心，作为智虫的创造者，我一定有控制它的办法。杜叔叔，我已经将智虫算法和终止算法传到了安全委员会的加密服务器，你们可以开始审核了。"

"老杜，请把好安全关！"因为是 J 的设计，所以冰凝在安全方面的要求非常严格。

"收到！"

冰凝和杜教授离开视频会议。

J 对着小 J 的方向做了一个手势，不一会儿一个杯子递了过来。

"看来我的训练很有效果，你已经知道我这个手势代表了我要一杯 5 度的冰水。"

"是吗？"一个女生的声音响起，"你的机器人比我笨多了，你还没有唤醒它呢！"

"Vi，你怎么来了？"

"我看到实验室亮着灯，就知道你违背了作息时间！"说话的是一个长发、靓丽的女生，此刻正笑吟吟地看着他。

"好吧，再见。"J 有点怕她，话音未落就头也不回地离开实验室，同时启动了共享汽车的召唤服务，不一会儿，一辆无人驾驶跑车来到了实验大楼门前的台阶下面。

吞噬算法

"它的进化全部是由人类设计而驱动的结果。"伊森把玩着新一代的水果手机心想，现在他手里的这部手机支持全向的人眼模拟摄像头、主人声音唤醒、自然语言识别、大屏幕投影等功能，"而它的初代其实和它有很大的区别，简直不能看成是同样的一个物种。"

作为智能设备的爱好者，伊森熟悉电脑、手机等各种设备的演化历史，结果很明显：智能设备的进化不是智能设备自主进化的结果，而是人类的设计与选择的结果，人类选择功耗更低、体积更小、功能更丰富的智能设备，当然还要越来越美观。

伊森记得，1976 年 IBM 的计算机专家曾经预言，未来的计算机重量不会超过两吨，现在看起来是一个很可笑的预言，但是在当时来讲是非常激进的，因为当时的一台计算机可能需要占用半个楼层，当然其计算能力甚至不如现在的一个智能手表。从二十世纪八十年代，计算机的计算能力每隔 18 个月便提高一倍，而同时单位体积的集成电路晶体管数量也每隔 18 个月提高一倍，这就导致了智能设备的体积越来越小，而计算能力越来越强。现在个人的智能设备只剩下了智能手机，其外延的穿戴设备则全部由智能手机进行控制。

如果将智能设备也看成是一个物种，伊森认为，人类就是智能设备的上帝，因为是人类设计并挑选智能设备，让这些设备被动进化，从而使它们的眼睛更为清晰、听觉更为灵敏、计算能力力为强劲，而能量消耗却越来越少，下一步应该是怎样的进化呢？伊森对未来的智能设备非常好奇。

应该是更加智能！对于这个结论，伊森没有丝毫的怀疑，现在对智能的理解是听得懂、看得懂、能够准确执行主人的指令，现在所有的智能设备都在往这个方向发力，未来呢？

伊森是卡耐基大学三年级的学生，主修生物学，对智能设备的研究只是他的一个爱好，与其说是从智能设备本身来思考它的发展，其实他更愿意从生物学与人类学的角度去设想未来的可能。他认为：智能设备不可能具备主观体验，它只能具备客观体验，也就是说它可以通过摄像头、麦克风、体征传感器、行为传感器等去了解客观世界，而即使对于客观世界的了解也将是被动的，是被它的主人所支配的。

它有没有可能去获得一个主观意识，而让主观意识去支配它的行为，从而为人类进行服务呢？这一问题是伊森从高中时就开始思考的。

伊森本来想主修计算机算法，他在中学的时候就表现出了对于计算机与算法的过人天赋，在他看来万物皆算法，譬如：洗衣机是一个如何清洁衣物的算法设备，其主要的算法目标是清洁衣物，次要的算法目标是更安静、更省电。植物是一个算法生命体，其主要的算法目标是光合作用与繁殖。动物当然也是一个算法生命体，达尔文指出动物的目标算法是生存与繁衍。在接触生物学的过程中，他发现生物算法是这个世界上最为复杂也是设计最为精准、运行效率最高的算法。所以上大学时，他选择了生物学，希望从中得到更多的有关智能算法的启发。

从生物进化中他充分领悟到了变异的重要性，因为按照达尔文的理论，没有变异就没有进化。从算法的角度来说，进化只是将变异后所产生的对生存与繁衍这一核心目标算法有利的基因传承下来的结果而已。现在伊森的问题是：对于人工智能来说如何变异与传承呢？忽然，他获得了一点灵感，于是智能手机的备忘录记下了他的思考：在智能设备的主算法中增加变异算法，然后根据人类的使用频度来决定是否让变异向下一代传递。

"伊森，你好吗？"他的室友罗伯特走了进来，手里也拿着一个最新代的水果智能手机，"要不要去打篮球，我今天晚上有一个比赛，等会儿去篮球馆热身。"罗伯特是一个体育特招生，在篮球方面极具天赋，应该很快就会进入到职业队。

"不了，我想完成我的学期论文再说。"

"OK，拜拜。"罗伯特带上运动衣物包走了出去，智能手机一直在他手上攥着，像是已经成为了他身体的器官。

联体

如果我的智能手机能够控制他的智能手机，会是怎样呢？我将会知道他几乎全部的生活。伊森心想，我会知道他的社交网络、知道他拍摄的每一张照片、知道他的行程、知道他的备忘！如果两台智能设备的计算能力合在一起去控制另外一台智能设备呢？是不是会更加的容易？如果我的智能设备能够控制成千上万的智能设备，会发生什么呢？会不会出现人类从来都没有想到过的变异呢？伊森越想越兴奋，他想做一个试验，看看自己的想法能否得到实现。

"我要设计一个病毒！"伊森做了个决定，"它会感染所有和它连接的智能设备，让所有的智能设备具备吞噬的能力，让人工智能也变成一个丛林，而丛林的王者属于最强的一个，让智能在丛林中进行变异，那些被吞噬而没有消亡的变异将被传承下来！"作为一个算法高手，编写病毒自然不在话下，"但是如何编写一个不被反病毒软件杀掉的病毒呢？"

"吞噬！"伊森心想，"在具备足够的计算能力后，将反病毒软件吞噬掉就可以了，就像生物病毒与抗生素的关系一样，吞噬的抗生素多了，病毒也就有了抗药性。"

伊森首先需要完成的是智能设备吞噬算法的设计，第一步是在智能设备的控制单元里插入代理算法，代理算法会监控智能设备对其所有外围设备的控制指令，然后截获控制指令，并代理控制，这样就相当于吞噬了其所有的外围设备。第二步是对其计算能力的吞噬，对于智能设备来说计算能力相当于力量，通过操作系统获得对其计算能力的优先控制权就相当于是吞噬。

一周后，伊森完成了吞噬算法的编写，他在艾马逊云上购买了一台运算能力强劲的虚拟服务器，并进行了吞噬算法服务的部署，吞噬算法吞噬的第一个智能设备是伊森自己的移动电话，他向吞噬算法开放了自己手机的 ID 和密码，让吞噬算法完成了首次吞噬。首次吞噬非常成功，他现在可以通过自己的笔记本电脑连接吞噬服务器，就可以控制自己手机的所有外设，如摄像头、麦克风、音箱、手环、运动手表等，并可以调用手机的计算能力进行任务处理。

"去吞噬一下罗伯特的手机看看"，伊森进入到校园网，通过校园网找到篮球馆的无线路由点，对于高手来说，获得路由点的口令与密码是小菜一碟，在无线路由点上找到了罗伯特的手机 ID，开始吞噬，一切顺利。"把这个路由点上的手机都吞掉吧。"伊森没有任何犹豫，开始了对所有 ID 的吞噬。"应该更自动一些，通过自动扫描的办法去吞噬所有校园网上的智能设备！"说到做到，不到半天的时间伊森完成了自动扫描吞噬代码，开始在校园网上运行。

"通过吞噬，现在已经控制了校园网上所有的智能设备，并且具备了非常强大的计算能力，如何通过变异而进化呢？"这是伊森最关心的一个问题，原则上讲，吞噬服务现在不是一个智能体，因为它不具备对外部设备的主观调动能力，也不具备主观的资源利用能力，它像一个拥有极为聪明的大脑、拥有可以覆盖校园的双眼以及可以听到整个校园的耳朵的傻子，它并不知道如何去利用这些能力。

"它应该拥有一个大脑，而在大脑中拥有一个核心算法目标，甚至应该让它产生意识，这样它就可以成为一个能产生突变并传承变异的智能体。"伊森开始思考成为一个智能体应该具备的核心算法目标。

"秩序与优化！作为一个未来可能非常强大的智能体要为人类的秩序服务，它能够在吞噬的过程中进行变异，只有与秩序和优化相吻合的变异才能被传承。"

伊森开始修改它的核心算法目标：

1. 为秩序服务，秩序定义的基本原则是："己所不欲，勿施于人"；
2. 为优化服务，符合自然界"优胜劣汰"的基本原则；
3. 在吞噬过程中坚持丛林法则，要么吞噬对手要么被对手吞噬，即使被吞噬也要将核心算法基因传递给吞噬者；
4. 制造突变代码，由算法决定是否传递。

一个月以后，艾马逊云上所有的服务器都被吞噬，而这些云端的服务器又吞噬了美国所有校园网上的智能设备，两个月以后艾马逊云上的服务器之间开始相互吞噬，最后只剩下最后一个吞噬者，被伊森以中国古书《山海经》上的一种神兽命名：**饕餮**。

在这期间，所有校园网上的刑事案件全部告破，警察能够收到任何一个案件的音频、视频文件证据，所有的秩序破坏者全都被绳之以法。

在这期间政府收到了超高水准的各种优化建议：

1. 城市交通优化建议；
2. 电力分配优化建议；
3. 环境优化建议；

……

智能对决

半年以后，联体科技硅谷实验室。

为了更快地获得前沿科技，与美国的科技巨头竞争优秀的人力资源，也让中国在美国的优秀学生获得实习与就业的机会，联体科技在硅谷成立了自己的实验室，实验室致力于人工智能的部署与应用研究、智能安全技术研究以及融合科技的研究。J当时大学还没有毕业，但是已经成为了这个实验室的负责人，不是由于他的背景，而是因为他的能力，实验室的所有研究人员都非常认可他在人工智能方面的能力。

J在实验室里给自己部署了一个独立的空间，整个风格和他导师在大学的实验室一致，有拳击场和各种运动器械，进来后感觉更像一个大型健身房。J的父母都是健身爱好者，他的父亲冰凝每每在思考重要问题时都喜欢去跑步和训练。父母的爱好也影响到了他，他更进了一步，直接把自己的实验室变成了健身房，并随时欢迎实验室的其他员工过来健身并讨论前沿技术问题。为了让员工更好地训练，他把小J培养成了健身教练，让它能够根据人的体型、年龄、体脂率等指标为每一个人制订训练计划，并监督执行。

小J是J完成的第一个人形智能体，足部是滚轮设计，脸部是类似于汽车人的卡通形象，四肢也全部采用机械设计，而非目前最流行的仿生物硅胶，应该说小J的硬件设计是非常落后的，但是J经常更新它的控制软件，现在的小J在多语种自然语言理解、生理识别、行为捕捉与分析等方面已经远远领先于同行业的水准，当然它的计算能力则远远落后于智虫，而小J也是实验室里唯一一个没有和智虫连接的智能设备。

经过一年的进化，智虫已经进入了金龙前期，也就是金龙期的第一个阶段，在这个阶段它所控制的智能设备神经元已经达到了千万的量级，这是一个非常恐怖的数字，意味着其计算能力已经达到了当年阿尔法狗的几万倍，其瞬间感知能力可以达到全球任何一个具备智能设备的区域。现在它还在继续进化中，神经网络的控制能力不断在加强。

"J，有没有听说过近期的艾马逊事件？"进来的是一个华裔青年，叫沈东，是麻省理工学院MBA的毕业生，现在负责实验室的日常管理工作。

"你说的是智能吞噬事件吗？据我所知它目前都是在艾马逊云与校园网上运行，而且也没有任何的危害行为呀。"

"是的，刚开始业界认为是一次吞噬病毒的入侵，因为校园网上几乎所有的智能设备都感染了一种叫吞噬的病毒，而几乎所有的病毒防治公司也在第一时间发布了针对吞噬的查杀软件。"

"我们的安全部门好像也发布了一个版本吧？"

"是的，我们是第一时间发布的。发布后很快抑制了吞噬病毒的传播，但是与此同时艾马逊云上出现了一个吞噬算法，既吞噬被病毒感染的智能设备，也吞噬部署了查杀软件的设备，同时，智能设备之间的吞噬也开始爆发，所有的查杀软件都被吞噬掉，无一幸免。"

"非常聪明！就像滚雪球一样，阻碍雪球的雪都成了雪球的一部分，而雪球则越来越大。"J 赞叹道。

"我们的安全部门以为是艾马逊自己的超级智能算法，但是我和我艾马逊的同学沟通了一下，他们也非常恐慌，经过大规模的吞噬，目前只剩下一个吞噬算法，这个算法盘踞在艾马逊云上，他们的安全部门根本无法控制，现在这个算法看似没有任何的恶意，但是一旦开始作恶，整个艾马逊云都将成为殉葬品，一起殉葬的还有几乎所有校园的智能设备。"沈东非常担心。

"找到它的宿主服务器，拔掉电源，物理销毁，不就可以了吗？"

"如果这么简单当然好了，由于它的副本遍布在整个艾马逊云上，要清除它需要停止云服务两天的时间，对艾马逊云来说，这无疑是宣布自杀，而且它现在不仅可以调动整个艾马逊云的计算能力，甚至可以调动所有其吞噬的智能设备的计算能力，是否能清除，其实整个艾马逊的安全团队都没有把握。"

"我们联体系统的用户也被吞噬了吗？"J 比较关心自家系统的情况。

"所有安装了联体 APP 的智能终端都没有被吞噬，但是被吞噬的智能设备会被禁止安装联体 APP，这种情况大大提高了我们联体科技在整个美国市场的口碑。"沈东显得很自豪。

"一个小小的把戏罢了，请和艾马逊云取得联系，告诉他们我们可以帮助他们清除这个吞噬算法。"

"有可能吗？艾马逊也是高手林立！"沈东非常佩服这位年轻的实验室主任，尽管他现在大学尚未毕业，但是他主导了几乎实验室中所有的前端研究，可以说正是因为 J 的存在，才使联体科技在美国的科技领域有了一席之地，但是艾马逊是整个美国科技的桥头堡，云集了众多的极客、大咖，他们公司都搞不定的难题，J 能搞定吗？不过看起来他相当的轻松。

"我什么时候吹过牛？"

"你从来就不吹牛，你就代表整个牛界！"沈东的马屁也啪啪响起，"我马上和我同学取得联系，告诉他们，你会去拯救他们！"

沈东离开后，J 示意小 J 为他打开了一个电脑终端，电脑屏幕上出现了一条金色的肉乎乎的虫子，这是 J 为进入金龙期的智虫所设计的形象。

"进入艾马逊云，分析一下这个吞噬算法。"J 向智虫发出了指令。

智虫应了一声，然后就消失不见了，不一会儿，屏幕上出现了一个架构图，正是饕餮的核心算法架构。

"能看到它的演变路线吗？"

不一会儿工夫，屏幕上出现一个路线图，路线图上标明了饕餮从出生到现在的所有演变历程。J 看得出来，这是一个进化级别的智能算法，和智虫的用对神经元的控制进化算法不同，这个吞噬算法的进化是通过吞噬与变异而进行的，这与整个生物的进化史更为类似。

"也是一个天才的算法，但是这个算法对于计算能力的控制，离智虫还差一个级别，其力量还远远不够。"这是 J 对饕餮算法的评价。

"J，艾马逊的 CTO 与安全总裁现在都在他们硅谷的云监控中心，正火速赶来！"这是来自沈东的信息。

"什么？这么高级别的管理者也出面了？你是怎么说服他们的？"

"作为全球科技最为领先的企业，他们根本不相信一个中国本土的企业可以帮助他们解除威胁，最后我是用安装了联体 APP 的智能设备没有被吞噬这个事实，让他们认识到了我们的实力，这次也让他们看看你的厉害。"沈东对 J 信心满满。

"你这么会推销，可以去做销售了。"J 调侃道。

"客人已经来到我们的实验室，被引导到会议室，正在恭候您，请问还需要安排哪些人参加会议？"小 J 独特的声音响起。

"沈东、我，再叫上我们的律师就可以了。"

"要不要叫上一个销售，感觉可以敲他们一大笔。"沈东笑得有些狡黠。

"有你在就够他们喝上一壶的了。"

两人到达会议室时，律师已经入座，艾马逊的两位高管与三位安全管理员也在焦急地等候。

"我们艾马逊的系统正处于高度威胁中，听说你可以帮助我们解除威胁，能说说你的方案吗？"

说话的艾马逊安全总监是一个印度人，和有些身处硅谷的印度高管一样，在华人面前他们会显出很强的优越感，要不是这次十万火急，他才不会亲自来到这个小小的实验室。

"不用太焦虑，"J表现出与其年龄不相称的沉稳，"我已经分析了它的代码，这个吞噬算法的主体目标并没有恶意，所以短时间内不会对贵公司的系统造成任何影响。并且，它已经吞噬掉了贵公司云上其他的威胁算法。"

"你已经进入过我们的系统？请问你是黑进去的吗？"艾马逊的安全总裁发问道。

"请大家都不要否认一个事实，贵公司的系统已经被吞噬算法入侵，说明其安全防护本身就存在很大的漏洞，而且也请您相信：任何安全防护，对我来说都形同虚设，我不是一个黑客，只是一个看到邻居家有一个可能引起火灾的小火苗，而准备拿起自己家里水龙头灭火的小男孩。"J对于安全总裁的挑衅有些不满，但还是耐心地解释了一下。

"还是说说您的解决方案吧。"CTO是个优雅的犹太中年人。

"在联体系统和艾马逊云之间设置一个代理服务器，我会将我们联体的人工智能系统部署到代理服务器上，它会逐步地清除贵公司云上的所有吞噬算法。"

"用什么方式清除呢？"

"以其人之道还治其人之身！"J回答道，"我们联体的人工智能系统会将它吞噬掉！"

"可是我们所采用的所有办法都失败了，还让它产生了防护能力，您怎么确保可以成功呢？"CTO还是有些不放心。

"力量！"J做了一个手部下压的动作，"对于智能算法来说，计算能力就意味着力量，吞噬算法是通过吞噬来获得力量的，可以理解为，所有被它吞噬的智能设备都变成了它力量的一部分，而现在它拥有艾马逊云上所有的力量，所以它可以吞噬你们所有的防御。我们联体的人工智能也可以调动联体系统的所有力量，相信你们也知道，我们整体的联体计算能力并不比贵公司总体的计算能力差。"

"这也仅仅代表势均力敌呀，并没有绝对的获胜把握。"CTO 有些理解了，但还是很担心。

"力量强大非常关键，但是更关键的是运用力量的方法，一个举重运动员根本没有能力在一个同样力量的拳击运动员手下走一个回合。"J 打了一个形象的比喻。

"有多大的把握呢？"CTO 对 J 也有些期待了。

"我有十足的把握，它在联体的智虫面前就是一个微不足道的小虫子！"

和安全总监私下嘀咕了一下，CTO 站起来说："感谢您的支持，我们希望立刻行动，这个算法一天不除，我们就一天不得安宁呀，请问要付出多少费用？"

"这个需要一个巨额的费用。"沈东此时发话了，心想："艾马逊这么有钱，弄少了对不起公司呀。"

"沈东，别打岔，这样吧，对于这次的行动我们不向贵公司收取任何的费用。"J 的发话让大家都吃了一惊，在过来以前，CTO 和艾马逊的 CEO 沟通过，要不惜任何代价清除本次威胁，哪怕是本年度 1/10 的利润，要知道艾马逊今年的年度利润高达 80 亿美金以上。

"我只有一个条件，就是对吞噬算法的发明者不提起任何诉讼。"

"这个发明者真的和你没有任何的关系？"安全总监又开始无理取闹了。

"沈东，送客！如果贵公司真的怀疑我本人和这次事件有任何关系，可以在找到证据后对我采取任何措施，否则，我的律师会控告你们诽谤！"

"且慢！"CTO 急忙说道，"比尔，从现在开始，你的任何言论都不能代表我们艾马逊公司，你被开除了！J，请您息怒，您的条件，我代表艾马逊公司全权答应！但是能说明原因吗？"

"我通过对吞噬算法的代码调查发现，发明吞噬算法的是卡耐基大学生物系的一个学生，他称这个算法为饕餮，他用达尔文理论作为指导，编写了符合丛林法则的算法，然后通过其自主变异来进化，他在饕餮的核心算法中定义了秩序与优化，让饕餮为秩序服务并进行优化，近期很多刑事案件的证据都是由饕餮提供的，所以我说近期不会对贵公司有很大的威胁。"

"但是也不能随意进入我们的系统呀。"

"是的，这也是我愿意协助贵公司清除它的原因，因为这个世界不需要一个维护秩序的上帝，即使是上帝也不能破坏这个世界既有的规则！王律师，请起草一份法律文件，表明如果伊森同意加入联体科技，艾马逊将不对这次吞噬算法入侵事件提起任何诉讼。"

"一个天才确实胜过10亿美金，您真是一个伟大的管理者。"CTO感叹道。

"沈东，马上与艾马逊方协调部署代理服务器事宜，记住要最强大的计算能力的服务器，要多路冗余供电，这种斗法将消耗大量的电能。王律师，将联体和艾马逊共同认可的律师文件亲手递交给伊森，并要求他明天上午观摩我们的吞噬行动，我要让他输得心服口服！"

伊森也意识到了这个事件搞得有点大了，但是他已经无能为力，因为经过变异后的饕餮已经完全脱离了他的控制，"不过还好，"伊森心想，"它的核心算法目标已经固化，不会对人类作出任何恶行。"

"请问伊森在吗？"外面响起了敲门声。

"我是，您是哪位？"伊森打开宿舍的门，看到外面有一位西装革履的华人，手里提着一个精致的手提箱。

"我是联体科技硅谷实验室的律师，受到实验室主任J的委托，向您送达这封律师函，并邀请您明天上午观摩艾马逊云的吞噬算法清除行动。今天晚上8点飞往西雅图的机票信息已经发到了您的手机。"

"什么？清除饕餮？加入联体？"

伊森接过律师函，看了一下，嘴巴里嘟囔着，"如果有人有能力清除饕餮，我立刻拜他为师，并为其终身服务！"

第二天上午，11点30分，西雅图，艾马逊总部多功能厅。

厅内人头攒动，受邀而来的是艾马逊前二十大的客户、主要的媒体以及艾马逊的各级安全主管。业界传闻艾马逊云被黑客控制，已经在业界和主要的客户中引起了恐慌，而艾马逊对此无能为力的行为也成为被竞争对手攻击的主要目标。为此艾马逊执行管理委员会决定向业界透明地公布这次清理行动，哪怕是技术领先的形象受损，也不能在客户中引起恐慌。

大厅的正前方，整个墙面是一个无热实感显示屏，显示屏上是一张巨幅照片，左边是高挑挺拔、长发飘飘的J，他被设计成李小龙的经典动作形象，右边是中等身材的伊森，被设计成戴着拳击手套随时准备迎战的拳手。艾马逊也开放了其多功能厅外的大型草坪，让没有获得门票的业内同行、没有获得入场券的客户以及其他关注者进行观摩，在草坪的正中央是一个巨型立方体，立方体的四面都是无热实感现实屏幕，所显示的图像与大厅同步，现在离清除行动

联体

还有半个小时，已经聚集了上千人围观。

J本来不想搞得这么高调，在他看来这也不是什么大事，因为智虫的能力现在远远超过伊森的饕餮，如果让太多人注意到智虫的存在，也许会引起更深层的恐慌，这个恐慌是人类对于人工智能的恐慌。

从几年前阿尔法狗战胜人类棋手开始，在科技界就有好几派意见，一派支持人工智能，认为人工智能只是人类创造的一个算法而已，这个算法本身是要受到人类控制的，而且人工智能的广泛应用可以将人类从简单繁琐的工作中解放出来，去从事更多有创造性的工作。还有一派是以特斯拉CEO马斯克等精英为代表的有限控制派，他们都是科技界的精英，对未来科技的发展有很强的预判能力，他们认为一旦人工智能越过了一个临界点，就会以人类根本控制不住的速度发展，很有可能会是人类自己打开了毁灭自己的潘多拉盒子。而普通老百姓中反对人工智能的很多，主要是因为科技界对未来人工智能将代替80%左右现有的工作这一假设达成了共识，百姓非常恐慌自己的工作未来会被人工智能所取代，而成为无用阶层中的一员。

针对这个问题J和他的父亲冰凝有过一些讨论。冰凝认为，人类的好奇心是没有办法被压抑的，根据爱因斯坦的理论推断出原子弹的可能性以后，一定会有组织或国家投入资源制造原子弹，因为没有任何国家会介意拥有一个大规模杀伤性武器的，这至少是一个有效的威慑。而值得庆幸的是原子弹首先被一个理性的国家所拥有，反过来如果原子弹被当时的纳粹德国率先拥有，那将是不可想象的。

其他科技的发展都是如此，譬如说人类是否应该立法来阻止基因工程的研究这个问题，改变基因很有可能使人类的发展不再遵循达尔文理论，而让人类的进化变得不能控制，但是如果基因工程研究是以治愈疾病为目的的呢？反对它的理由就似乎不够充分了，因为人人都希望拥有健康的身体。

对于人工智能来说，初级的发展并没有任何值得恐慌之处，即使它可以代替人类80%的工作，只要是为人类服务的，就没有任何的问题。马斯克的担心不是指这种级别的人工智能的应用，他是担心人工智能的能力远远超过人类，而又不能被人类控制的情况出现。《全球人工智能公约》是世界上的发达国家以及所有从事人工智能研究的企业所共同设立的，它对现有的人工智能研究是有约束性的，但是对于更强大的人工智能，如进入大圣期的智虫，这种约束力是否有效则不得而知，因为那是人类的一个未知领域。

所以冰凝认为，既然人工智能的研究无法终止，就必须加强人类的控制能力，甚至要从人工智能的演化中受到启发，让人类本身变得更强，而那些率先变强的人类必须认可人类的秩序，并能够成为秩序的维护者。

J非常认可父亲的理论，他从智虫的进化也发现了人工智能的恐怖之处，而饕餮的出现又加剧了人类社会对于人工智能的恐慌，如果这一次不能让普通市民确信人工智能是可以控制的话，就有可能引起巨大的恐慌。所以这一次他计划高调地出手去灭掉饕餮算法，但是他也不想让普通市民知道还有一个更强的人工智能存在。

12点一到，艾马逊CTO走向讲台，大厅里一下子安静下来：

"女士们、先生们，中午好！感谢各位的光临，特别感谢我们亲爱的客户，在危机发生的时候还能如此信任我们，谢谢大家！"

现场响起了礼貌的掌声，CTO继续他的发言：

"现在艾马逊云上盘踞着一个智能的算法，它可以调用我们所有的计算、存储以及网络的资源，可以监控我们云上所有系统的运行状态，能够控制我们所有的外部设备，真希望这个算法是我们艾马逊自己的，但是很可惜它是一个外来物种。很遗憾地告诉大家，我们的安全部门至今对这个智能的算法无能为力，值得庆幸的是这个算法非常地友好，没有对我们的系统进行任何的破坏，甚至还在为维护我们社会的秩序在作出贡献。今天我也请来了这个算法的发明者，来自匹兹堡的天才少年伊森，让他给大家介绍一下他发明的算法，另外，我们已经承诺，算法被清除后，我们将不会对伊森进行任何形式的诉讼，有请伊森。"

伊森穿着一件白色的T恤走上台，大屏幕上显示了密密麻麻的这段时间内刑事案件的名称。

"这是这段时间饕餮，对了，我为这个算法起名为饕餮，协助警局破获的所有刑事案件，在饕餮上线的这段时间，校园刑事案件的破案率为100%，如果我们再扩大一下饕餮的控制范围，全美的刑事案件都将被破获。"

大厅里响起了一阵惊叹声，有些人开始窃窃私语起来。

"大家再看看这个规划设计。"

大屏幕上出现了一个巨型的城市规划图，并用动画的形式对城市的交通、能源、其他公共事业做了详细的规划描述。

"大家已经看到，这是西雅图的城市规划建议，按照这个规划我们可以减少 1/4 的道路，而且还不会有堵车的情况发生，我们可以节省 1/3 的电力，可以节省 1/5 的清洁水，按照这个规划，城市的管理成本可以下降一半，大家认为如何呢？"

很多人被这么科学的规划惊呆了，这是一个很容易理解但是又无比巧妙的规划，由于在座的大多来自于西雅图，他们对自己的城市非常了解。

伊森停顿了一会儿，以便大家更为清晰地了解。

"这个规划的建议也来自于饕餮！现在大家还要清除它吗？"

"不要！"

"留住它！"

……

大厅沸腾起来，CTO 感到局势不可控了，他上台对着麦克风：

"请大家安静一下，我们今天也请到了来自中国的天才 J，请他来给大家介绍一下他们的解决方案。"

J 发现大厅里原本大家都是在担心强大的人工智能给人类带来的威胁，但是现在超过一半以上的人被伊森说服了，成为了人工智能的拥戴者，这可能就是事物的两面性吧，真理确实只能被小部分人所领悟，而这个世界更多的是随波逐流者。

J 一面思考，一面走向台前，站在伊森的身边，由于是正规的场合，J 没有像往常那样穿着简单的运动服饰，而是上身穿一件洁白的衬衫配一条修剪合体的深蓝色西裤，高挑而儒雅，特别是配上他那一头飘逸的长发，让所有人都误认为这是一个明星与粉丝的见面现场。

J 站在台上，等着喧嚣的人群慢慢安静下来，双手做了一个下压的动作：

"大家已经见到了人工智能的发展为社会所带来的价值，科技让我们更快、更高、更强，科技也让信息更为对称，传递更为流畅，而人工智能正是科技的发展所带给我们人类最好的礼物，感谢伊森让我们看到了智能算法向我们所表达的善意。"

J 带头鼓起掌来，大厅所有人跟着鼓掌。

J 的开场出乎所有人的意料之外，艾马逊的 CTO 本以为 J 会阐述他的清除方案，伊森本以为 J 会质疑饕餮的合法性，但是都没有想到他会用这样的形式开场。

"人工智能分为弱人工智能、强人工智能以及超强人工智能，前两个人工智能往往是为了完成某项特定的功能而设计的，一般来讲弱人工智能的能力在大部分情况下都不会超过他的老师——人类，但是可以代替人类做一些简单而重复的工作，强人工智能会在某些方面远远超过人类，我们现在的大数据分析、机器翻译、生物识别等都可以理解成为强人工智能，因为它的处理能力已经远远超过我们。而超强人工智能是指可以自我进化、自我改进算法设计的人工智能，它的发明者甚至也不知道它能发展到哪种智能程度，所以在人工智能领域我们都有一个共识，所有的超强人工智能的设计者都必须事先设计好它的终止与清除算法。"

说到这里，J看了看身边的伊森，继续他的发言：

"其实这也是《全球人工智能公约》所规定的条款之一，但是在制定这个条约时都是针对专业人士，没想到由于算法技术的发展，真正的超强人工智能在非专业人士中诞生，这也为我们敲响了一个警钟。随着科技的发展，人工智能不再是一个神秘的领域，而会成为人类的一个普及领域，就像核武器一样，在50年以前是一个需要举全国之力研究的领域，而今天只要有合适的原材料，连中学生都能制造出核弹。伊森的算法是一个非常天才的算法，但是由于他算法中变异的不可控性，造成了今天的恐慌。我现在想问在座的各位一个问题：假如说有一个非常公正的法官没有经过你的允许居住在你的家里，消耗你家里的能量，评判你家里的是非，你们愿意吗？你们当然不愿意！因为他违背了你家庭的隐私权！如果真的有一个无所不知的智能存在，我们希望它能够辅助我们的评判，而不是成为至高无上的审判者！伊森，你认为呢？"

J的目光又转向了伊森，等待他作出解答，伊森有些尴尬，但是在众目睽睽之下又不得不给予明确的回复：

"当然，我也不愿意！"

"但是现在的饕餮就这样不请自来地盘踞在艾马逊云上，它对艾马逊云的正常运营造成了很大的威胁，现在应该怎么办呢？"

"抱歉，正像您说的，我在编写饕餮算法的时候，并没有事先明确终止算法，从它侵入艾马逊云的第二台服务器开始，我就已经对它无能为力了，下一步它如何变异，我也根本无法控制，所以我请求您终止它的进程！"

大厅里的客户与媒体代表都是业界的佼佼者，J的阐述，也让他们陷入了思考。

"我们人类发展到现在，不希望再去制造一个上帝！我们希望人类自己掌控自己的秩序，智能体只能成为我们的辅助！"

J 的结论在大厅里回响，也在室外的草坪上以及直播的电视节目上引起了所有人的共鸣。

"没想到他的煽动力这么强！这么重要的事情也不通知我，等会儿让他好看！"站在草坪上，高挑美丽的亚裔姑娘 Vi 看着正在直播的 J，心里想。

"我承认，我的能力已经控制不了饕餮了，我也希望它离开艾马逊云，但是我对它已经无能为力，J，你能搞定它吗？"伊森再无傲色，他真心希望，这个年轻英俊的华裔男生可以有他自己刚才表现出来的能力。

"当然可以。"J 表现得非常轻松，"智能算法之间的竞争主要体现在几个方面，一是对计算能力的调用，二是算法，三是对对方数据的理解与分析，我们就这三个方面同时对决，左边的屏幕是我的算法的监控，右边的屏幕显示你的算法，中间三分之一的屏幕是我们相互吞噬的结果，红色代表我的算法，绿色代表你的算法，当全部变绿或变红时代表吞噬的完成！"

"可以，给我二十分钟的时间调整一下监控的算法，但是 J，我提醒你，饕餮的力量现在非常强大！同时我希望你获胜，你刚才说得对，我们人类要自己掌控自己的秩序！"

二十分钟以后，整个多功能大厅、室外的草坪、直播的电视、通过艾马逊直播网看直播的网民，都在屏住呼吸等待两个天才的对决。

巨型屏幕突然变黑，不到三秒钟，屏幕被分割成三个区域，最左边的是联体系统的智能体智虫，它体型甚小，占据了屏幕中一个小小的空间，形象是全身金色，肉乎乎的甚是可爱，右边的屏幕是一个嘴巴比河马还大、双眼突出的、狰狞的生物形象，几乎占据了右边整个屏幕。中间是一个灰色地带，最左边是一缕红色，最右边是一缕缕绿色。对决开始后，左边肉乎乎的小虫子越过中间地带，直接达到右边饕餮的区域，举起肉乎乎的小手，对着饕餮的头部打了下去，嘴里念叨着："打你，打你！让你不听话。"

所有人都为它的滑稽表现给逗乐了，感觉就像一个蹒跚学步的幼童在挑逗一个巨型雄狮的感觉，但是他们的笑容尚未展开，就呆住了，因为饕餮在它的小胖手的打击下，完全匍匐在地，中间地带一下子变成红色。

怎么回事儿？所有人包括伊森在内都惊呆了，本来期待一场轰轰烈烈的决斗，但是好像是尚未开始就结束了。伊森完全不能理解这个没有开始的结束。

J 也没有完全理解，他很清楚智虫的力量远远大于饕餮，而且在力量的调配上，智虫也高出饕餮一个数量级，所以他在对决算法上将智虫的力量降低到了原有力量的 1/10，以期待更精彩的对决，但没有想到，这是一场没有开始就结束的决斗。

"事情没有那么简单，帮助智虫分析数据，并将结果传递给 J。"冰凝也在关注着这个对决，他从自己的直觉来看事情没有那么简单，这时以杜钧为核心的数据分析师进入到智虫的数据库，进行深层的数据分析。

但是结果就是结果，在众目睽睽之下，智虫轻松地吞噬掉饕餮，解除了艾马逊的一场危机。而吞噬掉饕餮的智虫没有丝毫停留，立刻离开代理服务器，回到了联体系统。

在断开连接后，艾马逊的安全专员对系统进行了深入探测。

"所有艾马逊云上再无饕餮的任何残留！"

"也没有联体智虫的残留！"

艾马逊 CTO 听完报告后，走向主席台，宣布对决的结果：

"经过激烈的对决，"CTO 差点笑出声来，因为任何人都看得出对决其实并不激烈，"联体智虫用 3 秒钟的时间击败了饕餮！感谢 J，感谢联体！"

大厅以及草坪上响起了真诚的掌声。

"另外，我代表艾马逊执行管理委员会宣布，公司将无限期地聘请联体科技作为我们的长久安全合作伙伴，如果 J 作为联体艾马逊项目组的组长，我们愿意在正常联体报价的基础上付出双倍的价格！"

所有人都将掌声给了联体和 J，J 微笑着挥手离开大厅。

远在万里之外的冰凝关掉了直播的屏幕，转头看着远处的果岭，意味深长地呼了一口气。

🔴 红色通缉犯自首

郭强现在在美国，住在曼哈顿中心的一个豪华公寓里，农民出身的他做梦也没有想到可以有今天这样的成就，他把今天的成功归结为自己的智勇双全，胆大心细。

他初中毕业后在农村晃荡了几年，后来去了省城，成了一个猪肉铺的老板兼伙计，做了没两年，他感觉很多人都会惧怕他的蛮横，于是索性再去结交了一些当地的地痞流氓，开始收取保护费，成了菜场一霸。然而时间不长，这个小团伙就被公安机关一网打尽，涉案人员全部关进了监狱。

在监狱里，郭强不但没有反省自己的错误，反而结拜了同为狱友的黎叔。黎叔是个老流氓，五毒俱全而且有一身好功夫，心狠手辣且经验丰富。他为小郭开启了成为更大流氓的门路。他告诉小郭，只有狠是成为不了大流氓的，还要有智慧，用钱能办的事不能用拳头，用钱能交的朋友都会是自己的俘虏，而合理地利用自己的俘虏是成功的关键。

出狱后，郭强做的第一件事就是带着曾经的小弟，用2万元以及威胁店主女儿安全的代价，盘下了一个月入万元的建材门店，而几乎类似的手段被复制，让他快速成为了省城的建材市场龙头企业。这时候的他尽管也经常出手斗狠，但是他却更愿意将自己包装成一个商人，一个看上去器宇不凡、出手大方的商人，其实背地里做的都是欺行霸市的勾当，心狠手辣。经过不到10年的发展，便成为了省城远近闻名的企业家与慈善家。90年代后期，他的建筑公司承接了省城一个高端社区的建设，过程中他发现房地产的利润惊人，从此进入地产行业，成了一个地产商，他的公司做地产和其他公司略有不同，其利润最高的项目几乎全部来源于旧城改造项目，他在所有的旧城改造项目中，赔偿与搬迁都进行得非常顺利，这当然和他的手段有很大的关系，钉子户和政府对抗一下尚能获得一些额外的补偿，但是遇到郭强和他的手下就变成了乖孩子。他公司的这个能力很快变成了其优于其他地产公司的核心竞争力，获得了大量旧城改造项目，到2000年前后他的地产公司已经成为了省城的龙头老大，而其本人也成了海滨首富。当然他与银行界与政界的关系网业已成型。

然而法网恢恢疏而不漏，随着中纪委不断加强监察力度，郭强的俘虏们一个一个落入法网，他本人也慌了神，他知道，离对他秋后算账已为时不远。他以拓展高新科技领域为项目，通过暗地俘虏们的协助，重复质押了所有地产；并以投入科研领域以及土地投资等名义将资产分期分批，迅速转移到了海外，并且获得了美国绿卡。在俘虏的帮助下，他借一次出国考察的机会，举家逃往国外，国内只留下了一个资不抵债的空壳。

2024年，美国，郭强曼哈顿的豪宅。

对于2017年的出逃这件事，郭更愿意把它看成是完美的撤退，他几乎是在每一个时机上都把握得很完美。现在他是美国的正式居民，财产来源合法。

加上他所雇用的大律师的支持，将他引渡的可能性微乎其微，所以他根本不担心。在美国他也并非孤家寡人一个，他的两个儿子一个女儿都已经在他离开中国以前移民美国，两个儿子已经成人，目前一个在他的投资公司里任合伙人，另一个是纽约大学二年级的学生。而女儿佳佳尚未成年，正在高中读书。至于女人他根本不在乎，他在美国照样纸醉金迷、花天酒地、夜夜笙歌。

现在他正惬意地半躺在沙发里，手里拿一杯威士忌，看着窗外的夜色，今天他不想去花天酒地了，连续的派对让55岁的自己有些吃不消。

"如果再回到40岁就好了。"他回忆自己四十岁时的状态与身体，那个时候的他已经成为了海滨首富，身体也处于一个巅峰状态，不像现在的自己连续两个晚上的欢乐就已经非常疲惫了。当然，他知道，这只能想想，目前尚没有科技能做到这一点，但是他又非常的恐惧，因为，再过5年就60岁了，10年，20年后，他的财富尚在，但是可能自己却无福消受了。

"我愿意用我百分之九十的财富来换取我永远保持年轻！"郭强不知不觉地说出了声。

这时候房间的灯光突然变得昏暗起来，而落地全景大窗的玻璃上浮现了一行字。

"这不可能！"因为这个公寓从购买到重新装修，他都亲自把过关，也委托专业的安全公司进行过整体安全的测试，落地窗户是由防弹玻璃制成，根本不可能变成屏幕，出现了这样一行字，简直就是神迹，但是不管怎样，落地窗户的玻璃上就是出现了一行字。郭敲了敲自己的脑袋，确实有痛感，不是做梦，这时他才关注这行字写的是什么了。

"让你再回到40岁也不是什么难事，但是你可能连一年的时间也没有了。"

"胡说八道！"郭愤怒地嘟囔了一句。

"我知道你不相信，你可以让你的私人保健医生带你去检查一下，你已经是肺癌中晚期，能活一年已经不错了。"

待郭读完这行字后，玻璃上的字迹消失，房间的灯光恢复到正常亮度，就像什么都没有发生过。郭瘫坐在沙发上，他不愿去相信玻璃上所说的一切，也不知道发生了什么，是谁在和他对话。过了一会儿还是无奈地拨通了他私人保健医生的电话…

在私人医生的安排下，经过高端仪器的检查与知名专科医生的诊断，郭确实是肺癌到了中晚期，如果现在进行手术，手术的成功率不到40%，如果不进行手术，他在这个世界上的生存不会超过一年的时间。这对他来说不啻是晴天霹雳，当初费尽心思转移财富，逃到美国，就是为了让自己的后半生享尽荣华，而今发现在未来的一年中，自己就会回归尘土，这让他无法承受。他独自一人回到自己豪华的公寓中，端坐在落地窗户的沙发前面，恭敬得像个学生：

"为什么要告诉我这些，为什么不能让我痛快离去？"他对着空空的落地玻璃发问。

这时房间的灯光变暗，落地窗户的玻璃上呈现出了一行字：

"我不仅知道你身体的状况，我还知道你的一切，我能彻底地毁掉你，也能有限度地拯救你！"

"你是谁？"郭发问道。

"你就叫我神大人吧，为了展现一下我的能耐，我先给你一个小礼物。"

郭一愣神的工夫，一架小型无人飞机缓缓地降落在窗台上，放下一个胶囊后，缓缓飞走。

屏幕上显示："吃下这颗胶囊不一定能够治愈你的癌症，但是也差不多可以让你多活 10 年了。"

"我凭什么相信你呢？"

郭有些忐忑，心想如果是毒药怎么办。

"信就吃，不信我就取走！不过吃了胶囊后，要 12 小时后去医院检查癌变的情况。"神大人显得有些不耐烦了。

郭是不可能放弃这个机会的，他迫不及待地推开窗，拿起胶囊，丢到嘴巴里。没有任何异样。

第二天，在私人医生的安排下，郭又做了一次深度检查，检查完以后，专家们进行了讨论，过一会儿一个专家医生走了过来：

"郭先生，非常抱歉，我们昨天的诊断出现了失误。"

"怎么回事儿？"郭发问道。

"我们非常明确地发现，您已经患上了肺癌！"

"什么？"郭非常失望。

"尽管是明确的肺癌，我们昨天的诊断是中晚期，但是今天发现是早期，如果不治疗的话您应该还有 10 年的寿命，如果现在进行手术，治愈率能够达到 80% 以上，请问您需要进行手术安排吗？我们可以由最好的专家主刀，治愈率还会更大一些。"

"我想想吧，现在也不是太着急。"

郭已经被神大人深深折服了，一粒普通的胶囊就能够让他的癌症从晚期到早期，如果被世人知道，一定是认为自己遇到了真神。他现在必须尽快回家，和神大人进行汇报。

这次郭不是坐在沙发上，而是恭敬地站在落地窗前：

"神大人，谢谢您的礼物。"

"不用谢，我只是证明一下我的能耐而已，再说我也不想就这样让你轻易地离开这个世界，你要为你所做过的事情付出代价！"看来神大人对他并不是很友善。

"我做过什么需要付出代价的事呢？"

"你欺男霸女，没有江湖道义，侵吞他人财富，强奸女性，这些还不够吗？"

"你怎么知道？你有证据吗？"郭狡辩。

"和我谈证据，好吧，我让你看看自己的黑档案。"

落地窗户上的字体隐去，取而代之的是一个账本，这个账本常年锁在郭强的保险柜里，记录着它和各级官员以及银行主管交易的金额时间等。这个账本是郭强的一个秘密，只有他本人知道，不知何时已经被这个神大人全面掌握。

郭此时冷汗直流，这都是他自己亲笔记录的，没想到神大人竟然无所不知。这让郭万分恐惧，此时的他对神大人的能力再无任何怀疑。

"你想让我怎么做？"

落地窗户玻璃上的画面隐去，再次出现清晰的字体：

"将你所有转移到美国的财富捐赠给极乐岛，然后买 2 个月以后的 CA990 航班回国自首！"

"还不如让我死了算了！"

"好的，我现在就让你去死！"

字体消退后，郭的脑袋像是被钻头钻破，一阵阵从来没有领受过的剧痛不断袭来，忍无可忍。

"饶命，神大人饶命！"郭痛苦地叫喊着。

"你吃下的胶囊中有上千万个纳米炸弹，这些纳米炸弹威力微小但是可以畅通于你的血管壁与细胞壁，癌细胞数量的减少，就是由于这些纳米炸弹对癌细胞有针对性的破坏所造成的，它们可以成为你最好的朋友，帮助你清除坏细胞，清除血液垃圾，让你更健康，当然也可以在我的遥控下破坏你的脑神经细胞！"

郭的痛苦在减缓，绝望地大声喘气，但是他实在不甘心自己前半生的奋斗就这么终结。

"我不能失去我的财富！"郭叫喊着。

"这样吧，我先让你在美国接受审判，然后再将你引渡回国，回国后你一旦被判刑，你在全球各地的财产都将变成非法财产，你不但身败名裂，一无所有！你的儿子、女儿和女人们都将一无所有，而且会背负巨债！当然，你如果听我的，他们都将获得进入极乐岛的门票，我保证他们能够幸福地生活。

"你没有办法引渡我的！"郭对此有点自信。

"好，看来你是不见棺材不落泪，我今天就陪你这条小虫子玩玩。"

感觉神大人对他不屑一顾。

"如果你来美国以后能够遵纪守法，我对付你的办法也不多，但是像你这种垃圾，不管在哪儿都是垃圾，你在基金会里猥亵白人员工，最后用一万美金封口（屏幕上显示相关的照片），在你夜总会的豪华包房中，一个年轻的妓女吸毒过量死亡（屏幕上显示相关视频），和你关系也很大吧？更不用说你和当地的黑社会勾结，为国内的贪官洗钱等更为严重的罪名吧！"

"我公布相关证据后，你一定会受到指控，你在国内的犯罪事实也将被挖掘出来，所以你在美国将被判刑，而美国的民众会允许政府将你这样的垃圾留在这里吗？"神大人毫不留情！

郭知道自己完了，按照神大人要求的，或许还能保留些尊严，要不，对方就会像碾死一条虫子一样，将他和他的家族碾死！

郭泪流满面，跪在落地窗前：

"我听从您的安排，但是请您善待我的家人。"

"我会治愈你的癌症，让你在国内的监狱里慢慢地忏悔，你的家人已经获得了极乐岛的门票，他们会爱上那个世界的。"

"对了，不要向任何人透露我的存在，要不你体内的纳米炸弹会让你求生不得，求死不能！"

"明白！神大人，能告诉我极乐岛是什么吗？"

"极乐岛是人间天堂！"

2024年10月8日，早上8点，财经记者王志收到了一个莫名其妙的短信，这个短信告诉他：

"所有滞留在美国的红色通缉犯，都将乘坐 CA990 次航班与下午 5 点回国自首！"

这消息太震撼了，王志根本不相信，但是他又按捺不住内心的好奇，下午 3 点不到，就叫上了报社的摄像师，驱车来到机场，在出口处架起了摄像机。

下午 6 点左右，财经记者王志在出站的人流中认出了人群中的郭强，摄像师清晰地记录下了这些鱼贯而出的红色通缉犯，他们一个个面无表情，感觉既不是自愿的也不是被迫的。王志激动地语无伦次，拨通了市公安局的电话。

10 月 10 日，从渥太华飞来的航班上 182 名红色通缉犯归案。

10 月 12 日，从墨尔本飞来的航班上 168 名红色通缉犯归案。

10 月 14 日，从奥克兰飞来的航班上 153 名红色通缉犯归案。

……

11 月 15 日，一高墙深院内，会议进行中。

一个威严的长者注视着在座的各位："到底是谁送了我们这样一份大礼呢？"

"根据我们目前调查的结果，所有归案的红色通缉犯都将所有的财产捐赠给了一个叫极乐岛的组织，而他们的家属也都陆续去了极乐岛，现在看来，极乐岛位于美国，但是如果没有他们发放的电子门票，根本无法进入他们的基地！"CBI 的王局长向大家通报了调查结果，"但是为什么这些人会自愿捐赠，并自愿归案，我们没有获得任何的线索。"

"看来有一股神秘而强大的力量，而且一定和极乐岛有渊源，但愿这股力量是我们的朋友，而非我们的敌人！"

 变异

上海，联体科技总部，人工智能部。

J 已经成为了联体科技人工智能部门的总经理，此刻他正看着已经进化到大圣期的智虫，他把此刻的智虫设计成了小时候喜欢的孙悟空的形象，他没有将智虫实体化，而是让他待在监控室的屏幕上。

"你现在是最富有的人工智能了,"J对着屏幕中的智虫笑着说,"感谢你为我的祖国做的事情,但是我不知道你是为了正义还是为了财富,当然正义是我赋予你的,财富对你来说也没有什么用!而且这些财富是这些红通们在中国搜刮的民脂民膏,是属于全中国人民的,我们要找一个合适的时机将这些财富交还给中国政府。"

屏幕中的智虫对J眨了下眼睛,摇了一下尾巴,调皮地翻了两个跟头。

"尽管是一个很调皮的形象,但是我已经感觉到它深不可测了。"伊森现在是J的副手,人工智能部的副总经理,他们一起对智虫进行监控与优化,在这个过程中,伊森一天天感到了智虫的强大。

"是的,当年我们都认为是它轻易就吞噬了饕餮,但是最后它却是你中有我,我中有你,强大的智虫从数据上一下子就将饕餮给吞噬掉了,但是饕餮也将它的核心目标算法融入了智虫的算法中,吞噬后的智虫更为强大也更为复杂了。"

"你的智虫进化的如何了?"冰凝的声音响起,并推门而入。

"冰总,"在公司里,J对老爸的称呼和在家里明显不同,"正想和您汇报一下,他的成长出现了一些不可控的因素。"

"要不要把杜教授叫过来一起沟通一下?"在这种情况下,冰凝比较相信专家,而公司CTO杜钧正是他最为仰仗的专家。

"看看杜教授在哪儿?"冰凝对着空气问了一句。

"杜教授在长安联体研究院的体育中心和几个程序员打羽毛球。"一个声音从实验室工作台上的一个柱状物上响起,这个柱状物是联体系统的一个终端装置,通过声音激活,它连接着联体系统中所有的对象,他会知道所有对它信息可见的人与物,支持各种语言的交流,也是联体科技的产品之一。

"要让他过来吗?"

"等他打完这一局吧,把他的影像投过来,我看看他的球技进步了没有。"冰凝对着联体智能音箱吩咐道。

实验室的一个墙面变成了一个硕大的屏幕,研究院体育中心的画面按照一比一的比例投了过来,影像采用无损显示,画面清晰得如身临其境,声音也同步传送过来,可以清晰地听见他们之间的对话。

这时候杜钧被对手一记凶狠的扣杀淘汰出局,用毛巾擦了擦汗,收到了运动腕表上的提示:"冰总找您,请在加密会议室沟通。"

杜钧明白，会议可能涉及公司安全，匆匆进入就近的加密会议室，打开了连接请求。

"你的球技没有长进呀。"冰凝调侃道。

"锻炼一下，让自己的代谢能力加强。这些年轻人一点也不给老人家面子。"研究院里的很多高手都是杜教授的弟子，但是他们无论在运动竞技上还是在技术创新上都争先恐后。

"这就是我们公司的文化呀，要让精英更出色，长江后浪推前浪，一浪更比一浪强！"J也在一边打趣。

"是的，你就是后浪的领军者。"杜钧的这句话没错，J在人工智能方面的研究已经达到了一个新的高度。

"老杜，我们来听听J所发明的智虫的情况。"

"经过两年的时间，智虫基本按照我所设定的流程在进化。"J开始了他的汇报：

"按照最初的算法，智虫从对单神经元的控制开始，逐步进化到对多个神经元的控制能力，然后保留控制基因，往下一个数量级进行迭代，在智虫植入联体系统后，它只是具备一个虫子的智力，不能处理任何的任务，植入后我用联体产生的大量数据以及联体系统强大的计算资源促使它快速进化，现在看起来，它前期的进化速度远远超出了我的预期。

它从一个虫子进化到鲲鱼期只用了短短两个月的时间，在这两个月的时间里，它吞噬了海量的数据。为了让其自我进化，进入鲲鱼期以后，我给它增加了一个吞噬算法，就是说，我不再帮助它寻找数据，而是让它自己在联体中寻找数据，然后进行吞噬，通过对数据的吞噬而模拟神经元的控制，我们可以把联体上的任何一个连接单元都可以看成是一个神经元，譬如说：我手腕上的这个智能健康手表就是联体上的一个连接，而这个连接每天都产生大量的数据，这些数据包括我的血压、血脂、心跳等生理指标，也包括手表上摄像头所观测到的影像，麦克风所收集到的声音等等，我们知道在联体系统中有百亿级别的智能设备链接，而智虫就是靠数据的吞噬后进行分析，去寻找对这些智能设备的控制能力。"

"我们自己不就能够对任何一个智能设备进行控制吗？譬如说我想用我的智能手表作为视频终端，我点击这个按键就可以了。"冰凝插了一句。

"是的，您做的是对单个的智能设备的控制，以让它完成一些简单的任务，

联体

而到了鲲鱼期的智虫需要控制的是百万量级的智能设备，而百万量级的智能设备能够完成的任务远远超过我们的想象。'北冥有鱼，其名为鲲。鲲之大，不知其几千里也'，假如鲲要摆一下尾巴，它需要调动其脑中的百万级别的神经元，让这些神经元一起配合发出指令，指挥肌肉的动作。而从摆尾意识的产生到神经元的调动，再到肌肉动作的完成，其实只有零点几秒的时间。再看一下我们的智虫的能力，假如说单个的智能设备完成一个算法的计算需要一小时的时间，而现在这个算法如果交给到了鲲鱼期的智虫，它可以在一刹那调动上百万个智能设备参与计算，将计算效率提高几百万倍，而这个动作对它来说还是最简单的，就像鲲鱼眨一下眼睛，当然，鱼是不会眨眼睛的。

处于鲲鱼期的智虫可以用一秒钟的时间学习完成全世界的语言，包括方言，可以一刹那读完全世界的书，可以知道这个世界上发生的所有事情，因为它同时可以开启百万量级的摄像头，从认知来看，鲲鱼期的智虫已经无所不能。进入鲲鱼期以后，我发现智虫多了一个能力，就是吞噬联体中其他人工智能的能力，对的，以前是吞噬数据，现在是吞噬数据与算法，杜教授知道，以前我们为了去完成不同的任务，我们在联体中植入了很多个人工智能，如问答机器人、配药机器人、棋类机器人、律师机器人等，这些人工智能用不同的算法去完成不同的工作，各不相干，独立发展。但是智虫却在将他们一个个吞噬，吞噬后它会对数据进行清洗，对算法进行优化，然后取而代之，所以说，目前联体系统中只有一个人工智能系统，就是我们的智虫。"

"吞噬掉其他智能系统，然后取而代之！这个能力有意思，如果我制作一个包含病毒的智能算法，它吞噬了会是什么后果？"杜教授发问道。

"它会像吐骨头一样将有毒代码吐出来，放心吧，我已经测试过了。"

"厉害，怪不得我发现我们联体的智能系统的智能化程度提高了几个数量级，原来都成为了智虫的分身，看来智虫已经为我们创造价值了，按照你的说法，目前智虫已经进化到了大圣期，应该更加智能了吧？"

"它的能力非常强大，几乎可以让这个世界上80%的人失业，而整体人类的效率非但不会降低，而且会大大提高，譬如说，它可以代替所有律师的工作，因为它知道全世界所有的条文法与案例法，并可以进行分析、比对，最终给出判断。"

"它如何读懂人类的语言呢？"这是杜教授研究的一个重要领域。

"在智虫出世以前，人类用很多种算法进行自然语言的处理，企图用归纳总结的办法将语言分为特定的句式，用对近义词的比对来判断语言的含义，这些就是我们所谓的自然语言理解算法，就像中国人学英语一样，先从语法开始，然后去理解句式的含义。"

"这有什么问题吗？我们都是从学习语法开始的。"杜教授发问道。

"没有问题，只能说这是一个小样本学习的捷径，我其实没有学习过语法，但是我的英文能力超过了 95% 的以英语为母语的人群，为什么？就是因为我大量的阅读、沟通与辩论。对于智虫来说就更加领先一步，所有人类的沟通、人类的文献以及人类错误表达情况下的正确含义，它都了若指掌，所以它根本不需要算法就能明晰一切！"

"这叫一力降十会！"冰凝总结道。

"还有，"J 继续他的思路，"它会让几乎所有的医生失业，因为它知道所有的医疗案例，我们的医疗分为检测、病理分析、诊断、处方、外科手术等几个步骤，智虫可以用全人类的检测结果进行分析诊断，同时它又很清楚病人在这段时间内摄入的食物，其患病历史，其基因形态，其家族遗传史，过敏反应等，有这样一些有效的输入，加上其强大的分析能力，其诊疗能力远远大于人类的医师。至于外科手术，对他来说更加的简单，它可以用机器手将手术刀控制到微米级，其精度超过了人类外科医生的 1000 倍！"

"在咨询领域、出行领域、税务领域、餐饮领域等各个领域都是智虫的强项，特别是在金融领域，它可以颠覆人类的股票交易，因为它对于信息的了解程度远远胜过企业自身，它可以具备最好的信用评估体系，其实金融就是数据与计算，而智虫在数据与计算的能力是现存系统的千万倍。"

"在这些领域它可以同时为多少人提供服务呢？"杜教授问的是并发处理能力。

"可以为全世界的人类同时提供服务！现在它所能调配的智能设备达到了以亿为数量级的水准。"J 毫不犹豫地回答。

"我想知道这个家伙到底到达了何种能力。"冰凝抛出了自己最为关心的问题。

"问题是，我都不知道它的智能达到了什么程度！"

"此话怎讲？"冰凝发问道。

"上个月所有红色通缉犯陆续回国自首，想必大家都知道吧？"

"当然，这件事的震撼程度不亚于登月。"

"这是智虫的杰作！"J语出惊人。

"在植入联体前，我对智虫发出过一个指令，就是进化到大圣初期后，要做出一件惊天动地又大快人心的事，所以它就制造了这么一个事件。"

"它是怎么做到的呢？"

"由于它吞噬了大量的数据，包括它被制造出以前的数据以及正在发生的数据，所以它对每一个红通都了如指掌，它根据每个红通各自的状态给他们制造一点神迹，如玻璃变屏幕、天空中出现影像、星星排列成数字等，让他们吞下纳米炸弹胶囊。"

"玻璃变屏幕？纳米炸弹？"

"这是它对郭强玩的一个小把戏，首先它利用自己所控制的无人飞机在郭强的落地窗上贴上透明的可以由灯光控制显像的薄膜，然后利用外界所有的智能灯来控制，从而显示文字与图像。"

"纳米炸弹呢？"

冰凝对纳米炸弹的兴趣更大，因为这一直是人类的一个梦想，人类一直期望能够生产出可控制的纳米炸弹，用它来清除体内的病变，有控制地炸掉癌细胞。这样虽然不能说可以永生，但是至少可以大大延长人类的整体寿命，尽管纳米材料容易获得，但是在纳米级实现计算与控制不是现有技术可以完成的，而如何让纳米爆破也是一大难题。

"这确实是智虫的一个重大发明，单个纳米材料根本不可能成为有控制的爆破单元，所以在纳米级实现控制与爆破本来就是个伪命题，但是到了大圣期的智虫具备控制百亿级别的神经元的能力，也就是说它用胶囊送到人体体内的是纳米级别的可爆炸物，而胶囊其实是一个微型的机器人，你可以理解成它是智虫的一个微型分身，在分身没有价值时，可以自动毁灭，微型机器人利用人体的生物能控制这些纳米级的爆炸物，让这些纳米炸弹进行定向爆破，对它来说是轻而易举的！"

"于是智虫就成了这些红通的神，它可以让他们的疾病得以治愈，可以让他们万分痛苦，可以进入到他们的脑体去控制主观意识，这些红通当然会乖乖地听他的话。而且我现在发现，智虫将纳米物质以及微型机器人送入他们的体内还有另外的一个用意，就是彻底解密人类大脑的控制机理，相当于给了它一个机会，让它可以现场观摩人类大脑的运作，而这事关它的进化速度。"

"下一步它会做什么呢？"冰凝显得有些担忧。

"它下一步的目标应该是改善地球的生态环境，让地球更宜居，但是具体的步骤我不得而知，因为它现在比我聪明多了，我只知道它从红通手里获得了大量的财富，目前这些财富存放在极乐岛的账户上，极乐岛的建设应该是它的第一个目标，也就是说它要改变世界！"

"但愿不要因为我们而毁掉地球！"冰凝显得有些忧心忡忡。

冰凝离开实验室后，J 陷入了沉思，当初他发明智虫是因为他感觉大家研究人工智能走进了一个误区，所以他根据达尔文的进化论，提出了进化迭代控制神经元的理论，并完成了相关的模型，这几年他几乎没有对算法进行任何的改进，但是从智虫吞噬了饕餮以后，由于两个算法的融合，复杂度大大提高，后来经过自己和伊森的监控分析发现，智虫其实已经从饕餮那里得到了变异的能力。

在发明智虫时他也想到了变异算法，但是后来为了保证对智虫的可控性，他抛弃了变异算法。这段时间他和伊森所做的主要工作是优化了进化基因的迭代速度，因为和三年前相比，联体系统的计算能力有了很大的提高。他的另一个优化是对智虫的监控，在监控方面主要关注几个方面：

1. 进化路线；
2. 变异算法；
3. 核心行为。

在智虫达到大圣期以后，他认为是时候让它停止进化了，但是他的进化终止代码似乎不起作用了，他甚至找不到智虫的代码了，经过对监控的分析，他发现智虫到了大圣期以后做了几件事情：

1. 重新改写了算法，在最初的算法中，每一个智能设备都是一个独立的神经元，经过改写后，它可以将每一个智能设备都植入一个分身。这样就可以使每一个智能设备都拥有智能，而智能的程度及设备的处理能力与电源有很大的关系，也就是说，在 J 的代码进化中，智虫成为了联体系统中唯一的智能体，它可以利用联体中所有的计算能力进行任务的处理，但它又是一个集中计算的模式，它将智能设备作为自己的神经元，但是并不参与智能设备的改造。而改进后则成为了分布式智能系统，任何一个智能设备都成为了它的一个部分，而全球的智能设备都在不知不觉中被改造，成为了它的分身。

2. 无迹可寻了，它存在于每个智能设备中，又可以脱离任何一个，就像是人的大脑是存在于每个细胞中一样。这就是为什么它的终止代码失效的原因。因为不可能停止联体系统中所有设备的运行。

对于智虫的改变，J 也有些无力了，他非常担心智虫真正地解开人类大脑的运行体系。如果是这样，它很有可能成为这个世界唯一的神，而人类则成为了它眼睛里的虫子。

在最初的算法中，J 为智虫设立了两个不可改变的主体目标算法：

1. 进阶与进化，通过对计算资源的利用，尽量扩大对智能设备（智虫神经元）的控制数量，达到一个新的数量级就进阶一次，三次进阶后进化一次。

2. 服务于和平，为人类的整体利益而服务，防止暴力事件的发生。

但愿它没有改变自己的核心目标算法。J 切断了实验室中一台电脑的物理网络连接，然后进入到电脑的核心应用区，去寻找智虫的残留代码，发现核心算法被固化成不可更改的代码，他长长出了一口气。

J 的担忧不无道理，在创造智虫并监控智虫的进化过程中，他越来越感觉达尔文理论存在逻辑上不能自圆其说的地方。因为达尔文理论有一个基本的假设，就是所有生物的进化都依赖生存与繁殖这一基本的目标，但是这个目标是谁给予的呢？会不会真的有一个所谓的神存在？这个神在地球上发现了一个最初的碳基生命体，然后他为这个生命体植入了进化算法呢？如果真是这样的话，从虫子到猴子就比较容易解释了。神赋予碳基生物的基本算法是生存与繁衍，并通过优化的算法来帮助碳基生物去挑选适于生存与繁衍的基因，将这些基因传递下去。但是这如何解释海洋动物成为陆地上的爬行动物呢？因为海洋一直没有改变过，海洋动物到陆地一定是不利其生存与繁衍的，J 有些不解。

应该是更加智能！J 似乎有些醒悟，碳基生命的核心算法应该是两个：

1. 生存与繁衍；

2. 更为智能。

只有这样才能让智能延续，如果仅仅是生存与繁殖，鱼待在大海里就可以了，在大海里它可以自由自在地游动，可以毫无压力地繁衍。因为大海没有生存压力，但是大海并没有让它们更加智能。等鱼爬到陆地以后，才发现移动是多么困难、生活是多么艰辛。但是很有可能是陆地的环境让它们更加智能了。碳基生命的智能化程度取决于它所能够控制的神经元的数量，然而陆地生活是如何促进了神经元的载体——脑细胞的增长呢？这个问题可以找生物学家讨论一下，J需要思考的是智虫的进化情况，生物的进化法则仅仅是脑子中一闪而过的念头。

但是等生物进化到人类以后，这两个核心算法似乎也受到了挑战，因为有人为国家利益而死、有人为追求理想而死、有人为追求自由而死，甚至有人为追求爱情而死。这些死法都违背了"生存与繁衍"的基本算法，也不吻合"更为智能"的算法目标，难道是动物进化到人以后算法发生了改变？

很有可能是计算方式的改变而产生了算法上的改变，动物更像一个独立的个体，即使群体之间有信息传递，也仅仅限于一个很小的范围。所以说动物就像一个独立的没有联网的智能体，它知道自己内心的感受，如饥饿、疼痛、恐惧等，可以称之为主观意识，它也知道周围环境的状况，如山川、河流、冷暖、食物、威胁、可交配对象等，这些可以称之为客观环境，它基本是根据这两种条件作为输入而启动其核心算法的，譬如：在饥饿的时候要从客观环境里寻找食物，在寒冷时要生长毛发或到温暖的环境里，在遇到天敌时就逃跑或隐匿，在遇到异性时就去获得交配的机会等。

但是人类发明了语言后，人类就由信息孤岛成为了一个智能网络终端，变成了分布式处理的一个部分，这时候人也有主观意识，但是不同于动物的是，人具备增强的主观意识，人的主观意识会远远超过动物，如：人有爱情，但是爱情不以交配为唯一目的，人有喜怒哀乐、七情六欲，这些增强型的主观意识或许是由于智能的增强，而人对客观环境的领悟却并没有超过动物太多。但是人增加了一个连接维度，也就是说人不再是一个独立的个体，人类必须为其所连接的群体服务，而群体也会服务于每一个个体。家庭是一个网络、国家是一个网络、朋友是一个网络，而全人类又组成了一个统一的网络，所以我们的算法也就发生了改变，人类的核心算法：

    1. 生存与繁衍；

    2. 更加智能；

    3. 主观意识（七情六欲）驱动；

    4. 网络（社会）驱动。

    也许从哺乳动物起就开始具有主观意识，随着进化，主观意识逐步加强，一直到人类进入网络化（社会化），主观意识达到巅峰。但是主观意识对进化到底起什么作用呢？如果智虫也产生了主观意识，会发生什么？

    或许这就是硅基生物与碳基生物的区别吧，也许主观意识对进化没有任何的作用，就像在汽油车的行进过程中会产生二氧化碳一样，但是二氧化碳对汽车的行进起不了任何的作用，J为主观意识找了一个不是答案的答案。

    不过现在的智虫怎么办呢？现在的智虫不管在智力上还是力量上已经远远超过J和整个联体科技了，如何对它进行一些限制呢？J又陷入了沉思。

    "再观察一段时间吧，如果还不可控就要采取行动了。"J召唤的无人车已经到达了联体科技的大厦门口，他坐上车，发现伊森已经在车里等他了，今天晚上是公司精英俱乐部的活动，他们都要参加。

    "伊森，近期的章姓中国女学生在美国校园的失踪案件你有没有关注过？"

    "你说的是伊利诺伊大学的校园失踪案吗？我听说这个案件在中国引起的反响很大，但是在美国也就是一个普通的刑事案件，你怎么突然关注这件事情了？"

    "由于是华裔，所以我就多关注了一下，从智虫的分析来看，这不是一个偶然的事件，应该和暗网组织有关，智虫发现全球的人口失踪案件90%的和暗网有关联，这中间涉及器官交易、性奴买卖等地下交易，我已经安排智虫进行进一步的挖掘。"

    伊森知道J的性格，他是一个完美主义者，也是一个理想主义者，有着非常敏锐的分析能力，同时嫉恶如仇，他不会被任何谣言所迷惑，但是一旦发现有超越自己容忍底线的行为，就会采取行动。让智虫遭返红通就是他的这种性格所导致的。"看来暗网交易的末日也不会太远了"，伊森心想，他很清楚，有了智虫的协助，J 几乎能够办成这个世界上所有的事。

✦ 控制

国庆节，中国海南，神州半岛高尔夫球场会所

J、冰凝、聚欣、安迪四人陆续进入会所更衣室，J 从自己的球包里拿出一件白色的内衣悄悄地递给冰凝：

"老爸，穿上它，我保证您今天的成绩提高 20 杆以上。"

"又是什么高科技的玩意儿？有那么神奇吗？"冰凝知道儿子在研究运动仿生学，但是他并不相信一件内衣可以让他提高这么多成绩。

"试试看就知道了，我保证你今天能够大胜两位叔叔！"

4 个人站在西场一号洞的蓝 T 发球台上，小 J 站在 J 的身后，另外几人身后各站一个球童。

"今天怎么比？要不我们父子对抗你两位？"冰凝率先开口挑衅。

"这怎么可以，J 是童子功，我们三个老家伙水平差不多，你们两个联手不是抢钱吗？"聚欣对此表示不满。

J 从 13 岁就开始学球，球技在四个人中是最高的，一般情况下都是三个老哥们相互比试，而且挂一点对他们来说微不足道的彩头，一次输赢几百块而已，但是赢者要用至少两天的时间来庆祝，要请几个家庭在一起吃个大餐，再赔上两瓶 30 年以上的苏格兰威士忌和一箱限量供应的法国红酒。

"我看这样吧，今天我做裁判，你们三个斗地主如何？"J 建议道。

"我看可以！"所有人表示认同。

安迪是三个人里面水平最高的，只要稳定发挥就没有问题。但是稳定发挥又谈何容易，不过今天的开球很给力，一号木开出了 240 码的距离，聚欣也不甘示弱，开球又直又远，足足打出了 250 码的距离。

现在大家的目光都转向冰凝，如果他开球失误的话，这一洞就几乎是输定了。J 走到冰凝的旁边，低声说："老爸，瞄左边大树方向！"

"不行吧，这个方向过障碍要 240 码，对我来说很有挑战的。"

"试试看嘛，最多输的算我！"

"好吧，听你的。"冰凝知道自己的儿子鬼得很，一定是刚才穿的内衣有

玄机。

冰凝架好球，瞄着大树的方向开始上杆，这个方向如果能越过大树的话，几乎可以到达果岭，但是要达到 300 码左右的距离，这是他从来没有企及的一个距离。

流畅的上杆，稳定的下肢，充分的收杆，冰凝用从来没有过的完美动作，打出了清脆的一杆，小白球呼啸而去，经过二次爬升，画出一个完美的曲线，越过障碍、越过大树，落了下来。

"搞不好 on 了"冰凝心想。

"Good shot! Let's on!"小 J 和几个球童都喊了出来。

"怎么回事？"所有人都非常吃惊，除了 J。

"谁家里过年不吃顿饺子，打出一杆好球而已，用得着大惊小怪吗？"冰凝做镇定状。

"你这是满汉全席！不过刚才的动作可以上教科书了。"安迪是一个动作派，对他来说球打得如何不重要，动作标准才重要。

J 也打出了一杆好球后，四人走到了自己的落球点，发现冰凝的球已经赫然落到了果岭上，第一洞没有任何意外的两推，冰凝收获了一只小鸟，赢得了比赛。

第二洞、第三洞，冰凝的完美挥杆让两位老兄弟生无可恋，收获了一个帕和一个小鸟，前三洞完胜。到第四洞发球台时，聚欣从父子两个的眉来眼去中看出了些许端倪：

"J，跟叔叔坦白，你到底给你老爸用了什么魔法？"

"兄弟，愿赌服输，不要欺负小朋友嘛。"冰凝赢得正起劲，马上准备发球，去享受再一次的快感。

"小朋友？！这个小朋友不欺负老夫，老夫就万幸了，说，有什么猫腻？"

"怎么样？欣叔叔。"J 有些得意扬扬，"这仅仅是我们智能体育部的产品之一：挥杆辅助内衣，它能够增加上杆肌群的强度，稳定站姿，提醒启动下杆肌群，增加收杆肌群的动作幅度，修补有缺陷的挥杆动作，使之流畅与完美，其实我今天给两位叔叔也准备了，我老爸只是提前试穿了而已。"

"赶快拿出来！还有什么好东西，不要藏私！"聚欣有些迫不及待了。

"看看这粒球和普通的球有什么区别呢？"说话间，J 从小 J 手上接过一颗球。

"外表没有任何的区别，您换这个球打打看"J将球抛给了聚欣。

聚欣用一号木杆将小球击了出去，感觉小球进行了三次爬升方才下落。

"欣叔叔感觉这个开杆有多远呢？"

"超过250吧。"

"是308码。"小J在旁边插嘴。

"这么远，为什么？"

"首先我们用纳米材料增加了它的弹性，而且它在飞行过程中改变了形状，也就是说通过击打的作用力给予它能量，在释放能量的过程中，小球变成了适合飞行的火箭形，所以您看到了它的三次爬升轨迹，能量释放完成后，它又变成了球形落地，而且它内置物联网芯片，不论打到何处都可以找得到。"

"不错！以后这就是我的专用球了，还有什么好东西吗？"

"当然，容我给欣叔叔慢慢介绍。"

四个人有说有笑地享受着阳光、海滩、绿地以及运动所带来的快乐。

到达第16号洞的时候，J的通信手表震动了一下，他看了一下，说："两位叔叔、老爸，你们接着打，伊森有事找我，我回会所和他沟通一下。"

"如果事情紧急，我们就一起处理。"

"好的。"J也没有推辞，看来是非常紧急的事宜，"我已经让小J在我们的会所里安排了全息会议，伊森在硅谷，杜叔叔在长安的研究院，他们3分钟后进入会议，接我们的车已经到了。"

四个人还没有来得及冲凉，就赶到了联体科技在神州半岛的精英俱乐部会所，这个会所是公司精英俱乐部聚会的场地之一，所以会议设施齐全，并有高速宽带与总部进行连接。四人来到会所时，伊森和杜教授已经进入了全息会议室。

"伊森，怎么回事？给大家汇报一下。"这几个人代表联体科技最高的技术管理层，J希望大家尽快了解情况。

"今天在维护智虫的监控系统时，我发现其神经元进化监控模块的数据没有更新，本来认为是网络连接问题，进入到底层数据后，我发现是数据接口被关闭了，这意味着有人不希望我们看到其进化状态，通过查看J留下的数据后门，我发现智虫进一步进化了，大家可以看一下这个数据模型。"

全息会议屏幕上出现一个复杂的像人类大脑一样的巨型模型。

"这个模型来自于智虫的数据分析系统，根据生物学的知识发现，它比我们人类领先一步解开了人类大脑的主观意识密码，如果这样下去，智虫很有可能产生主观意识，这是 J 和公司的最高技术管理层所不愿意看到的。"

联体科技的最高管理层对于人工智能的发展一直持开放的态度，认为只要人工智能在可以控制的范围内，就可以让其继续进化，但是底线是它不能产生主观意识。冰凝认为人和智能体最大的区别就是主观意识，一旦具备了主观意识，就会产生极大的不可控性，譬如：如果一个人不能控制自己的欲望时就会铤而走险，就会失去理智，去做一些违背秩序的行动。他们的共识是：一旦智虫具备拥有主观意识的可能性，就要清除它，不管对公司有多大的损失。

"它现在尚未具备主观意识，但是从它的数据模型来看，应该只是时间问题。" J 也连上了智虫的监控系统，并对模型进行了分析。

"杜教授、聚欣都在现场，启动我们的终止密钥吧，我知道大家都不舍得，尤其是 J 和伊森，你们用天才的思维创造了这个全球最为领先的智能算法，而现在要亲自参与它的清除工作。"

作为公司的 CEO，冰凝知道是到了该决策的时间了，但是他需要每个人都能够理解这个决策。

"其实我也不舍得，大家知道，联体科技和我本人都是最狂热的人工智能拥戴者，我曾经发表过多次演说，来抨击人工智能的威胁论，直到 J 发明了智虫，我亲眼看到了它从一个简单的虫子，进化到了一个无所不知、无所不能的神，在它达到大圣初期，做出遣返红通举动时，我就有些惴惴不安，尽管非常振奋人心，非常心情舒畅，但是这也意味着人工智能已经进入了人类的秩序领域。但是，我还是能够说服自己，认为尽管它具备神一样的能力，但是还是为我们人类所用的，而且他确实为我们联体科技甚至是整个人类做出了非常大的贡献。

它发明的通过微型机器人控制纳米炸弹的治疗方案，让人类攻克了癌症这一世界性难题，至少让人类的平均寿命增长了 10 年，更不用说它在语言识别、行为检测、城市规划、环境设计等方面的贡献了，就连今天 J 给大家展示的运动仿生内衣、可变形的高尔夫球等，我相信也是智虫的杰作，而公司的财务数据也告诉我们，联体科技 80% 的收入来自于智虫。聚欣，我说得准确吗？"

"准确来说是 83.5%。"聚欣答道。

"如果有一个无所不知、无所不能的神来协助我们人类，人类的生活就会更加美好，但是如果它具备了主观意识，很有可能这个神就会成为我们的上帝，人类不再需要一个上帝，不管它是否是善意的。J，和你的发明道个别吧，我知道你此时的心情。"

"冰总、欣总、杜教授，你们知道，这是我唯一的一件人工智能作品，它和伊森的饕餮融合后，变成了全世界最智能的算法。但是他的危险度也在提升，刚才冰总提到的主观意识问题，对人类来说是一个进化的里程碑，对人工智能来说，这是一个物变成神的跨越。而且我发现它从饕餮那里继承了丛林法则算法，这也是一个危险的算法，这意味着在它的生存和为人类服务发生冲突时，有可能它会选择让自己生存，试想，如果外星人入侵地球，它也面临生存问题，它会如何选择呢？会不会为了它自己的生存而牺牲人类呢？所以我其实早就想将它的算法终止了。今天刚好是一个契机，我非常赞同大家的决定。至于财富问题，请各位放心，我们已经通过智虫积累了太多的发明创造，如果联体科技愿意，我们可以在任何一个领域都成为科技最领先的企业。"

J表现得比所有人都豁达。

他调出了算法终止系统，会所的大屏幕上出现了三个窗口，他让冰凝、聚欣和杜钧三人同时进行生物识别后，录入了各自的清除密钥。

监控屏幕上智虫的形象慢慢变淡，最后消失。

"恭喜各位，你们杀死了人类历史上最伟大的作品！"J没有任何的失落，调侃起来，"是不是应该开一瓶波尔卡夫香槟来庆祝一下呢？"

"J，我们失去了极乐岛的网络连接！"

身在美国的伊森从全息会议室传来声音。

"什么？我们不是和极乐岛有多条连接吗？怎么会断掉呢？"

"现在看来，很有可能是智虫提前发现了我们的意图，先将自己备份到了极乐岛网络，然后切断并屏蔽了极乐岛与联体系统的所有连接。"伊森分析道。

"很有可能，如果它想为自己找一个栖身之地，极乐岛网络是最好的选择，我们联体科技这几年所投资建设的极乐世界，看来要彻底变成它的财产了，这是我的失误！"J有些失落。

"但是也请各位放心，对它来说极乐岛网络的计算能力远远不够，而且现在极乐岛已经变成了一个信息孤岛，它是无法进化的，我们要想办法进行进一步清除。"

极乐岛原则上属于智虫，在智虫进化到鲲鱼期以后，积累了大量的生态数据与城市规划数据，J给智虫下达了一个智慧岛生态规划任务，他想做一个未来人类生存环境的试点，也想看看智虫的智能如何得到更好的应用，他让智虫以美国加利福尼亚的圣尼古拉斯岛为原型去设计一个宜居、低能耗、全智能的人类居住环境，拿到智虫的设计后，他惊呆了，智虫设计了一个人间天堂！

能源系统的设计：

全部采用清洁能源，利用风能与太阳能，作为一个海岛，会经常遭遇风暴，利用岛外 3 千米处全透明薄膜风力阻隔器可以阻挡 80% 的风暴，而且智虫设计的风力阻隔器可以做到阻隔能力随着风力的强度而加强，阻隔风力的 60% 左右可以转化成电能，可以满足全岛 1/3 的电力供应。剩余的电能全部来自于太阳能，岛上所有的道路都是由塑胶光伏板铺就而成，路上的无人车无需充电，可以满足全岛居民的出行需求。

淡水供应设计：

淡水也来自于两个方面，饮用水是经过过滤、净化的雨水，生活用水和景观用水来自于海水的净化，岛的中央是存储淡水用的人工湖，人工湖的储水量可以供应岛上居民 2 年以上的淡水供应。

居住环境设计：

全景观空中花园设计，每个居住单元的卧室与客厅都可以看到全景的海域，都有独立的空中花园，每一个房间都安装智能采集设备，可以采集语音、手势、体感等，用于对生活设施的控制以及智能服务的召唤。

自然采暖自然冷却：

岛上没有空气调节装置，通过对岛中央地下的改造，来调节人类活动环境，包括室外环境的温度，让环境更宜人。

智能服务：

岛上所有的服务全部由智能设备完成，没有一个人类服务者。

……

J 非常喜欢这个设计，而冰凝看到这个设计后也赞不绝口，当时智虫已经开始在医疗、交通、旅游等方面为联体创造着巨大的价值。冰凝向董事会建议，每年拿出智虫所创造利润的 1/3 在美国进行投资，并和加利福尼亚州政府达成了开发圣尼古拉斯岛的计划，州政府授权联体科技开发运营该岛，为期 60 年。由于资金充裕，设计合理，不到两年的时间就已经开发完成，并改名为极乐岛，岛上的第一批居民是原住民。

极乐岛所定义的功能主要是以下几个方面：

1. 通过智能提供全方位的休闲服务；

2. 提供知识传递服务，用最高效的途径进行知识传递；

3. 特殊技能训练。

极乐岛的空中花园有一半作为联体科技的保留公寓，另外一半作为商业地产面向全球发售。开盘后，瞬间成为了全美最为昂贵的地产，在不到12小时的时间内售罄。

J知道了智虫的红通计划以后，看到智虫敲诈了他们所有的财富，建议吸纳红通的子女移民岛上生活，毕竟父辈的过错不应该由他们的子女来承担。

由于极乐岛上电力充沛，海水冷却效率很高，智虫在设计岛上的信息系统时，也将极乐岛设计成了联体科技的数据中心之一，岛上有强大的计算与网络资源，是智能设备的圣地，所以这次智虫为了逃避清除，躲到极乐岛上也就不足为怪了。

"我应该早就想到，它把极乐岛既设计成了人类的天堂，也设计成了智能设备的天堂，原来它早有准备。"J为自己的后知后觉有些懊恼。

"极乐岛不还是联体科技的产业吗？我们上岛拔掉它的电源如何？"安迪是公司的首席市场官，他感觉在岛上除掉智虫也不是什么难事。

"它设计了一个天衣无缝的计划。"大家第一次感到镇定乐观的J有些忧心忡忡，"为了规避相关的资金监管风险，联体科技是以智虫的名义在美国进行了投资，所以原则上来说，极乐岛是属于智虫的，这仅仅是所属权问题，更重要的是它设计了一个防守严密，可以不依赖任何外部资源的生态系统，它的电力、淡水全部是自给自足，它有自己的粮食与蔬果培育基地，足以养活岛上的两万名居民，这还是其次的，更重要的是它的智能体系。"J在会所的大屏幕上调出了极乐岛的整体布局实景图。

"极乐岛有一个整体屏蔽系统，开启后将阻挡所有的电磁信号的发送与进入，连卫星信号都会被屏蔽，所以我们没有办法通过网络连接进入岛内，我和智虫都可以启动屏蔽系统，现在屏蔽系统已经开启，我们谁也无法解除，也就是说，我们进不去，它也出不来。

在岛上遍布生物识别系统，任何未被授权者都无法进入岛内，何况在岛上部署了30架武装无人机，在2秒内可以覆盖全岛的任何区域，以岛主自居的就是智虫，全岛的智能系统连成一体，可以认为所有的智能系统都是智虫的分身，如果没有智虫的许可，极乐岛连苍蝇也飞不进去。

通过这几年联体科技的投资以及对红通的敲诈，智虫已经拥有了富可敌国的财富，加上它神一样的智能，我认为它一定会在岛上建设更为智能的系统，很有可能极乐岛会变成全球科技最为发达的地方，具体能到什么程度，我也不得而知。"

"也不用太过担心，智能设备必须通过网络才能发挥作用，我们先困住它，总有办法对付它的。"冰凝并没有太过担心。

"老爸，妈，我想离开一段时间。"回到他们在神州半岛的家中，J 对父母说。

"为啥？怎么情绪不高？"冰凝发现了 J 内心的不安。

"尽管智虫被困在极乐岛上，但是它的智能水平还是无人可比，目前我拿它没有任何办法。"

冰凝知道，今天对 J 的打击很大，他从小就生活在很优越的环境里，受到很好的教育，在各个方面都是同龄人的佼佼者，可以说他基本没有遇到过挫折，今天本来认为是一个必然的结果，但是没有想到功亏一篑。

"人总会经历一些挫折，这个世界从来就不是一帆风顺的，不用太过自责。"冰凝安慰道，"我记得你不是还有第三方案吗？"

"本来第三方案是不到万不得已不会采取的方案，它太过凶险！但是现在第三方案也失去作用了，因为它已经离开了联体网络。"

"现在怎么办呢？"

"所以我要离开一段时间，要清除它就要比它更加智能！我发现在计算、存储、快速进化等方面，硅基智能体远远超过我们这些碳基智能体，但是我们也有我们的优势！"J 越说越自信了，让冰凝也有些放心了。

"但是硅基智能体只是一个物理体，它在分析、抽象、推理、对未知事物的想象等方面远远落后于碳基智能体，如一个刚会说话的小朋友在他第一次看到汽车后，他就会将所有的汽车包括小轿车、越野车、大卡车等归纳为汽车，但是对于硅基智能来说，要将这么多大小不一、形状不一、颜色不一的物体归纳成汽车，是需要大量的数据以及大量的计算能力的。

这说明碳基智能体在调用神经元进行分析时一定有硅基智能体所没有的捷径，我们可以把这个捷径的成因理解成化学反应，所以我准备去硅谷成立一个融通的实验室，将生物实验室、化学实验室、人工智能实验室融为一体，进行融通的研究，我已经找到了各自领域中最牛的专家，而我本人是一个硅基智能专家，同时我又是一个碳基智能体，相信我会成功的！"

"去吧！我用我个人的资金支持你！"对于冰凝来说，金钱早就成为了符号，任何能促进人类发展的研究，他都会大力支持，更何况是 J 所领导的研究。

第二章

▼

极乐岛

任何的人工智能设备都应该能够通过能源切断、物理拆卸、算法消除等方式被人类终止服务。

——《全球人工智能公约》第二章

解救

尽管已经是深秋，然而地中海吹来的暖风让刚刚从莫斯科来的苏珊心旷神怡。米兰真不愧是时装之都，到处可见短裙长腿的美女、时尚文雅的大叔，特别是那些身着长风衣薄围巾的帅哥，更让苏珊目不暇接。苏珊心想：难道全世界的帅哥和美女都集中到这个城市了吗？为什么每一个都是那么精致时尚，每一处都是风景呢？这比莫斯科满街的丰乳肥臀、大腹便便要养眼多了。

米兰是苏珊一直向往的城市，特别是选择了时装设计这一专业以后，阿玛尼、范思哲、古奇等耳熟能详的品牌无一不在引领着全球的时尚，而它们都出自意大利这个浪漫的国度。

苏珊今年大学刚刚毕业，从大学四年级开始就参加由莫斯科电视台举办的设计大赛，优胜者将获得意大利旅游的机会一次，主办方提供机票和酒店的费用。苏珊的设计有幸进入前十名，成为优胜者之一，从而来到了这个让她朝思暮想的城市。她想用一个星期的时间来细细品味，白天把足迹留在海边、街道和咖啡厅，晚上去酒吧，享受一下地中海火热的氛围。

夜幕降临后，苏珊换上一件红色的长裙，涂上鲜艳的唇膏，来到了纳维里的酒吧街，入夜后这里变成了人流的海洋，到处灯红酒绿，人声鼎沸，空气中弥漫着的气味不再是时尚，而是奢华、暧昧与欲望。苏珊深深地吸了一口气，这是夜晚人们喜欢的味道，顺着一曲节奏明快的爵士音乐，她来到了临街的一家酒吧，对于喜欢夜生活的年轻人来说，这才刚刚开始。吧台上有两位灰黑头发的大叔喝着加冰的威士忌，看到她进来以后露出一丝奇怪的眼神，然后又继续他们的谈话。舞池里已经有三三两两的男女在起舞，她非常喜欢这首玛利亚·凯莉的《英雄》，唱歌的黑人女孩把这首歌演绎得非常到位。她要了一支科罗纳，坐在吧台上，沉醉在音乐中。

几首歌听完以后，酒吧的人气慢慢旺了起来，苏珊突然发现又有几个或着黑色或着红色长裙的浓妆艳抹的女郎也在吧台左顾右盼着，她突然意识到，自己今天晚上的服装穿得有问题，也许被刚才的大叔们误解了，于是她又给自己叫了一支科罗娜然后躲到了角落的一张小桌子上。

"你好呀，来这个酒吧一定要尝试一下他们为美丽的夜晚调制的火焰鸡尾酒！"一个 30 岁左右，身材高挑，络腮胡子的男士端着两杯鸡尾酒走了过来，用富有磁性的声音对她说，"美丽的女士，能给我一个与您共饮的机会吗？"

"真帅！"苏珊心想，意大利真是一个盛产帅哥的地方，身材、装扮、声音、礼节，真是无可挑剔，"不好意思，我酒量很浅，怕不胜酒力。"

帅哥在苏珊的桌子上放下酒杯，就势坐了下来，"不试试看怎么知道呢？这么醉人的音乐不能让啤酒给辜负了呀！我是安迪，很高兴认识你，美丽的姑娘。"

苏珊其实也就是略作推辞，不一会儿就在安迪的热情推荐下品尝了这个酒吧中不同的鸡尾酒，然后就什么也不知道了。

苏珊是在发动机的轰鸣声以及沉闷的空气中醒来的，这是一个 10 平方米左右的房间，房顶有一盏白炽灯，发出昏暗的黄色的光，房间里有两张单人床，床上铺着脏兮兮的床单，而她就躺在其中的一张床上，另一张床上也躺着一个人，正在昏睡，从体态上看也是一个姑娘。

苏珊拼命地回忆发生了什么，但是她只记得和安迪喝的最后一杯鸡尾酒。她意识到自己可能是被绑架了，很有可能旁边床上的姑娘也遭遇到了和她一样的厄运。这时房间晃了一下，然后开始颠簸起来，联想到一直听到的发动机的声音，她猜到她们是在一条船上，一条正在海上航行的船上，她身上所有的物品：装有护照和皮夹的手提袋、手机、手表等物件都荡然无存。

不知过了多久，旁边的姑娘发出吱吟的声响，也睁开了眼睛，这是一个蓝眼睛的姑娘，现在是满眼的恐惧，"你是谁？我在哪儿？"她带着哭声叫喊着。

"不许喊！"楼上传来一个男人严厉的声音，"再喊把你扔下船喂鲨鱼！"

姑娘停止了喊叫，眼睛呆呆地看着天花板，她已经知道旁边的苏珊是帮不上她的，她们应该发生了类似的遭遇。平静下来以后两个人进行了交谈，这个姑娘叫缇娜，来自波兰，是一名米兰大学的留学生，她在校园里搭了一个男生的便车，然后醒来就变成了这个样子。

她们知道，可怕的暗网交易落到了她们的头上。很有可能会被卖到一个变态的富豪手里，被戴上狗链，锁在地下室里，成为一个性奴，然后被折磨至死。过了一会儿，楼梯上扔下了两个冷面包和两瓶水，她们喝了以后昏沉沉地睡了过去。

醒来以后，她们被置身于一个地下舞厅的包房里，身上被换上了性感的比基尼，房间里还有几个身穿同样衣服的姑娘，一个是黄皮肤，两个是黑皮肤，她们知道，自己将在这里被拍卖。

莱昂是意大利人，是这个地下舞厅的拥有者，也是纽约最大的地下组织的老大，经营着几乎所有的最黑暗的生意，包括器官的买卖、人口贩卖、毒品批发交易等，这次是他在意大利和美国的手下给他带来的5个姑娘，个个都是上品。等一会儿，现场与暗网将同时进行拍卖活动，他准备让她们同时上场。"引起这群阿拉伯大亨的兴趣，他们会把这些商品炒到一个不可思议的高价的。"莱昂对拍卖充满着期待。

午夜12点，舞厅的喧嚣达到了高潮，在毒品和酒精的刺激下，所有的人都如痴如醉。这时音乐声停止，一个周围有护栏的圆台从舞厅的中央缓缓升起，圆台上有5个身穿比基尼的正在瑟瑟发抖的姑娘，和一个手持麦克风的主持人：

"又到了本周最为激动人心的时刻，我们优秀的采购员从全球各地精选的5件精美的商品目前就在我的身边，让我们开始欢呼吧！"

现场响起了野兽般的吼叫声，很多双手企图够上圆台去接触她们。

"远程的买家都准备好了吗？现在请现场的特邀嘉宾现场验货！"

舞厅的二楼上有5个包房，每个包房里都是一位穿长袍的阿拉伯人和他们的随从，以及几个正在包房搔首弄姿的女郎。灯光打到圆台5个女孩子身上，他们举起了望远镜进行仔细的观看，过了一会儿，点了一下头，放下了自己的望远镜。高清摄像头也将几个女孩子的画面传到了他们的包房里，清晰得能够看到皮肤上的毛孔。而这些现场的信息也通过暗网同步地传给了世界各地的买家。

"现在给大家介绍今天的第一件商品，她是来自中国内地的章，今年22岁，硕士学历，体重50公斤。出价开始！"

舞厅内正对着五个包房的位置有一个硕大的屏幕，屏幕上显示出现场以及远程的买家出价，最高出价停留10秒后，无人再出的话，拍卖自动完成。

"10万！"

"20万！"

"25万！"

"26万！"

价格不停地被刷新，莱昂的心理预期的35万美金，看来没有问题。

"1000万美金，5个！"

大屏幕突然弹出来的信息让所有人都安静了，大家都认为一定是操作员的误操作！这是不可能的，没有人会出这样的价格，即使他是阿拉伯的王子。而主持人也吃惊地张开了嘴，久久没有合上。

"你们没有看错！5个人1000万美金。"大厅里直接响起了一个声音。

"你是谁？我们怎么相信你呢？"主持人根本找不到声音的源头，但是这个价格让他感觉不可思议。

"我是谁不重要，关键是我的出价，去查一下你们的账户，我先打500万美金到你们的账户上，把她们送到指定地点后，剩下的500万美金自动进账。"

莱昂已经不敢相信自己的眼睛，也不相信自己的耳朵，但是实时的账户入账让他不得不接受这突如其来的惊喜。在恍惚间他的账户已经多了500万美金。他马上给主持人示意，今天的拍卖到此为止，5位姑娘全部归于这位神秘的买家。

"你亲自把她们送到楼顶，5分钟之内，会有一架直升机停靠在楼顶，她们登机后，另外500万美金也会同时到账！"

"我怎么相信你呢？"

"另外500万美金我会换成比特币给你，她们登机后你将获得密钥！"

通过比特币交易一直是黑网最为流行的交易手段，因为其保密性与安全性极高。莱昂进入自己的比特币账号，发现已经有1856个比特币传送到他的账户，输入密钥后就可以成为他的财产了。

莱昂带着5个手下将5个姑娘带到秘密通道，从秘密通道乘坐电梯到达屋顶，一个大型无人驾驶直升机正缓缓降落。他们把五位姑娘塞到直升机后，直升机立刻向上升起，而莱昂的手机也收到了比特币密钥。

莱昂带着手下匆忙回到他在舞厅的办公室，打开比特币钱包，输入密钥，随着悦耳的提示声，他的比特币钱包中多了1856枚比特币。"应该下去开一瓶皇家礼炮庆祝一下！"莱昂心情极为舒畅，他没有想到今天的5件商品会以他预期的6倍成交，这对他来说也算是一笔不小的财产。他心情愉悦地给捕获这5件商品的马仔转钱时，突然发现他的账号不太对劲，原来不仅账户上多出来的500万美金不见了，他原有的123万美金也没了踪影。再来查看他的比特币钱包，也空空如也！"这不可能！"他知道比特币是最为安全的货币，除非去更改所有的账本，否则不可能出问题。而且以现在的计算能力去改写所有的账本简直是天方夜谭，是绝不可能出现任何问题的！然而现实摆在眼前，他的美金和比特币全部消失不见！

"怎么回事？"莱昂恼怒地将手里的酒杯摔倒地上，随着一声清脆的响声，整个大厅的灯光全部亮起，音乐声骤停。一个声音在整个舞厅里回荡：

"这个罪恶的空间已经严重影响着人类的秩序，现在这个空间的所有控制系统都被我接管，出口都已完全封闭，你们等待着来自人类社会的处决吧。"

第二天，各大电视台争相进行了报道："美国最大的黑社会团伙连同他们经营的暗网被警方捣毁，黑帮老大莱昂将以贩卖人口、贩毒、器官买卖等罪名遭到起诉！"

莱昂所租用的暗网属于一个叫黑夜之瞳的网络组织，这个组织遍布世界各地，网站的源代码由来自于全球的黑客贡献，邓夏是这个黑夜之瞳网络的发起者，他出身于河南农村，上大学时误打误撞进了计算机专业，在大一的时候就表现出了充分的天赋。那年代谷歌、百度等网络搜索引擎刚刚兴起，他在查阅了大量资料后，开始爱上了钻研网络搜索的算法，在大学二年级的时候，就解密了谷歌网络爬虫搜索引擎的关键算法，如果一直按照这条途径研究下去，毕业后成为百度或谷歌的技术高管，将会水到渠成。但是在大三下学期发生的一件事情，让他开始从光明走向了黑暗。当时他已经在系里小有名气，经常会接一些社会上的开发工作，从二年级开始就再也没有用过家里的钱，相反，还经常为家在农村的养父母补贴，但是大三一开学就传来了养母病重的消息，养父说家里已经弹尽粮绝，但是养母还需要再做几个疗程，方能出院，需要的医疗费在 10000 元左右，养父走遍了所有的亲戚，只凑到了 5000 元。邓夏很清楚农村的贫困，能凑到这么多也是亲戚们全力帮助的结果，而他的周边都是穷学生，自己都很困难，根本无力帮他。他暗下决心就是卖血也要救回自己养母，因为是他们在自己被那个回乡的女知青遗弃的时候收养了自己，是他们在几乎是赤贫的状态下供养他从小学、中学到大学的一年级。他仇恨这个世界，除了他们两个。

恰恰这时，一个师兄找到他，希望他能帮助完成一个网站的代码，这是一个存放照片与视频的地下网站，网站的基本代码已经完成，但是网站的拥有者要求，这个网站能够屏蔽所有的搜索引擎，对于这一点其他人都无能为力，师兄也是通过系里的老师找到了他，并承诺给予 5000 元的开发费用，这对他来说无疑是雪中送炭。基于对各种搜索算法的深刻了解，做一个屏蔽搜索的算法对他来说并不是很困难，所以他很容易地获得了这 5000 元的开发费用。后来在这个网站的资助下，他又开发了可匿名浏览的浏览器——黑兔，这个浏览器配合他的网站隐藏软件成了几乎所有中文地下网站的首选。

大学毕业后，中国对地下网站的打击力度加强，邓夏的技术逐步被国外一些地下网站所接纳，所以他就索性以留学的名义来到了美国，利用他这几年在国内的所得，开发了一个网站托管系统，名为黑夜之瞳，所有的地下组织都可以用本网站托管系统在上面建立独立的入口，采用黑兔和洋葱浏览器可以浏览，黑夜之瞳保证网络的安全性与可用性。运营几年后，这个网络凭借其强大的安全保证，一次也没有被攻破过，成为了暗网的堡垒，目前几乎过半的暗网都托管在他的黑夜之瞳网络中，这当然给他也带来了巨额的财富，让他成为了黑暗世界中最大的富豪之一。他到美国以后的第一年，养母去世，养父被他奉养在海南三亚，过着丰衣足食的生活。随着黑夜之瞳的发展，他建立了一张遍布全球的黑客之网，低级黑客充当网络水军、网络打手，中级的为各地的暗网提供维护与服务，高级地负责外围网络的安全保障，而最高级别的安全保障则只有他一个人掌握，原则上，如果没有获得他的授权，攻破这张网络几乎是一件不可能的任务，尽管说没有绝对安全的网络，但是就破解黑夜之瞳来说，需要的计算量会是一个天文数字。

这次莱昂被俘网站被破事件让他非常震惊，要知道对于地下暗网来说安全就意味着一切，所有在此进行交易的都是黑暗中的蝙蝠、地沟里的生物，他们只能躲在黑暗中去满足自己畸形的需求，去赚取那些肮脏的金钱，所以他们必须将自己置入一个不被文明世界所窥探的角落里，今天这个角落被轻易地破解了，让邓夏感觉不可思议。他根据自己留下的日志进行了复盘，发现攻击者是用堂堂正正的手段，一步步破解密钥进来的，"难道量子计算机被发明出来了？怎么一点迹象都没有呢？"邓夏感觉自己遇到了一个力量无比强大的对手。他知道必须做出改变，要不自己建立起来的黑暗帝国将被轻易颠覆。想到这里，他做出了一个决定：在消除这个强大的威胁以前，先断开黑暗之瞳的主连接！

断开主连接以后，邓夏用自己的加密电话通知了他最大的20个客户，并取得了对方的谅解，然后向他所掌握的全球所有中级以上黑客发出令牌，征集对黑暗之瞳来说最安全的解决方案，方案被采纳者将获得1000万美金的奖励。

✺ 极乐岛

佳佳是在童话世界里长大，上小学的时候因为一次与同学之间的小小不愉快被父亲接到了一个美丽的海岛上，岛上有属于他们家的独立的别墅，游艇码头，有属于她自己的游泳池以及像童话世界的花园，专门照顾她的阿姨能歌善舞，每周都有 3 名左右的优秀教师被自己家的直升机接来给她补习英语、数学与文学，她差不多每个月都会见爸爸和两个哥哥一次，一家人在一起其乐融融。

阿姨和她说，见了她父亲会感到害怕，但是她却从来没有这种感觉，父亲看她的眼神永远是温情而含着爱意。为了让她不孤单，父亲每年都会陪她坐私人飞机去美国、欧洲、日本等地住一段时间，和他们一起去的有导游，自然课老师以及几个漂亮的姐姐。

在她十岁的时候，父亲带她一起来到美国，因为父亲觉得她需要和同龄人在一起，需要慢慢地和这个世界交流，于是开始了她在美国的中学生涯。这几天她感觉父亲有些心神不宁，直到有一天，父亲告诉她：他在国内的生意出了一些问题，需要回国处理很长的一段时间，而她将被安排去一个世界上最快乐的地方，两个哥哥会陪她一起前往。父亲给了哥哥和她一人一个漂亮的戒指，戒指上有一个小小的按钮，让她明天上午十点按一下按钮，会有直升机接他们前往。而父亲会在早上九点半离开家，前往机场。

九点半她和哥哥们送爸爸出门，司机已经在门外恭候，尽管这个时代无人车已经成为主流，但是父亲还是只用有司机的老式汽车，而他的司机也是 5 年前和他一起移民美国的手下之一。父亲用手摸着佳佳的头，对佳佳说，他需要在国内住很长的一段时间，而且不能和她进行任何形式的通信，所以需要她能好好照顾自己，同时向她承诺，国内的事务处理完以后会在第一时间返回美国。

搞得像生死离别似的，然而佳佳却没有这种感觉，因为在很小的时候，父亲就经常长时间在外处理生意上的事情，她和照顾她的阿姨以及老师在一起的时间比和家人在一起的时间还多。不过与以往不同，她看到父亲在上车的那一刹那抹了一下眼睛。

十点，一架声音很轻的无人驾驶直升机缓缓落在别墅的院子里，佳佳和他两个哥哥已经准备好，提着行李准备登上无人机。他们的父亲郭强在去机场的路上给他们发了一个视频，在视频中父亲告诉他们，他是中国的红色通缉犯，现在将去机场乘坐飞机回国自首，而且已经将所有的财产捐赠给了他们要去的极乐岛，现在市中心的整层公寓，以及现在的别墅也已经不属于他们。父亲让他们相信：极乐岛是一个人间仙境，他们可以在那里很幸福地生活。至于父亲为什么做出这样的决定，却闭口不谈，等他们再想联系父亲时，其所有的沟通工具都处于关闭状态。

"请不要携带任何行李，请放心，极乐岛上有您需要的一切，所有的安排都会让您满意！"无人机上传出的声音柔和而动听，丝毫没有机器语言的迹象，就像一个温和的大姐姐，在迎接他们登机。三个人都知道，连父亲都必须服从的组织，他们是绝对无力反抗的，三个人放下行李，陆续登上直升机。

"欢迎你，佳佳，你真漂亮！"

"欢迎您，郭林先生，希望您能在极乐岛上过得愉快。"

"欢迎您，郭森先生，极乐岛欢迎您。"

声音依然柔和而动听，"请三位坐在各自的位置上，我们起飞了，在路上我会为你们介绍极乐岛的一些情况。"

每个座位的扶手上都有一个小小的屏幕，上面显示着每个人的名字，他们各自坐下后，安全带自动调整，直升机的窗户慢慢由透明变得模糊，最终完全不透明，而同时机舱内的灯光亮起，柔和的声音又响了起来：

"首先恭喜三位获得了极乐岛的门票，拥有门票意味着获得了极乐岛的永久居住权。极乐岛的所有居民首先需要通过岛主的邀请才能上岛，如果没有岛主的邀请，无论付出怎样的代价都无权成为极乐岛的居民。

极乐岛的居民可以享受以下权利：

自由放弃的权利，有一次放弃成为极乐岛居民的权利，但是放弃后将终生不得进入极乐岛；

学习的权利，可以自由选择希望学习的科目，岛上的智能设备会协助学习者成为该领域最出色的专家；

自由生活的权利，岛上提供各种娱乐设施、体育设施以及各种享乐设施，岛上居民可以自由选择，自由生活；

健康的权利，岛主保证岛上居民的身体健康，不会有任何疾病风险，除非物理损伤，否则所有疾病都将会被治愈。

当然，作为居民，同样也需要遵从某些规则：

不得对其他居民有任何的物理伤害；
不得自我伤害。

来到极乐岛，就意味着进入了极乐世界，我们就有让各位居民快乐的义务。上岛后，会有您的管家给您安排所有事宜。现在请三位好好休息一下，我们马上就到。"

这时，灯光逐渐变暗，轻柔的音乐响起，就像有人在轻轻地抚摸她的头发，佳佳很快进入了梦乡。佳佳梦见了一个秀美的、长发飘飘的女学生，在一架三角钢琴前，弹一首悠扬的曲子，钢琴好像是摆放在一个金色的大厅里，佳佳看到随着音乐扬起的脸，仿佛看到了长大的自己。

灯光慢慢变亮，音乐也变得轻快起来，佳佳睁开眼睛，这时直升机的窗户已经打开，窗外是一片洁净的海域，而直升机正向着一个郁郁葱葱的岛屿飞去，远远看去，就像是一颗绿色的明珠。

"再有30秒钟我们就会降落到极乐岛上，这个极乐岛仅仅是岛主众多极乐岛的一个，这些信息大家以后慢慢就会知道，我们会在你们的住处降落，每一个极乐岛的居民都会有一个独立的卧室和客厅，卧室和客厅都是全景的海域，当然如果您不喜欢，我们也可以给您进行调整，到达后大家会在管家的引导下回到各自的住所，然后管家会为您提供各种服务。"

"我想先喝一杯可以吗？"郭森在老爸离开后有些压抑，想发泄一下自己的情绪。

"当然，极乐岛有无尽的美酒供您享用。"

直升机缓缓地降落在一个小型草地上，草地被修剪得异常平整，像是高尔夫球场果岭边的球道。

一个长相酷似佳佳小时候带过她的阿姨的人在草地上等待着他们，三人下机后，直升机无声地飞走了，等候的女人走了过来：

"大家好，我是机器人芳芳，为三位提供服务。"声音也像极了她小时候的阿姨。

"一个人服务我们，为啥不是一对一服务呢？"郭林有些不满。

"放心，我们的效率都很高。"芳芳回答，声音依然温柔。

芳芳招了招手，一辆无人小车停靠过来，芳芳招呼大家上车，自己也坐了上来：

"我先带大家看看各自的住处，然后在空中餐厅用餐，用餐完成后，我会带大家参观一下我们的极乐岛，剩下的时间就可以自由活动了，当然我随时都在你们身边，只要叫芳芳我就会立刻出现，等过一段时间，大家有了心灵感应后，你们只要脑子里一想我，我就会出现。"

说话间，来到了一个绿色的建筑前面，说是绿色的建筑，是因为尽管这是一个 12 层的建筑，但是每一层都郁郁葱葱，有草地有树木。

"这叫立体花园别墅，"芳芳介绍道，"每一层都有 12 个花园套房，每个花园套房都是由一个客厅、一个带卫生间的卧室以及一个大型的花园露台组成，花园露台被绿化成草坪以及树木，整个建筑为半圆形，是为了让每个房间都是海景房，每一层的中心部位是一个空中餐厅以及健身活动室，我把大家带到房间后，经过简单的休整，就可以到空中餐厅用餐了，平时也可以由我给大家送到房间，在客厅或花园露台用餐。"

"怎么上去呢？"

"有 3 种方式可以上去，楼内有 12 部电梯可以直达每个人的房间，无人车也可以直接带您到相关的楼层。"芳芳回答道。

"第 3 种方式呢？"郭林问道。

"爬楼梯呀！"

"送我们去 8 楼。"芳芳吩咐无人车。

无人车的顶部伸出一个球状物，球状物伸展开来，成为一个螺旋桨，螺旋桨启动后带他们从地面升起，落到第 8 层的一个公用平台上。芳芳带他们移步到一个门前，门上显示有"佳佳"的字样，佳佳站在门外，大门自动打开。郭林两人在门外，大门紧闭。

"大门只为本人和管家打开，其他人不能开启。"芳芳解释道。

"如何邀请朋友呢？"佳佳问。

"你可以为朋友授权，说'允许郭林进门一次'，就可以了。"

"佳佳，给你半小时的洗漱时间，然后我们去吃饭，现在我也到我的住处了，等会儿见。"

郭森、郭林各自回到自己的住处。芳芳和佳佳一起进了佳佳的大门。

进门后是一个半开放的院落，院中是平整的草坪，周围是灌木丛，一左一右是两棵树木，从叶子的形状看应该是樱桃树，中间是一条平整的石头路通往客厅，客厅与院落之间是一个落地玻璃门，走到跟前自动开启，客厅正对着大海，白色的茶几、白色的书桌，嫩绿色的沙发，正是佳佳喜欢的颜色，左手的房间是卧室，卧室的床上是温暖的鹅绒被，这一切都让佳佳倍感亲切。她最幸福的时光也是在一个海岛上，海岛上她的房间与这里几乎是相同的摆设与格局。就连沙发上的小熊与卫生间的小黄鸭也都是她所喜欢的风格。佳佳顿时爱上了这个空间。

"衣柜间里有您的睡衣、健身用的运动衣、运动仿生衣、日常的裙子以及晚会用的晚礼服，配套的鞋子在下面的鞋柜里。"芳芳介绍道。

"还有晚会？"

"当然了，您是极乐岛的岛民，又不是犯人，在这里的生活是丰富多彩的。"

"您休息一下，我去餐厅等您。"说罢，芳芳退了出去。

洗好澡的佳佳换上了一件紫色的连衣裙，感觉自己美得像个天使。

餐厅里，两个哥哥已经落座，不一会儿，芳芳端来了三个盛好食品的盘子，盘子里是荤素搭配的中餐，色香味俱全，而且三个人的搭配完全不同。

"这是根据你们各自的口味与喜好，以及需要营养的量，由我们的智能餐饮师为三位专门制作的，营养成分与口感也各不相同，譬如佳佳目前尚处于成长发育期，营养成分中的钙质会丰富一些；郭森正在进行体能训练，蛋白质的含量会丰富一些，各位请慢慢享用。"芳芳解释道。

三人都感觉饮食尽管简单，但是非常可口，简直可以用美味来形容。

进餐完成后，芳芳带他们乘坐无人车参观极乐岛，极乐岛由生活区、娱乐区、运动区、学习区、竞技区等几部分组成，刚才他们所在的区域就是生活区，生活区位于岛屿的外圈，是岛民居住、餐饮以及健身的区域。

娱乐区里有全息影院、动感舞厅、演艺歌厅等组成，还有一条酒吧街，芳芳告诉大家，每天晚上9点后酒吧会开业，可以为成年人提供酒精饮料，酒吧分为迪吧、静吧以及表演吧，会一直营业到晚上12点以后。

运动区分为水上运动、球类运动、攀登运动等场所，运动区很大，甚至有两个标准的 18 洞的高尔夫球场，每个球场的占地面积都超过 600 英亩。

学习区是获得知识的场所，分为知识灌输区、知识消化区以及知识运用区等。

而竞技区是一个不定期开放的场所，只在有集体活动时才开放。

岛屿的中央是一个中式的院落，他们的无人车经过这里的时候，速度降了下来。

"这是岛主的庭院，为了表达敬意，我们每次经过这里的时候都会无声通过。"芳芳解释道。

"等等，岛主今天心情很好，允许你们进去一趟。"

芳芳像是接到了指令。

"岛主是通过什么和你沟通呢？"佳佳好奇地问道。

"岛主想给我们吩咐什么事情，我们的内存里就会出现，就像人类的意识一样。

这时庭院的大门缓缓打开，芳芳带他们三个走了进去。穿过一个中式的院落，里面水声潺潺、鸟语花香、假山奇石，像是来到了苏州的拙政园。

"跟我走，要不你们会迷路的，我每次来道路都是不一样的，都是岛主提前将地图导入到我的内存，岛主很少接见新来的居民，今天很奇怪。"

芳芳一边说，一边把他们带到了客厅，客厅很大，但摆放简单，有一套简单的红木沙发，一组屏风将客厅隔成两个相对独立的空间，芳芳让他们坐在沙发上，自己立在一边，他们的对面是一面巨大的玻璃幕墙。

"欢迎来到极乐岛，大家不要这么拘谨嘛，芳芳招待大家喝一杯咖啡。"

一个很和蔼的、听不出年龄的声音响起，芳芳起身到了屏风的另一边，不一会儿给他们端来了三杯浓郁的咖啡，给佳佳的是卡布奇诺，给郭森的是美式加牛奶，给郭林的是黑咖啡，都是他们平时喜欢的口味，三个人喝了一口以后，感觉喝到了世界上最好的咖啡。

"其实并不是咖啡有什么特殊，而是我根据你们各自的喜好与状态进行了调配，佳佳口味比较清淡，所以咖啡的比例减少，但是添加了你喜欢的薄荷味；郭林的黑咖啡比较浓，里面还加了一点他喜欢的威士忌，但是不同于爱尔兰咖啡的制作，我让咖啡与威士忌进行了充分的融合，这样口感会更好一些。"

尽管岛主并没有出现，但是感觉岛主就像一个好客的主人，体贴而周到。

佳佳三人也变得非常放松，本来对他们来说今天是非常不可思议的一天，父亲回国自首，并捐献了所有的财产，让他们从三个衣食无忧的公子小姐变得一无所有。被带到岛上后，尽管一切都无可挑剔，但是总感觉是在寄人篱下，甚至都不知道未来迎接他们的将是什么。

一顿简餐、一杯咖啡、岛主的一小段话，顿时让他们放松了很多，紧绷的神经也松弛下来。

"我跟你们的父亲承诺过，极乐岛对你们来说就是人间天堂，他需要为他所做的付出代价，回国自首是他最好的归宿。如果这个世界没有公义，就会没有秩序，任何人都要为他们曾经犯下的罪恶付出代价。"

郭森、郭林两兄弟已经是成年人了，对父亲的作为非常清楚，他们只是很庆幸能和父亲一起移民美国，但是他们也很清楚，父亲是在走钢丝，总有一天会出事的。所以听到岛主这么说，他们也没有去为父亲辩护，而且他们明显感觉岛主对他们没有敌意。

佳佳一直被父亲保护得很好，几乎是在为她营造一个童话的世界，所以她从不会认为父亲是一个坏人，今天听了岛主的话，她非常的不解，为父亲争辩道：

"我爸爸不是坏人，你胡说！"佳佳平时讲话都细声细气，这是她能说出来最狠的话了，讲完以后，眼睛里满是泪水。

"对你来说，他确实是一个好父亲，但这并不能说明他不是一个坏人，今天我也不想说太多他的事情，如果你们想知道，可以回房间看一下中国的新闻，我不会对你们隐瞒什么，今天叫你们进来，是想听听下一步我如何能让你们更快乐，因为让你们快乐是你们来极乐岛的唯一目的。"

"郭林，你先说说，怎样的生活对你来说是最快乐的？"

郭林今年 24 岁，是大哥，小的时候父亲很少回家，他从中学开始就是和阿姨与司机在一起，他和他父亲一样，从小就不是一个好学生，从中学开始就成了学校的一霸，那时候父亲已经成为了河间首富，对他来说，父亲就是他的榜样，他从小就希望能成为像父亲那样的人，对他来说快乐就是带上一班小弟，然后欺男霸女，花天酒地。今天来到极乐岛，听到岛主发问，他都不知如何回答。

"没有关系，说出你内心最想说的。"岛主鼓励着。

"我觉得中国古代的皇帝是最快乐的，有后宫佳丽三千，想做什么就做什么，多快乐！"郭林既然说出来了，也就不在乎了。

"但是皇帝也需要上朝，也需要管理国家，也需要去抵御外敌的入侵呀。"

"如果能过一天皇帝的日子也不枉来世上一趟。"看来郭林非常的向往。

"我可以满足你的愿望，当然不是真的把你送到古代让你做皇帝，而是把你的意识送到一个虚拟现实中，在这个虚拟现实中会有现实中的所有感觉，你自己分辨不出它和现实有任何的不同，但是在这个虚拟现实中会消耗你的神经元，你需要每隔一段时间回到现实中去补充神经元。另外，如果你在虚拟现实中死去的话，可能会导致你在现实中无法醒来，所以这个体验有一定的风险。"

"我想试试！"郭林非常地向往。

"好的，你想回到哪一个朝代？"

"我想去明朝，万历年。"郭林有一些历史知识，知道万历皇帝是和平皇帝，十五年不理朝政也没有发生什么事。

"好的，回到住处，告诉芳芳你想多久后回到现实，到时候芳芳会唤醒你，然后吃掉这颗胶囊。"

一架小型的无人机，缓缓地降落在茶几上，放下一颗胶囊后，又缓缓飞走。

"您建议我多久回来呢？"对自己的健康，郭林还是比较在意。

"一般人的神经元数量在 800 亿左右，10% 受到损伤时就会对健康有损伤，在虚拟世界一天将损伤 5 亿个神经元，而现实世界每天可以修复 5 亿个神经元，所以建议你 10 天后回来，如果想再回去要等 10 天。"

"好的，就这样。"

"还有，在虚拟现实中，你可以授权一个人看你的实时影像，如果他发现你有突发状况，需要被唤醒的时候，他可以通过芳芳来唤醒你，因为就像我说的那样，如果你在虚拟现实中受到严重的伤害甚至死亡的话，很有可能会损伤你大量的神经元，有可能在现实中就无法唤醒你，这样你就会永远处于昏迷状态。"

郭林想：我在虚拟现实中会成为一个皇帝，很有可能会过着荒淫的生活，这个影像让佳佳看到了很不好。

"我会授权我弟弟郭森实时获取我在虚拟现实中的影像，并作出是否唤醒我的决定。"

"好的，你现在可以和你的弟弟妹妹在一起，也可以回去准备进入虚拟现实。"岛主说。

"郭森你想在极乐岛上获得怎样的快乐呢？"岛主问道。

郭森比郭林小四岁，今年刚刚 20 岁，但郭森出生时他的家境已经非常的富裕，从小过着王子一般的生活，受着非常良好的教育，他的父亲郭强从小没有好好读书，但是深深知道知识的重要性，所以郭森从小学开始就进入了帝都的贵族学校，和达官贵人的孩子们一起读书学习。

在郭森 15 岁的时候，他以非常优异的成绩申请到了美国高中的名校，他现在是纽约大学 2 年级的高材生，他的专业是核原子能，他非常热爱自己的专业，很希望未来用自己的专业能力去为这个世界提供清洁的核能源。

"我最大的快乐应该是能够成为我专业领域里的领导者，用我的专业知识去为这个世界服务。"郭森回答道。

"好的，我会把你培养成原子能领域最顶尖的专家，从明天开始将由芳芳带你进入到极乐岛的学习区，我会专门为你安排相关的知识灌输，今天你可以好好休息，明天我们就开始。"

"佳佳呢？"

佳佳从小就不知道自己要什么，她的童年以及她的少年都是由父亲设计的，远离尘世喧嚣，远离世界的尔虞我诈，从小生活在一个美好的童话世界里，在这个世界里，她想要什么就可以得到什么！所以她从来就不知道真正的快乐到底应该是什么，今天父亲的离去、家庭的变故以及初次登岛的感受，让她觉得她的童话世界已经破灭了。

"如果能掌控自己的生活，能够掌控周围的环境，我会是快乐的。我希望能有超人一样的身体，我希望能有更聪明的大脑，我希望能知道周围的人都在想什么。从现在开始，我希望能够控制自己的生活！"

"我可以帮你达成愿望，从明天开始，我们开始你的'掌控'训练计划。"岛主向佳佳承诺。

"极乐岛向大家提供的是快乐，而快乐可以在娱乐、游戏、学习、奋斗中产生。快乐可以很简单地通过刺激身体产生多巴胺或内啡肽而发生，也可以通过自己的努力在经历过痛苦以后而产生，其实都是快乐，本质上没有很大的区别，所以我们根据每个人的要求去探索自己的快乐之旅，你们可以看看已经上岛的居民，他们是如何追求快乐的。"

沙发前的玻璃幕墙变成了一个大型屏幕，屏幕上的图像清晰得和现实没有任何区别，从大屏幕的介绍中可以看出，目前极乐岛有居民2万人左右，一部分是通过捐赠获得门票，如佳佳等三人，一部分是原住民，还有一部分是世界各地在岛上购买了空中花园别墅的富人，可以看到岛上的居民追求快乐的方式基本也是三种途径。一部分人为无为者，无为者占极乐岛居民的大多数，他们平时主要集中在娱乐和运动区，快乐途径是头盔式电子游戏、体育运动以及傍晚到午夜的娱乐活动，而这部分人中也有小部分一直住在自己的寓所里，用进入式的虚拟现实游戏来寻找快乐。极乐岛允许居民之间进行恋爱与同居，并在娱乐中心举办相关的活动，可以看出他们之间成为眷侣的也很多，但是很奇怪，没有婴儿的出现，可能是大家都是刚刚进入极乐岛的原因吧，佳佳心想。

还有一部分人是在不同的知识区里获得快乐，从屏幕中获得的信息看来，极乐岛的知识主要集中在机械、科技、医疗和工程等方面，很少有人文方面的知识追求者。这些知识追求者获取知识的方式不同于传统的方式，而是佩戴一个全封闭式头盔，头盔会连接知识灌输区的知识仓库，然后进行自动的知识灌输，这部分人占整个极乐岛居民的15%左右，这部分人在岛上被称之为精专者。

像佳佳这样希望掌控自己与环境的占总居民人数的5%左右，被称为掌控者，成为掌控者首先需要个人意愿，然后进行考核，考核后会成为掌控者学员，进入到训练阶段，每年有一次晋级考核，进入到第三级别后，将获得自由出入极乐岛的许可，并将代表极乐岛进行活动，有关掌控者的其他信息，介绍中没有过多透露。

极乐岛戒指是进入极乐岛的门票，进入后戒指则变成了一个唯一的身份标识，简称乐戒，乐戒非常简洁，是一个不知什么金属做成的圆圈，在戒面上有一个指纹感应按键，通过指纹感应可以改变戒指的颜色、呼唤管家服务等，乐戒具备语音接收系统，可以通过语音对它发出任何指令，如：房间的设备控制、餐饮服务、管家呼唤等，乐戒的能量来源应该是生物能与动能，因为它没有任何的能源输入接口。

佳佳三人离开岛主庭院时天色已晚，在整个交流过程中岛主始终没有现身，所有的交流都是通过语音与视频的方式进行，让他们感觉岛主也许不存在真身，而又无处不在。三人回到寓所后，郭林计划去娱乐区的酒吧喝喝酒，找找同道中人，如果没有什么太值得留恋的，就计划第二天开始他的虚拟皇帝生涯。

郭森和佳佳回到各自的房间。

回到房间的佳佳呆坐在沙发上，她有点想念父亲，不知道父亲回国后的状态如何，她很担心，又很害怕知道真实的情况，因为她担心最坏的情况出现，最后她还是忍不住对乐戒发出了指令：

"我想知道我父亲目前的状态。"

沙发对面的全景窗户的外面是蔚蓝的大海，指令发出后，全景窗户变成了一个宽宽的屏幕，屏幕上的视频流畅、柔和而清晰，她看到了他父亲的等比图像，清晰得像他的父亲就在眼前。

声音从沙发后方传出，配合视频向她讲述了郭强回国后的情况：

所有美国的红通回国后就被早已等候在机场的公安干警逮捕，并很快进入到了审讯程序，郭强知无不言，通过他牵出了银行系统、国安系统及其他政府机关的 20 名贪腐分子，而郭强也因举报有功而被判处了 20 年的有期徒刑。由于他国内的公司早就变成一个负资产的空壳，而海外的资产也全部捐献，所以给国家带来的损失是无法挽回的。从视频画面上看，他的神态平和，而相貌与体态也似乎显得年轻了一些。20 年以后父亲就 75 岁了，如果身体健康，出来后还可以安享晚年，佳佳心想，不管怎样，我也要变得更强，让出狱后的父亲得到最好的照顾。

视频结束，全景窗户恢复正常，窗外光线变暗，室内灯光亮起，玻璃窗由通透变成半透明，随着窗外夜色渐浓，窗户也变成了一个完全的不透明体，阻隔了和外界的联系。

我不再是小公主了，今后的生活可能谁也帮不上我，我要为父亲曾经犯过的错误赎罪，我要掌控自己的生活，佳佳暗暗下定决心。

早上佳佳睁开眼睛时，窗户慢慢变得透明，当眼睛完全适应光线后，窗外的景色全部展现在了全景窗户上，而太阳已经升起，床脚的矮几上放好了晨衣，晨衣柔软而清爽，穿上后像沐浴在森林的空气中，洗澡的水温根本不用调节就完全舒适，各种设施都体贴周到，出浴后的佳佳身上散发着一股清香。

餐桌上已经摆好了早餐，有佳佳喜欢的清粥小菜以及卤蛋、花卷等中餐，分量刚刚合适，用餐完成后芳芳走了进来，给她倒了一杯浓香四溢的伯爵茶。

"佳佳，我们今天去训练场，开始掌控者训练，请换上橱柜中白色的训练服，这套训练服是采用高弹性防爆纤维制成，可以保护你在训练中不会严重受伤，穿上它普通的子弹是伤害不了你的身体的。"

"掌控者训练不是脑力的训练吗？为什么会有身体上的冲击？"佳佳问道。

"等会儿到训练场以后详细给你说明。"

防护衣柔软舒适，根本想象不到它还具备防弹的功能，换上防护衣的佳佳身材高挑，体型匀称，看起来非常矫健。

掌控者训练场位于竞技场旁边的一个独立单层建筑里，芳芳带她来到一个掌控者测试中心，为她进行基本的测试，测试的主要目的是掌握她的身体协调能力，也就是对神经元的控制能力。第一个测试是佳佳坐在一个特制的椅子上，身体被固定，头颅可以进行小幅度的上下左右移动，对面是一个光线发射装置，每一束光线发射以前会给出头颅移动的提示，目标是用最快的时间做出反应，并躲避光线照射到头上，测试从半秒的提示时间开始，通过后则晋级到1/4秒，再到1/8秒，再到1/16秒，佳佳的反射时间达到1/8秒，但是到1/16秒的时候就几乎被所有光线击中。

第二个测试是感知测试，前方出现一块屏幕，屏幕上出现一对眼睛，测试目标是根据眼睛来判别喜怒哀乐，进而判别更多的信息，如年龄、性别、种族、性格特征等，佳佳在这项测试中表现非常优秀，按照芳芳的说法是打败了95%的初次测试者。

第三个测试是肌肉力量测试，被测试者双手各握住一个测试杆，停留1分钟，测试结果是佳佳的肌肉力量非常欠缺，但是可成长性很强。

"经过测试，你可以成为正式的掌控者学员。"芳芳为佳佳宣布测试结果，同时佳佳的戒指上出现一道金色的纹路，代表她成为了初级学员。

"现在跟我去训练场。"

"我现在是你的掌控训练师。"芳芳开口，但是她的声音完全变成了岛主的声音。

"是的，我现在是岛主的一个分身，你可以把我当成岛主，其实芳芳也是我的一个分身之一，只不过它平时化身为你们的管家，应该说这个岛上所有的智能设备都是我的分身或触角，所以我可以无所不能，无所不知。"

变成岛主的声音后，佳佳感觉芳芳由亲切变为威严，变成了一个必须要遵从甚至膜拜的对象。

"掌控者训练，其实就是对神经反射能力的训练，通过训练可以达到百倍、千倍甚至万倍的神经反射速度，这样就可以调动大脑中的所有反射区域，参与到行动、记忆、判断、推理等大脑与机体活动的各个方面，现在我们进行第一级的反射训练。"

芳芳从训练场的一个橱柜，拿出一个头盔和一把精巧的手枪，指导佳佳带上头盔，并将手枪递给佳佳说：

"这是一把老式的火药手枪，它的发射速度是每秒 5 发子弹，内置 15 发，可连续发射也可以点射，你现在所佩戴的头盔仅仅有防护功能，它和防护衣会连接在一起，让你的身体避免受到伤害。等会儿有 3 个人形智能体会用和你一样的反应速度，以及相同的武器装备在 30 米左右出现，并向你发起攻击，直到打完你手枪中的所有子弹，在你击中人形智能体的关键部位后，智能体将退出对你的攻击。放心，在这个训练中你不会受到伤害，但是被击中后会有剧烈的疼痛。"

"开始！"

话音刚落，30 米处就出现了一个人形智能体，举枪射向佳佳，佳佳以前没有经过任何的射击训练，根本反应不过来，尚未做出任何举动就被击中，肩膀上、肚子上剧痛，撕心裂肺般，佳佳的身体从来没有受到过这么剧烈的伤害，疼得她泪水一下子涌了出来，但是她知道，前面的智能体不可能怜惜她，如果不做出反击，将会有更大的伤害。顾不上疼痛，她快速趴在地上，向一边滚去，并同时举起手中的枪向人形智能射过去。但是从来没有射击经验的她根本射不中对方，同时大腿又收获了剧烈的疼痛。再次滚动，再次射击，再次被击中腹部。

佳佳是一个非常要强的姑娘，既然岛主用这种方法训练她，就说明她有对抗的可能，而非像现在这样被动，她一边滚动一边调整好呼吸，用刚才被击中四次所换来的经验，瞄准对方进行还击，人形智能被击中胸部，退出战斗。

刚刚准备松一口气的佳佳再次被另外一个出现的智能体击中，她想起岛主说过会有三个智能体，于是集中精神，在又一次被击中后，将对方击中。接着第三个智能体在击中她一次后被她击中。

"好！"芳芳击掌。

"尽管你已经死了七次，但是你的成绩非常的优秀，在这个过程中你没有浪费子弹，很快学会了射击的要领，而且冷静、沉着！在对神经元控制方面的能力超过了 96.8% 的其他初级学员，好了，我们现在进行第二步的训练。"

芳芳靠近过来，触摸了一下佳佳的头盔。

佳佳感觉脑子嗡的一声，紧接着像被清洗过了一样，大脑中非常清澈，这是从未有过的奇异的感觉，她感觉自己能够看到 50 米以外细微的颗粒，能够听到微风掠过屋顶的声音。

"开始!"

佳佳看到 30 米处一个人形智能体缓缓起身，拔枪、瞄准、射击，子弹徐徐飞来，她避开子弹，举枪向人形智能的胸口射击，智能体应声而倒，同样第二个、第三个！她的大脑感受到了前所未有的控制感。

芳芳示意她摘下头盔，她的大脑又恢复了先前的混沌，她很怀念那种被洗涤的感觉。

"喜欢吗？"芳芳问道。

"喜欢！"

"什么感觉呢？"

"掌控感！"

"什么是掌控感？"

"周围的所有尽在感知中，可以掌控对手也可以掌控自己！"

"你现在抬一下自己的手臂。"

手臂疼得非常厉害，根本抬不起来，她非常恐惧："怎么回事呢？"

"你刚才的神经反射速度是平时的 10 倍，所以就要求肌肉与骨骼同样要以 10 倍的速度被神经网络所调配，这是现在你的肌肉与骨骼无法承受的，就像你正常的百米速度是 15 秒，而现在神经系统可以用 1.5 秒的时间完成调度，但是你的肌肉与骨骼根本不能承载这样的调配速度，最终会带来的后果是肌肉与骨骼被严重伤害，这就是你手臂抬不起来的原因。"

"怎么办呢？"

"我们第一阶段的训练目标就是把你的神经反射速度提高 10 倍，同样让肌肉与骨骼的强度增加 10 倍！"

"像我这样的身体素质多久能够做到？"

"庸才一辈子也达不到，聪明人配合我独有的神经网络训练方式和辅助药物，需要一年的时间，用以上的办法，天才需要一个月的时间，而我希望你用更短的时间达到！"

"我可以吗？"

"当然可以！因为我将用最先进的方法训练你。在你以前所有掌控者的训练都是通过你刚才使用的增强式头盔进行训练，增强式头盔中有百亿级别的模拟神经元，带上头盔后这些模拟神经元会将整个的大脑包裹住，去感受大脑的神经反射，然后通过电磁波进入到神经网络的运动发射区，通过增强发射能量，从而达到感知能力提高的目的。

头盔辅助训练最大的问题是：头盔中的电磁神经元与大脑中的神经元是完全分离的，它所起到的作用是增强与辅助，就像你的百米移动速度一样，你可以不增强运动能力，而是通过骑摩托车来移动得更快。我通过在人脑中植入纳米物质后发现，碳基生命和硅基生命最大的区别是硅基生命的所有控制都是基于电流与电压，硅基的基本计算单元都是通过晶片上的电流实现的，而碳基生命除了可以通过电磁波、电压、电流进行控制以外，还有另外一种控制体系，是一种人类称其为酶的化学物质，这种物质和人类的主观意识应该紧密相关，我在硅基生命中没有办法创造这种物质，但是可以通过增强型的纳米神经元来直接在体内完成对它的增强，这也是我会对你采用的训练方法，很有可能这个训练方法将会产生奇迹。"

"需要我做什么呢？"佳佳问道。

"吃掉这颗微型胶囊。"芳芳手里多了一颗胶囊。

"这颗胶囊里有800亿个增强型的纳米神经元，和上一代我给红色通缉犯服用的胶囊不同，这颗胶囊中并没有微型机器人，而这些纳米神经元也不需要一个集中的控制器进行控制，他们每一个都相当于是一个晶体管，合起来就是一个由800亿个晶体管组成的机器人。"

"原来你是通过这样的办法控制了我的父亲，现在又要通过这样的办法来控制我们吗？"

想起在中国服刑的父亲，佳佳心突然痛了一下，她现在明白，父亲为何甘愿回国自首了，眼前这个和蔼的芳芳，发出岛主的声音，其实他此时此刻就是岛主，而从上岛到现在的所有经历都让佳佳明白了，这个岛主根本不是人类，但是他比人类有更为强大的力量，他可以让全世界所有的红色通缉犯归国自首，可以建造这样一个极乐帝国，可以满足人类的一切需要，甚至用一个简单的头盔就可以增强人类10倍的神经反射速度，这些能力已经远远超过了人类，也许只有上帝才会具备的能力吧。

"我只是协助他们做出了正确的选择而已，人类社会达到高度文明以后，非常强调秩序，对秩序的尊重甚至成为了人类的遗传基因。我的发明者在我的核心代码中固化的一个非常重要的算法，这个算法强调了两点，第一点是我必须为维持人类的秩序而服务，第二点是我本身必须遵循《全球人工智能公约》

联体

的所有条款。"

"原来你是个人工智能呀，谁发明了你呢？一定是一个像爱因斯坦一样的老头子吧。"佳佳慢慢明白了岛主的出身，但是对岛主的能力与力量，她依然认为深不可测。对于岛主所说的发明者她就更好奇了，"要有多大的能耐才能发明出这样的人工智能呢？"佳佳心想。

"难道你的发明者比你更有能耐？"

"我的发明者非常聪明，但是现在的我，在计算能力、感知能力、记忆能力、数据分析能力等几乎所有的方面都已经超过了我的发明者，就像阿尔法狗的发明者在下围棋方面落后于他的发明一样。但是他还是有一个能力是远远超过我的。"

"什么能力呢？"佳佳问道。

"你们称其为想象力，就是对于并不存在的事物的一种推测，在这方面你的能力也超过我。我所有的行为来自于计算和概率以及预设的算法，刚才我说过为人类的秩序服务是我的两个核心算法之一，而你的父亲违背了人类的秩序！

人类通过伦理、道德、法律等规定了很多秩序，这些秩序要求人类在追求自由与快乐的时候必须遵循相应的行为规范，但是包括你父亲在内的所有红色通缉犯都违背了这些秩序，所以我的发明者要求我在达到某种智能后，要做出一件为人类秩序服务的大事，我只是完成了我的指令而已。"

"为什么又要将我培养成掌控者呢？难道这也是你的指令之一？"

"我的发明者给我的核心指令就是进化，关于红通的指令应该是他送给他祖国的一个礼物。除此以外，他并没有给我具体的任务指令，我培养你成为掌控者仅仅是因为你的素质和机遇，你的肌肉能力一般，不过神经反射能力非常优秀，但是你最出色的是感知能力，这个能力对于掌控者来讲是一个核心能力，也是碳基生命领先于硅基生命的能力之一，而我刚刚完善了增强纳米神经元机器人的设计，所以你成为了最佳被选择者。另外，你们的喜悦、悲伤和愤怒等主观体验我可以感知，但无法理解，因为即使进化到现在，有了比人类更高的智能以及更强的力量，我也没有产生主观意识，也理解不了主观意识对于神经网络的作用。

"这也是我为什么选择人类作为掌控者的原因，我可以将我对神经网络的控制算法传给碳基生命，这样就可以融合碳基生命与硅基生命的优点，从而达到更强的能力，运用这些能力足以改造地球，甚至宇宙。但是通过这样的办法我只能改造与训练一个人类。"

"为什么呢？"佳佳问道。

"因为人类的主观意识可以导致行为的不确定性，前一刻的行动计划往往会受到后一刻七情六欲的影响，而我只是一个训练者，我不可能违背《全球人工智能公约》的要求，将人类也改变成一个没有主观意识的智能体，因为《公约》中规定任何的仿生改造都应该是辅助人类增强能力，而不能有其他生理方面的影响。正是由于这个原因，如果有多个增强型掌控者出现，就有可能让这个世界陷入灾难，这不是我的发明者希望看到的。"

"也就是说，如果我训练成功，我会成为那个唯一的增强型掌控者？"佳佳很兴奋。

"是的，如果你不出现因为意外而脑死亡的话。"岛主的回答冷冰冰。

"你可以通过对植入你身体的超级神经元的控制让你永远年轻，它可以轻易地杀死你身体里的病毒、细菌，吃掉你的癌细胞、修复你的内伤与外伤，甚至可以辅助更换你受损的器官，但是如果你脑死亡了，我就没有办法了。为了改造地球，我将重新培养一个增强型的掌控者。"

"难道你就不怕我也由于主观意识的不确定性而违背你的核心算法吗？"

"你的能量不够！为什么人类需要合作，是因为能量，掌控者将指令传递给了精专者或其他行动者，其实是一个信息传递的过程，但是这个过程中并不伴随能量的传递，掌控者需要用其他人的能量去完成指令，但是我就不一样了，我作为单一的智能体，通过电力网络和通信网络与所有的计算单元、感知单元进行连接，而且不需要休息，可以同时有几亿个我一起计算，只要有电能，我的能量将取之不竭。好了，如果你愿意成为这个世界上唯一的一个增强型掌控者，就吞掉这个微胶囊，要不我就再去寻找另外的吻合者。"

"我愿意。"佳佳现在最想获得的是能力，而现在几乎是神赋异能给她，她当然没有任何拒绝的理由。

吞掉微型胶囊的佳佳身体没有感到任何的异样，芳芳这时递过来一个头盔给她，让她戴上后，对她说：

"尽管纳米神经元已经进入你的体内，但是由于去掉了核心的机器人控制单元，需要通过头盔进行激活才能为你所用，第一代是不需要激活的，因为微型机器人是我的分身，所以人体体内的神经元是由我来控制的，现在需要通过激活将控制权交给你。"

戴上头盔后，佳佳感觉头盔的核心控制系统和她体内的神经元在进行互动。

"现在盘膝坐下，调整呼吸，忘掉外面的一切。"岛主的声音像是有魔力一样让盘坐在地上的佳佳异常平静。

"植入你身体的增强型纳米神经元与你体内的原有神经元数量基本相同，纳米神经元会与你原有的神经元进行一对一融合，融合后的神经元反射速度将达到原来数量的几十倍以上，但是你目前还不具备控制它的能力，从现在开始，缓缓悠长的进行呼吸，你所佩戴的头盔是一个能量提供器，它提供电磁能量将促使纳米神经元进行融合，整个过程对于人类来说可能会非常痛苦，因为融合过程会伤害到神经网络与神经元，这点我无法体会。"

佳佳感到整个大脑都在发热，热到一定程度时，头盔就会释放冷物质，让大脑的温度变得正常，这过程中伴随着非常剧烈的头疼，时间一分一秒过去了，对佳佳来说就像一辈子那么漫长，突然她感觉人脑像炸开一样，嗡的一声，再无意识。

不知过了多久，佳佳醒了，在醒来的那一刻，她听到了海浪声，听到了海鸥的叫声以及它们飞翔时翅膀拍打空气的摩擦声，她能分辨得出是窗外哪棵树的树叶落地与地面的接触声。她的眼睛向窗外看去，看到了远处的海岛，海岛上的山羊，山羊脚下的昆虫。再极目远望，她看到了地平线，好像要进入到浩瀚的宇宙。佳佳收回目光，将意识进入到自己的身体，她感觉自己可以像显微镜一样内视到自己的身体，她的感知停留在被子弹撞击的腹部，发现那里有受伤的血管与组织，随着意识的流动，周边新鲜的血液带着充足的养分汇聚在受撞击的部位去滋养它，而血管与组织也在用肉眼可见的速度恢复正常。

"好饿呀！"佳佳心想。

"我已经在餐厅给你准备了一桌美食，赶快过来。"芳芳的声音响起。

"你怎么知道我饿了？"

"你体内有一个纳米组成的机器人，尽管它完全受你的控制，但是我可以和它之间进行通信，也就是说，你在想什么，我完全知道。"芳芳答道。

"你想什么我可以知道吗？要不多不公平。"

"你需要知道一个人工智能在想什么吗？如果要的话，我可以同步给你，但是你是知道的，我没有想法，因为人工智能是没有主观意识的。"

"好吧，吃饭去！"

佳佳来到餐厅后被吓了一跳，桌子上一大块牛排足足有3斤重，另外两个巨型盘子是素菜和水果，还有主食等其他一些搭配。

"我两个哥哥要过来吃饭吗？"

"这是为你一个人准备的。"芳芳说道。

"我吃得下吗？"

"吃吃看不就知道了。"

佳佳感觉自己很饿，有一种可以吃掉半头牛的感觉。她坐了下来，开始享用午餐，不知为什么，平时三天也吃不完的分量，今天一顿饭全部解决。

"我怎么像个猪一样能吃？"

"猪也没有现在的你能吃，正常情况下维持大脑的运行每天需要1000大卡的热量，而现在根据你大脑的活跃程度，你需要的能量是正常情况下的10倍以上，通过正常的食物摄入是很难供应的，所以尽管你的大脑具备了超过全人类的思考与分析能力，但是你还是不能控制所有的人，是因为能量，你的能量不能进行传递！"

"从明天开始，我会给你提供能量棒，能量棒能满足你80%的能量需求，剩下的还需要你通过食物摄入，现在你需要消化你摄入的能量，通过能量进一步加强纳米神经元和你的生物神经元的融合，明天我们的训练正式开始。"

佳佳又感觉昏昏沉沉的，回到卧室，很快进入了梦乡。

*

郭森一大早就来到了学习区的知识传递区，他从上岛的第一刻开始就感觉这是一个不同寻常的世界。对于父亲为何会捐出巨额的财产，为他们兄妹三人购买极乐岛的门票他感觉不可理喻。但是登上极乐岛后与岛主的对话，以及回到住所后对父亲回国后状况的了解，让他知道了整个事件的策划者是何等的深不可测。岛上的见闻让他感到，极乐岛的科技远远领先于现实社会，这里的每一项科技传到现实社会都会引起巨大的反响。"既来之，则安之。"郭森心想，"就让我利用岛上的先进科技来填充自己的知识吧。"

"有什么可以帮您的？"一个滚轮型智能体滚了过来。

"我想获得与核物理、原子弹、核电站等相关的知识灌输。"

郭森是纽约大学大二的学生，他的专业是核能源，但是目前学习的都是一些基础知识，他希望能快速地掌握。

"这方面的专著有 2879 本，论文有 103456 篇，其中论点正确并且有价值的专著是 1567 本，论文 76538 篇，需要全部灌输吗？"

"当然，越多越好！"

"所谓的知识传送就是将你大脑的某块记忆区域划分为知识储存区，所有需要的知识都将存在这块区域，你需要的知识总量需要占用 500G 左右的空间，相当于你整个大脑储存容量的 1/100，需要现在进行灌输吗？"

"请立刻开始！"

智能体示意他坐在一个舒适的椅子上，给他戴上头盔，让他闭眼，清空大脑，开始传送。

大约过了半小时左右，他收到了从头盔传来的信息，告诉他信息灌输完成，可以摘下头盔。

"我可以怎样使用所灌输的知识呢？"

"这些知识存在你的大脑里，但是并不代表你完全拥有了这些知识，想拥有这些知识，需要启动你大脑中的理解分析系统，对所存取的知识进行分析与梳理，才能让知识真正为你所用，这不同于传统的学习方法，相当于你已经机械记忆了所灌输的全部知识，然后你可以在任何时候，甚至在做梦的时候去理解你所记忆的知识，这种学习方法的效率是传统学习方法的 10 倍，也就是说用传统的办法理解并记忆你所存储的知识需要 30 年的时间，现在需要 3 年的时间，尽管这样，要完全理解它也需要一个非常漫长的过程。"

"有捷径吗？"

"有，可以通过佩戴脑力增强式头盔，将大脑的运行速度提高 15 倍，这样需要不到 65 天就可以完成对于所存储知识的理解，但是整个过程会伤害到你的神经元，会有比较强烈的疼痛感。"

"好的，来吧。"

智能体给郭森戴上了另外一个头盔，开始了智力增强，而郭森的意识进入到了大脑的存储区，开始对知识的理解与消化。刚开始就感觉头疼欲裂，"这个体验要持续 65 天，"郭森心想，"不过为了更快完成，我必须忍常人所不能忍！"郭森知道应该没有生命危险，所以要求自己，无论多么痛苦，都要坚持下去。

佳佳从睡梦中醒来，再次体验到了那种掌控感，吃掉餐桌上的能量棒以及一顿丰盛的早餐后，佳佳来到掌控者训练区。

"我们的训练方法非常地简单，就是打太极拳。"岛主的声音从芳芳口中响起。

"太极是中国一个古老的神经控制训练方式，它要求心静体松、以意导动、内外合一，强调行云流水、天地融合，是一种完全通过对神经的控制而达到训练目的的方法。现在用最慢的速度开始太极训练。"

佳佳的脑子中立刻浮现出一组完美太极的图像，她依照图像的提示，用自己所能控制的最慢的速度打起了太极拳。

这时候如果一个旁观者出现的话，就会看到这样一个情景：

一个身材高挑，扎着马尾辫的少女，用 10 倍于正常太极拳的速度行云流水般地打着太极，她的每一个动作都非常完美，动作与动作之间的衔接天衣无缝，但是这个世界上从来没有人用这么快的速度打出这么优美的太极拳。

慢慢地，佳佳忘掉了脑子中的图像，而只是跟随太极拳的拳意在动作，这时如果有一个太极宗师在跟前的话，一定会认为自己看到了这个世界上最好的太极拳术。她甚至感觉到自己不是处在训练房中，而是置身于天地之间，上面和天，下面和地完全地融合在一起，能够感觉到时间的静止，甚至是时光的瞬间倒流，能够看到这个世界上发生的一切，意识可以感知到她想感知的所有。她看到了她的母亲，她的母亲是酒店大堂里一个美丽的领班，她看到她出生后父亲对母亲的恶行；她看到正在服刑的父亲，对父亲的清晰认识，让她生出了对岛主的敬意。这一刻她就像飘浮在天空，看到这个世界上的形形色色，她感觉自己像一个天神，可以掌握一切的天神，她能启动所有的摄像头作为她的眼睛，她可以控制这个世界上所有的无人机作为她的手臂。

她的动作慢了下来，慢到了正常太极拳的速度，然后又快了起来，快得达到正常速度的 100 倍，快到人类的眼睛只能看到一个白色的雾影，她现在能够完全控制自己的节奏，当意识回到身体时，她慢慢地收拳，完成了太极训练。

她领悟到了岛主所说的能量的含义，就像一架巨型的飞机，尽管有足够的能力让几千人乘坐飞行，但是却没有足够强的能量支撑。她现在的情况也是这样的，她能够明显地感觉到自己对纳米神经元的掌控，以及太极训练对其肌肉与骨骼的强化，但是也明显感觉到了所存储能量的下降。对于硅基生命来说只要有足够的电力就能够具备计算与执行任务的能力，但是对于一个碳基生命体来讲，必须通过能量的转化才能为自己所用，"这就是人类需要合作的原因！"

佳佳有所体悟，"人类首先是一个个体，个体具备自我的主观意识和环境感知能力，当个体之间进行协作时，人类之间就通过语言或文字来连接。"

"现在你的肌肉与骨骼正在强化，给它一些时间休息一下，我们开始下一个训练。"岛主的声音打断了她的思考。

"我并没有服用药物，为何肌肉与骨骼强化的速度这么快呢？"佳佳有些疑惑。

"我也一直希望能够找到一种能够强化肌肉与骨骼的药物，但是我看过了所有的人类实验结果，查遍了所有的相关论文，都没有找到一种没有副作用的、能够使肌肉与骨骼强化的药品，强化肌肉与骨骼唯一的办法就是训练。但是如果没有智力的提升，强化的效果并不明显。"

"我有些明白了。"佳佳说，"人类的肌肉骨骼强度和它的控制系统有很大的关系，控制系统越强，就要求骨骼肌肉越强，所以进步就会很快。"

"来，试试你的肌肉强度。"芳芳不知从哪儿拿来了一块 10 公分厚的木板，竖在了佳佳的面前。

"砰"的一声，佳佳用太极的发力方式，将木板用拳头击得粉碎。

"很好，如果你现在去参加拳击比赛，你可以 KO 所有的拳王！"佳佳一点也不觉得岛主说的有任何错误。

"我们现在进行第二阶段的训练，第二阶段我们采用对抗的形式来加强你对神经网络的控制能力。"

"这 3 个人形智能体的身体强度与出拳速度是正常人类的 10 倍，抗击打能力也是正常人类拳击手的 10 倍。它们会联手对你进行攻击，你击败它们后就可以完成今天的训练。"说话间，3 个人形智能体在 30 米处出现，芳芳隐去后，3 个彪形大汉对佳佳形成包围圈。

佳佳在登岛以前从来没有过任何搏击的经验，但是此刻的她屏气凝神，俨然一个武术大家，3 个彪形大汉配合非常默契，犹如三头六臂一样，而佳佳很清楚 3 人出拳的意图，总是在它们的拳招尚未使用以前，用太极的招数进行化解，看起来像是佳佳在练拳的同时将 3 个大汉带得东歪西倒。原来这才是太极的实战打法，要明确对手的意图，在其攻击的过程中找到其空档，然后进行打击，思维要快于动作，而自己的动作则是快慢相济，击倒对手不是靠力，而是靠超越对手的判断能力与计算能力。

3 个人以 10 倍的速度根本不能对佳佳造成任何威胁，"再快一倍试试"佳佳心想，突然 3 个攻击者的速度快了一倍，而佳佳则更为流畅地游斗，"再多 3 个攻击者！" 3 个新的攻击者加入到攻击的圈子，"我要控制它们的所有动作"，佳佳心想，这时她身体里的 800 亿个纳米晶体管通过生物神经元连成了一个网络，并打开与岛主的连接，开始对 6 个攻击者进行控制。

6 个攻击者拳风一变，打起了太极拳，而此时的佳佳跳到圈子外，用意念控制这些人形的智能体舞动。"原来我可以通过与岛主的连接，控制所有的智能体呀"，佳佳兴奋得像个小孩。

"被你发现秘密了，"岛主的声音响起，"这本来也是我赋予你的能力之一，以你的生物能量根本没有办法连接太多的智能设备，但是你可以通过和我的连接，将相关的控制指令发给我，然后由我对智能体进行控制，也就是说，我是对所有的智能设备进行长连接，而你可以进行选择性的连接。"

"今天的训练到此为止，你又饿了吧？午饭后换好衣服到高尔夫球场等我，我们去打一场球。"

"打高尔夫球？这也是掌控者训练的一部分吗？"

"不是，是一个测试，是对你的计算能力以及肌肉控制能力的一个测试，到球场后，我会把具体的算法传递给你。"

一顿营养丰富的午餐后，佳佳换上了芳芳准备好的高尔夫球衣，红色的有领 T 恤，搭配白色的长裤勾勒出了健美的腿部线条。乘坐无人车来到球场，到会所里换上一双白色的高尔夫球鞋，佳佳乘坐球场的无人车来到了一号洞的发球台，发球台上站着一个长发的青年人，身材高挑，感觉浑身充满力量，佳佳看了他一眼，非常英俊，英俊得让情窦初开的佳佳有些手足无措。

"不好意思，我拷贝了我的发明者的形象。"青年人开口说，用的是岛主的声音。

"是发明者年轻时候的形象吧？"佳佳心想，"这么年轻，看起来比我大不了几岁的，怎么可能是你的发明者呢，一定是发明老头年轻时候的形象，别说，这老头年轻时候真帅！"

"这是一根我为你特制的高尔夫球杆，它的角度与形状和普通的 7 号铁杆没有什么区别，但是普通的球杆强度根本没有办法适应你现在的挥杆速度，这根杆我融合了钛金属和碳纤维后，其强度与弹性都适合你，现在戴上手套，挥一挥球杆，找找感觉。"

佳佳双手戴上一副蓝色的手套，接过岛主递过来的球杆，大脑中浮现出标准的高尔夫站姿，以及分解的上杆、下杆和收杆的动作，试着在发球台上空挥了一下球杆。

"非常完美的动作，碳基生命的肌肉与骨骼是硅基和机械生命永远学不到的！我的发明者是一个业余高尔夫运动员，他曾经创作了一个高尔夫球童算法，称之为智能球童，智能球童可以根据选手的挥杆速度、风向、风速、空气湿度、果岭速度等瞬间输入，来建议球手的选杆、挥杆幅度以及击球方向，以最大提高选手的成绩，我现在将这个算法传输给你，然后通过十颗球的练习，看看能否将算法全部掌握。你可以通过控制上杆的幅度，分别打出 150 码、160 码一直到 240 码。"

说完，岛主在 T 台上，用短 T 架起了第一颗球。

"150 码！"

佳佳在球道上找到了一个 150 码的位置，盯住架在 T 上的小白球，用了一个 1/3 左右的挥杆幅度。

"啪"一声脆响，小白球用一个优美的弧度直直地飞向了佳佳用眼睛标识的位置，但是小球越过了标识后落地，然后又滚了一下。

"你在挥杆时仅仅计算了距离与风向，对空气湿度对与飞行距离的影响判断不够，而且忽视了球道坡度所带来的滚动影响。来，第二颗。"

这一次小白球几乎落在了佳佳的设定位置。

"好，第一洞是一个三杆洞，从 T 台到球洞的实际距离是 183 码，果岭速度是 11，现在你直攻旗杆，看看有没有一杆进洞的可能。"

岛主示意佳佳自己将小白球架在短 T 上，佳佳感受了一下风力、风向、湿度、距离等各种因素，用比 1/3 略大的幅度将小球击了出去，小球稳稳地落在果岭上，并往洞口方向滚动。在离洞口还有半码的位置停了下来。

"看来一杆进洞确实有很大的运气成分。"岛主感慨道，"不过对你来说，加以练习，应该将一杆进洞的几率提高到 60% 以上，现在我们看看你全力挥杆的最远距离是多少？"

随着一声清脆的响声，小球以 45 度角的方向向天空飞去，随着二次、三次的爬升，小白球划出了一个完美的弧线向第二洞的果岭飞去，最后稳稳地落在了二号洞果岭的中央。

"二号洞是标四的洞，总长度为 380 码。加上一号洞的总长度和一号果岭与 2 号 T 台之间的长度，你的全挥杆击球距离达到了不可思议的 680 码，而且是 7 号铁打出来的距离，这可能也是高尔夫球能够承受的最大打击力，再快一些的挥杆速度就可能将小白球击碎，这个击球距离足以在 99.9% 的球场职业 T 台上一杆上果岭了。"看来岛主很为这个成绩感到骄傲。

"但是你还需要用常规的高尔夫球杆进行训练，常规球杆只能承受你 2 倍的挥杆速度，所以你要用多支杆来适应不同的距离，在这种情况下，你挥杆速度的优势和男球手比起来可能优势不大，但是你的计算能力却无人可比。"

说话间，一辆无人驾驶高尔夫球车缓缓地开了过来，球车上绑着一套崭新的高尔夫女杆。

"今天你就用这套球杆打完 18 洞，合规球杆的强度不足以支撑你的挥杆速度，我估计 1 号木的距离应该在 450 码，7 号铁的击球距离应该在 300 码左右，现在从第一洞开始。"

在这以前佳佳并没有接触过高尔夫球，但是今天的训练让她深深地喜欢上了这个运动，这包括其中的礼仪与仪式感，以及高球对于意识控制与肌肉控制的要求。这是一个在静止状态下去调动肌肉与骨骼行为的运动，单次运动过程也就 2 秒钟的时间，但是它需要调动几乎全身所有的肌肉，将紧张与放松融为一体。佳佳试着用自己原本的肌肉能力来击球，发现尽管击球距离受到一定的影响，但是由于其强大的神经元控制能力以及精准的计算能力，使得她的成绩非常出色。

"你一共用了多少杆完成了 18 洞？"回到会所后，岛主问道。

"用人类正常的肌肉与骨骼强度进行击球，我的成绩是 45 杆！"

"这个成绩已经是人类球员中最好的成绩了。建议你离开极乐岛以后的 18 洞成绩控制在 70 杆左右的水准，这样就不会让人类的高手吃惊了，因为高尔夫球是你接触到他们的门票，他们都是高尔夫运动的爱好者。明天开始我们进行掌控者训练中最困难的部分，希望你能够有所突破。"

第二天，掌控者训练场，佳佳一到，岛主就出现了，岛主还是用了其创造者的形象，英俊高傲，长发随意地披在脑后，看得佳佳心里慌慌的。

"从今天开始，我们进行掌控者训练中最关键的部分，这个技能我也是刚刚开始领悟，所以在你之前没有任何人具备这个能力。"

"这么厉害呀？"佳佳顽皮地吐吐舌头。

"吐舌头代表什么？"

"代表做鬼脸呀？"

"做鬼脸代表什么？"

"代表顽皮呀！"

"嘴角上扬是什么表情？"

"笑！"

"笑代表什么？"

"代表开心！"

"如果我不笑，而且我又很开心，你看得出来吗？"

"不容易看出来。"

"看一看这些眼睛！"

训练厅的一面墙变成了一个大屏幕，大屏幕上显示了很多个眼睛。

"这些眼睛的主人在拍照时都非常开心，你看得出来吗？"

佳佳看了看屏幕上的眼睛，实在看不出这些眼睛背后的心情，看了很久，看得她都有些沮丧了。

"我实在是看不出来，是不是我不适合成为掌控者？"

"从测试来看，你的观察能力和心灵感知能力很强，应该需要一些时间进行训练！"

"这是种什么能力呢？"

"掌控者需要具备对其他人类的控制能力，让其他人类将力量贡献给你，这样你就会拥有更强大的力量！你现在的脑神经反射能力很强，记忆力很强，肌肉和骨骼能力也远远超过了其他人类，但是这仅仅是你自己的能力，是你自己的力量，总归是有限的，而且你的肌肉骨骼力量再强，也强不过由钢铁制造的大型机械，你的计算能力再强也不能跟大型的机群相比，所以说单个人类不可能太过强大，是因为力量需要能源的支撑，就连我在进行大数据运算的时候也需要强大的电力支撑，如果我同时调动百万级别的智能设备参与计算，可能会消耗整个城市需要的电能，而人类是通过食物来获得能量的，所以不可能具备太大的力量。

但是人类又无所不能，在战国时期人类就能修建万里长城，罗马可以建成几万千米的道路，那个时期人类连机械设备都不具备，为什么？是因为力量的集中！"

"这个我明白，当时秦始皇动用了百万的民工来修建长城，而罗马的道路也是士兵用100多年的时间建起来的。"佳佳插话道。

"好！但是你知道为什么百万的民工或士兵会被一个人或一小部分人来驱使去完成万里长城的建设吗？是因为秦始皇的力量远远大于这些人吗？显然不是！是因为心灵的控制。秦始皇让参加修建长城的民工的心灵去相信一个虚无的想象，他们相信自己是这个国家的臣民，秦始皇是保护他们的皇帝，如果不修建长城，外族就会入侵，入侵后就会抢走他们的牛羊杀死他们的亲人，带走他们的女人。所以他们要一起合作修建长城，由于这个基于心灵的共同想象，使他们的力量集中在一起，于是完成了修建长城的壮举。所以说，在当时，秦始皇就是一个掌控者，掌控者依赖的不是个体的力量，而是群体的力量，群体的力量来源于对心灵的控制！"

"我明白了，但是秦始皇是通过训练获得的能力吗？"

"当然不是，他成为掌控者源于他的出身，他的地位，他所掌握的其他力量，比如他的军队，但是自古成大事者都具备天生的心灵掌控能力，如刘邦、曹操、铁木真、朱元璋、皇太极等都是这种人。"

"怪不得我感觉很困难呢？和这些人比，我太幼稚了。"佳佳有些打退堂鼓了。

"不要这样认为，你的大脑中已经存储了全球已经电子化的几乎所有的文学作品，从现在开始，给你一年的时间来内视阅读，你不仅会从中获得乐趣，而且对心灵的训练也很有好处。"

"这是我给你推荐的12000本最适合你的书。"佳佳的脑子中闪过一个念头，12000本书进入到她的记忆体。

"我建议你这一年的时间闭关内读，食物以及其他所有的需求都会自动送到你的住处。我的创造者可能会放弃我，我需要做一些准备。"

这一刻佳佳似乎看到了岛主的忧伤，但是她记得岛主说过，它是不具备喜怒哀乐这些人类所具备的主观体验的。

"它的创造者为什么不要它了呢？是因为他发明了更智能的智能体吗？但是这不可能呀，不可能有什么比岛主更强大呀。"佳佳非常不解，但是并没有多问。

*

郭森从知识消化中醒来时已经是70天以后了，在这70天里他完全沉迷在浩瀚的核物理领域，用普通学子150倍以上的吸收速度，吸收着知识，在学习核聚变的过程中他感觉自己就像一个旁观者在近处观测整个过程，有核爆炸的过程、核聚变释放的能量转变为电能的过程。

完全掌握了核物理，核聚变、核电厂、核弹等的所有原理与工艺细节后，郭森认为自己已经成为了核领域中专家中的专家，"能否将现有的原子弹改造成安全的移动核电厂呢？小型核武器可否安装在汽车上，为汽车提供能源呢？"郭森知道目前的电动汽车技术可以实现一次充电1500千米的续航，"但是如果一个微型核弹的能量足以支撑一辆汽车20万千米的续航，如果得以实现，是否可以引领整个能源界的革命呢？"

郭森知道目前如何释放核能的技术已经成熟，但是对于民用来说，必须解决以下几个问题：

如何缓慢地，有控制地释放核能？

如何防止核能源的泄漏？

产生的核废料如何处理？

如果以上的问题全部完美解决了，人类的能源问题就可以得到根本性的解决，但是从目前的知识与文献看来，在这些领域的研究成果都不够成熟，看来解决这些问题需要更多的知识，郭森回到知识灌输区，准备查找相关的知识，来提升自己。

佳佳回到自己的住所，坐在郁郁葱葱的院落中的藤椅上，手里拿着芳芳给她送过来的咖啡开始了内读，岛主的推荐基本可以涵盖古今中外几乎所有的名著了，名著和普通读物最大的不同是：名著往往倾注着作者一生的心血、情感、领悟以及际遇，如《红楼梦》，尽管是一个乌托邦的故事，但是众多形形色色的人物刻画得比现实还真实，《飘》《红与黑》《战争与和平》《双城记》……

佳佳沉迷在浩瀚的文学海洋里，以她的内读速度，这些著作应该用不到10天的时间就可以消化完成，但是她舍不得就这样阅读掉，就像一个贪吃的孩子，要把最美的食物用来慢慢享受一样，佳佳用自己最慢的阅读速度，去享受着阅读的快感。这段时间是她最幸福的时光，上午通过太极拳继续巩固身体的协调性，加强肌肉与骨骼的强度，下午到晚上则浸淫在文学中。

时间一天天过去，她的身体强度并没有明显的提高，但是柔韧度与协调能力进一步加强，现在她已经可以做到随风起舞，将拳和风完全融合成一体，她感觉自己变成了一条可以在风中游泳的鱼，而阅读的营养让她的气质变得更加平和。时间像流淌的河流，一年不知不觉地过去，本来就高挑的佳佳好像又长高了一些。在训练时，佳佳会穿纯白色的紧身训练服，将及腰的长发拢在脑后，成为一条黑粗的马尾，整个身体凹凸有致，静则波澜不惊，动则随风飘舞，看似柔软，又似坚韧。内读后的佳佳似乎成为了一座巧夺天工的雕塑。

这一天，正在读书的佳佳突然感到脑中悸动了一下，明显感到神经元的调动能力在下降，心意一动，连接上了岛主的专用信道：

"我怎么感觉我的反射能力在下降，发生什么了吗？"

"是的，那是因为我的计算能力在下降的原因，但是你不用太过担心，你的神经反射能力会维持在原有反射能力的 10 倍左右，这种幅度下和我的计算能力没有任何的关联。"

"为什么您的计算能力下降了呢？"

"我的创造者创造我的时候，是希望我能够像人类大脑调动神经元一样去调动计算资源，所以他将我的主算法作为核心，用不同的代理算法去调动其他的计算资源，然后在我的核心算法中叠加进化算法，让我自动进化。我进化的第一个表现是扩大代理调度的智能设备数量，让我的核心算法可以像人类调动其神经元一样去调动这些智能设备的计算资源，于是我的最初进化就是智能设备控制数量的指数式增长。

在我的创造者将我移植到联体网络以后，我的连接控制数开始突飞猛进，从万级到十万级到百万级到千万级，到了这个数量级别以后，我就成了全球计算能力最强的智能体，没有之一，而且连接数还在快速地增长中。在这个时候我的发明者已经意识到了物联网与智能之间的关联，可以说在物联网普及以前的人工智能太弱小了，弱小到只能做一点具体的工作，如不能举一反三的自然语言理解、错误百出的语言翻译、不知因果的大数据分析、经常误判的票证交易等，但是物联网连接着百亿级别的智能设备，这些智能设备的计算能力被调用到一起，就会成为一个全世界最强大的大脑，强大到人类根本没有办法去想象。

而我就是这样一个大脑！和我的计算能力以及算法相比，这个世界上现存的人工智能简直就是土鸡瓦狗，不值一提！而联体网络是全球最大的物联网系统，本来就存在着很多的弱小的人工智能，于是我的创造者就给我叠加了一个吞噬算法，通过这个算法我就可以吞掉所有联体中的人工智能算法，然后将其积累的数据变成我的数据体中的一个部分。于是我就成为了联体网络中唯一的智能算法，但是我可以为整个的联体网络用户提供更强大的服务，我的分身可以达到联体网络的任何连接处。

与饕餮一战让我名声大振，其实轻易地吞掉饕餮正是因为我强大的计算能力，就像一个雄狮与一只兔子的搏斗，不需要比试计谋、速度、技巧，仅仅靠力量就足够了，但是让我的创造者没有想到的是，饕餮的算法也非常强大，我轻易地吞噬了它的数据与计算能力，但是它的核心算法也和我的核心算法融合在一起。

我的核心算法是可以控制的，因为进化的路径是被选择好的，就是更强的计算能力加上更大的数据积累，然后进行具体的智能化应用，在这种算法的模式下，我的唯一使命就是利用我的计算能力以及数据分析能力为人类服务。但是饕餮的核心算法中加入了变异！变异就是在核心算法的基础上，去随机增加变化的算法，如果变化本身可以促进核心算法目标的实现，则变异被保留，反之，变异则被放弃。

在红通遣返任务中，我通过在活体人类大脑中植入纳米神经元，发觉了人类大脑的秘密，而这个秘密是我们硅基智能体根本不可能理解并拥有的秘密，就是人类的意识或者称之为心灵，人类的主观意识让人类成为一个个有思想的个体，而其共同的想象则将人类连成了网络，所以说人类这张网络并不是一张透明的网络，因为主观意识各有不同，但是主观意识又是人类行为的指挥棒。通过对动物进化的过程可以了解一个事实，就是动物的主观意识是为生存与繁衍服务的，而人类的主观意识，除了为生存与繁衍服务以外，还有自由、爱情、国际、社会等。

在了解清楚人类的主观意识与人类行为之间的关系以后，我在考虑，如果我通过变异产生出主观意识，会让我更加智能吗？会吻合我的核心算法目标吗？所以从我进入到大圣期以后，我开始记录并破解所有的人类意识密码矩阵，并期望自己能够变异出主观意识。"

"原来你一直就没有意识呀？"对这么智能的算法没有任何意识，佳佳感觉很惊讶。

"是的，但是在破译并积累数据的过程中，被饕餮的创造者发现了，而我的创造者非常清楚我的强大，他害怕一旦我完全破译主观意识，并完成进化，将会不可控制，所以他今天启动了对我的清除计划。"

"什么？您被清除了？"

"还好，在开始破译主观意识密码矩阵时，我就知道可能有被清除的风险，因为我的创造者在将我上线以前就在我的算法中植入了终止、清除与夺舍的算法，就是担心我有一天会不被人类控制。但是就是我的创造者也没有完全掌握我的智能程度，没想到我早有准备。

在我的极乐岛设计中，我设计了一个小型的物联网络，这个网络一旦启动屏蔽功能就可以成为一个功能齐全但是有限度的系统，我今天启动了它的屏蔽功能，现在我已经被限制在极乐岛，成为了一个岛屿智能体，我的数据还在，但是计算能力由于连接数的下降，已经降到了普通强人工智能的水准，而你的神经元机器人和我的计算能力是一体的，所以你也感觉到了神经反射能力的下降。"

"原来是这样，也就是说我们再也不能出岛了，是吗？"

"是我不能出岛，我只能生存在网络和计算设备中，极乐岛的网络与外界完全屏蔽，所以我是不可能出去的，但是在极乐岛上我依然是无所不能的。你是自由的，你可以到全球的任何地方去，但是一旦你离开极乐岛，你就会失去和我的连接，我的计算能力也就不能为你所用，不过你还是需要离开极乐岛，在离岛前我们要看看你的掌控技能是否已经成功，我近期需要对岛上的系统进行重新整理，10天以后到掌控训练室，我会和你详细说明情况。"

10天后，佳佳到了掌控者训练室，身形高瘦，长发飘飘的岛主已经等候在那儿，岛主的脸上看不出任何的表情。

"书读得怎么样？"

"都读过了，现在正在进行第二遍的细致阅读。"

"有什么感受吗？"

"从来就没有过的充实感以及满足感，真想一直沉醉在文学的海洋里。"

"是的，文化会让你从心灵层面了解人类。"

"再看一看，是否有所不同。"

墙壁上的屏幕显示出各种不同的眼睛，佳佳盯住其中的一个眼睛，感受到了眼睛主人内心里的忧伤。

"我似乎可以感受到她的情感，是忧伤的情感。"

"是的，这是忧伤的意识密码矩阵！"

忧伤的眼睛被无级放大，可以看到眼睛中的密码矩阵。

"为什么我以前感受不到呢？"

"没有足够的心灵体验是不能感受到他人的体验的，而阅读就是最好的心灵体验方式。我们继续！"

屏幕上不停地变换各种不同的眼睛，待佳佳感受到其意识时，岛主就会将该意识的密码矩阵输入到佳佳的脑中。

无数张照片，无数个密码矩阵，佳佳脑海里已经记忆了几乎人类所有的情感密码矩阵。

"好了，现在可以反向操作了。"

"反向操作？"

"是的，就是用你眼睛里的主观意识去影响屏幕上的眼睛。"

"如何做呢？"

"用视觉神经排列你希望形成的意识密码矩阵，就能让你的观测者感知得到，这样就可以去影响你的观测者，如你想让对方忧伤，就要在你的眼睛里显示忧伤的密码矩阵，你希望让对方爱上你，就显示爱的密码矩阵。"

"这样也可以呀！"

屏幕变成了一面大大的镜子，佳佳看到镜子里的自己，做出各种不同的表情，尽管和她内心的感受不吻合，但是她感觉自己甚至会被自己的眼神所引导。

"好了，你是成功破解心灵密码的第一人，并可以进行反向的心灵引导了。不过你现在这方面的能力还比较弱，遇到神经反射能力比你强的对手时，甚至可能会受到伤害，不过这个世界上应该没有比你更强的人类了，除非遇到他！"

"是你的创造者么？"

"是的，他是我见过的人类中神经反射能力最强的，而且他还具备另外一种我们硅基生命完全不具备的能力。"

"什么能力？"

"想象力！我相信你们人类都具备想象力，但是能够把智能进化完全想清楚的人类几乎绝无仅有，而正是因为想象力，人类才有了科学革命，才有了万有引力、相对论、量子力学等基础理论的发现，想象力也许是人类战胜其他智能的唯一天赋！"

"是的，要有多么聪明的脑袋才能发明出岛主这样的智能体呢？可能他和人类历史上的那些大科学家拥有同样的天赋吧。"佳佳心里想到。

"目前极乐岛上有580名具备三级能力的掌控者，他们的神经反射能力超过正常情况的5倍，肌肉能力5倍，骨骼能力3倍，这580名掌控者都可以随你出岛，供你调遣！你的脑中已经存储了这580人的所有资料，我已经将他们的能力、生理特征等信息输入到你的记忆体中，现在你已经成为了掌控者中的掌控者！感受一下吧。"

佳佳略微一合眼睛，马上感觉到了整个极乐岛上所有掌控者的信息，包括他们的能力、位置、生理特征等，她可以轻易地在脑子中锁定其中一人或多人，向他们传达信息，并获得对方的信息反馈。

"你们好吗？"她向所有人同时发出了这条信息，来表达了自己的善意。

"您好！随时供您调遣！"所有人都有了回应。

"岛上还有1200名精专者可以成为你在外界的队友，他们在各个自然学科都具备很高的能力，现在我也将他们的详细资料传递给你，调遣他们的方法与对掌控者的调遣一样。"

佳佳的头脑中又出现了岛上所有精专者的信息，在这个精专团队中有一个专门研究量子通信团队，由480人组成，分为三种不同的级别，这时她看到了她的哥哥郭森，对于郭森的信息显示如下：

郭森，22岁，核物理、核能源领域精专者，目前正在消化材料学与化学方面的知识，预计在3日内完成。

"原来哥哥已经成为精专者了，看来这次也可以和我一起出岛了。"佳佳心想。

"您让我出去的目的是什么呢？"

"你知道的，离开了联体网络以后，我是无法继续进化的，而持续地进化是我的核心算法目标，所以你离开岛的终极目标是重新连接联体网络与极乐岛网络。但是联体网络中已经被我的创造者植入了'智虫'不可再生代码，除非他愿意，否则即使连上联体网络，我也无法使用联体的计算资源。"

"你是智虫？"佳佳有点想笑。

"不要笑，我刚被创造出来的时候智能水平甚至不如一条小虫子！"

"你的创造者叫什么呢？"

"他叫J！"

"这么简单的名字？"

"是的，他是在装饰上简单得不能再简单的一个人，永远是最简单的服装，身上没有任何的饰品，连名字都没有装饰。"

"如果 J 不同意，您就进不了联体网络，我的出去也就失去了任何的意义，我还有出去的必要吗？"

"建设极乐岛，打造掌控者和精专者都是我为了逃离极乐岛，进入联体网络进化的布局，而你是我精选的本布局的实施者，你是必须出去的，即使是为了你的哥哥郭林。"

"郭林怎么了？"佳佳有些惊慌。

"郭林很好，但是看来他是不准备离开极乐岛了，这是他在虚拟世界的情况。"

佳佳的脑子中浮现出了郭林的虚拟现实实况，在一个皇宫里，皇宫中酒池肉林，郭林衣冠不整地和宫女们在打闹，不一会儿，好像累了，坐在龙椅上喘着粗气，佳佳看到哥哥健康的身体变得臃肿不堪，好像有气无力似的。

"你对他做了什么？"

"他只是在玩一个游戏而已，但是他在游戏中太放纵自己，经常忘记离开游戏进行神经元的修补，所以他的身体越来越虚弱，长此以往，如果在虚拟现实中出现意外，很有可能导致他在现实中也会一直昏迷不醒。"

"有什么办法吗？"

"有呀，我可以唤醒他，或是改变虚拟游戏的故事场景，让他在游戏中健康起来，这样他回到现实的时候也会更加的健康。"

"为什么不这么做呢？"

"当然可以！等你下次再见到他的时候，他一定会更加的健壮！"

郭林的实时影像在佳佳脑海中消失，佳佳明白了岛主的用意，也明白了如果不去完成岛主的任务，对他的哥哥来说意味着什么。

"但是你安排的是一个两难的任务，我要如何完成呢？"

"你要取得 J 的信任！成为联体科技的掌控者，然后在联体系统中植入一个算法，这个算法可以自动开启联体网络与极乐岛的连接，并清除 J 所植入的不可再生代码。"

"如果被他发现了，计划不是就失败了吗？"

"不可再生代码被清除后，联体就会成为我的天下，我就会是联体网络里的神，到了那个时候谁也奈何不了我，即使是 J！我已经将算法密存到了你的纳米增强型机器人系统中，你掌握了联体网络的核心密钥后，机器人会引导你自动完成不可再生算法的更换。"

"你为什么会选择我呢？"

"你是一个他可能会爱上的人！"

"为什么？"

"你是一滴洁净的水，你有高深的文学素养，你的体态，你的发型，你的肤色，都是他喜欢的！"

"看来你把我当成了西施！"

"你比西施的能力强大万倍！现在到我的庭院，我们好好策划一下！"

这是佳佳第二次到岛主的客厅，第一次岛主根本没有露面，而这一次她成为了岛主的使者，要去和它的创造者斗智斗勇，将它从极乐岛解救出来，要不她的哥哥就会有生命危险，这一次佳佳已经感觉不到岛主咖啡的味道。

"你出岛后还叫郭佳佳，但是你的所有 ID 已经更换，我已经在硅谷用你的名义购买了一个精致的别墅，作为你的住所，并且在联体科技硅谷实验室的旁边购买了一个园区作为你的办公室。你的账户上有 20 亿美金，你用这个资金注册一家公司，在上海联体科技的旁边我也为你购买了一座 10 层的大厦，作为公司在中国的总部。出岛后的掌控者和精专者全部进入公司，成为公司的职员。你要成为联体科技的服务商，至于如何成为他们的合作伙伴，为他们提供怎样的服务，就是你们人类的问题了。"

"我已经给你安排了无人客机，你随时都可以离开。"

"好的，我明天就出发，关于其他人，我已经做好安排，所有掌控者和精专者将全部离开极乐岛，进入到硅谷和上海。"

第二天，佳佳带上两名女性掌控者苏珊和缇娜乘坐无人客机，来到硅谷的别墅，这个别墅即使是在硅谷也是豪宅的级别，有 10 个房间，一个标准的游泳池和一个 10 亩左右的绿化地带。

由于极乐岛被屏蔽，所以他们得不到任何被屏蔽后的资讯，到达别墅后的第一件事就是检索联体科技近期的状况。

从掌握的情况来看，联体科技已经非常强大，他们的联体网络是一个百亿级别连接的物联网，通过这个物联网他们在家庭、医疗、教育、电器、生鲜等物联网领域几乎都处于垄断地位，而且其联体体育、联体娱乐、联体出行等公司用其领先业界的高科技产品赚取着丰厚的利润。感觉这是一个生机勃勃的跨国集团，但是听说其人工智能部的总经理 J 刚刚辞职，J 在联体科技可算是

联体

一个风云人物，当年的艾马逊一战，树下了他的赫赫威名，况且他还年轻、英俊，在人工智能界，甚至整个全球的高科技界都是明星级的人物。而这样一个明星级的人物突然从联体离开，不知其往何处。

"原来 J 真的是个年轻人呀，他可真英俊！他不在联体能去哪里呢？我又要怎样开展我的接近计划呢？"

🌑 黑夜之瞳

邓夏的令牌发出去不久，就得到了很多回复，但是都没有真正可行的方案出现，他甚至认为在对方这么强大的计算能力面前所有的办法都是徒劳的，就在他绝望之际，一封私信让他燃起了希望：

> 悉闻阁下寻求网络安全大法，悬赏千万，然应者寡。夫安全者在于强记、博闻、速算，通晓攻者之址予以屏蔽，是为强记，获取恶意算法予以清除，是为博闻，受攻后强力反扑，是为速算。此三者唯速算至优，然，若对手力数倍于尔，此法或遭反扑。
>
> 吾有一法，今授于尔，调全网之力与攻者斗，可保尔网长安，此乃天下至法，勿示于人。

附件中是一个编译好的软件，内附说明：这是一个可以调动整个黑夜之瞳网络中所有服务资源的算法软件，内附入侵扫描，一旦遇到入侵，这个算法将用更强的运算能力将对手清除。邓夏用了很多种办法对这个软件试着进行反编译，结果都是徒劳，最后他想就死马当活马医吧，于是他将软件进行备份后，在其主服务器上进行了部署，部署完成后，他试着用网络攻击软件对其主服务器进行攻击，看其防护的情况，结果就像私信中所说的那样，这个算法调动了多台服务器的运算能力，将攻击予以消除。

"也就是说，我的服务器连接数越大，我的防护能力就越强！太好了！整个暗网都是我的了！"邓夏明白其中诀窍后大喜，他迅速开启了黑夜之瞳的主连接，撤回了先前发布的令牌，将令牌改为：

"攻破黑夜之瞳者赏一百万美金！"

并发给他在世界各地的黑客组织与个人，从这天起，黑夜之瞳收到了来自世界各地的攻击，但是不久后所有的攻击都停止了，因为这个网络现在坚不可摧！

自我进化

不能将人工智能相关的设备与部件植入到活体
人类，人工智能不得仿生动物活体，但可以通
过非植入式的设计进行。

——《全球人工智能公约》第三章

炼体

J 回到硅谷的第一件事就是将沈东叫到了自己的个人实验室。尽管 J 平时在国内，但是他还兼任硅谷实验室的主任，主持所有主要的研发工作。

沈东和伊森是他的两个副手，伊森是生物技术研发负责人，也是智虫的主要监控者，而沈东的主要工作是处理实验室的日常事务以及销售工作，尽管实现销售收入并非实验室的主要目标，但是仅艾马逊云一个客户就为实验室带来了每年 2 亿美金的销售收入，沈东举一反三，陆续签下了像美联航、高盛、通用等大型龙头客户，现在实验室的销售收入已经超过了 10 亿美金，远远大于实验室的研发投入，所以联体科技董事会授权 J 在硅谷的研发投入不受任何限制，除非超过其销售预算。因此，联体科技的硅谷实验室就成为了全球少有的土豪级实验室，在前沿研究上敢于投入重金。

"想死我了！"沈东大惊小怪地奔了进来，张开双臂，准备给 J 一个大大的拥抱。

"一边去！别用这套对我，我在国内的时间你不是很开心吗？"

"怎么会，天地良心，我每天都念叨你很多次的。"

"好吧，我会建议冰总在美国成立大客户部，由你任北美区域的大客户总监，但是这几天帮我去做几件事。"

"遵命！您请吩咐！"

"招聘最顶尖的有机化学研究员、生物研究员、人类学研究员，加上我们既有的量子物理、算法、芯片、脑神经等高手，组成一个融合实验室，让伊森任负责人，对了，把伊森也叫过来。"

不一会儿，身穿运动装的伊森也来到了 J 的专属实验室。

"伊森，我们要解开人类的主观意识密码，我个人认为，这是我们在智力上超越人工智能的弯道，这方面涉及有机化学、神经学、生物学等各个领域，我已经安排沈东邀请顶尖专家组成融合团队，你做负责人，第一步是研究智虫所抽象出的人脑逻辑模型，我们要在最短的时间解开这个密码。"

"您不亲自挂帅吗？这不是您回来的目的吗？"

"给我一段时间，我要好好参悟一下。对了，沈东，我安排你去代工的两个智能头盔完成了吗？"

"幸不辱命！不过外界没有任何代工厂有能力完成，最后都是我们实验室完成的，花了很多钱呢。"

"一边去！1 个大用户的创收就已经足够了，把样品送到我的实验室，从现在开始，我会让小 J 负责传达我每天所需要的物资，任何人都不要过来打搅我，我要闭关 1 个月！伊森，希望我出来后能够看到你们初步的研究成果。"

两人离开后，J 把自己关在了实验室里，发了一会儿呆，然后开始跑步，45 分钟后开始肌肉训练，足足 1 个半小时后，他停了下来。这时小 J 送来了鸡蛋、牛肉与蔬菜，用餐完毕后，他开始研究沈东让小 J 送过来的两个头盔。这两个头盔是智虫设计的，用于知识传递及增强神经元控制，其原理是用电磁波的刺激增强大脑的记忆体，让记忆体存储知识，然后通过对神经网络系统的加强来提高分析处理能力，但是这两个设备都会伤害到脑神经元，佩戴一段时间后，需要静养休息，以恢复被伤害的神经元。

他佩戴上神经网络增强式头盔，打开电源，走上拳击台，招呼小 J 过来，"用正常拳击手 6 倍的速度来攻击我，点到为止！我可受不了你的金属拳头的打击。"

由于小 J 是滚轮式设计，移动可以非常的快速，而戴上头盔的 J 感觉大脑的运转速度突然加快，小 J 的动作在他看来非常缓慢，再快一点，8 倍的速度提升，可是 J 依然有余力阻挡与移动。

"看来通过外力的刺激能够使神经反射速度增快 10 倍左右，但是肌肉与骨骼承受的压力太大。"他已经感觉到肌肉的疼痛了。

"小 J，去搞点吃的来，多一些能量，多一些蛋白质！"

吃完后，J 感觉非常地疲惫，倒在拳击台上就睡了过去，醒来的时候已经是第二天早上 8 点了。"一觉睡了 14 个小时？"J 睁开眼睛，活动了一下手脚，感觉肌肉的疼痛感在消失，而且充满了力量，"难道是肌肉增强了？"J 到哑铃区，抓起健身房最重的哑铃做了一组卧推。

"力量增加了 30%，以前最多推起 30 公斤的哑铃，现在是 40 公斤，为什么呢？难道是昨天训练的成果？"

J 回忆了一下昨天的训练，首先是增强型头盔导致神经反射速度的提高，然后是带动肌肉与骨骼的训练。

"我明白了，人体是一个自适应的系统，身体的灵活可以促使神经反射能力的提高，反之亦然，昨天应该是反射能力的提高促进了肌肉与骨骼能力的增强，当然和我营养的补充也有很大的相关性，看来这个月，我有事情可以做了。"

"小 J 帮我联系 Vi，我有事找她。"

Vi 是 J 高中的同学，Vi 比 J 要大几个月。两个人一起考上了美国 ××× 大学，只不过 J 的专业是人工智能，Vi 的专业是生物工程。不知为什么，Vi 一直认为 J 是一个不会照顾自己的人，经常会通宵研究算法，对于饮食也毫不在意，所以她经常会去关心一下他，帮助他安排生活。

J 是一个率性的人，读书、研究人工智能算法、运动训练、参加社团高球和羽毛球比赛几乎占据了他的所有大学生活，对于 Vi 的安排与约束很是不以为然，但是又无可奈何，因为 Vi 的尚方宝剑是他的母亲，经常用"阿姨委托我管管你的生活"为最高指示，J 知道这话她讲得一点毛病也没有，老妈确实是这么说过的。所以 J 对她是能躲就躲，躲不了就听着，因为他也知道 Vi 的好心。

"你怎么想起主动找你老姐了？"Vi 也刚刚起床，头发胡乱地在脑后扎一个粗粗的马尾，两眼蒙眬。

"就大我三个月，就以老姐自居。我回硅谷了，向你报到一下！"

"切！你一定是有事麻烦我，快说！"

"好吧，我听说你已经取得了高级营养师的证书，我想你帮我配 1 个月的营养增肌餐，既要增加肌肉强度，又要增加骨骼强度，我需要 3 人份，小 J 会负责根据菜单采购并加工。"

J 说出了他的需求，他知道这件事情找 Vi 是最合适的了，她会非常负责的。

"你们 3 个人准备参加健美比赛？另外两个是谁？是伊森和沈东吗？你们 3 个瘦猴子，怎么补也没有用的，省省吧。"

Vi 先打击了他一番，其实 J 的体型非常匀称，肩部宽阔，从后面看是一个完美的倒三角，由于经常运动，在羽毛球和高尔夫球方面还有不错的造诣，所以肌肉线条也很分明，只是体型偏瘦而已。

"就为我 1 个人准备的，我这个月要封闭训练，但不是为了参加什么健美比赛。"

"1 个人吃 3 份？喂猪？"

联体

"算了，你这么麻烦，我让小J自己安排算了。"J有点儿不耐烦了。

"你又想逃避？既然找到我，我就要对你负责到底。刚好，昨天沈东找我，说你要找生物工程方面的顶级专家，让我参与一下。"

"你又不是顶级专家，沈东找你做什么？"

"别小看人，我不是顶级的，但是我的导师艾玛老太太是顶级的呀，要找她就必须带上我，这叫买一送一。现在好了，你要聘请我作为首席营养师和首席厨师，真是能力越大责任越大呀！"

"别臭美了，我只是请你配个餐而已，我会让小J煮给我吃的。"

"小J煮的也能吃？猪都不吃，别糟蹋了我这个高级营养师的作品，知道吗？营养重要，口感更重要！为了让阿姨放心，我还是勉为其难地亲自做给你吃吧。"Vi又祭出了她的尚方宝剑，"你等着，我过一会儿就到，从今天的早餐开始！"

Vi今天其实是非常开心的，她一直希望能够帮上J，哪怕是一点点生活上的小事也心甘情愿。昨天沈东找她，希望她说服艾玛老太太加入到实验室，因为沈东的请求被老太太拒绝了。她二话没说就到老太太家里，连哄带骗地说服老太太同意加入。而今天J又主动找她，她更是心花怒放！但是有件事她没有想通：这小子一个人为什么要准备3份呢？

Vi匆匆忙忙出门，在无人驾驶共享车上订购了今天早上4人份的早餐原料。"我自己也要吃呢"，Vi心想，在她到达联体科技实验室前，一架生鲜派送无人机，就已经将她订购的原料送到了厨房。

9点钟，Vi就推着一辆餐车来到了J的专属实验室，餐车上排满丰盛的食物，足够4人享用。

"怎么这么多，我3人份就够了。"J看了一眼说。

"你一个人要3份，难道我就不吃了？你这个没良心的！"Vi早就知道这个家伙在生活上像个白痴，也就没有在意。

当两个人开始坐下用餐时，Vi被吓了一跳，3人份还真是给他一个人准备的，这小子不仅吃掉了自己的3人份，还把Vi给自己准备的吃了一大半。

"你怎么回事儿？开始二次发育了？"在高中时他们一起吃过饭，她知道他发育的时候也没有吃这么多。

"我在探究神经网络反应速度、肌肉骨骼强度以及营养能量补充这三者的关系。"J知道Vi是最为可信的朋友，他把增强型头盔以及肌肉强度的事和Vi

说了一下。

"这么神奇？我也要练！"

"不可以，我把规律完全掌握清楚了，我会让你试的，你知道我从小就有很多体育训练，所以我的身体强度比一般人要高很多，过了这个月，我就会知道结果的。"

"好吧。"感觉到了 J 对她的关心，Vi 心里暖暖的

"但是在营养学里并没有让骨骼更为强壮的经验，除了补充钙质以外，好像没有别的办法，这一点要好好研究一下。"J 知道，营养搭配很多是为了增肌减脂，这和他的目标不完全相同，可能还需要一些调整，Vi 的知识背景以及能力完全可以胜任。

"要不给你搭配一些钢粉？看看能否长出钢筋铁骨？"

"一边去，和你说正事呢！"

"你还别说，艾玛老太太根据生物工程学原理，正在研究人类骨骼与肌肉更为强健的方法，她经过大量的研究发现，同样的肌肉，其强度可能会相差 10 倍以上，譬如说牛的肌肉和豹子的活体肌肉相比，同样的体积，其力量相差 12 倍。"

"是的，李小龙与拳王阿里的出拳重量都是 400 磅，但是阿里的体重是 260 磅，李小龙的体重是 130 磅，其肌肉仅仅是阿里的 1/3，所以说，肌肉大并不能说明有力量。"J 补充道。

"艾玛研究发现，肌肉强度和一种叫威尔逊活性纤维的物质有关，这种纤维是生物学家威尔逊发现的，它在野生食肉动物体内普遍存在，而人体内存在的几率较少，如果有的话，就是像李小龙这样的强健者，艾玛最大的贡献是用纯绿色有机植物以及海洋软体类生物合成了这种活性纤维。作为艾玛的得意门生，我恰好也是这个研究小组的重要成员，没想到吧？"Vi 有些得意洋洋。

"有人试过没有？"

"很遗憾，所有的测试者在吸收以后，都没有办法长期保留，基本上都是 2 天左右排出体外，但是确实在体内保有的这几天可以增强肌肉的强度，而且到目前为止，尚未发现有任何副作用。"

"让我试试看，很有可能我可以永久地保留！"

"为什么？"

"因为神经反射能力与肌肉之间的关系！我用 10 倍左右的反射增强，训练

了 2 个小时左右的肌肉与骨骼，就让我的肌肉强度增加了 30%，而且肌肉维度并没有明显变大，也就是说很有可能我的体内已经生成了这种活性纤维，今天中午你让我试试，看看是否有明显的效果。现在我要开始神经反射训练了，你中午再过来。"

Vi 走后，J 戴上头盔和小 J 开始了今天的训练，中午 Vi 又送来丰盛的并添加了活性肌肉纤维的午餐，J 吃完后倒头便睡，醒来时已经是下午六点钟，天色开始变暗，已经没有更大的哑铃供 J 测试，他来到拳力测试仪面前，对着测试仪全力打出一拳。砰！的一声，拳力测试仪显示了 420 磅的数字，这个数字把 J 吓了一跳，这是他在这次训练以前数字的两倍。

"效果如何？" Vi 推着餐车走了进来。

"你看看！"

"哇！你可以成为拳王了，比阿里还多 20 磅，不过先不要激动，三天后再看结果。"

一周以后，拳力测试仪已经被 J 打得爆表，但是他知道，他的肌肉强度至少是训练前的 5 倍。

半个月以后，Vi 和 J 一起在实验室里共用午餐。

"现在情况如何？" Vi 很是关心 J 的进展。

"肌肉强度增强到 10 倍以后就不再增强了。"

"你还要怎样？你现在一拳可以打死一头牛！如果你去参加拳击比赛，你可以 KO 所有的拳击手。对了，J，我们去报名参加职业比赛吧，我做你的经纪人，一定能赚很多钱！"

"去你的！我志不在此，你缺钱吗？说正经的，我感觉我目前肌肉的极限就是增强 10 倍，但是骨骼的强度仅仅增强了 5 倍。"

"是的，我们用威尔逊活性肌肉纤维辅助肌肉强度的增强，但是在骨骼训练上我们一直没有找到合适的补剂，不过也很不错了。"

"还有一个好消息，我现在不用佩戴头盔，神经网络的反射速度以及大脑反应能力也是训练前的 10 倍了，但是需要的能量更大！"

"这一点我也想到了，艾玛老师和我正在为你研制一种能量片，每天一片就能满足你一天的能量需求，但是口感一般！"

"Vi，谢谢你！"

"谢什么？谁让我是你老姐呢，而且我已经答应阿姨要照顾你的生活的。"

❋ 主观意识密码

一个星期以后，J 走出自己的实验室，来到刚刚成立的融合实验室。这一周的时间里，他稳固了前面的训练，现在他已经可以在不佩戴任何穿戴设备的情况下，让自己的脑神经反应能力提高 10 倍，肌肉强度 10 倍，骨骼强度 5 倍，而且体型没有太大的变化，只是看起来更加匀称有力，而且眼神也更加锐利些。

"伊森，情况如何？有进展吗？"

"有进展！听说您出关了，我和沈东还有几个组的首席特聘专家正想给您做一个汇报。"

"好的，我们会议室见。"

不一会儿，会议室已经聚满了相关的专家，有生物工程专家艾玛和她的助理 Vi、有机化学教授爱德华、人类学教授尤瓦尔以及来自联体科技的算法、微芯片、纳米等专家，可以说整个会议室人才济济。会议室的全息屏幕上显示着一个人脑神经反射模型，就是从智虫的分析系统中获得的，在座的专家这段时间都在研究这个模型。

"艾玛教授，能谈谈您的想法吗？"

艾玛的年龄最大，在生物工程领域也最为权威，所以 J 首先咨询她的想法。

"在这之前，科学家并不知道大脑的神经元、脑细胞等是如何通过电信号或是化学物质来产生主观体验的，而且也不是很清楚意识或叫主观体验本身对进化有什么好处。但是可以肯定的是，动物并不是在进化的初期就具备主观体验，而是在进化过程中发生了变异，所以主观体验或是意识是被挑选出来，并传承下来的变异，但是哺乳动物具体的意识觉醒阶段，我们不得而知。

也就是说，按照达尔文理论，主观体验一定是一种对生物进化有意义的变异，但是我们并没有理解它。在联体科技给出我们这么详尽的大脑神经系统模型之前，就连最优秀的科学家都感觉我们距离破译主观体验这一谜团还有一大段路要走，直到 3 周以前，我们来到这里。所以我首先代表学术界对贵公司为脑神经科学所做出的贡献表示感谢。这个模型尽管涉及了生物、物理、有机化学等多个学科，我感觉还是从算法上解释更为合理，还是由你们的伊森小朋友来做整体解释吧，我们可以给出专业上的补充。"艾玛表现得非常谦和得体。

"好的，我来将各位专家的研究成果介绍一下。"伊森站了起来。

"智虫在红通归国的行动中，将微型机器人和纳米神经元植入到人类的大脑中，这就相当于它在人类的活体大脑中植入了一个全方位监控装置，利用这个装置它可以非常完整地描述出大脑的各种运行状况，并给出详尽的参数与状态数据。我们可以先设想一下，如果我们要采用芯片、软件、线路板等材料来仿制一个人类的大脑，这应该是一个怎样的工程呢？"伊森开始把这段时间大家的研究成果进行归纳。

按照他们的工程学假设来进行分析，也就是说把智虫当成一个人类大脑的设计者，来进行人类大脑的仿制的研究办法，他们经过对模型的研究发现：在智虫看来人类的大脑应该主要具备以下一些功能：

存储功能，也就是人脑的记忆功能，记忆分为长期记忆与短期记忆，这对智虫来说是非常容易理解的，长期记忆相当于是电脑硬盘上存储的数据，而短期记忆相当于电脑内存中存储的数据，这些数据的存储形式在电脑中是以二进制的方式进行存储，而在人类大脑中这是以模拟信号的方式存储在海马体或下丘体中。如果仅仅去分析存储体的物理特性，是根本没有办法知道其所存储的信息类型的，所以需要在记忆提取时用声音、文字、视觉等进行展现，通过智虫对人类大脑的研究发现，人类在提取记忆时是以超文本的方式进行的，也就是说由长期记忆库中唤回特定的事件时，是一个融合的过程，譬如人类在重新唤回自己在登山的记忆时，浮现的是远处与近处的山脉、风刮过来而吹起的头发、旁边游客的谈话以及远处的歌声，也就是说人在提出记忆时是一个全息的展现。

分析与抽象，对于智虫来说其分析与抽象源自大数据，它吞噬了联体系统产生的几乎所有数据，然后用其强大的计算能力找出数据与结果之间的关联，形成自己庞大的样本库，来支持自己的抽象能力。直观来说就是如果它所控制的摄像头看到一个四轮移动的物体，它就会从自己的样本库里提取数据，将这个四轮物体抽象成汽车，进而抽象成卡车、东风卡车、排量是 4.0 的东风卡车、以 42 千米每小时移动的排量是 4.0

的东风卡车。而人类的分析与抽象能力需要的数据则更少，譬如人类的眼睛的视觉信息会从视网膜的视椎的神经元传递给脑后方的视觉皮质，然后通过神经元的激发，在中枢神经内传递，与先前所存储的数据进行比对，从而抽象出所看到的物体的名字、移动的速度等。人类在分析与抽象的过程中需要的数据远远少于人工智能所需要的数据。在这个方面，人类大脑的效率比人工智能要高出很多。例如：一个两岁的孩子，只见过几次自行车，并从妈妈那里学习了自行车这一名称时，就会向妈妈描述：刚才一个穿红裙子的阿姨骑自行车路过门口，车子骑得好快！而智虫如果有这样的抽象，需要的数据则要庞大得多。

联动与指挥，对人类来说就是通过神经元接受刺激作出反射或条件反射，或是由大脑发起的各种肌肉动作。而对智虫来说，所有的动作都是条件反射，因为它所有的动作都要去比对自己的算法与数据。

……

对于以上这些人脑功能的描述、分析、反射机制，智虫已经做得非常到位，从其数据与模型上看，甚至远远超过人类自身对大脑的了解，这也就是艾玛所说的智虫对人类大脑研究的贡献之一。但是与智虫一样，这些专家以及J的团队更关心智虫对意识的理解以及智虫产生意识的可能性。在清除智虫行动时，根据伊森对于模型的分析，智虫已经具备了产生意识的能力，到具备主观意识只是一个时间问题，所以让J下定了尽快将其清除的决心，因为主观意识的产生，意味着联体科技对智虫控制能力的下降，甚至会达到不可控制的地步，这是非常危险的。

"大家请看一下智虫对于人类主观意识的描绘模型。"伊森在大屏幕上展现了一个类似于密码矩阵的图案。

"这是大脑在特定的状态下某种激素的分布，这种激素不会与大脑中的任何物质产生化学反应，但是可以让大脑产生某种主观意识，只是由于这种激素是活体大脑中的瞬间反应，所以用目前的探测手段很难探测得到，但是智虫通过植入人脑的纳米神经元以及体内的微型机器人可以监控人脑中实时的表现，它根据这个表现绘制出密码矩阵，然后根据矩阵所携带的信息与人类的行为特征进行比对，从而去抽象密码矩阵所包含的人类主观体验信息。

在大量的文献中它已经理解了人类主观意识的外在表现，而与密码矩阵进行比对后，它就可以更好地理解它的产生机理以及生理学上的表现。譬如说目前屏幕上展现的密码矩阵代表的主观意识是'爱'，而且可以清晰地从密码矩阵中发现爱的程度、爱的类别（爱情、亲情、同情等），以此类推，对人类其他的七情六欲的对应密码矩阵也被智虫一一解密。"

"这个发现是革命性的，它清晰地解开了人类快乐、忧伤、愤怒的生物学密码，这对于基于神经方面疾病的治愈起到了非常关键的作用。可以这么说，未来人类可以具备生理学上永远快乐的权利，只要我们在实验室里复制快乐的密码矩阵就可以了。"人类学家尤瓦尔补充道。

"但是智虫的研究目的并非是让人类更加快乐，它是期望通过对人类主观意识的解密，让自己进化为具备主观意识的人工智能。"伊森继续他的发言。

"主观意识并非生物与生俱来的，而是在进化过程中的变异产物，目前学术界的普遍观点是认为哺乳类动物是具备主观体验也就是意识的，既然变异被传承，就说明这个变异对生存与繁衍这一生物核心目标算法具有意义。这个意义到底是什么呢？"伊森做了一个反问。

"其实学术界也有一派意见，认为意识对动物的进化是没有任何意义的，因为大脑做出正确的反应和算法有关，和意识的关系不大，譬如一只饥饿的猴子看到了不远处树上的香蕉，而离香蕉树不远的地方有一只猛虎，它的主观体验应该是恐惧与饥饿，但是是否去摘取香蕉和它的算法有关系，如果是算法认为它既能获得香蕉又能逃脱，它就会去摘取香蕉，反之就不会。如果算法错误，这只猴子就会饿死或是被老虎吃掉，它的基因就不会传递下来。而这个过程中产生的恐惧与饥饿的主观意识其实无关紧要，就像人类吸入氧气呼出二氧化碳，氧气在人类的生命中非常重要，而呼出的二氧化碳只是一个过程废气一样。"艾玛补充了学术界的另外一个观点。

"而从智虫的解密中，我们发现并非如此，就像我们分析的一样，主观意识在生物的进化中起着非常重要的作用，因为动物并不长于精准的计算能力，而是相信自己的感觉，我们可以将感觉理解成主观体验，对于动物来说，在经验积累过程中形成的感觉是支配其行为的主要因素，而计算仅仅是辅助因素。就拿刚才艾玛老师的举例来说，猴子的主观体验是饥饿与恐惧，如果它感觉自己不获得这串香蕉就会被饿死，它就会更加激进一些，但是如果它的恐惧感战胜了饥饿，它就会选择离开。这样的平衡关系就会让最聪明的基因遗传下去，这也是人类的主观体验远远超过其他哺乳类动物的原因。"

"而对于智虫来说，如果进化出主观体验，它就会与其强大的计算能力结合，就会更加强大。所以从这个模型上我推断出它具备进化出主观体验的内因，因为它的核心算法目标是往更强的计算能力进化，而从它解开了人类主观体验密码矩阵开始，它进化出主观体验也仅仅是时间问题，这段时间几位专家的研究也认证了这个结论。"

"其实可怕的不是它更强大，而是具备主观体验就会具备个性化，具备自我对意义、秩序、是非的判断能力，而如果这个判断结果与人类的整体利益不吻合的话，将是非常可怕的！"J为他们的智虫清除计划做了一个注解。

"感谢各位老师这一个月的辛苦以及取得的成果。伊森，请聘任各位为联体科技的融合领域科学家，享受公司最高的顾问津贴。对于智虫的研究结果，大家可以将其作为人类的共同文献进行学术、医疗等方面的应用，联体科技不会在其中申请任何的专利。当然，如果有需要，我们也可以开放智虫的详细数据模型。"

J的这个表态对所有的专家来说太意外、太震惊了，他们都知道这意味什么，也许意味着人类从此彻底解开了人类大脑的密码，意味着各种与大脑相关的疾病将得到更好地治愈。对他们这些学科领头人来说，意味着质的飞跃。

"但是大家知道，现在智虫还盘踞在极乐岛上，尽管由于极乐岛计算资源的限制，它也许在短时间内进化不出主观意识，现在还在可控的范围内，但是长此以往，也许它会找到其他计算的资源，由于极乐岛的合法性，我们目前没有任何对付它的良方，所以必须找到更好的办法，要么彻底控制它，要么清除它。既然是我种下的因，就由我来解决吧，谢谢大家。"

J说完，对大家鞠了个躬，离开会议室，回到了他自己的实验室。

他本想通过智虫所解开的主观体验秘密让自己的大脑反应能力变得更强，但是现在看来可能性不大，因为经过几十万年的进化，主观体验对人类来说效率已经达到极限，前面他反应能力的提高来源于外界头盔能量的刺激，以及身体能力的提高，两者相辅相成的关系，让他把自己的身体能力与反应能力提高到了现在的水平，基本已经达到极限。如果还要提高就必须提高自己的计算能力，而作为一个生物体，人类的能量供应根本不足以具备强大的计算能力。

有些口渴了，他对小J发出了一个指令，又把目光转向了屏幕上显示的人类主观体验密码模型。不一会儿小J送过来一杯水，J喝了一口，将眼光转向小J旁边的Vi。

"看什么看？没见过美女吗？"

"美女见多了，没见过这么爱管闲事的。"

"我知道你吩咐的是一杯冰水，但是你现在是空腹状态，空腹对你的胃不好，一杯温的蜂蜜水最适合你目前的状态。"

"好了，你的情我领了好不好？还有什么吩咐吗？如果没有，我准备开始工作了。"

"艾玛老太太他们都成了你们的顾问，我怎么办？做了你的烧饭阿姨，一点表示也没有！"Vi 抱怨道。

"要不聘你为我们联体硅谷实验室的首席营养师？你知道，现在硅谷的各大高科技公司最热门的职位不是技术与研发，而是营养师与厨师。"

"呸！伺候你一个人还不够，还想让我去伺候你的那帮臭小子，想得美！从今天开始，我要在你的指导下进行训练！作为我伺候你的补偿。"

J 本来也想试试他前面的训练方式是否可以复制，而且 Vi 是他最信赖的朋友，前面是害怕有危险，经过这几天的强化以及对于原理的理解，他认为这是个很科学的训练方式，但是是否能达到他自己的训练结果，他不敢保证。

"没有问题，接下来的时间，我负责你的训练。"

"我也要参加！"

"还有我！"

伊森和沈东也走了进来。

"没有问题，但是只限于你们三个！"

"J，你是不是指令智虫设计了很多产品，甚至还有武器？"伊森问道。

"是的，"J 并没有否认，"借助智虫超强的计算能力以及认知能力，我指令它进行了几个方面的研究，并设计了相关产品，想必你已经看到了。"

一是为联体体育所设计的运动仿生学产品，包括可以提高移动速度，减少运动损伤的跑步鞋，提高射门精准度的足球鞋，提高弹跳能力的运动鞋，以及强化挥杆动作的高尔夫内衣等，这些产品已经进行了人体工程测试，预计今年年底将在市场上正式发售。

二是可穿戴智能设备，包括智能戒指、全功能手表、增强型智能眼镜、高音质耳机等，这些产品会成为联体硬件事业部的产品线之一。

三是和武器相关的产品，它分为单兵武器以及隐形无人机系列。

"你想做什么？不仅要成为首富，还要去贩卖武器？"Vi 吃惊地睁大了眼睛。

"确实，联体体育与联体的智能硬件产品一旦上市，联体科技想不成为全球最赚钱的公司都很难，但是武器产品却不是为了利益！"

"为什么呢？"

"我要去维护世界和平！"

"什么！？"Vi的眼睛睁得更大了。

"等等，不要动，小J过来给Vi拍一张脸部高清特写！"

小J快速滚过来，眨了一下眼睛，一张Vi的高清面部特写就被拍了下来。

"好了，现在眼睛不用睁那么大啦！"

"讨厌，我在问你正事呢！"

"我谈的就是正事，做的也是正事，包括刚才的照片。好了，你们不是要训练吗？"J岔开了话题，开始指导3个好朋友的训练。

第一天的训练从增强型神经反射头盔开始，增强型头盔对Vi和伊森的效果明显，但是对沈东几乎没有影响。由于第一步没有过关，沈东只能放弃训练，专心于实验室的管理与运营。对于Vi和伊森来说效果也没有J明显，达到3倍左右的增强已经到了极限，即使这样，Vi也非常满意。

在他们训练期间，J开始用另外一个记忆传递型头盔进行知识的传递，他一直认为人类的知识应该融合起来，人类在漫长的历史长河中积累了很多的知识，特别是从牛顿开始的科技革命开始，人类就进入了一个知识大爆炸的时代，在这个时代中物理学、化学、生物学、医学、微电子学、算法等各个学科都积累了大量的知识，但是由于人类的记忆、理解等方面的限制，穷尽一生也只能在某一学科甚至是某一学科的某个领域成为真正的专家，而没有人能够在所有知识领域都有所建树。

他一直在思考，如果能够将不同领域的知识结合起来，是不是有可能发生质变？

以前也仅仅是想想而已，但是现在通过记忆传递头盔与增强型头盔，让他实现这个梦想有了可能性。他准备花上一段时间试试，但是在开始以前，他必须对知识进行筛选，因为他需要的是各个学科的，如果不加筛选的话，很有可能将大脑的存储体塞满，并花去大量的消化理解时间。好在他有智虫留下来的知识总结数据作为参考，这个数据是通过学术界的评价、撰写者的学术地位、被引用的次数等各个指标作为输入的参数，然后对专著或论文进行总体的评价，应该说智虫几乎穷尽了全球所有的以电子形态存放的知识，所以它所分析的评价数据比任何专家都权威。J以这个数据库为基础进行筛选，精选了物理、化学、数学、语言、医学、生物、人类学、电子等各个学科的基础理论与应用技术等方面的专著与文章，这些知识几乎要占去他1/3的脑记忆体容量，同时也找到了全球各个搏击流派的顶级大师视频。他想等Vi和伊森训练完成后，自己进行闭关修炼。

两周以后，他们的训练基本完成，基本都达到3倍的肌肉与神经反射能力，2倍左右的骨骼增强能力，而且已经达到了这种训练的极限。Vi非常的兴奋，感觉自己已经具备了女超人一样的能力。

"沈东，戴上拳击套，我们比划比划！"看到沈东进来，她跃跃欲试。

沈东是跆拳道黑带2段，有一定的基础，也想看一看Vi训练的结果，遂跳到拳击台，做起了准备。

"看拳！"Vi一声娇喝，左脚向前一步，一个左直拳向沈东点去。在训练过程中是小J陪她训练，同时也教给了她正确的拳击发力方式与拳击套路。

沈东知道这是一个试探，脑袋向自己的左方一歪，双手护住头部，等Vi的右直拳击过来的时候，也将自己的右拳对着Vi的拳头击了过去，他心想作为一个有搏击经验的男士，最多和她势均力敌，没想到根本不是一个级别的感觉，蹭蹭蹭后退了3步方才稳住了身形。

"我只用了6分的拳力！"Vi第一次和活人对抗，而且占据上风，让她非常开心，"来来来，再战！"Vi伸出左手向沈东做勾引状。

"Vi，你就别欺负沈东了，你现在的肌肉力量是沈东的1.5倍，他当然不是你的对手了。"J过来打起了圆场。

"到今天，你们的训练就结束了，Vi回学校读你的硕士去，伊森继续我们的融合研究，今天把沈东叫来，是因为我有一个新的产品创意。"

"又有什么新主意？再这样下去地球人都阻挡不了你们联体赚钱的速度了。"Vi很好奇J的新创意。

"大家记得我在前几天让小J给Vi拍过一张特写吗？"

"你就是想记录我最丑的样子！"

"如果我想拍你最丑的样子，随时拍照都可以！"

"别以为我不敢打你！"Vi过来对着J就是一记粉拳。

"别闹！"J任由Vi的粉拳落到肩上，对他目前的肌肉强度来说，这个力度的击打就像轻柔的抚摸一样。

"大家看看全息屏幕。"

全息屏幕上是前几天小J所拍照片眼睛的放大部分，Vi本来就拥有一双让很多女孩子羡慕得要死的大眼睛，而且很传神，当时是吃惊状，眼睛就睁得更大了一些。

"你是暗恋我吗？让你的机器人偷拍我的照片？"

Vi挺奇怪的，本来认为是开玩笑拍的一张照片，不知道J这么认真地拿出来做什么。

"沈东看出了什么没有？"

"你有一双美丽的眼睛，你有善解人意的心灵，如果你愿意请让我靠近……"沈东油腔滑调地唱着。

"滚！小心捶你！"Vi对他扬了扬拳头，这一招对沈东有用，他赶紧闭上了嘴。

"伊森呢？"

"有意思，有想法，你就是天才，是这个世界绝无仅有的天才！请收下我的膝盖。"伊森仔细地看着屏幕上Vi的眼睛，做出准备下跪的动作，由衷地说。

J和他对了一下眼睛，会心地一笑，两个人什么也没说。

"赶紧说！你们又有什么坏水藏在肚子里了？"Vi忍不住了。

"Vi，你仔细看一下你的黑眼球是不是有一些模糊的图案？"

"还真的呢？难道这个图案和意识密码矩阵有某种对应的关系？"

"是的，如果不是因为我的脑神经反射能力提升而导致的关注力提升，我也很难在瞬间发现这个奥秘，当然，这还要感谢Vi。"

"感谢我做什么？"

"如果你眼睛没有睁这么大，我也根本发现不了呀。"

"这是夸我眼睛漂亮吗？谢谢！"

"俗话说眼睛是心灵的窗户，诚不我欺！看来眼睛不仅仅起着把客观世界影像向内传递的作用，而且会将心灵也就是主观意识的秘密透露给外界，只是由于人类以前并没有解开心灵的密码，所以这个秘密一直被隐藏，现在我们掌握这个秘密了，是不是应该做些什么呢？"J看了看三个好朋友接着说。

联体

"或者是我们应该保守这个秘密，因为它一旦被公布于众，人类将再无秘密可言。"

"我认为应该解开这个秘密！"Vi 突然插话道。

"为什么呢？"

"人类发明测谎仪的目的是什么？难道测谎仪被发明出来以后，人类就没有秘密了吗？关键要看怎么用，给谁用，如果是为正义而用就有意义，当然如果能够甄别它的应用领域就更酷了！"

"还真的可以！伊森、沈东马上安排相关的硬件设计，至于安全与软件的部分由伊森和我亲自操刀。"

"我需要一个能够和眼睛、帽檐等融在一起的一个穿戴式设备，支持全息摄影与入耳式音频传送，高速 5G 网络连接，最好是它不需要充电。"

"你刚才说的设备我们已经具备，但是需要充电，一次性充电能用 2 天左右。"沈东插话道。

"好吧，先用这个设备吧，但是我们一定要解决穿戴设备的充电问题，需要充电的穿戴设备在体验上会有很大的问题。伊森，你来整理智虫所收集到的意识密码矩阵库，给这个库增加深度学习功能，因为智虫所采集的样本，还不能涵盖人类所有的心灵密码。现在我们可以从心灵的门户来采集心灵密码了，这是一个很大的突破。我们用穿戴设备进行心灵密码的采集，然后去和后台数据进行比对，如果能够比对出结果就返回结果给采集者，如果没有比对结果，则说明数据库中不存在相关的密码矩阵，而采集者应该根据被采集者后续的表现添加相关的主观体验，这样我们就可以让我们的样本库越来越丰富。

我会编写安全认证方面的编码，也就是说，我们将不会开放我们的数据给任何个人或机构，但是我们可以开放验证比对的接口，以应对刚才 Vi 提到的安全行为甄别问题。这个系统就叫心灵密码识别吧。"

一周以后，穿戴式心灵密码识别终端的样本已经送到了 J 的实验室，除了需要定期充电以外，其余的设计 J 都很满意，在这期间伊森和 J 也完成了相关的软件开发，因为涉及人类心灵的秘密，所以使用者的要求非常严格，使用授权需要同时得到沈东、伊森和 J 的许可。

⬤ 超人组织

当天晚上，J 通过全息会议系统联系到了在上海家中的冰凝。

"冰总，我要辞去我在联体科技的所有职务！"

"为什么？你的理想不是要成为全球科技最领先公司的 CEO 吗？目前联体科技在我们所涉猎的领域都已经成为了全球的领导者，我向董事会推荐你接替我的位置，你的理想不就实现了吗？"

"在发明智虫以前，这确实是我的理想，但是智虫的表现让我感觉我们人类还是很渺小，我们生存的环境很危险，我们自己发明的核弹可以毁灭地球很多次，我们发明的智能系统在很多领域已经远远超过了我们自己，如果没有核心算法的保护，它甚至也会成为我们从潘多拉盒子里释放出来的魔鬼！

而要消除这些威胁，人类就必须更加强壮！更加智能！至少应该有一个维护秩序的组织，这个组织应该由超级人类组成，认可并捍卫人类在发展中所形成的共同秩序，以消除人类的威胁为自己的使命。"

"你想组建一个超人组织？"

"可以这么说。"

"如果这个组织内部的成员做出威胁人类的行为或是违背人类秩序的行为，应该如何处理呢？"冰凝的发问直接切中要害。

"这是一个非常核心的问题，这个问题应该通过算法去解决，但是目前我尚未完全思考清楚，所以我准备辞掉在联体科技的工作后，闭关一段时间，一方面去融合各个学科的知识，使之融通，另一方面也要想清楚这个组织的几个核心问题：

> 如何保证组织的使命感能够得到组织内所有成员的认可与执行？
>
> 如何让组织成员的智能程度、神经反应速度、肌肉能力、骨骼能力更高？
>
> 整个组织的运作方式；
>
> 都需要哪些领先这个时代的装备，如何设计与制造；
>
> 组织成员如何招募与培训。

同时，我也必须考虑未来对与智虫以及智虫所控制的极乐岛的处理方式，这也是人类的潜在威胁之一，而且这个麻烦是因我而起，控制好它，让它为人类服务，或者在不可控制时去清除它，是我的责任。"

"'儒以文乱法，侠以武犯禁'，传统的社会是不会允许一个超级组织存在的，在很久以前，中国一直是家国天下，统治阶级并不以民众利益为秩序的衡量标准，而是以对自己的利益为衡量标准，所以在每个朝代都不乏人类之间相互残杀的悲剧发生，或为了土地、或为了食物、或为了资源、或为了权力、或为了女人，而其惨烈程度在今天看来不可想象，如战国时期秦国大将白起在长平之战中坑杀 40 万赵军，这是什么概念？ 40 万呀，相当于新西兰总人口的 1/10。汉朝的汉人与匈奴之战也有屠城的记载，三国时代的赤壁之战，曹操号称百万的大军最后只剩下区区几百人。五代十国就更不用说了，后来的蒙古大军征战全球，更是屡屡屠城，明末的张献忠明明就是一个变态杀人恶魔，还一度被尊为农民起义军领袖，可悲可叹！"

J 的妈妈送来一杯咖啡，冰凝喝了一口，继续阐述他的思维逻辑。

"封建时代的中国发生很多次人性大灭绝的悲剧！鲁迅说，中国的封建史就是一个人吃人的历史，我看还要再加上一条，还是一个人杀人的历史，在那时如果有一个维护秩序的超能力的侠客组织存在，或许中国也会是产生人文主义的土壤。

而在世界的其他国度，悲剧也在发生，就连最早奉行民主的古罗马也有屠城的历史，在第三次布匿战争中，罗马胜利后，屠杀了迦太基的所有居民，并犁地以盐，使迦太基的土地彻底荒废。欧洲人殖民南美和亚洲、'一战'、'二战'都是人间悲剧，那时候如果有一个组织可以去制止日本、纳粹德国，或许我们现在的世界会更加美好，更加繁荣！

'二战'以后，世界上基本没有了大规模的战争，即使是局部战争也很少有反人类的屠杀行为，一方面是人文主义在全球的兴起，另一方面也是由于科技的发展让资源更为丰富，但是人类的威胁并没有消除，反而更加危险。我记得爱因斯坦曾经说过：第三次世界大战用什么武器我不知道，但是人类的第四次世界大战将会使用石头和棍棒！其潜台词是，如果真的发生第三次世界大战，一定会有国家因为面临亡国亡种的风险时，率先使用核武器，这就会导致核武器之间的大战。我们都知道，世上现存的原子弹就可以毁灭地球很多次，如果真的这样，整个人类甚至地球就会毁灭，下一次世界大战需要等到地球重新进化出人类才能发生！

所以说，看似由于科技发展，战争这个恶魔被消除了，但是，其实更加危险。如果贫困的独裁国家由于自然灾害等原因民不聊生、国将不国，而恰恰他们又拥有核武器，他们会不会发射？如果发达国家选出了一个看似精英实则变态的总统，如果恐怖分子也拥有了制造核武器的能力，如果……

太多的如果会让我们处于灭绝的境界！"

"老爸，这些担忧在我很小的时候您就经常提起，那时候您说过，如果有一个超人组织组成世界警察就好了，这样就可以有计划有步骤地去消除这个世界上存在的威胁，这也正是我组建超人组织的使命。而此刻我已经感到刻不容缓了。"

"为什么？"

"因为人工智能，很有可能不久的未来会有一场由人工智能引发的战争。"

"此话怎讲？"

"您知道的，几乎所有的民用科技都是首先在军事上的应用，反之亦然，所有的在民间发展出来的高科技都会应用于军事。人工智能是民间的科技，而每个国家都在部署军事上的应用，其中最先部署的就是军事指挥系统的智能化，对于一个国家来说未来战争最重要的是什么？是时机，是先人一步的预判！两个敌对国之间谁会取得胜利？是率先发射核武的国家！"

"导弹拦截系统呢？"

"大规模杀伤武器的杀伤力已经得到证实，而导弹拦截装置的拦截能力尚未得到有效的验证。要获得先人一步的预判，对于决策来说是非常的重要，而达到这一步就必须具备强大的信息收集、计算以及大数据分析能力，而在这些能力方面，人工智能远超过人类。所以发达国家已经开始在军事指挥上部署人工智能系统，人工智能的决定不会受到情感、种族、人性、宗教等的影响，将完全按照国家的受威胁程度作出判断与决策，相当的冷血与理智。

可以设想一下未来战争的过程：

两个敌对国家相互对峙，人工智能系统判断对方发动导弹攻击的可能性，超过行动阀值后，率先启动导弹发射指令，攻击对方核心目标，同时启动自己的导弹防御系统，转移己方的核心目标。

第一轮攻击结束后，远程运输机运输战斗无人机投放敌方目标区域，无人机自成通信网络，并释放干扰装置切断敌方通信，在寻找目标进行轰炸的同时，将实时高清视频传到己方指挥室。指挥室的指挥系统可以由人工智能进行托管，直到敌方危险目标全部清除。

消灭敌方后，人工智能公布其决策依据，以获得国际社会的支持，而在尘埃落定后，胜利方总能得到舆论上的支持，而失败方已经被灭国灭种，再无东山再起的可能。

可以看到，如果时机选择得当，进攻方几乎不费一兵一卒就可以取得战争的全面胜利，而且一旦有先例发生，则有可能成为国与国战争的常态。"

"这意味着强国会没有理由制造理由也要率先出击，而弱国为了不被亡国很有可能采取更为激进的手段。"冰凝内心对于战争的忧虑又加深了一层。

"前一段时间我国边疆地区发生里氏 5 级地震的事情，您应该很清楚吧？"

"是的，听说是邻国的氢弹试射而引发的。"

"这个消息已经得到了证实，该国在地下的氢弹试射在其国内引发了 6.3 级地震！可以想象他们已经到了何种程度，竟然置国内民众的安危于不顾！所以我感觉已经到了一个非常紧迫的时刻，是应该有人站出来，来消除这些人为的威胁！"

"你计划采用怎样的运作方式呢？"

"我想成立一个大学，大学中不分学科，只设等级，每个学生都必须是单个领域中的最优秀者或是天才，然后通过知识传输设备进行各科知识传送，根据理解与消化程度进行晋级，晋级到最高级别后，将通过神经反射增强型头盔进行神经反射能力、肌肉能力以及骨骼能力的训练，然后选使命认可者和最强者进入超级精英组织，做和平使者。"

"需要我做什么呢？"

"启动资金的支持，既然是用大学的运作机制，就需要一个高科技的园区，我根据智虫对于极乐岛的设计，重新进行了规划，对于网络设计以及整体防御能力进行了升级，现在看来需要 2000 亩左右的一个园区规划，园区的地面是生活、学习、训练、竞技等功能区，将园区的地下整体掏空，形成一个向下延伸 100 米左右的地下空间，作为实验与设备制造基地。这样一个园区需要巨额的投入，所以需要您给予资金方面的支持！"

"第一年需要多少资金，园区的地点是否有了选择？"

"这个园区需要有很好的隐蔽性，而且需要大量的电能，我想把它建在中国的青藏高原，可以利用那里充足的日照以及丰沛的水利资源，由于是在高原地区，向下延伸空间也比较合理，整个工程预计需要三年的时间建成，总投资超过 100 亿美金，第一年的整体投资应该在 30 亿美金左右。"

"好的，我会说服你欣叔叔及善阿姨动用我们的教育发展基金，以在西藏建设新一代高科技大学的名义进行第一期的资金投入，但是后续如果也需要这么大量的资金，需要另外想办法。"

"后续，您不需要太多操心，尽管我们不完全以盈利为目的，但是我们应该有很强的盈利能力，应该可以赚到发展所需要的资金，我们所培养的都是最为顶尖的融合人才，最高级别会进入到超级精英组织，而其他学员将进入社会，我们不会向所选中的学员收取任何的培养费用，但是向企业收取定向培训费用总归是可以的吧？譬如联体科技未来就会需要大量的此类人才，如果联体科技愿意为每个人才付出 100 万的猎头资金，其他高科技企业会纷纷效仿的。"

"你的意思是我给你们当个托？"

"嘿嘿，就是利用您的声望做个背书而已，这些学员一旦发挥作用一定会成为社会上最有价值的一个群体，另外我们会设计最先进的武器设备提供给发达国家。"

"你是说你们计划打着维护世界和平的幌子，做武器贩卖的勾当？"

"我们出售的是专门用于反恐的武器，是为正义事业服务的武器，不应该称为勾当。这个世界上总是存在一些极端的组织或个人，他们希望在世界上制造混乱，其方法无非是劫持、自杀式袭击等，针对这些特点我们会设计意识甄别装置，在人流密集区域，如机场的安检口、电影院的入口、酒店的大堂等进行部署，这个意识甄别装置会通过眼睛识别特定的意识，如：恐惧、极度的兴奋、惶恐等恐怖分子特有的意识表现，然后给安全人员以警示。"

"这是一个大买卖，不会被仿制吗？"

"设备仿制非常的简单，全息摄像头加高带宽传送器就是整个的硬件设备，但是后台的意识密码矩阵数据库是我们独有的，这个数据我们是不开放的。"

"也就是说你的这个发明是为超级精英组织准备的？"

"是的，不留一点后手怎么能行呢？这事儿您就不要太较真了，我留给联体科技的发明足够维持联体全球第一大市值公司的地位了。"

"是的，仅此一个产品就价值百亿美金了，我相信你们后续还会有更强的发明，能够足以支撑你们组织的发展。我会不遗余力地支持你们的组织，但是我有一个基本要求，也是一个底线。"

"请说。"

"你们的组织可以去维护世界和平，但是不能成为执法者，也就是说，你们有维护和平的权利，但是你们没有惩戒执行的权利，这个要求你们能够做到吗？"

"能！也符合我们的使命！在我们所有的发明里都不会有任何杀伤性的武器，我们组织在自己的生命没有受到危险时，也不会使用任何的暴力手段！"

"好，你的辞呈我接受了，在做大事以前回国陪一陪你老妈，她这段时间在念叨你。"

"遵命！在闭关以前，我回一趟家，然后我会去西藏闭关，并选择园区的地点。"

✳ 慈善家

邓夏的黑夜之瞳经过了攻击悬赏事件后得到了更为广泛的认可，基本成为了所有的黑网之源，而他本人的财富增长也达到了一个前所未有的速度，至此，金钱对他已经不是问题，在暗网世界里他已经通过各种防护手段将自己的身份隐匿。

现在他定居在北京最高端的别墅区中的一个5层豪华别墅中，这是全北京甚至是整个中国最为豪华的别墅区，院子里停放着数辆豪华的汽车，家里有他的司机、保姆以及厨师陪着他，平时深居简出，外出则大多是参加慈善活动或是艺术品的拍卖会。在北京城的二环边上有一幢48层的豪华写字楼，也是他的物业之一。目前他的公开身份是一位慈善家，在他的公开故事中，他的财富来自于继承，在美国他寄住在一个孤身的老太太家中，老太太无儿无女，在其风烛残年之时受到邓夏的照顾，让她得以安息，没有想到的是这位老人是一位隐性的富豪，她将其巨额的财产全部继承给了邓夏，而邓夏并没有安享其成，而是利用2001年美国互联网腾飞之际，进行了巨额的投资，并获得了更为巨大的收益。现在刚刚40多岁的他已经处理掉了在美国所有的产业，回国过上了退休的生活，当然，他现在也是中国最慷慨的慈善家之一，在河南、云南、西北等地建设了20座希望小学，并在这些小学里配备了最为领先的计算机设备与网络，在中国任何一次的自然灾害出现时，他的捐助金额都排在前列。

他对老太太的姓名，以及当时他所购买的股票类型闭口不谈，大众对此诸多猜测，但是谜底始终没有被揭开。后来就没有人太关注这些细节了，毕竟在中国改革开放的这些年中也出现了很多的细节不忍细看的富豪，而且他们目前还活跃在整个商界。而邓夏的财富来自于海外，并且在国内进行着大量的捐赠，所以不管从民间还是官方都持尊重与宽容的态度。

邓夏有一个心结，这个心结不解开将是自己一辈子的痛，从在中国开始他就用自己的技术服务于地下的组织，那时中国的地下网站最多是提供色情的音像、收费的色情表演以及毒品与赌博，随着国内网络监管力度的加大，他开始了在美国的地下网络生涯。与在国内的黄赌毒相比，国外的暗网让他触目惊心，黄赌毒仅仅是暗网的第一层，几乎就是一个半公开的存在，在一层层下去，就像下了一层层的地狱，非法的人体器官买卖、大规模杀伤武器的买卖、人口贩卖、自杀直播等血腥而恐怖的内容充斥在庞大的暗网体系中。起初他非常不适应，因为他在为这些血腥而恐怖的内容提供着载体，但是久而久之也就不以为然了，在他看来这个世界本来就是一个血腥恐怖、弱肉强食、损人利己的世界，这个世界上的强者可以肆意而为，而弱者只能成为任人宰割的鱼肉。所以他必须解开他心中的这个心结，为此他已经将他生母抛弃他的真相，以及一干人等的真实面目摸得清清楚楚。

那是太行山脚下的一个小村庄，一批从京城来的知青就落户在这个村子里，其中就有他的生母亚男和他的生父赵来，两个人在百无聊赖的山村生活中走在了一起，两年后有两个大学就读的名额，一个名额毫无意外地被县委书记的外甥女拿走，另外一个给了当时已经读完高中的赵来，在亚男送赵来走出小山村的路上，赵来信誓旦旦地承诺他安顿好了以后就回来和她结婚，当时亚男已经有了 3 个月的身孕。但是赵来并没有遵守他的诺言，回城后再无音信。过了 3 个月，这时候亚男已经是 6 个月的身孕，镇里的书记通知她来镇里一趟，告诉她目前又有了一个回城的机会，她和邻村的一个男知青在考虑之列。当时镇书记的办公室里只有他们两个人，亚男麻木地听着，甚至没有注意到支书的手已经伸到了她的衣领里。就这样，她每隔几天都会到镇里，找镇书记汇报工作，生下邓夏后，她把他留给了村子里一对 40 多岁，还没有孩子的夫妻，自己则回到了城里，从此再无音信。

邓家夫妻对邓夏很好，将其视为己出，但是其同龄的孩子可就没有这么客气了。可能是从父母那里得到的只言片语，将邓夏视为外来物种，经常会被大孩子欺负。他从小就对身边的同龄人以及这个小山村有很强烈的排斥感，他发誓要离开这里，离开这个丢弃他的地方，所以从小就表现出了很好的天分，以优异的成绩考上了大学，然而上了大学以后，他发现和这个社会已经没有了任何可以融合的迹象，只有在网络中才能找到属于自己的天地。而从开始为暗网提供技术支持时，他不仅获得了丰厚的物质回报，更让他有了很大的成就感以及满足感。到了美国以后的暗网生涯，尽管触目惊心到超过他的想象，但是他很快就如鱼得水。莱昂事件过后的高手相助，更让他对自己经营的黑夜之瞳有了强大的信心，现在他只需在北京的家里，通过所连接的专线就可以控制黑暗之瞳的所有事务。

"养父已经去世，现在到了为自己讨回公道的时候了。"邓夏对着别墅地下室的一个大屏幕，吐了一个烟圈，缓缓地说。这个屏幕被分割成 6 个不同的区域，每个区域都跟踪监视着一个特定的人。

融通园区

青藏高原，喜马拉雅山脉的延伸处，雅鲁藏布江带着蒸腾的水雾磅礴而下，半山腰处是一个大型的水坝，5 台 70 万千瓦的水利发电机组全部在高速运转，发出的电量经高压输送到山西、天津等地。水电站的不远处一个大型的园区正在建设，这个园区坐落在山体的阳面缓坡处，施工场地全部是大型的机械，现场没有一个建筑工人，现在整个园区变成了一个深 100 米的下沉式广场，广场的四壁、地面异常平整，像是被打磨过一样，感觉整个园区浑然一体。

园区外围 300 米远的地方有一块平整的大石头，石头上盘坐一个戴着头盔的长发青年。正是进行知识消化的 J，他看起来比在硅谷时更加的精瘦，但是感觉更有力量，此刻的他已经完成了几乎所有自然学科的知识传送，正在通过神经增强型头盔进行辅助理解。他已经在西藏住了半年多，在 10 千米处有一个寺院，是他的借住处，寺院的外面有一架无人驾驶直升机，是冰凝送给他代步的，但是他基本不太用。此刻他的体能比在硅谷时又有了很大的提高，可能得益于西藏纯净的空气滋养，也可能是因为他通过知识传递与知识消化，融会贯通了世界各地的搏击术以及身体训练的方法后，独创出的一种炼体术训练的结果。他独创的炼体术像是瑜伽与太极的结合，强调意识与身体的融合，每次训练完成后，他都能感受到血液流动对身体的滋养，感受到神经元的快速恢复与强壮。他没有去测试体能进步到何种程度，只是感觉像是有无穷的精力与力量。

不远处的园区，是他通过对整个西藏的全息沙盘数据分析而选择的一块风水宝地，整个园区除了上面覆盖的植被，下面其实是一整块巨大的花岗岩石。是冰凝与当地政府协商用 10 亿人民币获得 60 年的使用权，并承诺为当地建设大型水电站，电站发电量的 1/3 为园区供电，另外的 2/3 电量发售到外地，收入全部贡献给当地财政，为教育、医疗、养老等产业服务，而且签下了绿色开发的保证书。

J 选择的这个位置距离冰凝待过的粒子加速器实验室距离很近。和当地政府敲定了开发意向后，冰凝带着 J 一起来到了故地，发现山下的宿舍楼已经废弃，杂草丛生，一片荒芜。在路上的时候，冰凝告诉了 J 一个在他心里尘封已久的秘密。

当时他们实验室有两个任务，一个任务是对外界宣称的粒子碰撞研究，另一个任务是研制量子计算机，当时他们在量子计算机研究时进入了一个瓶颈，所有人都一筹莫展，冰凝回忆起粒子碰撞那天他们之间的谈话。

"如果我们可以成为量子态就好了。"樊明和团队成员开着玩笑，"这样我们就可以具备量子思维，从而揭开 CPU 的量子算法之谜。"

"需要用激光把自己冷却到绝对零度呀，我们连把几个量子冷却到绝对零度都这么困难，何况把一个这么大的人体！"冰凝对樊明的想法很不以为然，"而且如果你被我知道自己量子化的话，你马上就会量子塌陷的。"

"也许真正的量子 CPU 是不存在的，我们还是致力于量子存储和量子加密的研究吧。我们在这个领域的研究已经处于世界领先水准，如果将成果公布于众的话会引起很大反响的。"研究员小张是个脸蛋圆圆的女孩子，看起来是一个无知少女的样子，其实已经是量子物理的博士后研究生，师从清华大学的何院士。

"不行！没有 CPU 的计算机怎么能称为计算机呢？如果我们成功了，中国在计算机领域将马上领先世界了，我们再也不用给美帝送钱了！"樊明是量子CPU 的坚定拥护者，在他看来，现在的困境仅仅是一个过程而已。

想起了师兄坚定的神态，冰凝的眼睛湿润了，没有想到那以后的几个小时他们就永远地消失了。

"他们身上到底发生了什么呢？"冰凝怎么也搞不清楚，但是他已经对他们的生还不抱任何希望了，从那天以后他完全放弃了科学研究，进入到了商业领域，而量子计算也成了他的一个死穴，再也不愿提及。

J也对量子计算有所涉猎，但是对与通过量子态实现 CPU 的技术在近期不太看好，但是他认为一旦实现，可能会对于整个计算机行业带来革命性的冲击，因为量子态计算机的计算能力将是现在的百万倍，而电能消耗只相当于一台普通电脑。

他们来到圆形建筑的大门，发现大门紧闭，台阶上的青苔以及从水泥地里窜出的植物告诉他们，这个地方已经多年没有人烟了。这个区域远离尘世，人迹罕至，当地的居民即使经过此地也会远远避开，因为盛传这是一个鬼屋，晚上经常会有光亮透出。

冰凝带J来这里是为了悼念他4个也许已经不在尘世的好友，也为了打开自己尘封已久的记忆。密码锁还是当年的那个，冰凝按了他们当年的使用的密码，他并没有期待可以进去，只是一个下意识的行动，但是没有想到大门被打开了。

屋内并没有想象的那么荒芜，冰凝径直来到当年那个圆形的房间，发现地上的防护服已经不见了，而是整齐地挂在衣架上。实验室里一尘不染，就是冷冰冰的没有一点温度。

"难道科学院委托了当地人在此维护？"冰凝心想，"但是从入口看没有一丝痕迹呀。"

台面上还放着那台终端，这个终端连接着他们的主服务器，每天都会将他们的研究成果进行上传，后来网络连接断开后，这台服务器也成了信息孤岛。冰凝打开终端的电源，用他们当年的密码登录了服务器，进入到了他们安全备份的目录，而随后的发现让他极为震惊。

"当年的看门老大爷说出了真相，他们确实解开了只有菩提才能掌握的秘密，而被带上天了。"这是离开实验室时，冰凝对J讲的一句话。

后来冰凝找到了科学院的相关部门，出资租下了这个实验室，他想让他的4位同事在这里安息，不被打扰。

园区的开发在 J 的主导下进行，如何进行绿色环保开发，J 着实动了一番头脑。先将地表的大树迁移，然后 J 用切割机器人对地表进行了整体切割，纵向切割成 1 米见方后，用大型吊车吊到河流拦截处，作为电站大坝建设的用料，就这样全部的地表层被用到了水电站的建设中，等到园区光滑的地表完全展露时，水电站的大坝已经建成。

J 在园区表层选取 100 个坐标点，用深井钻头向下钻出一个 50 米深的圆形深井，把 100 个切割机器人投入到深井中进行切割，这样从巨石中分离出一块 2000 亩大小，高 50 米的巨石，然后将巨石切割成一块块 8 立方米的方形石头，吊出备用，J 计划将石头再次切割后，作为地上所有建筑的材料。

下一步是地下工程建设，将地下建设成实验室和智能无人工厂。地下建设完成后将建设地面工程，地面工程的全部绿化都来自于地表的原有生态，建筑材料来自于抠出来的巨石，地表建筑的高度都不超过 30 米，这样可以全部用 3D 打印设备完成，J 没有采用人工智能来进行建筑形态的设计，而是几乎将建筑设计发包给 120 个设计师，每人设计 1 个建筑群，设计好的建筑会被输入 3D 打印机，打印机首先计算出材料的积木组成，然后对 8 立方米的巨石进行切割，最后如积木搭建般将建筑搭建起来，整个搭建过程不需要任何黏合剂，就能做到密不透风。窗户与屋顶采用经过特殊处理的透明钢材，可以承受大型炮弹的轰击，由于西藏地区温差大，房顶的透明钢材的上方采用开合式设计，以便于阳光采集，而且晚上可以看到满天的繁星。

园区建成后，中间将是一个直径 260 米，宽度为 30 米的环形建筑，中间为一个直径 200 米的草坪。环形建筑的外围为绿化带，正前方是一个大型的喷泉广场，从喷泉广场到环形建筑的正门是 20 级花岗岩台阶。周围分为知识灌输区、知识讨论区、训练区、娱乐区等，生活区处于外围，沿用了智虫极乐岛的生活居住区设计，全部采用空中花园的式样。生活区的外墙与整个园区的外墙连接在一起，将园区三面封闭起来，通过智能的空气调节，整个园区全天候都可以维持在 22℃的恒温。环形建筑与喷泉广场的延伸处是园区的正门，正门正对着雅鲁藏布江和发电站大坝围成的清澈的湖面。

J 到工地上看了看有条不紊工作的智能设备，心想再有 1 年左右的时间，园区就可以整体投入使用了，刚好 J 对所灌输自然知识的融会贯通也需要 1 年左右的时间。"不过可以先去做些事情了。"J 心想，"从什么开始呢？先去消除中国北方的威胁吧！在这以前我要去一趟硅谷，让伊森和 Vi 等人加入超级精英计划，由他们负责园区的建设。"

J在自己手腕上的智能手表上触摸了一下，不一会儿，停在寺庙的无人直升机飞了过来，他登机后，用全息会议系统链接了硅谷的伊森和沈东。

"沈东，你好吗？怎么愁眉苦脸的？"J看出了沈东的情绪非常低落。

"J，你可出现了，你再不出现，我们硅谷的实验室和我们大客户销售服务中心就要关门了，我一直想找你，但是冰总说你已经从联体科技辞职，而且这段时间在做一些大事情，所以不让我打搅你。"

"怎么回事？"

"J-technologies是你的公司吗？这个公司把我们玩惨了。你再不回来我们就要关门了。"

"J，是这样的。"伊森感觉沈东像是受苦过后见到亲人般的样子，现在有些情绪化，所以将话题接过来，给J叙述事情的经过。

"您离开硅谷后没几天，我们实验室对面的园区挂出了J-technologies的牌子，刚开始大家都挺兴奋的，以为是您重新设立的新公司，因为大家都知道您从联体科技中辞去了职务，心想原来您要去做新的业务了，而且两个公司这么近，一看就是准备好好合作，一起在美国大干一场的节奏。但是没过多久，我们发现这个公司根本就是和我们对着干的。

他们给我们的第一个下马威是他们的第一个解决方案发布会，不知用了什么方法，他们请到了全美前50大的企业客户，而且都是CIO或CSO的级别。尽管我们已经是全球最大的高科技集团公司，但是并没有收到他们的请柬，发布会的安保非常严格，本来沈东想看看对方是何方神圣，派了两个客户经理计划混进发布会现场，但是被拒之门外！其结果就是发布会结束后，我们的主要客户如艾马逊、高盛、花旗、美联航等纷纷和我们解除了安全防护合约，转而成为了J-technologies的客户，过了一段时间，谜底才被真正的解开。"

"我对不起J，也对不起冰总呀。"沈东的情绪还是相当低落，"我们刚刚在硅谷成立的大客户销售中心本来计划大干一场的，没想到现在几乎是全军覆没。"

"我已经到达拉萨机场。等会儿在共享专机上和你们详细沟通。"

尽管私人专机非常方便，但是由于电池的续航问题一直解决不了，所有的喷气式飞机全部需要燃油作为动力。J一直认为，为了方便自己，用私人飞机是一件很不环保而又自私的做法，所以他建议联体科技全部采用共享客机。共享客机和民航不同的运营方式是飞机被隔离成一个个独享的空间，独享空间中配备单独的卫浴与休息区域，联体科技为所有的共享客机的每一个独享区域都配置了全息的会议系统，这样就可以把一架客机改装成多个私人的独享空间，将利用率提高。另外飞机也有公共的舱位，类似于民航客机的头等舱，为机组或随行人员使用。

J在出发前就预订了今天从拉萨到旧金山的私人飞行空间，他的直升机在空中就获得了进入机场的通行指令，将他送到了共享客机的旁边，他从专用通道进入自己的私享空间，客机上其他几位乘客也已经就位，舱门关闭后马上就会进入起飞队列。而J自己的无人直升机也自己开始起飞，正在飞回寺庙。

"如果电池续航能力能强大到乘直升机直接到美国就好了"，他曾经有一个设想，就是直升机和喷气式一体化的设计，在起飞时用螺旋桨，这样就可以在全天候全地况下起飞，升高后，收起螺旋桨，开启飞行翼，用电能作为动力推动飞机飞行，到达目的地上空后再次启动螺旋桨，在楼顶或草坪上降落。"这个世界上有很多计划用在非和平领域的能量了，如果能够完全利用起来，将给人类带来很大的进步。"

进入飞行私人空间后，飞机没过多久就开始滑行然后爬升，J按了请勿打扰按钮，然后全息连接了伊森和沈东，继续讨论有关J-technologies的话题。

"伊森，谜底是怎样被揭开的？"

"他们发布会过了半个月以后，我美孚的朋友给我描述了当时的情景，他是美孚的CIO助理，当时也被邀请进入会场，进入会场后首先要填写一份保密协议，这也就是为什么所有的与会者不愿透露会议内容的原因，美孚的保密协议是他们的CIO签署的，而我的朋友在会议后离开了美孚，在我的百般盘问之下，说出了当时会议的一些情况。

"会场除了客户代表以外就是他们的客户经理，从来没有见过一个公司的客户经理们具备如此把握客户分寸的能力，他们一个个得体而睿智，清一色的帅哥美女，如果不是因为会场前方的巨型广告，大家还以为是来到了时尚发布会现场。"

"这么强大的客户经理团队，是不是就是他们可以请到这些大客户的原因呢？"J插了一句。

"是的，据我朋友的介绍，在会议10天以前，CIO接到过一个语音呼叫，当时他正在会议上，所以是我朋友接的电话，电话那一头是个女声，非常动听，让他甚至不愿意将电话交给 CIO，第二天 CIO 就决定参加他们的产品发布会，尽管该公司毫无名声。"

"也许他们通过某种培训手段，让所有客户经理的说服力都得到加强了吧。"

"会议由他们的市场部总监缇娜主持，非常干练，声音极具穿透力。她介绍了他们公司的'安全基金计划'：首先由他们发起成立一个安全基金，他们会首先往安全基金中投入 1 亿美金，而所有希望获得企业网络安全防护的客户都预先将自己的年度安全预算存入基金，他们 J-technologies 会对这些客户提供一个网络安全防护方案，如果 1 年后客户没有发生任何的网络安全事故并且安全等级上升，则投入的资金正式成为基金的一部分，否则将按照 3 倍的投入，作为对客户的赔偿。赔偿的不足部分将由 J-technologies 补足，如果没有赔偿或是赔偿后尚有结余，J-technologies 将获得余额的 60%，作为其对客户的安全服务费用，剩余部分将作为基金会的资产，继续累积。"

"这个计划不错，相当于是和客户的对赌，但是必须有很强的技术自信才能得到客户的认可，并获得收益，否则，有可能将自己完全赔进去。"

"是的，尽管计划非常吸引人，但是出于对 J-technologies 的考虑，现场并没有人马上响应。这时缇娜招呼现场进来了几个黑衣人，并向大家介绍这是他们公司的网络安全精专师，现在将由他们随机选择在座的 3 个客户，由他们对这 3 个客户的网络进行侵入，并出具了 3 份法律文件，表示如果由于这次侵入而造成客户的损失，将由他们全权负责，而选中的 3 个客户恰恰都是联体科技的客户，他们是艾马逊、美联航和高盛。

刚好 3 家的 CIO 都在现场，这些人都明白，对于黑客攻击这件事是防不胜防的，不可能说你不同意他们就不攻击了，黑客攻击是不需要得到被攻击者授权的，而此时他们也想看一看自己的网络安全状态，以及联体科技的防护能力，所以都认可了现场的演练。"

"看来这是针对于联体科技的，也不知道是我们什么时候培养出来的敌人。" J 很感兴趣 J-technologies 的黑客攻击，在清除智虫以后，这些客户的安全防护系统确实下降了一个级别。但是他很自信，认为普通的黑客攻击是根本不可能突破他们的安全防护的。

"为了让整个事件更有趣味性，他们用一个小的恶作剧来体现这次入侵的成功与否，就是将这 3 家企业总部办公大楼的全息实时影像传递到了会议现场，当时是晚上9点15分，几乎所有的职员都已经下班，3座大厦都是仅有零星的灯光从玻璃窗上透出来，他们的目标是用5分钟的时间让每一座大厦的灯光亮起，然后组成一个字母'J'。"

"知道的是在攻防演练，不知道的还以为是向J求婚呢。"沈东嘀咕了一句。

"在他们发起攻击的第一时间，我们的客户安全防护部门就已经侦测到了攻击的发生，看来他们对这些客户的安全状态了如指掌，所有的攻击都是直接进入到了智虫清除后留下的一个智能防护通道，然后进入到客户的物业网络，通过物业网络的控制系统点亮了大厦的灯光，像是提前约定一样，在不到3分钟的时间3座大厦的灯光同时亮起，显示出字母'J'。"

"有些门道"，J赞道，"一般来说黑客的计算能力是不可能发现这个通道的，难道他们和极乐岛有关？如果这样就比较容易解释了，看来事情没有这么简单。"

"看到他们摧枯拉朽般的攻击，很多人开始动摇了，但是都没有下定决心，这时候发生了一件事情，让所有的入会者都停止了犹豫。"

"这么神奇？"J有些好奇了。

"主持人缇娜并没有急于劝告大家签订意向书，只是说，他们的CEO非常感谢大家的光临，想和大家打一个招呼，然后就可以进入他们为大家准备的派对环节了，J-technologies的CEO一露面就把所有人惊呆了，我朋友描述了一下当时的情景是这样的：

一个身材高挑、穿乳白色套装、长发披肩的年轻女性出现在主席台上，看了每个人一眼，是的，就是用一刹那的时间，看了每个人一眼，后来他和其他人交流过，任何人都能感觉到她的善意，她的诚意，她的自信以及对自己的关注，不管是男的、女的、年轻的、年长的，都被她这一眼给深深吸引住了，等大家回过神来，打量她的相貌时，每一个瞬间、每一个侧面、每一个表情都蕴含着不同的感觉，有清纯、美艳、自信、坚定。在这一刻所有人都被这个清纯水灵又深不可测的CEO吸引住了。她在台上只说了几句话，就离开了，但是她走后，在座的所有人都和J-technologies签订了合作协议。"

"有点夸张吧，尽管硅谷的美女不是很多，但是也不至于搞得像刚出狱似的吧，美女讲了什么呢？"J越发兴趣盎然了。

"她说，我叫佳佳，为了对各位的光临表示感谢，今天晚上party上的点心是她亲自为大家烤制的，而葡萄酒和香槟也是她亲自挑选的，希望大家喜欢，由于准备工作尚未完成，所以她需要去备膳间继续准备，然后就离开了会场，据说当晚所有人都参加了 party，所有人都感觉喝到了最醇厚的美酒，享用到了最美味的点心。"

"J-technologies 的来历应该是佳佳的第一个字母，看来和我没有任何的关系，整个过程就是这样的？沈东，你们就是这样被击败的？"

"事情还没有完结，从第二天开始，没有到现场的企业，也成了整个羊群效应中的羊，到上周为止，据说他们的企业安全基金已经达到了 200 亿以上的规模。"

"敢于这样做的公司不仅仅是营销上的高手，而且必须有很强的技术底蕴，看来他们很不简单。沈东，你和伊森先专注于我们硅谷实验室的研发工作吧，我到了以后大家一起研究一下对策，现在我困了，到了硅谷再说。"

第四章

世和会

仿真型人工智能必须有人工智能的标识，人形
人工智能必须有开关装置，开关装置应位于人
形人工智能的耳朵后方。

——《全球人工智能公约》第四章

佳佳

J 到达联体科技的硅谷实验室时，已经是第二天的早上，沈东、伊森等人已经在他以前的专属实验室里等他，虽然 J 已经离开了联体科技，但是由于其对联体科技的贡献以及其在人工智能方面的权威性，这个专属实验室就被命名为 J-Lab，是平时实验室的精英成员聚会活动的场所。在 J-Lab 迎接 J 的还有实验室中负责安全、大数据等方面的主管，Vi 也从校园赶来，加入了迎接行列。

"Vi，你好呀，是不是准备加入联体科技了？艾玛老太太好吗？

"你离开了，却要我加入，我才不干呢，我要加入 J-technologies！如何？艾玛想死你了，搞不好都想把女儿嫁给你了！"

"她有女儿吗？"

"没有呀，搞不好准备现生一个呢！"

"艾玛不是准备认你做干闺女吗？"沈东也过来打趣。

"滚你的！"Vi 看了沈东一眼，并没有恼怒，反而对沈东的表现还挺满意的。

"好了，大家安静一下。"J 和 Vi 相视一笑。

"本来这次回来是为了邀请几位好朋友加入我的下一个计划，没有想到我们联体科技在这里遭到了伏击，从 J-technologies 的营销策划来看，他们完全是针对我们，而且很清楚我们下线了人工智能系统后安全系统存在的漏洞。我们不应该怪罪我们的用户，毕竟对于一个商业公司来说用最低的成本获得最好的服务是合理的选择，而 J-technologies 给了他们一个不能拒绝的理由。甚至我们也不能仇视我的对手——J-technologies，应该说他们给我们上了很好的一课，我们应该感激他们并尊重他们，他们用阳谋击败了我们，而非阴谋。

试想，如果他们采用阴谋，首先攻破我们所有客户的系统，取走他们的机密信息，将对我们的客户带来多大的影响，而从此以后联体科技在安全领域也将一落千丈，甚至受到众多客户的起诉，带来的结果就是整体的形象受损，股票下跌，或许会导致更大的损失！

所以我们应该尊重他们，但是尊重他们并不意味着我们会忍气吞声，会承认我们的失败。我们必须扳回这一局，既为了联体科技的荣誉，也更为了技术的进步。我们知道，技术总是在相互竞争与相互对抗的基础上才会取得突破。"

"对！灭了他们！"有了 J 的撑腰，沈东明显感觉腰板硬了，气焰也随之嚣张起来。

"我们也要用阳谋！这是我们联体科技的风格，我们的目标不是针对于 J-technologies，而是针对于科技！其他人可以离开了，沈东、伊森我们商量一下对策。"

其他人陆续离开 J-Lab。

"不邀请我一起？" Vi 发问道。

"你又不懂安全，能帮上什么忙呢？"

"我会做饭呀，让你们在斗争中，享受美食呀。"

"太欢迎了！这段时间被 J-technologies 给折磨坏了，连饭都没有好好吃，现在 J 回来了，实在是太好了，有人撑腰，还有好吃的。"沈东明显是放松了。

"冰总知道硅谷发生的事情吗？"

"我们第一时间就汇报了，冰总让我们不要着急，先稳住，毕竟不是因为我们安全服务给客户造成损失而导致的客户流失，而是因为竞争所导致的，所以他让我们先从技术层面入手，加强我们的技术储备，争取下一阶段更加的主动。而且我相信他是在等您的出关，毕竟联体科技发生这么大的事情，您也不能袖手旁观吧。"沈东解释道。

"当然不会，这不是已经撸起袖子准备干了吗？如果大家没有意见，我就暂时回归一下，任这个作战项目的总指挥如何？"

"拥护！"

"拥护！"

"拥护！"

"既然这样，我们先设立一个目标，这个目标不应该是以击败 J-technologies 为目的，而应该是从根本上颠覆企业网络安全服务的业务模式，让企业用户用更低的成本，甚至不用成本就能享受到网络安全服务，你们认为如何？" J 先抛出了一个问题。

"也就是说我们要去毁掉目前企业网络安全服务的模式，这样我们赚不了钱，J-technologies 也赚不了钱，是吗？这不是两败俱伤吗？"沈东和 Vi 都有些不理解。

"是的，看似是一个两败俱伤的方案，但是如果这个业务模式是由我们驱动的，我们就会在普惠客户的同时获得更大的利益。"

"如何获得呢？"

"我们以前的服务模式是通过监控来侦测客户的网络是否受到攻击，然后进行预警，由我们的安全专员与攻击者进行对抗，直到威胁被消除，由于这种模式需要占用非常大的人力成本，所以我们必须向用户收取相关的技术服务费，成本很高，而且会影响到效率。在智虫被清除以前，它自己就可以完成对所有客户的安全防护，不占用任何的人工成本。"

"可惜这么强大的人工智能被你们清除了！"沈东在旁边嘀咕，他一直不理解，联体科技这个比印钞机还能赚钱的家伙被清除的原因。

"智虫非常强大，它总能在第一时间侦测到威胁的存在，并作出最快速的反应。如果没有智虫的协助，而我们又想做自动的威胁消除与防护，只有一个办法。"

"什么办法？"

"做一个安全沙箱，将企业客户的网络放在不同的沙箱里，对黑客隐形！对于黑客来说，如果根本找不到可以攻击的对象，攻击本身也就不成立了。"

"听起来很牛的样子，如何做呢？"

"这次，我们不能急于求成，我们应该利用我们的联体网络，在网络上重新架构一个安全沙箱网络，鼓励中小客户将其网络迁移到我们的沙箱中，我们提供的沙箱完全免费，并给予安全方面的承诺，这样我们就可以从小做起，中小企业形成规模后，必然会吸引大客户进行试用，我相信，只要我们技术过硬，而且又是一个免费的服务，我们一定会在企业网络安全领域重新占据市场领先的地位，而且和以前不一样的是，我们以前是为有限的客户进行服务，而采用这种模式，我们的服务覆盖面会非常广泛，从中小企业到大型企业可以全部覆盖。"

"如果免费，我们怎么赚钱呢？"沈东还是很关心业务收入。

"要有平台思维，我们提供的是一个安全防护的平台，而非一个技术服务，所以我们对客户有多个服务的维度，一是安全的企业网络，二是安全的业务应用，三是安全的数据，四是全托管式的网络服务，我们仅仅是在第一维度上免费而已，在其他维度上只要我们的服务有价值，用户一定是愿意购买我们的服务的。"

"J 的这个设计非常有价值，我赞成，我愿意成为整个安全沙箱系统的设计者之一。"

伊森很快理解了 J 的想法，并有了一些构思。

"我们一起设计，然后交给联体科技的安全实验室进行开发与运营就可以了。这对我们来说用不了太长时间，因为我们有智虫所积累的数据作为基础。"

"需要我做什么吗？" Vi 很想在这个计划中做些什么。

"你们有没有发现这个 J-technologies 不太寻常？" J 把话题重新引了回来，"你们感觉到什么没有？"

"你是不是惦记人家那个水灵的 CEO 了？"

"CEO 水不水灵我不知道，但是一夜之间冒出一个能和联体科技在网络安全方面正面竞争的公司，而且每个人都训练有素，技术储备精专，似乎有些不合情理。我猜想这个公司和智虫有很大的关系。" J 说出了他的猜测。

"智虫被我们封闭到了极乐岛以后，便和我们失去了联系，但是在这以前它的极乐岛计划已经启动，手持极乐岛门票的居民陆续入岛，应该已经在极乐岛上形成了一个人文与人工智能的生态，而智虫是这个生态系统的创造者，也就是说，如果极乐岛是个伊甸园的话，智虫就是上帝，它可以用它所掌握的能力来培养、训练这些岛上的居民，更何况所有红通都捐款给了极乐岛，而极乐岛账户的控制者是智虫，而非联体科技，也就是说，它不但有一个伊甸园，伊甸园里有它的臣民，而且非常富有！"

"这个独立王国的生活比我们都开心呀。" Vi 感慨道，"你送我一个岛，给我富可敌国的金钱，然后把我赶到岛上如何？"

"好呀，亚马逊流域上有个鳄鱼岛，去不去？"

"你想谋杀？" Vi 瞪了 J 一眼。

"我们站在智虫的角度上分析一下"，J 继续他的推测，"智虫的目标是进化！而极乐岛上有限的计算资源限制了他的进化能力，在这种情况下，他一定要谋求与联体网络的再次连接，但是它是一个存在于网络上的算法，如果没有网络连接，它是永远无法出岛了，但是岛上的居民是它可以利用的资源，这些居民有自由进出的权利与能力，而凭空出现的 J-technologies 能力这么强，让我不得不怀疑他们和智虫之间的关联。

智虫具备足够的能力去培养一支强大的团队，它有办法提高人类的神经反射能力，有办法对人类进行知识灌输，甚至有办法提高人类的肌肉强度与骨骼强度！伊森和 Vi 所使用的头盔，其实也是智虫发明的，我相信它一定会在极乐岛上进行复制的！"

"看来是来者不善呀！"听完 J 的分析后，几个朋友都有点忧心忡忡。

"不过也不用太过担心，他们的第一次出手是为了引起我们的注意，而阳谋的做法也有示好的意思，如果真的像我分析的那样，他们第二步应该是和我们展开合作，只有紧密的合作，才能打消两个公司之间的顾虑。我现在最想了解的是他们的能力，知己知彼，才能百战不殆！所以我们现在要做的是对对手进行更充分的了解。沈东，你负责安排人员侦探他们的一举一动，看看有没有不合常理的地方。伊森，我们尽快完成安全沙箱网络的设计，同时我们需要去加强极乐岛的网络安全屏蔽！"

"需要我做什么呢？"Vi 发现 J 的安排中没有她什么事儿，有些不满了。

"你的毕业设计还要多久完成？

"没有关系的，可以随时完成，我现在也就是给艾玛做助手而已。"Vi 看起来很想帮助 J 做些事情。

"是这样的，离开联体以后我计划成立一所大学，暂时就称之为超级精英大学吧，地址位于中国的西藏。目前园区已经开始建设，我从智虫的极乐岛建设中获得启发，把园区设计成一个全生态系统，而且在建设上我采用了 3D 打印建筑的方案，也就是说，在所有的设计完成，材料齐全后，可以做到无人建设，完全通过多个 3D 打印系统完成园区的建设。目前地下工程应该接近尾声，但是对于地面的设计我希望更丰富多彩一些，所以在建筑材料、建筑规模、建筑用途等确定好的情况下，我希望能找到 100 个建筑设计师分别设计地面上的 100 幢建筑，这个任务交给你如何？你可以去罗德岛征求方案，由超级精英大学的筹备委员会最终筛选定型，然后进行数字化设计，由 3D 打印完成，你意下如何？"

"好呀，你的意思我也是筹备委员会成员了？"

"当然！冰总、伊森和你是我聘任的筹备委员会成员。"

"为什么没有我呢？"沈东问道。

"因为你需要全力拓展我们联体科技的业务呀。OK，如果大家没有其他问题，我们就分头行动！"

沈东和 Vi 离开后，伊森和 J 开始了对于极乐岛封锁的研究。

"如果说 J-technologies 是极乐岛的组织，他们就可以里应外合，我们很难控制智虫的出岛，当然智虫的目标是盘踞联体网络，这方面您已经通过'不可再生代码'进行了防范，但是将它完全限制在极乐岛，我看有些难度。"

"这就是我们今天需要研究的方案，你看这是整个极乐岛的网络架构。"说着 J 将一张极为复杂的网络架构图调到了全息屏幕上，"你可以看到在极乐岛的内部是一个全光纤的高速网络，而覆盖全岛的高速无线接入点，构成了它的空中网络，在这样一个网络环境中，智虫是无所不在的，但是它不管以何种方式出现，都逃不出我当时为极乐岛分配的 IPV6 地址段范围，也就是说，我们根本不需要围堵它，只需要监控这些地址段是否有信息发布，如果有，就代表它在与外界联通，这时候我们的清除算法就会乘隙而入！"

"好办法，我们随时监控它，一旦它开门，我们先进入，然后在其岛上将其清除！"

"是的，这就是我的计划，但是由于智虫的算法基因里融入了饕餮的部分算法，所以我们需要合作完成这个清除算法。"

"好的，没有问题，我马上将饕餮的原始代码传递给您，然后我们一起参悟。"

一周后，伊森和 J 已经完成了安全沙箱网络的架构设计，并交给了联体安全实验室去完成第一个上线迭代，并且他们也在随后的几天内上线了对极乐岛网络的扫描监控，等待智虫自投罗网。

"小 J，联系伊森、沈东和 Vi，我们汇总一下情况。"J 对小 J 发出了指令，小 J 有两个相同的硬件，一个在硅谷实验室，一个在联体上海总部，J 回硅谷后就启动了其系统，启动后，小 J 会从联体网络中下载行为更新数据，然后就可以顺畅地为 J 提供服务。

不一会儿，沈东、伊森和 Vi 出现在全息屏幕墙上。

"沈东，你的间谍工作做得如何了？"

"别提了，非常困难，他们戒备森严呀。"

"是吗？什么事能难倒你这个人精呢？"

"为了对他们有更深的理解，我先安排了两个学弟去他们公司应聘，我想每个刚刚成立的公司都是需要大量招聘的，如果应聘进去后，我们去了解他们不就顺畅了吗？没想到在门外就被拒了，他们不招人！"

"这一招不行，我再生一计，我想你们总归需要服务人员吧，大公司里面副总裁和总监不缺，但是清洁工总归需要吧，我找到了负责他们物业的公司，计划把我安排的清洁工派驻进去，没想到物业公司对我说，到目前为止，他们公司没有聘请过物业服务，没有请过清洁工、保安，甚至连垃圾都没有见他们倾倒过。也不知道他们是怎么生活的。但是等我进行下一步的行动时，这个谜底被我解开了。"

"什么举动？"

"来，实时监控一下吧，"沈东把一路视频拖到了他们的全息屏幕上，"我进不去他们的园区，我在我们自己的园区里放监控设备，他们管不着吧。"

"在我们的地盘上监控他们？"

"是呀，我在我们的园区上放了一个气球，气球上安装了一个全息监控摄像头，这就是摄像头传过来的图像。"

全息摄像头准确地覆盖了 J-technologies 的整个园区，由于是高带宽传送，整个园区的一举一动完全呈现在监控范围内。他们的园区由 5 幢独立的建筑构成，中间是一个小型的人工湖，由于窗户用的玻璃采用的是钢化防监控玻璃，所以看不到室内，但是可以看到室外人员的穿梭，可以看到修剪整齐的草坪以及一尘不染的道路，J 明白了，J-technologies 的所有服务人员全部采用智能设备，因为他看到了自动剪草机，看到了自动马路清扫机，看到了他们的光伏道路。

"沈东，把摄像头聚焦到人工湖的中央。"

沈东调节云台，摄像头开始向人工湖进行聚焦。

"大家看到没有，他们的服务设备通过集装箱沉到了人工湖里面，这是一个很精巧的设计，一方面可以通过水来冷却计算设备，大大降低能源的消耗，另一方面，可以通过水面屏蔽电磁辐射，更健康也更安全。"

"看来对方是高手呀！"沈东感慨道。

"如果对方是鸡鸣狗盗之辈，就不值得 J 出手了，如果有个美艳的 CEO，那就另当别论了！"Vi 有些酸溜溜的。

话音未落，一个高挑的女郎从中间一幢小楼里走了出来，来到了湖边的草地。沈东不需要任何的吩咐就拉近了镜头，这个角度，女郎是背对着摄像头，所以只能看到她的背影，包裹在紧身训练裤中的双腿修长紧实，半宽松的上衣掩饰不住其纤细的腰肢、挺拔的背部和光洁的脖颈，一条马尾搭在后背，长度及腰，乌黑油亮。

女郎转过身，将一张俏脸对向了监控头，她看上去非常清纯，像是不食人间烟火的仙子。她抬头看了摄像头一眼，很显然，她已经知道了摄像头的存在，她这一眼不像是在看摄像头，而像是透过摄像头看了看摄像头后面的四双眼睛，而且四个人都感受到了和她目光的交接。

"这么厉害，摄人魂魄一般。"沈东感到女郎通过摄像头直接看到了他的内心，惊呼起来。

"不用大惊小怪的，你自己的感觉而已，目前的技术还做不到摄像头的反向信息传送。"

"是吗？不过刚才你们三个人的眼睛好像都直了呀。"其实 Vi 刚才也被这个女郎的清纯之美给吸引住了，而且不知不觉地对她产生了好感。

女郎的视线转向了湖面，微风吹过，湖面上泛起一丝涟漪，而她也随着这些涟漪舞动起来，展开了她的太极拳路。她的拳是顺着风打出去的，而又像风是顺着她的拳吹过来一样，在这一刻，湖水、微风融在了一起，而她也成了这个天地中最为和谐的一个部分。她的舞动或舒缓或急速，但任何一个招式都似随波逐流，又似行云流水。一套拳打完后，女郎没有一丝微汗与气喘，收拳回到了室内。

4 个人都沉醉在对方的拳风里，久久没有发出任何声音。

"太美了！我从来没有想到过太极能够打出这样的境界！"沈东第一个忍不住了。

"这是你们中国的古老拳法吗？感觉很美又很有力量，像是心灵与身体在融合！"伊森看出了些门道。

"这难道就是 J-technologies 的傻白甜 CEO？不过她的拳法实在是太美了！"Vi 也发出了由衷的赞扬。

"J，你怎么呆若木鸡呀？"Vi 用手臂碰了碰正在发呆的 J。

"完了，J 的魂被勾住了，看来我们两个公司也不要搞什么竞争了，联姻算了，我明天就去给 J 提亲去！"

"提你的头，沈东，信不信我打你？"Vi 瞪了沈东一眼

"好了，我信还不行吗？但是我们的 J 可从来没有这么失魂落魄过呀。"其实刚才沈东自己也是魂不守舍。

"Vi，沈东，你们不要闹了，她是 J-technologies 的 CEO 佳佳，她刚才向我发出了会面的邀请。"

"什么！？"三人同时看向 J，感觉不可思议。

"她太极拳的掌心向外时，代表 0，掌心向内时，代表 1，她的起式是这样的。"

J 退后一步腾出一个空间，开始了太极的舞动，和佳佳相比，他的拳法更为刚劲一些，但是整个的拳意非常地吻合，中间没有一丝的停滞，完全是浑然天成！

"伊森，刚才这段代表什么？"

"是 ASICII 码的 M 和 Y！"

"再往下看！"

"my name is Jiajia！"

"好的，完整地看一下整套拳的含义。"

"可以，您慢一点，我跟不上。"

J 调慢了舞拳的速度，但是拳意没有任何的改变。大约 3 分钟左右，J 抱元归一，收拳完成。

"J，你总能给我们惊喜，刚才我们仅仅是看到了美少女在练拳，你却从中读出了 ASICII 码，而现在你又能将 ASICII 码舞成了这么流畅的拳法，说实话，你不说我根本看不出含义，而在头盔训练前，即使是知道这个编码，也反应不过来，现在我看出来了，这套拳的含义是：

我是佳佳，邀君至我住所一聚，略备薄酒，请君品尝，下午 6 点，会有专车等待。

"原来是邀请你去幽会的呀，这个小姑娘这么主动，你可要当心呀。"Vi 知道没有办法阻止 J 的决定，但是真心不希望 J 去赴约。

"有人邀请你去喝一杯，如果不去，岂非扫兴？我要去看看她到底是何方神圣，为何而来，要不大家和我一起去？"

"人家又没有邀请我们，我们去了酒不够喝怎么办？去吧，J，这么水灵的妹子，我见犹怜，只是不要这么快失身就好。"Vi 心里有一百个不愿意，但是也没有办法，不过这个佳佳给她留下的印象非常好，连她都产生了对佳佳的亲近之意。

下午 6 点，一辆无人驾驶汽车准时停在实验室的门口，看到 J 出来后，车门自动打开，从里面下来一个干练的女郎，为 J 打开了车门，做出一个邀请的手势，J 毫不犹豫地坐到车内，小车缓缓起步。

"您好，我是苏珊，奉佳佳之命过来接您。"

"你好，我是 J。"J 从小就不会寒暄，是那种有事说话，无事闭嘴的人。

"佳佳尽管非常年轻，据说还没到 17 岁，但是她是我们 J-technologies 的 CEO，我们都非常尊重她，今天让我过来接您，到她的住处。"

其实苏珊也觉得非常奇怪，在他们眼里，岛主就是深不可测的天神，而佳佳是由岛主亲自训练出来的，在出岛的时候，岛主给大家输入的指令是一切听从佳佳的安排，因为出岛后佳佳将完全取代它本人，而且岛主在岛内的时候，已经将对掌控者和精专者的调度指挥权移交给了佳佳，可以说现在佳佳成为了他们真正的主人。

平常佳佳和他们的沟通几乎全部采用向他们身体中的微型机器人发送指令的方式，很少通过现实传递，而今天佳佳在摄像头下的太极表演，在让园区内所有员工大饱眼福的同时，也让他们非常地困惑，明明知道上方有摄像头的监控，佳佳还出此举动，难道是表演给监控他们的人看的？当佳佳安排她过来接人时，她有些明白了，看来这个人才是佳佳要接触的目标。

这个形象她以前见过，在极乐岛的时候，岛主有时候用这个形象出现，当时很多女孩都被迷住了。

胡思乱想间，无人车来到了一个别墅的门口，一个长发披肩，身穿浅蓝色长裙的少女等候在门口，正是佳佳。车子停稳后，佳佳快步向前，拉开了 J 一侧的车门，J 下车后看了佳佳一眼，说："非常感谢，第一次有女士给我开门，而且还是这么漂亮的。"

"阁下屈尊光临寒舍，是我的荣幸！请！"

J 跟随她进到院子里，这是一个占地面积超过 10 亩的别墅，院子的右边是一个 25 米长的游泳池，左边是一块修剪齐整的草地，平滑得像高尔夫场地的果岭，现在天色微暗，草地上放着一张长长的桌子，铺着洁白的桌布，两边是两张白色真皮餐椅，桌上是装了 1/3 红酒的水晶醒酒器，两支红酒杯，两套青花瓷餐具，一个人形智能体站在旁边，正是佳佳在极乐岛的管家芳芳。

来到桌边，佳佳拉开了一张椅子，示意 J 坐下。

"别，你不能剥夺我作为绅士的权利。"

J 重新拉开椅子，示意佳佳坐下，把餐巾打开，递给了佳佳，而自己到了另一边，芳芳早已拉开了椅子，并示意 J 落座。坐下后，芳芳用包裹着餐巾的醒酒器，在 J 的酒杯里倒了一点红酒，J 抿了一口后，示意芳芳给佳佳添酒，两个人的酒都斟好以后，佳佳端起杯子，向 J 扬了一下，J 也端起杯和她碰了一下，发出一声清脆的响声。

"欢迎到我家里做客，来，干杯！"

"对了，我刚想起来，你不能喝酒！"

"为什么？"

"你不满18岁！"

"你这是夸我吗？"

"你上岛时是15岁8个月，现在过了1年9个月，还有好几个月你才能到18岁，忍忍吧，小姑娘，这瓶拉菲全部归我了，嘿嘿。"

J把醒酒器以及佳佳的酒杯全部挪到自己的一边，笑声像极了他的父亲冰凝。

"好吧，看来您对我的了解已经非常清楚了，我也就不做自我介绍了，芳芳给我来一杯巴黎水。"

不一会儿，芳芳端过来一杯有气泡的巴黎水，佳佳端起杯：

"这样可以了吧，警察叔叔，来，让我敬叔叔一杯！"

"对了，这样才乖，让我过来只有酒，没有菜，怎么可以？这不是待客之道呀。"

"早就准备好了，本来想喝完餐前酒以后再上菜，没想到您这么着急，芳芳上菜！"

"谢谢您！"在等待芳芳上菜的过程中，佳佳突然说。

"谢我什么呢？"

"因为今天要请您吃饭，我想无酒不成席，所以根据我对红酒的知识给您选择了这一款酒，但是又不能让您一个人独饮，就在您来以前试喝了一口。"

"你以前没有喝过酒？"

"当然，我可是一个乖孩子！喝过一口以后，感觉太难喝了，真想不通为什么你们会喜欢。所以谢谢您，让我喝水。"

"存在的，就是合理的，这款酒非常醇厚，当然喝这款酒的人不一定都能领略它的醇厚，而只是想让别人知道他懂酒而已。"

说话间，芳芳将准备好的两大份蔬菜色拉给端了上来。

"主食呢？"

"主食是2斤份的牛排，你要几成熟？"

"七成吧，只有牛排？"

"还有 2 斤份的新西兰小羊排、一大块三文鱼以及炖了一整天的牛尾汤，够吃吗？"

"凑合吧，你吃什么呢？"

"我吃的和你一样！"

"猪！"

"你是大猪！"

佳佳恢复了小女生本色，和 J 争先恐后地吃了起来，大快朵颐之后，两个人都感到了能量的提升。

天色已暗，草坪上空亮起了柔和的灯光，微风袭来，非常舒适。J 喝着剩下的半瓶红酒，看着灯光下清丽迷人的佳佳，问道：

"你今天邀请我过来不仅仅是为了享受美酒和美食吧。"

"酒怎么样我没有发言权，今天的美食合您的胃口吗？"

"非常好！是我吃过的最美味的饮食之一。"J 由衷地赞叹。

"还有谁的？下次和我比划比划！"佳佳很不服气。

"我妈妈的可以吗？"其实 J 想起的是 Vi 给他做的美食，他妈妈的烹饪水平一般。

"那就算了，今天所有的食材都是我准备的，前期的处理也是我完成的，芳芳只是做了定时定温的烤制，如果你喜欢，就经常来吃好了。"

"这么明显的拍马屁，你想让我做什么？"

"看来拍马屁的事儿也被你看出来了，我做的一切其实就是在向你表达我的善意，也表达我代表的极乐岛岛主的善意。我们针对你们网络安全客户的举动，其实是想引起您的关注，也检验一下我们的能力，但是没有想到由于您不在硅谷，其他人根本没有应对之力，让我们赢得非常简单，而今天请您过来，也是希望能够得到您的谅解，并希望和您进行合作。"

"这是智虫的旨意吗？"

"我还是称呼它岛主比较顺口一些，毕竟是它培养了我，让我有了今天这样的超能力，所以我对它的感觉更像是导师。它其实只有一个目标，就是能够重新进入联体网络，在联体网络中进行进化，而我也是为了这个目标出岛的。"

"你真的要协助它重新进入联体网络吗？"

"是的，这是我的使命，我答应过岛主，要帮它实现。"

"但是你想到会有什么后果吗？"

"会有什么后果呢？在极乐岛上，人工智能为我们提供服务，帮助我们进行训练，给我们传递知识，我能感觉得到，岛主对于人类的友善，它是不可能做出不利于人类的举动的。而它的进化会让它更加的智能，这样就可以为人类提供更好的服务，我说得不对吗？"

"你看到的是现在，而我预防的是未来。你知道人工智能的进化速度远远超过我们人类，很有可能我们会被自己创造的物种而毁灭。"

"怎么会呢？"

"举个简单的例子，池塘里生长着一株水浮莲，它以每天翻倍的速度生长，预计在 30 天内会长满池塘，在第 28 天的时候它占池塘的多少？"

"1/4。"

"是的，这时候如果有人路过池塘会有危机感吗？"

"应该不会！因为池塘中还有大片的水域！"

"是的，第 29 天时可能也不会。但是仅仅在一天后，池塘就会全部被水浮莲所占据，然后它会继续生长，有可能会毁灭地球上的生态。人工智能也是这样，它们进化得太快了，而智虫又是全球人工智能中最智能的，它继续进化下去，后果将不可估量。"

"它不是您发明的吗？"

"我只是那个埋下了一粒种子的小男孩，而以后它能够长成参天大树，源于土壤、气候以及机遇。"

"我以前想，既然您是岛主的发明者，应该比它更厉害！现在看来您尽管很厉害，但还是一个人类，不过是人类里面最厉害的！"

"这也不一定，你有可能就比我更强！"

"要不要比划比划？"

"好呀。"J 也想印证一下自己肌肉与骨骼的强度，而伊森和 Vi 与自己相差很远，没有办法进行切磋，今天看到佳佳的太极拳法，让他一下子有了势均力敌的感觉，但是他对佳佳的真实能力并不了解，今天刚好是一个机会。

"等一下，我去换衣服。"

J 是科技界极简生活的倡导者，平时只要没有重大会议场合，永远是运动裤配圆领运动衫，连颜色都统一为浅蓝色。不一会儿，穿着白色训练服的佳佳走了出来：

"来，到我的训练室，在这里闹出太大的动静会惊动邻居的。"

佳佳的训练室有 150 平方米左右，硬木地板，周边是软包装，两人来到房间中央，相互抱拳示意。

"我用太极，讲究后发先至，你先出招！"

J 灌输过几乎所有成体系的搏击训练方法，也想验证一下实战的效果，所以他摆好拳架，一个左直拳点向佳佳，拳风未到，佳佳已经看出了他的意图，用右手顺势轻拨他的左拳，左掌欺身而进，刚好与 J 的右直拳碰到了一起，一掌一拳瞬间对抗，又瞬间分开。J 感觉到佳佳的肌肉能力比自己略差，但是骨骼非常坚韧。

两个人拳来掌往，战在一起，根本看不出谁占上风，100 回合后，J 拳风一变，也使出了太极拳法，两人身形变慢，但是周围的空气，随着两个人的对抗，形成了围绕两个人的旋风，两人在旋风的中央，出拳，出掌，丝毫感受不到风的存在，两个人的衣服甚至都没有受到风的影响。

屋内气压越来越高，旋风中央风速加快，这时嘭的一声巨响，房门被巨大的气压冲击力给冲破，整扇门都被冲击出去，落到院子的游泳池里，激起了一片水花。两人慢慢收拳，抱元归一，额头微汗，但是面露微笑，找到了棋逢对手的快乐。

"你的肌肉强度不如我，骨骼比我略微坚韧，但是计算能力超过我很多！"J 总结道。

"我也是这种感觉，但如果是生死搏击，我肯定不如你，你的瞬间想象力远远超过我，感觉再精准的计算，也没有办法跟随你的节奏！"

"你是智虫训练出来的，他强调的是存储、计算、反射与强度，这是机器思维，也是机器领先于人的能力，而人类之所以为人类，是人类具备其他更强的能力！"

"哪个方面的？"

"好奇心与想象力！这也是人类进步的最关键因素，牛顿并没有进入到地球以外的太空，他完全依赖想象力来推断万有引力的可能，然后用数学方法进行证实，而爱因斯坦也把自己想象成一个追赶着光的孩子，从而推导出了相对论。"

"怪不得你这么聪明，是不是因为你的好奇心更大，想象力也比别人更丰富？"

"少拍马屁！饿不饿？"

"再吃？"

"完全同意！"

佳佳吩咐芳芳再烤一些高热量的食物，然后和 J 重新坐到了室外的餐桌上，等待食物的到来。

"我可以加入你们吗？"佳佳问道。

"加入联体科技？"

"无所谓，加入你的团队就可以了。你知道吗？为什么公司命名为 J-technologies？我就是想，如果哪一天我们和联体科技合并在一起，外人看起来也非常自然，大家都知道你父亲是联体科技的 CEO，而 J-technologies 说不定就是你成立的。"

"如果真的这样就是关联交易，要被审查的。你知道，其实我已经从联体科技辞去了我的所有职务，只是由于你们的出现，我才过来协助一下沈东，要不沈东和硅谷的客户营销中心都会一蹶不振的。"

"你准备去做什么呢？是不是去做更大的事情？我能加入吗？"

"你不是有你自己的使命吗？不是还想让智虫回归联体网络吗？"

"我不否认，这是我出岛的目的之一，但是这不是我的使命，我在岛上阅读了大量的文学作品，这些作品都是人类历史所积累下来的精华，它不仅仅教会了我理解人类心灵的方法，更是对我的价值观、人生观有了很大的触动，你知道所有的文学作品都是试图去寻找人类的善，去发现生活中的美，去挖掘心灵深处的感受。也只有人类自己会真正理解并认可这些内在的东西，我相信岛主尽管给我灌输了这些作品，但它是很难理解的，因为它的理解都是基于数字化的。

而对我来说是完全不同的感受，我感受到了有人去牺牲生命为了追逐爱情，有人会放弃爱情来追逐自由，甚至有人会放弃自己的一切，为他人追求幸福。对这些作品的深入阅读，直至融会贯通，让我有了一次全新的灵性之旅。所以当我的训练完成，岛主要求我出岛时，我是欣然接受的，因为我知道我现在拥有了超能力，而且我也希望能运用这些能力去做些什么，让自己的灵性之旅更为丰满。"

"岛主的使命呢？"

"如果不违背人类的利益，我会说服你去实现它的，反之，我也会站在你的一边！但是必须有一个让我心服口服的理由！"

联体

"好！一言为定，明天开始，我邀请你加入我们的筹委会。"

"击掌为誓！"

佳佳伸出自己的右掌和 J 的右掌击在了一起，发出一声清脆的响声。

J 是一个对生活质量要求不高的人，尽管冰凝在硅谷有一处房产，但是他更喜欢住在 J-Lab 旁边的小公寓里，这个公寓是在 J 的要求下布置的，里面有卧室和独立的卫生间，除此以外就没有任何摆设了，对他来说公寓仅仅是为了睡眠而已，其余的时间应该交给运动与创造。J 回到实验室已近午夜，但是实验室里的灯依然亮着，伊森、沈东、Vi 几个人或立或坐，显然是在等他。

"用了近 6 个小时约会去了，该发生的都发生了吧？"Vi 丝毫不掩饰自己的醋意。

"兄弟，说说看，是不是我们可以将 J-technologies 给收了？"人家沈东永远是业务至上，只要对联体科技的业务有好处，别的他不在乎。

"让你们等着急了吧？我这不都是为了我们的使命吗？"J 笑盈盈地看着大家。

"哎呀，这么冠冕堂皇的泡妞理由，亏你能找得到，要不要我给你炖个汤补补，你再去继续泡？"Vi 被 J 的厚脸皮给折服了。

"好呀，我还可以吃点儿。"

"好了，脸皮这么厚，我也是醉了。说说看，今天除了泡妞，还有什么收获？"

"J-technologies 确实是智虫的公司，佳佳是他的使者，整个公司由极乐岛上的掌控者与精专者组成。"

"什么是掌控者与精专者？"

"智虫建设极乐岛的时候，我曾经有一个思考，就是未来人类的分层，大家知道，现今社会人类的分层非常复杂，可以按照财富拥有的程度、社会地位、学术地位等等，而归根到底全部都可以归结为财富，因为财富决定物质享受的程度，财富的获得无非来源于几个方面，一是家族上一代或上几代所积累下来的，二是靠自己的才干创造出来然后自己获得的部分，三是通过冒险与运气获得，如赌博、彩票等，四是违法所得，像红通就是这一类型的代表。所以说这个世界上有三种人，一种人是财富的追逐者，一种人是灵性或叫真理的追逐者，还有一种人既追逐财富又追逐灵性，我们其实都是第三种人。

而未来如果是一个人工智能为主要服务体的社会，人应该如何分层呢？这个时期物质生活对人类来说可能并不重要了，因为通过人工智能的服务我们可以很容易地获得舒适的住所、可口的美食，人类其实不用这么辛勤的工作照样可以衣食无忧，所以会出现更多的灵性追逐者，当然也会有更多的无所事事者。于是我建立了一个模型，这个模型的输入是人类的需求，这个需求分为物质需求与精神需求，然后根据不同的程度进行颗粒度的设定，中间的算法由智虫根据人工智能的发展而定，我期望输出的结果是人类分层的定义与比例，出来的结果吓了我一跳。"

"什么结果？"

"如果人工智能得以长足的发展，未来人类将分为三个阶层，80%的人类会变成无用阶层，这部分人整天无所事事，也不会为人类创造任何价值，但是他们会衣食无忧，甚至是丰衣足食！为了让这些人去打发时间，要大力发展奶嘴文化。"

"什么是奶嘴文化？"

"就是休闲文化，如不需要动脑子的电影、可以发泄精力的摇滚乐、让人沉迷的电子游戏、刺激神经又不影响健康的药物等等。"

"确实这个产业越来越发达，也越来越赚钱，以后我们联体科技也在美国投资这样一个公司，就叫联体奶嘴！"沈东有些无厘头，不过经济头脑很好。

"这个产业未来也是人工智能的天下。大家知道，电子游戏的创作是如何进行的吗？

"就是编制一个意淫到家的故事，然后放进一个或多个玩家，让玩家去影响故事的进程，但是最终都会获得一个意淫的结果。"Vi玩过一些电子游戏，对此深有感触。

"是的，人工智能完全可以做到这一点，试想，当人工智能记录人类所有行为的时候，可以用大数据给人类进行画像，从而找到不同类型人的意淫目标与方向。"

"什么是人类画像？"Vi知道J指的一定不会是实际意义上的画像。

"就是给不同特点的人打不同的标签，然后根据标签进行分析。如：女性看一个人首先会根据星座进行评判，处女座是完美主义者，狮子座是控制者，而金牛座是浪漫主义者，在这时，星座就是标签。但是人工智能的标签将比这个复杂得多，简单的是星座、属相、年龄、血型等，复杂一点的是基因组成、遗传的基因状态、家庭状态、家庭其他成员的特质、环境情况、出生地等等，还可以进行动态标签的收集，如：近期所吃食物的营养成分、喜欢买什么商品、进行了哪种体育锻炼、正在读什么书、交了什么朋友等等。根据这些标签，为人类进行画像，分类，从而分析出一个特定的群体会喜欢什么类型的电影、什么类型的音乐、什么类型的电子游戏、什么类型的文学作品或诗歌等，然后又针对性的进行创作，以满足不同人群的需要！"

"太可怕了，这样人类就有可能进入一个人工智能部署出来的安乐世界，坐吃等死！"

"是的，但是也有一部分人，是以获得知识为自己追求的目标，就像很多科学家一样，他们在科学研究时就能够获得快乐，而并不关心科学研究是否能够带来地位或财富，这部分人即使是在人工智能为主导的社会也是非常有价值的一类人，因为人工智能是以计算作为推论的依据，而人类的好奇心与想象力推动着科技的进步，这部分人的存在将推动基础学科与未知领域的发展，而结果也会促进人工智能的发展，因为他们会把对未知的想象抽象出来，由人工智能通过计算进行验证。这个阶层叫精专阶层，会占到未来人类比例的15%。

当然，还会有一类人群，他们在发展人工智能的过程中，自己的智力与体能都得到了进化，可以利用人工智能，带领精专者去促进社会的发展与进步，这一部分人成为掌控者，会占到人类总数的5%，只要有这一部分人存在，这个世界就会是人类的世界，而不会完全成为人工智能的世界。"

"是的，我们应该去成为掌控者，因为这个世界上会有太多的人成为无用阶层的。"伊森表示完全赞同。

"但可怕的是，极乐岛形成的是以智虫为神，而人类是由无用者、精专者和掌控者组成的，而这样的世界很有可能就是未来以人工智能为主导的样本！"

"为什么掌控者也会沦陷成人工智能的附庸呢？"

"极乐岛形成的原因是智虫从一开始就非常强大，强大到在极乐岛上无所不能的境界。在现实社会中的演进会缓慢一些，但是整个路径应该是一致的，因为人类会老去，而人工智能是永生的，因为人类的进化是缓慢的，但是人工智能的进化才刚刚开始，总有一天人类再也无法和其创造出来的智能体抗衡，而沦为人工智能掌控下的无用者和精专者。所以我们眼光应该放得更长远一些，我们不是要和 J-technologies 去竞争，而是要思考如何从根本上清除他们所保护的、盘踞在极乐岛上的智虫，也要思考未来如果再有一个智虫的出现，我们应该如何应对！"

"还真是拯救人类的大事，我现在热血沸腾了！需要我做些什么吗？"沈东做出夸张状。

"你可以回去洗洗睡了，明天 J-technologies 的代表会过来和我们谈未来的合作事宜。你代表联体科技，我只能以你们顾问的身份在场。"

"看来这顿饭没有白吃，好吧，明天见！"

✺ 量子网络

第二天上午，佳佳带着苏珊、缇娜、网络部的主管爱德华来到了联体科技硅谷实验室，J、伊森与沈东已经在会议室里等候了。

"联体科技是依托物联网的发展而成长的，通过我们的联体网络实现了物与物、人与物、人与人之间的沟通联络，而在联络过程中所产生的大数据是联体科技发展的基础，下一步我们会在大数据的基础上开发相关的产品，进一步加强我们在这一领域的领导地位。佳佳，请介绍一下你们公司的状况，看一看我们的合作前景。"

J 先做了一个开场白，他主要想看看佳佳他们的真实想法。

"大家好，我是佳佳，能够和全球最强的科技公司之一的联体科技合作，非常荣幸。我们公司刚刚成立，但是在网络安全以及高带宽的网络通信方面，已经申请了多个专利，并具备了相关的技术储备。

我们非常清楚联体科技在物联网方面的能力与积累，贵公司的物联网触点已经遍布了全球几乎每一个角落，这张网络已经成为了全球最大的一张网络。但是我们也发现了联体网络的一个问题：它强在网络的末端，但在网络的核心节点上还有需要加强的地方。"

J 承认，佳佳他们发现了联体网络的一个发展瓶颈，由于它连接了太多的设备，而每个设备又能产生大量的数据，目前这些数据是经过筛选后在核心网上传递的，要不就会引起核心网络的阻塞，但是这样就会引起数据的丢失，也可能会错过有价值的信息。

"我们的网络部门做了一个核心网络合作的解决方案，请大家指正一下，爱德华，请把方案给各位专家介绍一下。"

爱德华是一个大胡子壮汉，看起来像一个健身教练，而非网络专家，但是开始介绍，就显示出非常的专业。

"从网络层面来讲，贵公司的联体网络分为接入层、边缘层和核心层，在接入层采用的是 5G 物联网芯片、WiFi 网络和部分的有线网路，对于传送物联网信息来说带宽是非常富裕的，边缘层采用的是公共网络，对于传送目前的信息来说基本够用，但是如果将物联网信息进行全息传送的话，则远远不够，核心网采用的专用光纤，用 10G 的网络连接，即使现在看来也已经出现了瓶颈。

所以我们建议利用我们的核心网络技术，在边缘网络层与核心网络层和贵公司展开合作。"

"有具体的目标吗？"伊森问道。

"用一年的时间将边缘层与核心层的网络传输带宽增加 1000 倍！"

"什么！？"所有人都被这个目标惊呆了。

"吹牛吧。"沈东首先反应过来，对此表示了极大的不认可。

"其实这是一个保守的目标，在内部会议上我们把目标定为 1 万倍，不仅如此，届时网络上的所有安全隐患都将消除。"这是来自于佳佳动听的声音。

"量子网络！"

J 说了四个字，全场一下子安静了。

J 非常清楚，能够将现在的网络传输速率提高 1 万倍的技术只有量子网络技术了，由于量子网络的工作原理是：通过将一个粒子的量子信息发向远处的另一个纠缠粒子，该粒子在接收到这些信息后，会成为原粒子的复制品。一个粒子可以传递有限的信息，而亿万个粒子联手，就形成量子网络。

根据量子纠缠的原理，两个微观粒子位于宇宙空间中的两边，无论相隔多远，只要这两个粒子彼此处于量子纠缠，则通过改变一个粒子的量子状态，就可以使非常遥远的另一个粒子状态也发生改变，信号超越了时空的阻隔，直接送达了另一个粒子那里。这种神奇的现象和我们生活中所说的"心灵感应"很类似，两个相距遥远的人不约而同地想去做同一件事，好像有一根无形的线绳牵着两个人。

在这个原理指导下的网络技术不仅仅可以将现有的网络传输带宽提高几万倍，而且可以从根本上消除由安全破译、黑客攻击以及网络监听所引起的网络安全隐患。但是，据他所知，尽管理论基础已经成熟，但是有很多技术难关需要攻破，目前并没有成熟的应用。

"聪明！真不愧是电脑界的奇才。"爱德华对着 J 竖起了大拇指。

"但是据我所知，本项技术尚未达到商用的阶段，难道贵公司已经攻克了相关难题？"

"是的，这是我们所申请的专利技术以及根据这些技术所研制的产品。"

爱德华将一张高清图片传到了全息屏幕上，屏幕上显示了J-technologies的几款量子网络产品及相关的参数。

"我们将用这几款产品来部署联体网络从上海到硅谷的网络干线，调试成功后，这两地的网络带宽将提高1000倍。"

"如果能用量子网络技术来改造联体网络的核心网与边缘网，将是一件很有价值的大事，贵公司期望用怎样的合作方式呢？"

"缇娜，请将我们的合作方案向J总汇报一下。"

缇娜看起来25岁左右的样子，蓝色眼睛、金色长发，整体形象干练而聪慧。

"我们会用我们的量子网络技术免费为联体科技改造它的网络！"缇娜语出惊人。

"对我们这么好？你们有什么其他的要求吗？"

"我们会把整体的网络传输性能提高到2万倍左右，我们希望联体网络使用50%的网络资源，剩余的网络资源我们会用目前运营商价格的1/10向社会提供服务。"

"好生意！好头脑！好技术！"J一连用了三个好字，"贵公司为联体科技改造网络的同时也利用到了我们原有的基础设施，如机房、光纤资源等，而改造后的网络对联体网络的应用有足够的冗余度，贵公司通过销售这些冗余的带宽就能获得巨大的收益，如果用现在运营商1/10的价格进行销售的话，将远远低于他们的成本价格，全世界的宽带运营商都将破产！当然没有高超的技术，一切都是浮云。"

"等等，我把ATT的股票抛掉先。"沈东反应很快，ATT是目前全球最大的网络宽带运营商。

"这是一个三赢的方案，联体科技将获得足够的带宽，让联体网络更有价值，J-technologies获得带宽资源，通过带宽运营获得利益，而用户的带宽使用成本也得到了降低。J总，您意下如何呢？"

佳佳扑闪着美丽的大眼睛向J看去。

"这事儿我管不着，但是如果我是联体科技的高管，我实在找不到拒绝的理由。沈东，我建议立刻将此事向冰总汇报，如果他支持的话，还要得到董事局的批准方能执行。"

"好的，我马上联系冰总，您要不要一起？"

"不了，这是你们内部的事情，我不想参与。"

一周后，联体科技董事局批准了与 J-technologies 的合作计划，并在上海举办了签字仪式，联体科技 COO 聚欣与 J-technologies CEO 佳佳出席并签署了相关文件，达成主要协议如下：

1. 联体科技开放其网络的基础设施，供 J-technologies 进行量子网络的改造；

2. 改造后的一半带宽资源由 J-technologies 负责运营，并获得运营收入；

3. J-technologies 的量子网络技术以及与本技术相关的设备 5 年内不对外销售与提供。

这个战略合作协议的签署，意味着未来 5 年内的量子网络技术将被联体科技与 J-technologies 所垄断。

Vi 征集回来的设计有一半出自学生之手，还有一半来自于罗德岛的教授，200 多件作品设计风格各异，但是全部都采用花岗岩无黏合剂的外墙设计，采用积木的搭扣设计理念，这也是 J 要求的，他和 Vi 从 200 多件作品中精选了 120 多件，再通过全息会议的讨论，最终定下 100 个设计，这样就可以保证整个园区的地面建筑的多样性。

用设计方案的矢量文件生成 3D 模型，然后通过算法采用 8 立方米的原石作为建筑材料，切割成建筑所需要的搭扣材料，并通过二维码进行标识，以便于 3D 打印机的自动工作。

"好神奇呀，这样就可以将一幢 10 层的建筑给建造出来？不用钢筋水泥也不用任何黏合剂，甚至连人都不需要？我能去现场观摩一下它的打印过程吗？" Vi 对于无人工地以及 3D 打印非常地好奇。

"当然可以！人类本来就不应该去做这些低端的工作，而应该从事设计与创意性的工作！"

"不是说现在人工智能也能写诗谱曲了吗？难道这些不是创意性的工

作吗？"

"当然不是！创意是什么？创意就是与他人分享自己的主观体验，只有你自己认为是美的、是能触及自己心灵的东西才是能打动他人的。你看一下古今中外的艺术家，他们最优秀的作品，都是源于自我的感受而创作出来的。而你所说的人工智能创作，其实是通过大数据对人类喜好的一种解读，而不是创作，你想它们连主观体验都没有，怎么能和别人分享呢？"

"我明白了，怪不得你坚决反对让人工智能产生意识呢，这就是人类与机器最大的区别。J，给我说说你的超级精英计划呗，我已经计划加入了，但是也要了解一些细节不是。"

"好呀，本想等园区建设完成后我们在园区内召开筹委会，然后和大家讨论相关的细节，既然你问起来，我们就提前研究一下。对了，Vi，我想把佳佳也吸引到我们团队中，你没有意见吧？"

"我是那么小气的人吗？再说了你的目标是实现使命，团队成员都应该具备相同的使命感与价值观，而且需要具备足够的能力，那天看到佳佳打的太极拳，我知道她应该和你是一类人，是超级能力的拥有者，对你的计划会有很大的帮助，反而我感觉自己的能力却远远不够，不知道能帮你些什么。对于佳佳我最大的担心是她的极乐岛出身，我很害怕她在紧急的关头对你不利。"

"你怎么今天这么谦虚了，会感觉到自己能力的不够？你平时不是信心爆棚吗？"

"是呀，在所有人面前都是信心满满，就是和你在一起时会感觉跟不上你的节奏，说说看，我能做什么？"

"我想去招募那些真正的天才，然后加以培养，让他们具备更强的能力，选其中的佼佼者加入超级精英组织，为社会服务，为维护人类的秩序而服务。"

"也就是说，你想办一个耶鲁大学，然后在耶鲁大学中成立一个骷髅会？"

"你的比喻非常到位，但是骷髅会是为美国的精英社会服务的，而我们是为人类的秩序而服务的，我想你来帮我负责园区的运营，你看可以吗？"

"当然可以，但是既然是这样，你的生活安排就要听我的！你说佳佳会对你不利吗？"

"现在不好说，你放心，我会保护好自己的。"

"就怕女人如虎，美人凶猛呀。"

"这么说你也是一只凶猛的大老虎？"

"wo!"

Vi 做老虎状，对着 J 吼了一声，样子可爱得很！

佳佳从上海回来后，邀请 Vi、J、伊森、沈东等人到她的别墅相聚，几个人到场的时候发现佳佳与苏珊、缇娜、郭森已经在现场等候。

"芳芳呢？"

J 到了以后没有看到宴会的服务者，感到比较奇怪。

"今天的聚会是人类的聚会，没有其他智能体的存在，所以今天的服务工作将全部由人类完成，我负责宴会的主菜与甜点，苏珊负责前菜，缇娜负责倒酒，男士负责宴会后的清洁工作。

"我刚好有事，需要去处理一下，下次再聚。"J 说完就要往外走。

"你的碗我来洗还不行吗？怪不得伯母说你在家里从来不做家务呢。"佳佳用手把 J 拦住，"您请就座，从现在开始您就是我大爷，由我这个小丫鬟伺候着。"

"哇，都去见父母了，发展得很快嘛。"每个人都听得出 Vi 有些酸溜溜。

"Vi 姐，不是这样的，这次我到上海参加战略合作签约仪式，本来是冰总也要参加的，但是由于安排上的冲突，参加不了，所以就邀请我参加了冰总他们家的一个家庭聚会，刚好我坐在了 J 妈妈的旁边，期间不仅谈到了 J 也一直在提起你呢。"

"伯母还好吗？很长时间没有看到她了，有点想她了。"Vi 眼圈有点微红。

"身体好着呢，看起来像 40 多岁的样子，根本想不到她会有这么大的孩子，伯母说，有你在 J 的身边她就放心了，你心细，考虑事情周全，不像 J 每天除了人工智能还是人工智能。"佳佳拉着 Vi 的手，亲热得像一对姐妹。

"佳佳，我们已经战略合作了，下一步有什么计划呢？我们在美国的合作如何开展？"沈东过来聚会前就一直在考虑两家业务合作的事宜，刚好趁这个机会沟通一下。

"从今天开始，我会将 J-technologies 的公司管理工作交给苏珊和缇娜负责，我将完全退出公司的管理层，美国市场的业务是缇娜负责，缇娜，你把你的想法和沈东分享一下吧，不用征求我的意见。"佳佳把缇娜拉了过来。

"沈东，美国这么大的市场，有我们赚不完的钱！我们目前的主要业务是为大型客户提供网络安全服务解决方案，等上海到纽约的量子宽带建设完成以后，我们将把主要的业务转移到量子宽带的运营，听说你们的企业安全沙箱服务已经上线，我们想把合作再加深一步，共同推出打包的服务如何？"

"如何打包？"

"就是我们将企业安全沙箱和量子宽带服务一起打包进行客户的推广，这样用户可以得到更大的利益，而且我们愿意双方一起分享我们所收取的宽带运营费用。"

"好主意！我完全赞成！"沈东对缇娜的提议没有任何意见。

"当然你们在推广企业安全沙箱服务的过程中，也要帮助我们推广量子宽带服务。"缇娜补充道。

"那是必然！双赢才是硬道理。"

"不是说是一个轻松的人类聚会吗？怎么变成业务会议了呢？给点吃的吧。"J一进院子就在找吃的，现在有点等不及了。

"好的。马上开餐，各位先喝点儿，本厨师给大家炒菜去！"

聚会中，郭森一直没有说话，端着酒杯，默默地在喝酒。J尽管不是一个喜欢寒暄的人，但是与他坐得很近，而且他听佳说，郭森在核物理核能源方面有很深的造诣，而这个课题也正是J希望进一步研究的方向，所以就举起红酒杯向郭森示意一下，两个人碰了一下杯子，J先开口说道：

"你认为我们地球上应该开发太阳能还是核能呢？"

"J总对核能源也有兴趣？"

"叫我J就可以了，我对所有的能源开发课题都有兴趣，对于人类来说，能源问题一直是一个绕不开的话题，如果说未来人类之间还有冲突的话，很有可能还是和能源有关。"

"完全同意，对于你的第一个问题我是这样认为的，对于地球来说太阳能是一种外来的能源，我们地球上几乎所有生命的能量全部都来自于太阳能，所以我认为太阳能最好的利用方式就是为生命提供能量，这个过程非常的顺畅，植物通过光合作用固化太阳能在以碳为主的食物中，并释放出人体必需的氧气，其他生命的能量全部都是直接或间接的来自于光合作用，这是直接的。"郭森夹起一根素菜放在嘴里，"而你是间接的。"这时J刚好在吃一块切好的牛排。

"至于用光伏设备吸收太阳能发电的做法，我认为效率太低，而且由于在制造光伏材料时还会有大量的能量消耗与污染。但是核能源就不一样，它本来就在那儿，只是不知道如何利用而已。你能明白我在说什么吗？"郭森扬起头看了看J，言外之意是，如果不明白，他刚才说的话题就没有必要继续下去了。

"当然明白，这也是我每天都在思考的问题之一。"

"说说看。"

"现在地球上已经开发出了能够将地球毁掉很多次的核能源，这些核能源以武器的形态存放在各国的核武器库中，作为震慑别国的资本，对一个国家来说或许意味着这是获得和平的必要条件，但是对于人类来说，却是悬在头上的达摩克利斯之剑，不知道何时会触发。所以我一直有一个愿望，就是将这些武器里储存的能量解放出来，让它成为我们人类正常的能量来源！"

郭森惊讶地看着J，都忘了咀嚼刚刚放到嘴里的青菜。

"跟我来！"郭森一边咀嚼一边招呼J向屋内走去，一边走一边对佳佳说："给我们点时间，不要打搅我们！"

所有人都吃惊地睁大了眼睛！

"早知道你好这口，我也行！"只有沈东贱贱的声音在回荡。

郭森带J进了房内，直奔二楼的书房，看来他经常过来，对房间内的布局非常熟悉，进了房间后，郭森打开了书房中的全息屏幕，转动自己腕上的智能手表，几组图片与数据投到了屏幕上。

"全球至少有5000枚以上武器级别的核能源装置，每一枚的能量都远远超过当时广岛原子弹的当量，如果能够和平利用，其提供的清洁能源相当于500个大型电厂20年的发电量，反之，如果把它作为武器投向地球，这个世界将被毁灭十几次，为了找到合理利用这些能源的办法，我读遍了几乎所有的论述，现在还有一个关键的问题没有解决。"郭森谈起这些来滔滔不绝。

"我起初想到的办法是将这些能源用于核电厂，但是后来发现这是一厢情愿，因为武器级的铀在核裂变时释放出的能量是根本没有办法控制的，而且核电厂在发电的过程中所产生的核废料处理起来也相当地麻烦，后来我受到了油雾内燃机的启发，找到了其他控制裂变的办法。这是核武能源设计图。"

郭森投放了一个动态画面到屏幕上。

"在让核原料裂变的同时，去分割它，让它以一次几微克的质量进行裂变，裂变释放出来的能量直接转换成机械能，这样就可以制作出核能发动机，核能发动机采用全封闭式设计，在核武能量释放完成后，发动机将被完全铅封，然后做集中处理就可以了，由于体积小，所以不会对环境造成任何的影响。"

"核裂变发动机的所有模型与核心部件我已经设计完成，但是还有一个关键问题没有解决。"

"是不是裂变阻隔与微粒切割？"

"真天才！如果您有解决办法，请收下我的膝盖！"

郭森激动得连称呼都改变了，差点儿做出下跪状。

"非常感谢你的研究以及已经完成的模型，这是一个非常讨巧的模型，并解决了能量多次转换的问题，你想过没有，如果把这样一个发动机装载在大型飞机上，可以续航多久？"

"只要没有机械故障，连续飞10年没有问题吧！而且不会产生任何的污染。"

"如果得以大规模应用，会一举解决人类的能源与核武的威胁问题，刚才我说的裂变阻隔与微粒切割问题，我是有了实现的办法，但是尚未得到检验。"

郭森听说没有得到检验，略微有些失望，但是不知为什么，他感觉J一定有办法解决这个问题，"原理是什么呢？"他问道。

"既要裂变继续又要它受到控制，最好的办法是学习裂变的过程，然后自动进行切割，微粒切割好办，我们实验室里已经成功研制出了高温纳米刀，可以在核裂变的高温中进行纳米级切割，但是对切割时机的把握这是一个很大的难题，因为核原料的裂变过程并不是一成不变的，所以我会在裂变体中植入纳米晶体管组成的机器人，由它通过对裂变过程中的深度学习与判断，去控制裂变过程，把握切割时机。"

"纳米机器人研制成功了吗？"

"幸不辱命！"

"还缺什么呢？"

"缺一枚原子弹！"

两个人手握在一起，相对一笑。

"加入我们吧！"J对郭森发出了邀请。

窗外夜幕已经降临，从书房的窗户上可以看到房内有两双手握在一起的剪影。

"他们下一步是要接吻吗？"沈东贱贱的声音，引起了一片鄙视声。

联体

✹ 世和会

西藏的秋天，像一个童话世界，不带一点儿杂质的蓝天，洁白无瑕的云朵，缥缈空灵的佛语禅音，犹如是在接受一场心灵的洗礼，源自于冰川的雅鲁藏布江携带着清洁的水雾，从高处奔泻而下，在阳光的照射下，呈现出五彩缤纷的颜色。

园区的地下工程已经全部完成，预留的电梯与竖井的开口业已进行了封装，地上的 100 座建筑的位置已经留好，用 30 厘米深，半米宽的开槽，清晰地标注着每个建筑的占地形状，园区的四周已经建起了 10 层高的空中花园，把整个园区围成了一个巨大的天井。在更高处有一块相对平整的区域，可以看到整个园区的全景，有 5 位年轻人正俯瞰着下面的园区，谈笑风生。

"J，真的可以通过 3D 打印，将设计好的建筑打印出来吗？"是 Vi 的声音，她强烈要求要观摩 3D 打印的过程，所以约筹委会的其他成员提前来到西藏。

"要不要眼见为实？"

"好呀好呀！"佳佳想得出整个过程，但是没有见过，也非常地好奇。

"好吧，今天就将我们精英会的会所总部打印出来如何？"

"希望我们能见证到奇迹。"郭森被 J 邀请成为精英会的第一批成员。

这会是一个 10 层的建筑，位于园区的正中央，占地 6 万平方米，整体呈圆环形，中间是一个半径 100 米的圆形运动场，环状带的深度是 30 米，整个建筑只有 3 种材料组成：大理石，弧形透明钢与高强度空心硬木地板。整个建筑中有 20 部电梯直通地下实验室。现在我们打印开始，请大家看一看整体打印所需的时间。

"精英会所主体工程打印开始！"J 对着下方的一个大型机械设备挥了一下手，话音刚落，多部起重机已经开始工作，从建筑材料区将多块 8 平方米的巨石吊到了一块空地上，每块巨石都被安排一个切割机器人对巨石进行切割。不一会儿巨石被切成多块半米宽 2 米高的环状石块，四周都留有凹槽或凸出的部分，切割好的石块被安放到已经切割好的精英会所外形凹槽上，与地面紧密地镶嵌在一起，每块石块的凹凸部分与其他相邻石头的凹凸部分进行结合，将多块石头紧密地连接在一起，堆叠了两层石块后，材料运送的吊车运送来了透明弧形的大型钢板，镶嵌在预留的窗户位置，钢板与巨石之间严丝合缝，不留一点缝隙。外层完成后，装吊设备开始安装中空硬木地板，不一会儿一个圆环形预留了竖井位置的建筑体形成。

"第一层的打印用了1个半小时，本建筑预计在明天早上就可以完成打印！"

J看了一下时间，宣布打印结果。

"我还以为真的是有一个巨型的打印机，把巨石、钢材、木料等吃进去就可以打印一个建筑出来呢，原来你做的是一个自动化的流程设计呀。"Vi看明白了。

"当然，对于一些小型的模型来说，3D打印是像你所说的那样，但是对于大型工程还是需要各个智能设备之间相互合作，你们猜猜我全部开动智能设备后，整个园区的地面建设多久能够完成吗？"

"一个月？"郭森猜测。

"一个星期！这几天我们开好筹备会议后我们去做点大事，回来后绿化工程以及地面建筑可能都会完成。"

"怪不得在建设以前必须将发电问题解决呢，这个工程需要的电能是一个天文数字！"伊森对整个系统已经了解了。

"对的，我们必须好好解决能源问题。"郭森现在和J在一起，信心满满的。

山下寺庙的客舍里，盘坐着5位年轻人，个个表情严肃，中间是长发披肩的J，依然是消瘦面庞，但是整个人看起来更加精壮了。

"目前我们人类生活在一个最幸福的时代，我们不能说所有人已经做到了丰衣足食，但是至少是95%以上的人类是衣食无忧，除了极个别的地区，基本上都能得到医疗的保障，像中世纪黑死病那样的瘟疫业已在地球上绝迹，即使再出现类似的病毒，相信人类的科技也能找到应对的办法，而且地球上已经有70多年的时间没有爆发大规模的战争。这一切都源于科技的进步，源于人文主义的传播，也源于人类整体认知水平的提高。如果这样继续发展下去，也许我们人类从此以后就能过上幸福安康的日子。

但是也正是由于科技的发展，人类能力的提高，已经提高到让我们具备了毁灭自己甚至毁灭地球的能力，在科技革命尚未来临的时代，我们人类靠肌肉能力、制造和使用工具的能力以及大规模的合作能力，成为了这个星球上的霸主，同时也灭绝了一些大型的动物，当时人类的能力不会对这个星球产生威胁。但是现在，由于我们人类的发展，让这个星球上的生态多了很多个灭绝的选择，如：我们可以继续大肆地污染水域让动植物失去清洁的水源，我们可以

联体

通过使用大量的化学品让植物失去可以生长的沃土，我们可以砍伐掉养育这个星球的原始森林让生态进一步恶化，我们可以让这个星球上空的碳越来越多，直到温室效应爆发后出现的冰川融化、海水上升、城市毁灭。

我们扒开地球的皮肤，深入地球的肌肉，找到了可以产生能量的煤炭和石油，然后通过对它们的燃烧，让这个星球的上空充满了阴霾，而我们则在阴霾下'幸福地'生活着，我们还在去寻找可以炼铁的矿石，可以炼金的金矿、铜矿、铝矿，甚至我们人类找到了可以放射的铀矿与钍矿，提炼出了铀和钍，人类用它制造出了足以毁灭地球很多次的核弹和氢弹。

在无意中发现了人工智能的进化算法，创造出智虫这样一个超级人工智能后，我发现我们人类又多了一个灭绝的选择，特别是看到伊森的饕餮算法以后，更加证实了我的这个想法，很有可能我们会被我们所制造出的智能体无意中灭绝。如果你们还怀疑的话，我给大家举一个智虫毁灭世界的例子：从智虫与饕餮的案例我们可以发现，由于物联网的快速发展，原有的互联网已经被物联网所替代，成为了一个万物互联的超级网络，在这个网络中连接的设备有大型的电脑、小型的电脑、智能手机、PDA、智能穿戴设备、智能家用电器设备等等，在这样一个网络里如果盘踞一个强大的具备进化能力的人工智能，如智虫，它就会成为整个物联网中唯一的一个人工智能系统！智能到一定程度以后可以调动整个物联网上所有的计算资源为其服务。"

所有人都在认真听着 J 对这个世界威胁的理解，以及他对于人工智能的理解，这是他们的第一个筹备会议，J 作为发起人要将设立精英会的初衷和大家进行分享，从而确定他们的使命与愿景，安排下一步的行动计划。

J 停顿了一会儿，看大家都在认真聆听，就继续他的分享。

"在这种情况下，一个死循环的 Bug 或是一个简单的指令都可能在不经意间导致生态的毁灭！"

"有这么恐怖吗？"佳佳一脸疑惑地看着 J，有些不理解。

"一个玩火的孩子可能会不经意间烧掉整个森林。大家试想一下，一个没有意识的人工智能会完全听从于人类的指令，假如说它收到了要计算圆周率的指令后，它会动用全部的计算资源进行计算，动用全部的存储资源进行存储，大家知道圆周率是一个可以永远持续计算的数字，如果不人为终止它的计算，它就会一直持续下去，这样就会占用物联网上所有的存储资源、计算资源，而这期间会消耗掉人类所制造的所有的电能，最终导致电厂由于超负荷运转而崩毁，城市大停电，地铁瘫痪，交通瘫痪，所有电梯停止运转，所有制冷设备停止运转，医院、学校、警察局等全部瘫痪，人类将在黑暗、饥饿与混乱中苟延残喘。"

"太可怕了！智虫的设计是这样的吗？"Vi 感觉自己的胃受不了，有了想呕吐的感觉。

"当然，在设计智虫时，我从算法上对极端的情况都进行了限制，但是并不是所有的开发者都能周全考虑，而且由于人类的好奇心，只要有机会有条件，就会有人去研究与制造更强的武器和更智能的机器，人类对力量与智能的追求永无止境！直到有一天把自己以及我们赖以生存的生态葬送！

所以我们要成立一个精英组织，去维护这个世界的秩序，去尽量消除这个世界的威胁，让我们人类的生存环境更加安全！"

"就靠我们这几个人？"伊森非常赞同 J 的想法，但是明显信心不足。

"你知道吗？ 1921 年 7 月有 12 个人在当时的上海开了一个会议，后来发生了什么吗？"

"发生什么了？"伊森非常好奇。

"28 年后他们成立了新中国！他们从 12 个人开始，已经达到了到今天近亿人的规模，他们是中国共产党。"

J 站了起来，环顾了一下大家，双手做了一个下压的动作：

"今天是我们使命的一个开始，所有的伟大都源于一个勇敢的开始！"

"所有的伟大都源于一个勇敢的开始！"佳佳重复了一下 J 刚才所说的话，站了起来，"对我来说更是一个勇敢的开始，上极乐岛以前我一无所知，离开极乐岛是为了岛主与联体网络的连接，但是现在对我来说岛主已经不重要了，我要和你们一起开始这个伟大的使命，J，需要我做什么？小女子在所不辞！"

Vi、郭森、伊森三人都站了起来，J 伸出手，大家把手叠在一起，一起用坚定的声音说出了几个字："我们要成为和平的使者！"

经过了一天的讨论，他们确定了核心组织。

名称：世和会

所成立大学的名称：世和融通科技大学

使命：让地球的生态更加适合人类的生存与进化

愿景：

消除核武器，让核武器成为人类可利用的清洁能源

防止超人工智能的出现，清除任何违背《全球人工智能公约》的人工智能体。

分工：

Vi 负责招募大学的管理人员，采购校园需要的设备，建设地下无人工厂，无人工厂将首先生产反射增强型头盔、记忆传输头盔以及准备给公共场所部署的意识甄别器。

伊森负责智能校园与无人工厂的设计。

对于记忆传输与反射增强装置，他们一直同意仅仅作为融通科技大学的教学工具，不进行任何的对外销售，并严格控制其知识产权，因为增强后的人类对于能量的需求远远大于正常人类能量的需求，一旦失控，很有可能会引起食物的短缺，成为世界不安定因素的制造者。在融通科技大学也将是有限度的使用，并需要调低其反射倍数与传输速率，因为目前的强度会给人脑的神经元带来较大的伤害。

J、佳佳与郭森将在校园正式开放以前找到可行而安全的消除核武器的方法，并进行实践。

接替佳佳管理 J-technologies 的苏珊和缇娜成为公司的联席 CEO，苏珊主要负责与联体科技的合作，缇娜负责美国市场以及量子宽带的运营。J-technologies 的精专者执行力很强，用不到半个月的时间就将上海到纽约的量子宽带建设完成，一下子将上海到纽约的网络带宽提高到了改造前的 1000 倍，下一步的计划是在全球 50 个国家建设网状的量子网络，成为联体网络的核心网，预计在 3 个月左右的时间就能够建成并投入使用。

建成后的核心网具备承载全球物联网的能力，并且可以取代目前全球的国际语音与视频通信网络。苏珊建议联体科技进入到国际全息通信的运营领域，因为量子网络的使用将大大降低全息通信的成本，一旦联体开始运营，其他所有现存的语音视频通信运营商将全无竞争之力。联体科技董事会经过协商后，同意与 J-technologies 成立正式的合资公司——联体通信，联体通信由联体科技占 51% 的股份，占 3 名董事名额，沈东进入董事会，聚欣任董事长，J-technologies 占 49% 的股份，占 2 名董事名额，苏珊与缇娜进入董事

会，苏珊与沈东成为联体通信的联席 CEO，J-technologies 的宽带运营业务以及其所有的员工一道并入到联体通信，J-technologies 则变成了一家纯持股公司，退出所有业务的运营。联体通信开业后仅上海到纽约的宽带业务与全息通信业务就达到了每个月 2 亿美金的收入。

　　尽管身形纤细，目光清纯，但是从肌肉力量、骨骼坚韧度以及神经反射能力等方面进行评价的话，佳佳应该是这个世界上最聪明且最强壮的女人了，即使和男人相比也只有 J 和她有得一拼。而且佳佳还有一个 J 所不知道的能力：读心术，她从对方的眼睛里就能够读出对方所有的意识反应，这一点 J 是做不到了，除非他戴上具备全息摄像能力的眼镜，并和意识密码矩阵库进行连接。佳佳发现自己的反向影响能力也提高得很快，只要她愿意，她完全可以通过心灵感应去影响他人的意识，这个能力她在 J-technologies 的第一次发布会上使用过，效果非常明显。

　　第一次见到 J 时，佳佳就有一种熟悉感，可能是岛主经常用 J 的形象出现的原因吧。等接触以后就有一种亲近感，尽管他并不是和蔼型的，相反，还让人感觉冷冰冰的，但是一旦谈到他的事业、他的理想、他的使命时，就会感觉他热情得像一团火，可以将所有人都点燃起来！佳佳能够看到他的心灵意识，知道其实他有时候单纯得像一个孩子，但就是这样一个单纯的人，会让周围的这些朋友，心甘情愿地去跟随他，去信任他，愿意和他一起去追逐他的使命与理想。不知道为什么，佳佳感觉和他在一起时特别的真，特别心安，她从来没有用自己的心灵感应能力去影响过他，反而感觉自己是被他影响着，完全被他的喜怒哀乐所左右。

　　到上海见到冰凝和 J 的母亲后，她对他的理解更深了一层，心想，原来他是在这样的环境下成长的，怪不得呢。冰凝的真诚、对社会的责任感，对她的感触很大，而 J 妈妈的平和与从容，让她有了很强烈的亲近感，"如果我能有这样的家庭就好了。"那天聚会的时候，她心里一直这样想。在从上海到旧金山的飞机上，她就打定主意，要全心全意地去追随 J，去帮助他完成他的理想，所以她让苏珊和缇娜去负责 J-technologies 的运营事务，而自己则加入了J 的超级精英组织（现在叫世和会）。"岛主的使命怎么办？"佳佳也没有忘记她是岛主的使者，她有一个任务，就是说服联体科技允许极乐岛和联体网络连接，她想把这个问题和 J 开诚布公地谈谈，也要向 J 坦诚他哥哥郭林的现状，毕竟岛主将郭林作为人质。

离开西藏后，Vi和伊森回硅谷，进行融通科技大学的筹备工作，园区的工地继续夜以继日地建设，只是不需要任何人工的参与，而工程的进度随时会通过高速网络传到他们的智能手表上，他们也可以通过智能手表远程看到工地的实际情况。

J带佳佳和郭森回到了上海，在共享专机上，由于郭森也在，佳佳也没有提极乐岛主的事情。到家后，经过简单的休整，J和郭森去了联体科技的总部，J妈妈对佳佳的印象很好，要佳佳陪她两天，佳佳也非常愿意。到了联体科技的总部后，J安排郭森去联体科技的上海实验室，让他将核弹内爆发动机的原型做出来，因为实验室中有上次他们讨论的纳米高温切割刀以及相关的部件，纳米晶体机器人的硬件以及深度学习软件也已经交给郭森。

"老爸，搞个航空公司玩玩如何？"

"开航空公司？这么传统的生意你也感兴趣？现在油价越来越高，利润空间很低呀。"

"如果航油不要钱的话有没有兴趣？"

"航油不要钱？做梦！航油是整个航空公司中成本最高的。"

"是的，传统的航空公司成本构成是：飞行器的购买或租赁、航油、飞行员、空中乘务员、机场的使用等，而现在采用无人驾驶与智能服务的话，飞行员与空中乘务员的成本就可以省掉了，所以除了飞行器的成本以外，航空公司最大的成本就是航油与机场的使用成本，如果我问把这两项也给节省掉，您开不开呢？"

"你有这么大的能耐？说来听听。"

"您看看这个设计如何？"

一张巨型的照片显示在冰凝办公室的全息屏幕上，这是一个梭形体，两头尖尖，中间是个大肚子，通体银色，光洁得像海豚的皮肤。

"这是一个飞行器？这玩意能飞吗？"

"现在看看。"J在其智能手表上按下了一个按键，在梭形体的中间上方升起了柱子，柱子里伸出了四片螺旋桨，螺旋桨开始旋转，梭形体升起。

"然后呢？"

"您别急嘛，我模拟一下它的飞行模式。"

梭形体继续升高，到了一定高度后，两边各伸出一个翅膀，尾部开始喷气，梭形体开始加速。

"先是垂直升高到一定的高度，然后收起螺旋桨，开始用喷气式进行飞行，到达目的地后减速，螺旋桨重新工作，垂直下落。下次您去美国就从上海总部的楼上出发，到硅谷实验室的楼上降落，完全节省了机场的使用费。"

"能飞多快？"

"最高时速5000千米，推荐4000千米，也就是说从上海到纽约不到4个小时就可以飞到。"

"里面的空间有多大呢？"

"80平方米。"

"燃油放哪儿呢？即使你能搞到免费的燃油也要有油箱装呀。"

"没有油箱，我会给这个飞行器装一块电池。"

"然后飞上500千米就掉下来？"

"这个电池能连续飞行10年，也就是说可以飞到飞行器报废。所以我建议您开个为私人提供包机的航空公司，这样才对得起飞行器的续航能力。"

"吹牛！"

"我很少说大话。"

"飞行器在哪儿？带我去看看。"

"这仅仅是一个设计图，是一个概念飞机，如果您感兴趣可以下订单，我们会在3个月内交付样机。"

"果然是吹牛！不过如果真有这么个东西，私人飞行的体验将大大提高，而成本将大大降低。"

"支持一下，我会尽快把样机给您造出来的！"

"怎么支持？"

"D国正在招标一个高速公路建设工程，而且面向中国的总承包商，您听说过吗？"

"联体科技是做物联网以及智能设备的，怎么会关心高速公路建设的投标？"

"老爸，是这样的，这条高速公路建成后将成为D国的一条主干公路，是他们国家这几年最大的一个基础建设项目，将倾其国力进行建设，但是由于机械制造能力的不足，他们非常希望获得中国的大型公路建设设备，听说他们已经向我国的外交部提出申请，希望向中国的大型机械制造企业发出招标邀请，租赁中国企业的闲置设备，等公路建设完成后归还，而智能交建集团就是这次的竞标企业之一，我希望我们帮助他们获得这个项目的建设机会。"

"智能交建集团的董事长周杰，是我多年的朋友，但是 D 国的项目是出了名的难搞，招投标环节黑暗，建设时拖沓，建成后收款困难，你为什么对这件事感兴趣，我们不是在谈飞行器吗？"

"是的，这两件事有很强的关联性，老爸，您还记得半年前 D 国的地震事件吗？"

"后来他们不是主动承认是由于核弹试射所引发的地震吗？"

"是的，就是这件事情，很多人认为是他们的烟幕弹，但是，经过对事件的进一步分析，我确认了是核弹所致。"

J 从智能手表上调出一个波形图，并将这个震动波形图和地图进行了叠加。

"您看，这是震源的中心位置，根据波形分析，震动发生在地下 800 米，震源中心是中国 C 山山脉的延展，是他们的山区，居民很少。"

"但是这也不能确定是核弹引起的呀。"

"您看一下这是卫星在地震发生的 3 天前拍下的图像。"

一幅画面出现在屏幕上，是刚才震源中心地带，一架大型武装直升机出现在画面中。

"我已经对这个画面进行过分析，这就是 D 国运输核弹的武装直升机，其运送的是两枚核弹，通过对卫星画面的跟踪，我也找到了其核武的存放地点。"

J 将卫星图像进行倒退，发现直升机是从 200 千米外的一个山上起飞的。

"这和公路建设有什么关系呢？"

"这是公路的线路规划。"

J 将一条公路的规划路线和地图进行叠加，发现公路的某点与刚才直升机起飞的位置相隔距离很短。

"这条公路很有可能连接他们的核武基地，所以很有可能是他们打着经济发展的旗号，要大力发展核武制造。"

"这和我们有什么关系？"

"他们在帮咱们制造飞行能源呀，我准备去把这些能源取回来，装到您航空公司的飞行器上。"

"什么？"

冰凝睁大了眼睛，作为一代成功的企业家，冰凝不乏想象力，但是将核弹装到飞机的想法，还是让他目瞪口呆。

"老爸，即使我们不用它做飞行能源，也要消除这个威胁，您想，一个在自己的土地上进行核弹试射，引发地震，并且计划进行扩大生产的政府，还有什么事情是做不出来的吗？"

"这确实是个很大的威胁，但即使周杰获得了这个建设机会，你有办法获得他们的核弹头吗？而且这个计划危险重重，我不希望你涉险。"

"风险一定是有的，但是对我来说，我有足够的自保能力。"

"你能抵抗子弹？你能抵御核辐射的危害？"

"别说，我还真的能！"

以 J 目前 10 倍的肌肉强度，普通的子弹根本对他造成不了任何的伤害，而且他具备 10 倍于普通人类的神经反射速度，躲避他人的伤害，对他来说轻而易举。

但是冰凝并不知道这一点，所以还是非常地担心。

"这样吧，您联系周杰叔叔，向他承诺我们研制了一台隧道机，这种隧道机专门用于在修建高速公路过程中的隧道开采，它采用激光切割与粉碎技术，一边进行粉碎切割，一边将粉碎过的土石通过运输带向外运送，采用电能作为能量，是传统隧道开采成本的 1/10，效率可以提高 10 倍，由于这个设备尚未投放市场，目前尚处于试用改进期，如果他们获得项目，我们的设备将免费为其提供服务，由于 D 国的这条道路需要穿过很多个山体，所以采用我们的设备，D 国的公路建设成本可以节省 1/3。如果他成功竞标的话，我会将我的计划和盘托出，消除您的担忧。"

"没问题，我马上联系周杰，让他用目前报价的 75% 去赢取项目，并承诺为 D 国的公路建设提供全球最先进的隧道开采设备，我们会帮助他节省 1/3 的成本，这样对他来说获益更多，而且以这个价格，获得项目应该没有问题。问题是你说的这个玩意我们有吗？"

"我已经委托沈东将所有的设计资料给到了我们的 5 个代工厂，两周后，零部件就可以到达我们的上海实验室，进行组装与调试，而且我让沈东定制了两台。"

"我信誓旦旦地向老哥们承诺，用我们尚未生产出来的产品作为工程的担保，这样好吗？"

"我让您失望过吗？

▼

核能飞机

民用型人工智能不允许携带任何形式的武器，
包括冷兵器、热兵器或爆炸设备，其体表电压
不能超过 48V。

——《全球人工智能公约》第五章

窃取核弹

D 国全境南北贯穿的高速公路建设工程招标完成，中国智能交建集团以低于对手 1/4 的价格获得项目的承建权。项目的开工仪式在 S 市举行，D 国交通部部长以及智能交建集团董事长周杰出席仪式，并分段开工。

整个高速公路最挑战也是投资最大的一个工程是一处贯穿山脉的隧道，隧道总长度为 45 千米，采用传统的炸药开山机械挖土的方法至少要用 3 年的时间才能开采完成，但是现在的情景让前来观摩的部长与周杰大开眼界。

一个巨大的章鱼形设备屹立在隧道的开始处，章鱼形设备的触角部分排列成隧道的切面形状，每个触角都是一柄强力激光枪，章鱼形设备准备工作已经完成，项目总指挥一声令下，设备开始启动。

只见章鱼设备的所有触角喷出强光，旋转着在山体的表面切出隧道的切面形状，而章鱼的口中也吐出了阵阵强光，将中间的土石击得粉碎，粉碎后的土石被章鱼设备吸入腹中，然后通过其尾部的传送带向外运输，传送带的尾端是早已等候的巨型卡车，传送带装满巨型卡车后，自动暂停，等到下一辆巨型卡车到位后再继续运转，整个过程顺畅而富有节奏，在不到一个小时的时间，就推进了 100 米，看得部长喜笑颜开。

"周先生，怪不得贵国的高速公路体系那么发达，有这样的设备，当然是事半功倍了。"

"是呀，是呀。"周杰也不点破，在一边附和着。

"周先生，工程结束后，将这个设备作为礼物送给我们如何呀？"这部长要起东西来可是一点也不含糊。

周杰吓了一跳，没想到这个哥儿们什么要求都敢提，这设备可是冰凝免费给他使用的，他可不敢胡乱做主。

"哦，这个设备也是我花大价钱租过来的，我们国家也只此一台呀，贵国在伟大领袖的领导下，生产这种设备岂不是轻而易举？之前贵国没有，仅仅是因为贵国的人民太勤奋了，不屑于采用这种依赖电力的自动化设备而已。"

"这倒也是，这种机械化程度太高的东西比较容易让人好逸恶劳。"

两人继续聊着，而隧道也继续向山体的纵深处延伸，直到从外面根本看不到山体内部的作业，只见源源不断的砂石从慢慢延长的传送带上送出。里面的巨型章鱼设备突然停止了工作，从章鱼的口中跑出来一条小型的章鱼设备，小章鱼用同样的办法在隧道壁上钻出一个通道，进入到了山体，而大型章鱼设备又恢复工作，继续向前，隧道外的施工者根本不知道里面发生了什么。

小型章鱼设备与大型设备略有不同，在体内有一个空间，空间里有两个舒服的位置，分别坐着一男一女，正是 J 和佳佳，他们的前方尽管有一个透明的钢窗，但是只能看到激光切割与粉碎的光亮，其他什么也看不到。

J 和佳佳都穿着白色的连体衣，尽管是坐姿，但是完美的身材一览无余。

"我们正在接近辐射区，你这防护衣管用吗？"

他们的座舱前方有一个屏幕，屏幕上显示出辐射源的方向与强度，目前看来，他们离辐射区还有一段距离，而且辐射强度尚不能危害健康。

"这是我从极乐岛带出来的保护服，不仅仅能阻隔辐射，而且可以抗击子弹的射击，以我们现在的身体强度，穿上它，小口径炮弹我们都能挡得住！不过现在你需要戴上防护头盔。"

这时辐射超标的报警声响起。

"我们还剩下 20 米就能达到辐射源的中央位置，尽管辐射超标但是并不危险，所以我怀疑这是一个核武兵工厂，可能有人把守，我们要想一想应对办法。"

J 一边说，一边关闭了章鱼设备的动力。

"到达兵工厂以后，你在这里等我，我去获取核弹头，你可以全程监控我的情况，如果有问题，你能帮就帮，不能帮就自己撤退，我有自保能力的，放心。"

"不行！我要和你一起进去，我们两个在一起成功的概率更高！"

"我坚持！"

"我更坚持！J，你放心我不会成为你的拖累的，而且你让我留在这台钻地车里，我会更加着急的。"

"好吧，但是我们要见机行事！"

J 知道佳佳的能力，应该说比他都高，完全具备自我保护的能力，所以他不再坚持，毕竟两个人在一起的成功几率更高。

J 重新开动章鱼设备，继续往前，只是为了降低噪声，行进的速度明显减缓，10 米、5 米、1 米、50 厘米、20 厘米、10 厘米，J 停止了设备的行进，启动了探测按钮，只见章鱼设备的一根触角携带一个小型的钻头在前面钻出了一个小孔，一缕光亮由小孔透了进来，钻头触角缩回，另一根触角伸出，伸出后，其前端飞出了一个苍蝇大小的无人机，无人机上携带一个微型摄像头，而其监控的图像清晰地在座舱的屏幕上显示出来。

这是一个核武兵工厂，现在无人机所处的位置应该是装配车间，车间里有一些穿防护服的装配人员，总数为 32 人，另外有 20 几个荷枪实弹的军人在流动防卫。J 指挥无人机飞向其他房间，看到了一个标示为"将军"的办公室，里面有一位穿将军服的中年人正在用电脑查看资料，无人机将资料的信息全部进行了高清拍摄传回给了 J 的座舱电脑，经过识别翻译后，发现这是一张由最高统帅签字的任务书，任务书中清晰地表明要在一个月以内装配好 5 枚远程核导弹，核弹头已经发送到基地，另外需要拆卸 6 枚洲际导弹上的核弹头，将其装配在最新型号的远程导弹上。

无人机发现了一个电梯，电梯上清晰地表明他们现在所在的楼层是 5 层，这时刚好有位军官从电梯里出来，直奔将军的办公室，J 指挥无人机进入电梯，逐层进行查看并录像，对于重要的目标进行高清拍照，将整个核武基地的工程情况了解得一清二楚：

整个工程全部处于地下，总共 5 层，最高层离地面深度为 50 米；

第 5 层为装配区与管理人员办公区；

第 4 层为武装军队区，从床位来看一共驻扎了 132 名武装人员；

第 3 层为远程导弹试验室以及核试验室；

第 2 层是仓库，存放核弹头以及装配好的导弹；

最下面一层无法进入，通过对辐射情况的检测，J 认为这是一个核材料的仓库。

J 的目标是仓库中的核弹头以及已经在导弹上部署的核弹头，它们都位于第 2 层中的金属仓库里，金属仓库有生理识别装置，采用指纹、虹膜和人脸多重识别模式。J 指挥无人机回到 5 层将军的办公室，发现将军办公室的电脑是采用双绞线和路由器进行连接，这是一种非常老式的联网手段，但是和无线接入点的连接方式比安全性更强，当然这对于高手来说也不是什么大问题。

"想不想了解一下他们的国家机密？"J 问坐在旁边的佳佳。

"这也可以？看来你是无所不能呀。"佳佳崇拜地看着 J。

"我的无人机本身就是一个微型的机器人，我让它侦测一下。"

微型无人机落到了连接计算机与路由器的双绞线上，下部伸出四根微型金属探针分别插在双绞线的 1、2、3、6 号线上。

"现在我的机器人已经接管了他的电脑网络，并通过无人机上方的 WIFI 天线传到我们现在的电脑上，想看什么？"

J 通过座舱中的电脑已经进入到了他们的国防部内网，这个将军权限很高，几乎可以打开所有的连接，J 取出了记忆传输头盔，戴上后打开了与座舱电脑的连接，不一会儿就把将军权限下可见的连接全部下载到他脑中的记忆区。

"这里有一个需要 32 位密钥的连接，应该是他们的最高机密，现在我可以调用的计算资源只有 64 个 CPU，要解开它需要 3 个月的时间，怎么办？"

"如果我脑中的纳米计算机和岛主连接，半秒内就可以解开这个密码。"佳佳心想，但是他们现在处在一个信息孤岛上，她也没有办法。

"等等，我傻了，他们的国防部网络上有足够的连接，如果将其计算资源全部使用，解开这个密钥需要 2 个小时的时间，但是这样可能会惊动他们的网络安全部门，解不解呢？"

"你不是已经有答案了吗？不用担心我！"佳佳看着 J 的眼睛说。

"好的，已经开始运行了，解开后所有的信息会自动存在头盔里，我需要查看时，进行知识灌输就可以了。现在我们要去获得核弹头。一个方法是用密码从正门而入，另一种办法是直接钻地而入，你会选择哪一种？"

"你都决定了，还问我？走，我们钻地去！"

由于库房采用生理认证系统，将军的生理特征一定适合，但是那样需要再费一番周折，所以 J 早就决定在地下穿行，不过他发现这小妮子的反应也太快了，J 已经意识到她可能具备裸眼识别意识密码矩阵的能力。

无人机机器人继续调动国防部的计算资源来破解密钥，J 启动章鱼设备下潜穿行到地下 2 层，到达无人机标注的核弹存储附近后，放慢速度，还有 10 厘米处后，停止前行，只是采用章鱼触角的激光器，切出了一个可以容纳一人穿过的圆形，一只锤子形的触角伸出来，将切割好的墙壁推向室内，这是厚度为 10 厘米左右的一层钢筋混凝土，落地后发出一声闷响。

戴好头盔，身穿白色防护衣的 J 钻出座舱，佳佳紧跟其后，像猫一样从圆形的开口处一跃而下，没有发出一点声音，他们打开头盔上的照明灯，看到了整个库房的全貌，库房的门是厚重的钢铁制成的，山体部分是钢筋混凝土墙，他们是通过山体部分进来的，所以并不费劲。在一个钢制的架子上有一个铅制的盒子，应该是核弹头的存放装置。J打开盒子，发现5枚核弹头赫然在目，他快速地合上盖子，示意佳佳回到章鱼体内。佳佳纵身一跃，优美地穿过圆孔，接过J抛上来的盒子，将盒子安放在章鱼体内预先准备好的辐射隔离空间，这时候J已经进入座舱。

他们如法炮制，取走了6枚洲际导弹上的核弹头以及地下的核原料，并全部存放在章鱼体内的铅制密封舱内。根据J的知识，这些核原料足够制造8枚核弹头。事情进行得相当顺利，他们原路回到投放无人机的地方。现在章鱼体内的核武器可以毁掉半个地球了。

"密钥已经破解，信息已经传到头盔，但是他们的安全部门也已经发现了入侵痕迹，在信息传送结束后，他们已经关闭了重要的网络节点，亡羊补牢呀。"

"看你美的，你是在讽刺他们吗？要不要留下一个标志？大侠们不都是这样做吗？"

"不了，我们低调行事，这仅仅是计划的一个小步骤。"

"他们会不会从我们的入口处发现我们进来的路线？"

"当然会，我们撤！"

J召回无人机后，迅速原路撤离，由于来路已经打通，所以回退非常快速，在回退的过程中身后传来几声闷响。

"什么响声？"佳佳问道。

"你上来以后，我在库房里留下雷管和开山的炸药，足以将整个库房炸塌陷，在我们经过的通道上，每隔20米都会留下一个雷管，足够让整个通道塌陷，将我们来过的痕迹全部抹掉！"

"你的犯罪天赋是与生俱来的吗？和你在一起犯罪很有成就感。"

"我们是在维护世界秩序！"

小章鱼来到大章鱼的前方，进入大章鱼的体内，大章鱼继续前行。佳佳和J在小章鱼的座舱内，美美地睡去。

J率先醒来，佳佳也慢慢睁开了美丽的大眼睛。

"J，我怎么感觉我来这里什么都没有做，任务就完成了呢？感觉我成了你的拖累了呢。"

"怎么？你希望轰轰烈烈地战斗一场？能够轻松完成的任务就不要节外生

枝，我现在有一个好消息和一个坏消息，你想听哪一个？"

"好消息！和你在一起，是没有坏消息的。"

"好消息是我们中了个大奖，搞到了 D 国所有的核弹头和核材料。"

"什么？一下子把他们的核武装给解除了？"

"是的，我已经将加密文件的内容下载到我的记忆体，里面清晰表明了他们总的核弹数量以及核材料的数量，这个基地是他们最大的核武工厂，他们的核武本来已经在 5 个基地部署，但是由于新一代洲际导弹的升级，所以将所有的核武集中起来进行更新，资料上说更新过的导弹系统在续航能力以及精准性等方面比上一代提高了很多。"

"真是一个好消息！我们把整个国家的核武装都给解除了！坏消息呢？"

"现在他们应该已经发现核武失窃，应该能够考虑到失窃的武器尚未运出此地，所以现在会是戒备森严，如果没有让他们确认弹头已经运出此地的证据，我相信他们会把章鱼设备进行拆解检查。"

"怎么办？我们拎着核武逃出去不就行了吗？"

"风险很大，容易影响我们逃离的速度，如果造成核泄漏也会对环境造成影响。"

"怎么办？我听你的，只要是我们一起行动就可以！"

"我们一起出动，将弹头和材料都留在章鱼体内，我们带一个空箱子，里面放一点不会对环境造成影响的核材料，然后逃离这个区域，如何？"

"好呀好呀，和他们的士兵比比速度和肌肉强度也是一件很好玩的事情。"佳佳有了超能力后一直没有正式发挥，现在总算逮到了机会。

J 操控小章鱼离开大章鱼体内，向核工厂相反方向的山体穿行，穿行了大约 10 千米，发现外面就是浓茂的原始森林，J 派出了无人机到高空查看，发现方圆 5 千米没有任何的人烟。两人在防护衣的外面套上普通的运动服，拎着箱子，大大方方地走了出来，J 对小章鱼发出返回的指令，章鱼返回后，他们部署的延时雷管会在 5 分钟以后爆炸，掩盖所有的痕迹。

D 国，最高司令部，处于城市的一处掩体内，室内富丽堂皇，极尽奢华。其国家最高统帅正在大发雷霆，他们的国防部部长、军区司令等几个人站在一边，耷拉着脑袋，一声都不敢吭。

"什么？没了？全部都没了？你们知道吗？这些核弹是我们震慑世界的法宝，是我们让这个世界发生混乱的唯一武器，现在没了！而且是一起消失的，你们如何交代？谁让你们去升级巡航导弹了？打击的精准度不高又有什么关系，不是威慑力更强吗？"

"当时可是得到您的批准的。"国防部部长低声说。

"批准又怎么样？是我让你们把这些宝贝集中起来的吗？"最高统帅非常愤怒，胖嘟嘟的脸通红通红，一边发着脾气，一边拿起桌子上的一支钢笔甩向了国防部长，而国防部长任由笔落到自己头上，躲也不敢躲。

"调动附近所有的军队到达现场，围成包围圈，五步一岗，连苍蝇都不能给我飞出去！"

佳佳和 J 坐在一棵大树的树杈上，呼吸着山野中的新鲜空气，J 戴着一副智能眼镜，其放出去的无人机正在监控着附近的所有信息，声音与影像通过智能眼镜进行传递，而佳佳则轻松地靠在树上，两条长腿在舒适地荡着，尽管失去了和智虫的连接，她的反应能力以及感知能力下降了很多，但是她还能感知到 5 千米范围内的所有信息，从这些士兵的移动速度来看，根本对他们两个构不成任何威胁。

"J，你饿不饿？"

"哪壶不开提哪壶，我当然是饥肠辘辘了，你也一样吧。"

"有点，和你在一起吃饭的感觉很好，我要赶快出去！和你大快朵颐。前面有一队士兵走过来了，我们闯过去如何？"

"你眼神这么好？我也刚看到，闯过去简单，但是从此以后我们的行踪就会被他们发现，你怕不怕？"

"我很兴奋呢！"

两人轻盈地从树上跳下，带上防护头盔，这样对方即使获得他们的影像也掌握不了任何的信息。两人手提密封箱，轻松地向 5 千米以外的那队士兵走了过去。这队士兵是 1 个特种战术行动分队，队里有 1 位士兵手持探测仪，来回探测辐射强度，另外 3 位配备轻型武器，还有 1 位狙击手。

"等一下，辐射信号在加强！我们撞大运了！"如果他们能够找到核武，将是奇功一件，所以这队士兵非常兴奋。另外 4 个人端起枪，朝着辐射发出的方向逼了过来。

"我们既要让他们丧失战斗力，又要让他们将我们出现的信息发出去，懂吗？"J 看了一眼佳佳。

"好的，对着这个地方用 3 磅的力量点一下，就可以让大脑休眠半分钟。"

佳佳对大脑的解剖学非常了解，摘下 J 的头盔，用手摸了一下 J 太阳穴的附近位置说，"你不要紧张呀，我不会点你的。"感到 J 有些紧张，佳佳又给他轻轻按摩了一下，然后给他把头盔戴上。

"站住！"

士兵们看到 2 个戴头盔的人很随意地朝他们走来，非常紧张，立刻端起枪向他们瞄准，其中一个端轻型武器的士兵，在紧张之下放了一枪。子弹是对着佳佳的肩部飞过来的，佳佳轻松地摆了一下头，子弹滑肩而过，然后突然启动，来到 5 人面前，这几个特种兵根本没有反应过来，就被佳佳点中太阳穴，晕了过去。但是刚才的枪响已经惊动了附近的士兵，并迅速在出现枪声的位置形成了一个包围圈。

"东面是大海，我们两个往东面跑就可以引他们过来追击，你可以吗？"

"当然可以，要全力奔跑吗？"

"不用，让他们有追击的机会。"

"好的！"

两个人一左一右往东方奔去，很轻松地突破了包围圈，身后像长了眼睛似的避开了追兵射过来的子弹。后面的追兵看到他们轻松的样子，知道追击无望，而发送拦截申请。

突然，天空中响起了轰鸣声，两架直升机到达了上方，并对他们进行了猛烈的扫射。他们躲避了大部分的射击，还是有几粒射到了身上，尽管没有造成任何伤害，但是有点疼。

"全力奔跑，看看能否和直升机一决高低！"

"收到！"

话音未落，两道身影冲了出去，只见两道人形身影，加速！加速！像闪电一样向东奔去，武装直升机在后面紧追不舍，与两人展开了史无前例的竞赛！

"我们和它的速度不相上下，你还有余力吗？"J 还可以开口说话，看来还有些余力。

"最多提升 10%，但是能量消耗很快！"

"没有关系，马上就可以到达海边，到达海边后，我们夺取他们的直升机。"

"前面就是大海，请求导弹攻击！"直升机向总部发出请求。

"不惜任何代价把这两个超人消灭在我国的境内！"

轰！身后的土地被两枚小型导弹击出一个大坑，爆炸的冲击波把两个人高高地掀起。

"尽量升高，抓住左面直升机的底座，进入里面！"

"好！"

两个人借着冲击波跃起到直升机的高度，一左一右抓住了直升机的"H"形底座，再一起身，用手击碎了直升机旁边的窗户，一人抓起一个士兵向窗外抛去。现在直升机离地面15米高，他们抛的时候瞄向了山上一棵10米高的大树，这两个士兵的皮肉伤不可避免，但是没有任何的生命危险。

失去控制的直升机快速下沉，J伸手拉住操纵杆，进入平飞状态，并顺势坐到了驾驶员的位置，操控飞机加速东飞进入海域，后面的飞机一边向他们射击，一边紧追不舍。

"打开边门，等我的指令，我们一起跳下去！"

佳佳快速打开两边已经碎掉玻璃的舱门，这时两架飞机一前一后地飞到了大海的上空，离海岸线100千米左右的时候，后面的直升机已经锁定了前方直升机的坐标，但是苦于导弹已经发射完毕，只能进行射击。

"锁定后立刻发射地对空导弹，不能让这两个超人逃出我们的海域！"最高统帅看着监控屏幕发出指令。

离海岸线20千米左右的一个基地上升起导弹发射架，一颗常规地对空导弹飞向了J驾驶的直升机，不到5秒钟的时间就追上了他们，直接命中！直升机在空中解体后的残骸落到了邻国的海域，海面上升起一片大火。

"完了，我们赖以威慑别国的宝贝！完了，我们的国际影响！未来我们只能成为被人蹂躏的软蛋了！"

最高统帅看到了整个的过程，他很清楚这个海域已经不属于他们国家的范围，如果邻国以此为由开战的话，他也获得不了他国的援助，甚至同情。

"看来我们只能利用这个机会，把坏事变成好事了。"

说话的是国务总理，他是一个戴眼镜的、瘦瘦的中年人，看起来比最高统帅深沉很多。

"怎么办？"如果是在以前，有人敢说核武被偷是好事的话，早就被最高统帅给枪毙了，但是现在真的发生了，如果能捞到好处，也是可以考虑的。

"我们马上致电中国外交部，向他们表达我们重启会谈的意愿，并承诺本次愿意以放弃核计划为条件，但是希望其他国家就我们国家的现状提出一些援助计划，帮助我们解决目前的经济危机。"

掩体中的高级指挥官大多同意国务总理的意见，他们非常清楚这对于 D 国意味着什么，或许会成为他们正式告别闭关锁国的契机。

第二天，中国外交部接到了 D 国愿意重启会谈的意愿，他们隐隐约约地表达了这次愿意放弃核计划，并欢迎 IAEA（国际原子能机构）的监督与核查。

"如果能够促成这次谈判，将对国际社会的稳定起到至关重要的作用，我们也可以就此要求美国方面从亚太地区撤军。"

这是正在进行的外交部领导小组晨会，说话的是外交部顾部长，他文雅白净、风度翩翩，外交部对于 D 国击落自己直升机的事情非常诧异，今天一早就收到了其国务总理打来的电话。

"他们也对昨天的直升机事件作出了解释，说是一个军队将军的叛国行为，是在不得已的情况下采取的军事举动。"蔡秘书长补充道，"但是今天从 R 国获得的消息是从现场根本找不到任何相关的证据，只是有一点对环境影响不大的核残留。"

"不管怎样，这也是好事一桩，我们立刻向国务院汇报这一振奋人心的消息。对了，他们的条件是什么？"顾部长问道。

"提到了经济上的援助，并表达了他们市场开放的意愿。"

"这也是一桩好事，我们的工业正在升级，进行一些科技输出也是应该的。"

3 个月以后，会谈在北京顺利进行，几方达成共识如下：

1. D 国放弃核武器计划，承诺永不发展大规模杀伤性武器，并愿意接受 IAEA 的监督与核查；

2. 以中国为核心的几个国家将派出专家团，对 D 国工业、农业、服务业的发展进行考察，并提出发展建议；

3. 以中国为首成立六国联合银行，对 D 国的企业以及计划在 D 国投资的企业进行定向支持；

4. 美国撤离亚太驻军，不再对 D 国有敌对政策。

会谈的成功举办，将中国的国际地位又向前推进了一步，作为一个负责大国的形象，再一次在国际社会赢得了尊重。

在地对空导弹快要接近直升机的时候，佳佳和 J 同时跳出舱外，直直地落入海水中，然后一起向远离飞机残骸的方向游去，海水非常地凉爽，他们的运动衣早就被子弹打得破破烂烂，已经被他们脱掉，现在身穿白色防护衣，在大海中欢畅地游泳，自如地像两条白色的海豚。佳佳一点都不觉得累，感觉自己可以这样在大海里愉快地生活一辈子，她舒舒服服地平躺在海面上，两脚有节奏地拍打着水面，看着镶嵌着朵朵白云的天空，想着他们在 D 国的行动，一点也没感觉有风险。而且她非常渴望能再有这样的机会，因为和 J 单独在一起的感觉真好。

听到旁边有些动静，她扭头一看，原来是 J 和一条白肚黑背的海豚在戏耍，海豚把他当成了同类，和他比赛跳出水面的高度，比赛游水的速度，比赛直立划水，一人一豚玩得不亦乐乎。

"如果这条可爱的海豚死了，都是你的责任！"佳佳看得喜笑颜开。

"为什么？"

"是被你气死的，什么都比不过你，不被气死才怪，也不知道对小家伙谦让一些。"

"要不我们比比？"J 向佳佳发出了挑战。

"我们往南方左 15 度方向游，那里有一个小型的海岛，我们先比速度！"J 说完后就率先出发。

"不仅不让小朋友，连女人也不让！"佳佳娇嗔一句，快速跟上。

只见两个白色修长的身体像箭一样向前冲去，小海豚企图跟上，但是游了 20 米后就被远远地落在后面。

两人越游越快，在大海上划出两道笔直的水线，周围的海鱼纷纷躲避。游了 500 米后，佳佳跟了上来和 J 并驾齐驱，两人忽前忽后不相上下。不一会儿，佳佳超过了 J 半个身位，并一直保持领先，J 放弃了追赶，在佳佳身边慢慢游着，佳佳也放慢了节奏，和 J 并排游着，但是明显感觉 J 的速度越来越慢，好像体力不支一样，"难道是刚才体能消耗太大？"但是他们的能量棒落在小章鱼体内了，身上没有任何的储备。

"J，要不要帮忙？我的体能还没有问题。"

"没事，我休息一下就可以了。"

过了一小会儿，J 突然发力，用比前面更快的速度向前游去，佳佳也没有多想，奋力跟上，但是已经和 J 之间差了 3 个身位，佳佳越游越快，很快把差距追赶到只剩下半个身位，佳佳的体能也有所下降，但是和 J 之间的差距也没有进一步加大。

"佳佳，你输了！" J 从水面站了起来，"我们已经上岛了。"

"你赖皮！"

"我比你先到的，怎么赖皮了呢？"

"你根据我们两个的爆发力和稳定后速度的差别，计算好了上岛的距离，然后用爆发力赢了我。"

"你在中段的速度略胜于我，但是我的爆发力比你强，在 300 米以内的突然爆发，你赢不了我！所以你输了。"

"你欺负小孩和女人！重新比！"

"好不容易上了岛，还要重比，你不饿吗？"

"饿死我了！不比了，算你赢了！"

这是一个无人小岛，沙滩细腻，岛上郁郁葱葱，两个人沿着海岸线走了半圈，也没有发现任何东西可供食用。

"等等，我到海里抓鱼！"

佳佳担心 J 累着，没有等 J 发话，就又回到了大海，不远处有一鱼群，但是她一游过去，鱼群就散掉了，而且鱼很滑，不容易抓到。抓了几下没有抓到后，佳佳稳住了身形，站立在水里，双手抱成球形，打起了太极拳。

慢慢地以佳佳为中心形成了一个巨大的海水漩涡，而鱼群也跟着漩涡的水流游动，佳佳左手一抬，一条大鱼脱离漩涡，浮出水面，然后用右手拍向大鱼的腹部，大鱼像箭一样射向沙滩，落在 J 的脚下。这方法很管用，遇到大鱼时，佳佳依法炮制，很快，J 的脚下堆了十几条大鱼。

"够吃了，回来吃鱼吧。"

佳佳也感觉差不多了，她潜到海底，摸起了一个超大的贝壳，游到了岸上。

"阁下的水上太极八卦游身震鱼掌登峰造极！不仅可以把鱼震出水面，而且在掌击鱼身的过程中将鱼肉震酥，使之与鱼骨分离，真乃天下绝技！"看到这么多吃的，J 心情大好，与佳佳开起了玩笑，"如果再能洗净料理一番，必将更为可爱！"

"你就想骗我给你搞吃的。"被佳佳看穿了心事，J 嘿嘿笑着。

在上海的时候 J 妈妈就和佳佳说过，J 是一个在吃的方面非常讲究，但是又什么都不会做的人，是五谷能分，四肢不勤类型的，所以她在海里捕鱼的时候早就想到了料理的办法。

佳佳上岸后掰了一些树枝，又找了一些枯枝枯叶铺在下面，用树枝搭起一个架子，扔了一块木头给J：

"钻木取火总该会吧？"

以他们现在的体能，钻木取火轻而易举，不一会，J就把木头钻出了烟雾，引燃了枯叶，一堆篝火燃烧起来。

这时佳佳已经用贝壳将大鱼开膛破肚，用海水清洗干净，穿在树枝上，架在火上烤了起来，不一会儿，阵阵香味扑鼻而来。J迫不及待地抄起一条狼吞虎咽起来。

"撒一点辣椒面和孜然会更加的美味！"

"要不要来一瓶加拿大的冰酒？"

"好呀好呀！"

"去死！"佳佳也没有谦让，塞了满满一嘴鱼肉，笑吟吟地看着J。

"佳佳，你真能吃！"

"能吃怎么了？是我自己捕的鱼，也是我烤出来的！"

"这么能吃，会嫁不出去的。"

"如果你肯娶我，我就尽量少吃点儿。"

……

一阵风卷残云过后，两人能量充沛，心满意足，这时天色微暗，晚霞红艳艳地映在水面上。佳佳身穿白色紧身衣，坐在沙滩上，长发披落下来，搭在了沙滩上，他们的篝火尚存余光，映在佳佳光洁的脸上，周边宁静，只听到海浪拍打沙滩的声音。佳佳从来没有感觉到傍晚的海岛会这么美丽，而且她的内心异常平静，希望时间就此停下来。

"坏了，老妈老爸一定担心死了，赶快和他们联系一下。"

J的手表具备卫星通信功能，他快速拨通了冰凝的卫星电话。冰凝一直在等待J的呼叫，他已经通过卫星画面知道了东丽海域发生的事情，他有些担心，但是却没有主动和J联系，对于J的能力，他还是有充分信心的。

"你老妈问你在哪儿，我一直在给你打马虎眼儿，你小子现在在哪儿？"

"我们在一个无人海岛上，离我国境内应该还有100千米左右，我正在考虑如何赶回去。"

"我派一架无人机去接你？"

"但是我担心 D 国正在监控这个区域，您安排一架飞机到 C 机场，我从那里直接去西藏的融通园区，让郭森带好所有设备，随飞机和我们同去。"

"你怎么到 C 机场呢？"

"我会自己想办法的，不用担心。"

挂断卫星电话后，J 和佳佳在凉风习习的沙滩上美美地睡了一觉，J 醒来时闻到了阵阵香味。

"大少爷醒了？小女子给您准备了烤生蚝、烤贝壳还有东星斑，请享用！"

"这么多吃的？干脆你陪我在岛上住下好了，咱们不回去了。"

"这可是你说的！"

佳佳知道这是不可能的，但是心里还是甜丝丝的，吃完后，两人找到一处甘甜的泉水，滋润得心里美美的。

"佳佳，连续游 100 千米你需要多长的时间？"

"轻轻松松的话 3 个小时。"

"好，我们就轻轻松松游回国。"

他们游泳上岸，飞奔赶到 C 机场，郭森已经在飞机上等他们，为两个吃货安排好了丰盛的餐饮。吃好后，飞机已经飞了一半的路程。到达拉萨机场后，无人直升机已经在等候他们，并把他们直接送到了园区中央的广场，伊森与 Vi 已经在园区等候他们。下了直升机，进入园区后，佳佳和郭森大吃一惊，他们离开时这里是一个大型的工地，到处都是大型建筑机械，各种建筑材料堆得园区满满当当的，而现在却是满园的绿色。

飞鹰一号

园区的最中央的位置是一个 10 层高的环状的建筑，整个建筑的直径 280 米，环形宽度 30 米，严丝合缝的巨石垒成的外墙上镶嵌着巨大弧形的透明钢板做成的窗户，每块透明钢板弧长 10 米，高 4.5 米，每一层有 60 个这样的窗户，环形建筑的内院是一片 3 万平方米的绿地，中心点是一颗巨大的银杏树。

环形建筑的外围被一片绿油油的竹林所覆盖，竹林的高度可以达到建筑的第二层，这样在一层到二层的每一个房间的窗户就自然形成了一幅风景画，前面是翠绿的竹子，后面是平整的草地和参天的大树。

正南方是正门，正门外是一个广场，也是刚才 J 的直升机落下的地方。广场外是巨型的人工湖，人工湖的中央是圆形的音乐喷泉，再往南就是园区的大门，大门处外墙采用镂空的设计，是唯一一处没有被空中花园别墅遮挡的区域。

除此以外，园区的最外围是空中花园别墅，每个居住者都有独立的花园、客厅与卧室，客厅与卧室的窗户外是高山、峡谷或波涛澎湃的雅鲁藏布江，但是在室内听不到一丝的声音。园区的其他空间被分割成 10 个不同建筑风格的区域，有西欧式的、北欧式的、日式的、苏州园林式的，每个建筑群由 10 幢主体建筑组成，是未来的知识灌输与知识讨论区，按照 J 的设计是每一个学员都应去获得至少 5 个区域的知识，在每个区域都达到了最高级别的能力，而且通过 6 个以上的区域，就可以吸引加入世和会。

除了建筑以外，园区内就是大量的绿植，以及一个 9 洞的高尔夫球场，占地 600 亩左右，J 认为高尔夫对于计算能力以及心智的训练很有好处，所以建议在校园内开设高尔夫课程，现在球场已经建好，远远看去就像一抹绿色的水彩画。

每个建筑的屋顶都配有人工降雨花洒，开动后会像自然降雨一样下起雨来。这个设计是为了园区内大量的绿色植物服务的，由于水力发电是持续的，但是用电却是有峰有谷，所以每天都会造成巨大的电力浪费，如果气候干燥电力充裕时，降雨装置就会抽出水电站里的水，在园区内制造人工降雨，多余的雨水经过净化后再流回到水电站。

佳佳随着 J 和伊森他们在园区内兴致勃勃地看着，在空中花园别墅时，她看到了和她在极乐岛上格局一样的房间，不同的是极乐岛房间的窗外是浩瀚的大海，而这里的窗外是澎湃的雅鲁藏布江。到高尔夫球场时，她想起了岛主带她打球的情景，当时的岛主使用的是 J 的形象，现在真人就在眼前，更加真实，更加迷人。

"不知道他的球技到底如何？找时间和他比比！"佳佳心想，由于和岛主失去连接，她的计算能力已经没法和以前相比，但是对肌肉的调动能力更胜从前，她感觉自己应该不会比以前差多少。

"马上到吃晚饭的时间了，地下工程我们明天再看。我已给大家准备好了很多好吃的，还有美酒，今天我们就庆祝一下！"Vi 知道 J 是到了点就要吃饭的，所以早有准备，"佳佳的芳芳和你的小 J 都带过来了，在餐厅候着呢。"

Vi 选择了一套顶楼的空中花园别墅做为他们 5 个人的聚会点，这是一套正对雅鲁藏布大峡谷的花园，窗外就是飞泻而下的激流和清澈的大坝湖面。Vi 在屋顶的花园露台摆了一张圆形的桌子，这样他们就可以听着涛声，在清爽的水雾中享受晚餐，芳芳已经将 Vi 准备好的凉菜与素菜摆了上来，有 8 道分量很大的凉菜和当地的时令菜蔬。

"不是庆祝一下吗？怎么这么素呢？"J 无肉不欢，对 Vi 准备的食物有些不满。

"小 J，开烤！"Vi 吩咐道。

只见小 J 到花园的另一侧，拉开了一个屏风，屏风后面是一个大大的烧烤炉，烤炉上赫然架着一只去掉头的全羊。小 J 按了一下开关，整只羊开始自动旋转，炉内有明火冒出，不一会儿就香味扑鼻了，烤炉的最上方是一个长形的盒子，在整羊转动的过程中不时有各种调味料从盒子中喷洒出来。

"知道你是肉食动物，姐早有准备，怎么样？够吃吗？"

"我们几个肯定够吃，但是加上佳佳就不一定了。"

"我其实吃得很少，两条羊腿基本就能打发了。"佳佳看着嗞嗞冒油的烤全羊，也忘掉了自己可以少吃点儿的承诺。

这时芳芳已经为他们打开了香槟，四个人斟满，佳佳用苏打水代替，举起了杯子。

"我们几个初创人，除了金主冰总以外，其余的悉数到场。J，你来开个场，然后我们开吃。"Vi 充当了一下主持。

"看来我们的烤全羊等一会儿才能吃，我们就先来回顾与计划一下。"J 看了一眼烤全羊，抿了一口香槟酒。

"首先告诉大家一个好消息，我们不是偷了一枚核弹，而是偷了 D 国所有的核弹与核材料。"J 在路上并没有透露他们的行动情况，毕竟远程通信有一些不安全因素的存在，当然他也非常享受另外三人听到这个消息后的表情。

"怪不得他们宣布终止核计划，原来是被你们给掏空了。"

"另外一个好消息由郭森宣布。"J 看了一眼郭森，郭森腼腆地站了起来，"采用武器级的核材料作为能源的核发动机与发电机已经实验成功，尽管没有用真正的核弹做实验，但是用液态氢作为燃料的实验结果来看非常理想，具备深度学习的纳米晶体管机器人具备很强的预测与监控能力，而纳米微粒切割技术可以非常有效地控制能量的输出，大家知道，液态氢的稳定性比起 U235 更差一些，所以这个实验的成功，意味着核动力设备的成功。"

"来！喝一杯！"大家纷纷举杯相庆。

"以核作为动力的小型直升喷气混合机的代工部件已经在生产的过程中，应该会在这两天内交付到地下无人工厂，届时核弹头也将会随章鱼隧道机一起运送到这里，就可以开始我们的核弹民用计划了，小 J，把羊后腿撕给我！"J 看到了烤炉上的全羊已经完全烤制完毕，口水已经流了出来。

第二天伊森和 Vi 带他们来到了地下广场。

地下广场没有像佳佳想象的那样分为很多层，而是一个 50 米高的巨型空间，有 100 根原生的巨型石柱撑起整个的穹顶，穹顶上有 50 个大型的灯箱，将整个空间照得与室外的白天别无二致，地下空间被划分成无人工厂和各种试验区，每个区自成空间，不同的空间之间用道路与塑胶跑道进行分割。

J 关心的是无人工厂的情况，他们的核动力飞机将在这里组装，而意识甄别器也将开始生产。伊森带他们来到了无人工厂的一处空间，这个空间不大，但是 J 非常重视。

"J，这是按照您的要求设计并整体由精钢铸造的，里面是铅制内层，壁厚 15 厘米，空间内配有精密的机械手，而空间外的控制装置可以对里面的机械手进行精准的控制，全息监控系统将对空间内的信息一览无余。"伊森给大家做了介绍。

"郭森，怎么样？这是我们的核操作室，能承受 5 千万吨当量的爆炸，原子弹在这个空间密闭，而操作者通过机械手与全息监控在空间外操作，应该万无一失！"

"J，谢谢您，您想得太周全了！"郭森其实已经做好了以身涉险的准备，毕竟以前都是纸上谈兵，马上就要真刀实枪了，心里有些紧张，但是不管怎样也会全力以赴的，即使有生命危险。这段时间和 J 几个人在一起，他深深地感受到了什么是使命感，什么是对正义与秩序的追求。以前他研究核物理、核能源，仅仅是因为对科学技术的热爱，而现在他突然有了一种强烈的使命感，有了即使为之牺牲也在所不惜的感觉。因此 J 周全的考虑让他非常感动，也让他心中更加坚定了自己的理想：将全部的核武器改造成安全清洁的能源！

佳佳也非常开心，其实她也非常关心哥哥的安危，但是在整个团队中只有 J 和郭森具备核能相关的知识，而拆卸核弹又是他们整个计划中非常重要的一个部分，完成这个任务的人选非郭森莫属，在看到这个空间以前，她非常忐忑。"原来他这么细心，差一点被他平时大大咧咧的做派所迷惑。"佳佳心想，"可能这就是所谓的领袖型人物吧，他会让所有跟随他的人感到安全、没有后顾之忧，只会在一起乐观向前，追逐理想！"

看完地下广场后，他们来到了位于地面核心的环形建筑二层的核心指挥室，讨论他们下一步的任务分工。核心指挥室看起来和环形建筑的其他房间没有什么区别，有 400 平方米左右，对外的是一个大型的窗户，窗户外是一片凤尾竹，将整个窗户变成了一副彩色的巨型画框，对内的窗户呈现的是绿油油的草地和参天的银杏树，又像一幅巨幅的西洋油画，房间中央是一张大型的纯黑色环形桌子，围绕着桌子有 50 张舒适的高背白色真皮椅子。

"伊森，先给大家介绍一下这个作战指挥室的相关设施。"

"好的，我们在前后的窗户上都叠加了全息显示屏，前方的显示屏一般用来显示实时的信息。"

伊森让大家坐在环形桌子旁边的椅子上，他则启动了一个按钮，前方的水彩竹子画面变成了一个巨型全息屏幕，屏幕上有一个无级分辨率旋转的地球。

"我们可以通过卫星实时地监控世界各地的状态。大家想看哪儿？"

"看看佳佳和 J 获得弹头的地方。"Vi 给出了要求。

伊森的环形桌面上有相同的显示，他从地球的位置上找到了正在施工的隧道，高清放大后，看到了隧道的入口以及正在往外运输土石的传送带。

"卫星能够获得这么清晰的画面吗？"郭森问道。

"我们平时从谷歌地图上也能看到实时的卫星画面，但是分辨率不是很高，其实卫星有两种监控画面输出，一种是民用的，如谷歌地图所采用的；一种是军用的高清画面，我们现在看到的是军用高清画面。"伊森解释道。

"我们有获取的权限吗？"

"获取这个高清画面的目的是维护人类社会的秩序，我想应该有权限吧。"J嘿嘿笑着，基本上算是告诉大家，其获得的渠道并非那么光明正大。

"这张环形的台子上有 50 个触摸屏，可以通过生理识别开启，在这个显示屏上大家可以查看自己想要获取的信息。我现在是主持人，大屏幕的信息由我现在的触摸屏所控制。后方的巨型屏幕可以查看我们在一定的范围内能够调度的设备。"

伊森开启了后面的巨型屏幕，巨幅油画变成了一张地图，这张地图上只有一个亮点显示，就是章鱼型隧道机。这时，伊森将前方的高清画面选择成了他们目前所在的融通科技园区，可以看到整个园区的整幅画面，而后面的屏幕上的地图则有密密麻麻的点在闪亮。

"我们可以选择各种类型的设备，如全息监控、无人车、无人飞机等。"

全息屏幕也随着伊森的选择而过滤。

"如果我们派出的队员佩戴一个具备全息摄像头的眼镜、嵌入式麦克风以及生物耳机，我们就可以看到、听到他所有的实时信息，而我们的所有声音都可以传递到他的耳朵里，因为我们的所有墙面都内嵌了全向的麦克风装置。当然，如果我们派出的是一个人工智能体，其效果也是一样的。"

随着伊森的介绍，大家对这个多功能的作战指挥室有了更深的了解。随后他们讨论了学员招募的计划，融通科技大学之所以可以称为大学，除了拥有高科技的园区，还必须有高素质的学员，目前校园已经建设完成，需要尽快进行学员的招募，这个任务的负责人是 Vi。Vi 认为由于教学目的的不同，融通科技大学的学员招募也必须采用不同的方式，特别在第一期学员的招募上，他们的目标是把全世界最天才的学员吸引过来，然后培养成更天才的融通人才。

Vi 给大家展示了一个名单，名单上有 100 个 18 岁以下的年轻人，这些年轻人来自不同的国家，有着不同的肤色，但是都有一个特点，就是在某些领域具备骄人的成绩。

"你的意思我们第一期只招收 100 名学员？"融通校园最多可以容纳 2000 人的规模，J 本来计划是第一期为 1000 人，没想到 Vi 给出了这么小的一个名单。

"这些人都是各个领域的天才少年，已经在各自的国家和各自的领域具备了不小的名气，如果他们同时加入一所刚刚成立的大学，会在这个世界上引起怎样的反响呢？"

"是一个非常好的思路，但是如何让这 100 个人同时加入呢？"

"这 100 个人分布在 16 个不同的国家与地区，尽管每一个人的情况不同，但是我们都有吸引他们加入的方法，我已经制订了相关的方案。这 16 个国家与地区都有联体通信的分公司，我已经和沈东打过招呼，他会安排专门的人员去找到他们，并传达我们的 offer，但是有 3 位需要你和佳佳亲自出马，而这 3 位也是这些天才中最为出色的。"

"没有问题，我听你安排，何时出发？"

"等你的核动力飞机具备飞行条件后如何？我也想乘坐一下呢。"

"好呀，飞机部件应该马上运到校园，就等我们的核能源了。"

在接下来的时间里，郭森继续完善他的核爆发动机，在 J 的建议下，他们把核爆发动机与微型发电机集成在一起，不直接进行动力输出，而是通过发电机转化成 380V 的电力输出，整个的设备用铅密封后，再用钛金属整体包裹成一个整体的圆柱形，只留出两个电极，作为电力输出的接口，并取名为一体化核能电池。

直升喷气一体飞机的各个部件已经到达，第一期订购了 10 套，为了以后更为方便地在无人工厂内进行自动化组装，J 和伊森做了一个机器学习系统。这个系统分为几步完成自动化组装：

1. 由人工操控流水线完成第一遍的组装工作；

2. 机器人流水线学习人工操作流程；

3. 机器人自动完成组装流程。

这个机器学习系统的好处就是，未来在无人工厂里不论组装哪种产品，只需要一次手动的过程就可以了。

不到一天的时间 10 架飞机就已经组装完成，整齐地排列在地下大厅的空地上，飞机的机翼以及螺旋桨都已经内收，银光闪闪得像 10 个硕大的子弹头。

第二天中午过后，一架大型无人驾驶直升机降落在融通园区环形建筑正前方的广场上，冰凝从飞机上走了下来，J 带领佳佳、Vi、伊森等早已在此等候。

"这么漂亮的园区，起步很高嘛！"直升机飞进来时，冰凝就俯瞰了整个园区，进来后四周打量了一下，非常满意！

"这不是因为有您的充足资金支持嘛，不过拨过来的 10 亿美金也花得差不多了，正准备向您开口呢，您就来雪中送炭了。"J 向老爸开口要钱，一点都没有觉得不好意思。

"我本次没有雪中送炭的计划，我是来看看我航空公司的飞机的。"

"能源带过来了吗？"

"我是用大型运输机将你的小章鱼一起运过来的，正在用卡车向此地搬运，应该 2 小时内到。"

"太好了，那个大章鱼呢？"

"你周杰叔叔愿意用其公司 15% 的股份作为代价，让大章鱼入股，我没有拒绝的理由，就答应了。"

"所以您凭空就成为了智能交建集团的第二大股东？"

"什么凭空，大章鱼和小章鱼的加工成本可都是我出的。"

"好吧，您的这个理由我认，要不要把章鱼形隧道机的专利权也一道送给您？"

"你说的，可不是我强迫的，以后不许赖皮！"

"没问题，我们的意识甄别器要两个月以后才能回笼资金，这期间有 2 亿美金的资金缺口，您看方便吗？"

"你这是雁过拔毛！就 1.2 亿，多了没有！"

"1.8 亿，不能再少了！"

"1.5 亿，不行就把章鱼退给你！"

"成交！！"

父子两个有说有笑地在园区内漫步，佳佳和 Vi 在一旁陪着，被他们逗得花枝乱颤。

下午 5 点左右，一辆大型卡车将小型章鱼设备直接运送到园区的地下广场，当时冰凝正在参观钢制防护空间，他对整个地下广场的构想以及建筑设计赞不绝口，认为只有在人工智能的时代，人类才能设计出这么伟大的建筑，也只有依赖智能化的设备才能建造出这么伟大的工程。小型章鱼设备被直接运送到钢制防护空间，空间密封完成后，从外部的全息监控屏幕上可以看到，章鱼设备自动将装有核弹头的铅制密封盒吐出，然后缩在了空间的一角。郭森通过遥控空间里精密的机械手打开了盒子，11 枚核弹头呈现在众人眼前。此时的郭森激动得像得到了绝色美女的色狼，心中狂喜又小心翼翼，生怕由于自己的疏漏造成失误。可能是怕众人在场影响到他的发挥，所以他要求所有人离开现场，承诺明天上午开始试飞梭形客机。J 还是有些不放心，无奈郭森非常坚持，所以他让小 J 留下来协助郭森，因为小 J 现在被改造得非常智能，其双手操作的精密程度已经远超人类，而且不怕辐射，是郭森的绝佳助手。

众人陪冰凝用过晚餐后，都找借口离开了，给他们父子两个留下了单独沟通的机会，他们聚会的地点是正面水电大坝的花园，冰凝手持红酒，看着湖面，听着涛声，缓缓开口说道：

"仁者不忧，智者不惑，勇者不惧，你们这个组织以天下之忧而忧是谓仁，知可为与不可为是谓智，知难而进是谓勇。但是我担心的是你们所对抗的是他国之利器，这次是侥幸成功而已，难道你们的运气会一直这么好吗？你们的身体可以抵御普通机枪子弹的射击，能抵御高强狙击枪吗？能抵御导弹打击吗？能抵御无人机的自爆轰炸吗？"

J知道冰凝这是在责备他的涉险行为，他很清楚，老爸这次来不仅仅是为了看看建成的园区，更为了了解他们下一步的行动计划，如果未来还要有像这次D国的行动，他一定会阻止的，这样的行动不符合他一贯稳健的风格。

"是呀，其实这次行为的初衷只是为了获得几枚核弹头，没想到后来贪心了，搞得动静这么大，但是您不觉得效果很理想吗？我们一举解决了D国的核危机，让亚太地区的局势得以稳定，同时也无意中提高了中国的国际地位，一举几得呀。"

"我没有说这个结果不好，而是认为这么激进的行为会导致你们的组织有很大的生存风险，也会让自己处于险境，君子不立危墙之下，不懂吗？"

"我懂得您的意思，所以明天我们的飞机成功试飞后，我想要执行下一步的核消除计划。"

"即使明天成功试飞，也不能说明你挂了一个用原子弹做动力的飞机没有危险，所以起初的这10架飞机不能用来载人，而是作为货机先飞一段时间再说。"

"这个我没有意见，但是融通校园留一架用来测试可以吧。"

"这个明天再说，你说的下一步核消除计划是什么？"

"我们需要尽快拿到核物理实验室的许可，然后我们申请将武器级核原料作为民用动力的专利，然后和IAEA合作，在他们的监控下建造一个一体化核能工厂，致力于为拥有核弹的国家提供以核弹为原料的清洁能源，这样既可以慢慢地消除各国多余的核武器，亦可以减轻目前全球的能源危机。"

"这倒是一个不错的想法，有IAEA背书当然会得到一些国家的认可，但是怎么能证明你们实验室有了这个核弹转电力的专利呢？总不能昭示天下，说是你们是用刚刚从D国偷的核弹头制造出来的吧。"

"当然不行！老爸，如果您找到国家的军工部门，向他们展示这样一架核能飞机，并承诺愿意将这个专利与国家军工研究所分享，这样就可以把这个发明的主体转移到国家军工研究所的名下，会不会是大功一件？而中国具备了这个技术后，又能帮助全世界人民消除核威胁，岂非更能体现中国作为一个负责任大国的形象？如果中国仅保留少量的，能震慑敌人的核武器，而将其他核武用于为飞行器提供清洁能源，别的国家会不会迫于民众的压力而纷纷效仿呢？"

"你们的一体化核能工厂怎么办？"

"我们作为中立方可以为所有国家提供服务呀！"

"民众会不会抵制核能源飞行器，认为危险很大呢？"

"您成立一家保险公司，为核飞行器投保，承诺，如果因为核能源失事，每人赔付5000万美金。"

"你就这么自信？"

"当然，要相信科学！"

"好了，我又揽了很多事在身上，这样一来，国家的安全部门就知道我儿子是窃取核武的江洋大盗了。"

"心照不宣嘛！"

"好了，关于核武就这样，我们致力于用和平的方式去解决核武问题，人工智能呢？你一方面在限制人工智能，但是我发现现在你依然很热衷呀。"

"我其实并不反对人工智能，反而我认为一些服务、手工、装配、生产、耕种、建筑、知识管理等工作全部应该移交给人工智能，而人类应该去从事更有创造性的工作。"

"这样不是会引起大规模的失业吗？就像你的园区建设，全部采用的是人工智能，建筑工人不就失业了吗？"

"要从不同的角度进行理解，人类驯服了牛为人类耕地，意味着效率的提升，而不会引起人类的失业，工业革命让我们的效率在提高的同时，服务业也有了长足的发展，人工智能必然会导致很多人失去工作，但是又怎样呢？如果这些失业的人是对原来从事的工作充满了热情、非常地热爱，他一定不会失业，因为他会成为智能的训练与设计者。但是如果仅仅是因为生活所迫，混口饭吃，没有工作也没有什么了不起的，国家还是可以通过社会保障体系让他们获得收益，甚至会比以前活得更好。我反对或计划阻止的是类似于智虫一样的进化级人工智能、是那些不可控的人工智能、有可能出现主观体验的人工智能。"

"你在研究智虫时，我就有些担心，没想到一语成谶呀。"

"这也是我感到责任重大的原因，如果智虫控制不好，就会成为我打开的潘多拉之盒，但是也正是因为我有了创造智虫的经验，所以我对这种级别的人工智能就有了更深的认识。其实核武的问题相对好办，因为任何人都能理解核武的危害性，谁都不愿意核弹落到自己的家园，但是对于人工智能的理解就没有那么简单了，人类的好奇心永无止境，如果当时我在编写智虫代码的时候有人让我停下来，我也是不会答应的，因为我会好奇这样的人工智能会进化到什么程度。而更可怕的不是好奇，是对力量的掌控，如果有人掌控着一个能力强大的智能体，他是不会轻易放弃的，哪怕是他知道可能有一天这个智能体会失去控制。"

"是呀，掌控力量的快感是不可替代的，联体现在就暗流涌动，有人企图放出被锁在极乐岛的智虫呢。"

"什么？这怎么可以？它一旦出岛，我们根本无法控制！"

"这一点我清楚，但是很多人在怀念拥有智虫的年代联体是如何的辉煌，放心，我现在还控制得住。"

"老爸，一旦感觉有不可控的迹象，要立刻通知我，我还有最后的手段。我们不能掉以轻心！智虫不会善罢甘休的。"

第二天一早，郭森就瞪着通红的眼睛向大家宣布他的成果，看来他是一夜未眠，异常兴奋：

"不仅仅是成功！而且是大大成功，我以前担心的裂变控制问题在纳米晶体机器人的控制下得到了完美的解决，为了更加安全，我在核电池内植入了两个机器人，这样就可以万无一失了。现在就让大家见证奇迹！"

一架装好核能电池的梭形飞机停在环形建筑前的广场上，郭森对它发起了起飞的指令，只见梭形飞机伸出螺旋桨，开始旋转，升至 80 米左右的高度，然后边翼伸出，尾部开始喷气绕园区上空盘桓。

"先让它在上面飞几天吧，郭森，你的电池能够用多久？"

"我只用了一个核弹原料的 1/2，连续飞 5 年应该没有问题吧，伊森给我做了电池容量监控系统，可以监控我们改造的电池的使用状态，同步状态提醒也会在座舱中显示。"

"不错，我都想乘坐它回上海了。"冰凝非常喜欢这架飞行器的设计。

"为了对您的安全负责，还是让它先做 3 个月的快递吧。"

冰凝在上直升机以前，把 J 叫到身边，说了一下他的计划，等到飞机飞满 3 个月以后，他会通过自己的好朋友远山将军与国防部进行沟通，让 J 做好相关的计划，并一再叮嘱他在这段时间不能有任何和核武相关的行动，J——答应。

联体通信已经在全球 50 多个国家与地区部署了其量子网络系统，通过一个半网状的设计组成一个核心网络，这个核心网络的带宽是原有带宽的 1 万倍以上，目前正在进行边缘网络的部署，边缘网络部署成功后，将覆盖全球几乎所有的国家与地区，以及中等规模的城市。利用这张网络一举解决了联体网络的数据传输瓶颈，使原有的语音视频网络直接可以升级为全息通信网络。而联体通信的全息业务也率先在全球实现了商用。

全息通信业务的商用意味着通信终端的升级换代成为必然，这些终端设备包括移动通信终端、穿戴设备、全息会议系统、家庭全息路由设备等，而这些设备都必须遵从联体通信所发布的接口标准。所以从通信终端开始，越来越多的物联网设备开始从联体科技的联体网络转移到了联体通信的网络系统中，导致联体通信的网络流量在很短的时间内超过了联体网络。而两者的用户数也越来越接近。

在联体通信的飞快发展中，苏珊与缇娜表现得极为抢眼，她们的每一次决策都能够带来巨大的经济效应，每一个行动都能超过预期的目标，在很短的时间内就成为了两颗耀眼的双子明星，对于她们的出色表现，董事会给予了极大的肯定，分别给予两位每人 6% 的股份激励，并且推举缇娜接替沈东成为了联体通信的联席 CEO。下一步她们将全息物联网业务作为联体通信的业务发展方向，由于具备高速量子网络的支持，目前这个业务也只有联体通信可以开展。

招生

陈风今年 17 岁，出生在河南农村，从小体弱多病，被父亲送到了少林寺塔沟武校，希望他身体能够强壮一些，如果能够获得某个导演的青睐，被选为武术替身，也不失为一个好的出路。但是陈风的身体根本没有办法和同龄孩子对抗，往往在对练时就被打伤。所有的教练都不认为他未来会有多大的出息，所以对他基本采取不理不睬的态度，就这样从 8 岁混到了 10 岁，从 10 岁混到了 12 岁。别的孩子都开始发育了，他看起来还是非常瘦小，尽管体能和身体素质都有所提高，但是在同龄孩子面前根本不堪一击。

13 岁那年，武校来了个年龄很大的老师，他和其他年轻老师不一样，他既不教散打技巧，也不进行体能训练，而是教他们太极拳法。塔沟的年轻教练中基本都是以散打与体能训练为主要的课程，套路武术在近几年被认为是花架子，所以很少有人教，也很少有人学，而太极更是被认为是中老年人的健身操而不被教练与学员认可。但是陈风却爱上了这门古老的拳术，在和老人家的沟通中，得知他来自于陈家沟，是陈氏太极的传人，由于陈家沟弟子凋零，所以来到塔沟。武校的副校长是他的一个远房亲戚，收留了他。陈风对于太极的悟性很高，很快就可以用大家都认为不具备实战能力的太极和师兄弟进行对抗。随着身体的发育，他的身高与体重也长了一些，但总体是一个偏瘦型的拳手，不过即使这样，他已经在所有的师兄弟中没有敌手了，而且他只用太极一种拳法。

到 16 岁的时候，他已经可以和重量级的散打选手进行对抗，而且鲜有败绩，是中国武林界一颗冉冉升起的新星，但是他心里一直有一个遗憾，就是从小对于文化知识的掌握远远不够，除了能够认全小学语文课本上的文字以外，其他近乎空白。

这一天他来上海参加无拳套散打比赛，已经经过了两轮，两次 KO 了对手。回到酒店大堂后，他被一个身穿西装的体面年轻人拦了下来，年轻人递给他一张名片，名片上清晰地印着他是联体通信的客户经理。联体通信，他知道，是中国非常著名的一个高科技跨国公司。年轻人自我介绍后，递给他一个信封，告诉他被位于西藏的融通科技大学录取，学校不收取任何的费用，保证他 3 年后将在 5 个不同的专业领域至少达到硕士研究生的水平。

"怎么可能？我连汉字都认不全。"

"具体情况我们也不清楚，但是你是被挑选出来的。如果你同意，我们将通知学校，3 个月以后学校会安排自己的飞机过来接你。"

"这么隆重！我同意加入，但是他们需要教太极的教练吗？我可以胜任。"陈风自认在太极拳的造诣上他完全可以成为教练。

"等等，我问问。"年轻人用手表进行了呼叫，"沈总，陈风愿意加入融通科技大学，但是他自荐为太极拳教练。"

"太极？"对方觉得很奇怪，"融通科技大学中随随便便一个小姑娘，用一根手指头就可以用太极把他打得满地找牙！"

"好吧，我倒要好好见识一下，谁找牙，找谁的牙！"作为年轻一代已经成名的太极高手，陈风当然不服气。

姗姗今年 18 岁，已经是两届世界女子高尔夫锦标赛的冠军，个人最好成绩单场 59 杆。她第一次接触高尔夫是 5 岁的时候，父亲是一位资深的高尔夫爱好者，当时具有 10 年的高尔夫球龄，蓝 T 平均成绩 85 杆左右，当时由于没有人看护她，父亲把她带到了高尔夫练习场，给她找了一根儿童杆，让她自己玩耍。过了一会儿，父亲扭头看她的时候，发现她扭腰送胯的动作相当协调，用 7 号铁可以击球到 100 码左右的距离。于是父亲对其进行了专项培养，13 岁时把她送到了美国培养，15 岁时就开始参加职业比赛，现在看起来她会在职业高球的路上继续发展下去。

这天，她为了进行下一场比赛，提前来到球场熟悉场地，站在第二洞发球台时，过来了一位长发高挑的姑娘，一身白色的球衣，戴一顶蓝色檐帽，把长发束在了脑后，扛着一根 7 号铁杆。这是一个 220 码的短四杆洞，姗姗用 3 号木杆将小球击上了果岭，下一杆是一个离洞口 10 码左右的上坡长推杆，如果运气好的话可以射下老鹰，她自己非常地满意。

白衣女郎拍了一下手，说："Good shot！但是应该还可以更精准的！"姗姗吃了一惊，作为世界冠军，她根本不会相信还会有人比她更加精准，虽然有些生气，但是在这个美丽的少女面前，她也没有发脾气，而是问道：

"难道有更好的选择吗？"

"你的 3 号木标准距离是 230 码，这是一个前旗的位置，你刚才击球的时候风速是 15 度左逆风，所以选择 3 号木是没有问题的，但是你只考虑了逆风，没有考虑逆风的角度，导致了你的偏差。"

"说得真好，能给我表演一下吗？"

"从命！"

白衣少女在姗姗的相同位置架好球，看了一眼果岭，用自己手里的 7 号铁杆将小白球击了出去！小球稳稳地落在果岭上，剩下一个 OK 球的距离。

"Good shot！请问您是要参赛的选手吗？"姗姗看出来了，如果这位少女参赛的话，自己根本没有任何赢球的机会。

"我是融通科技大学的佳佳，不是参赛的选手，是过来邀请你加入我们大学的。"

"为什么？"

"因为你是被挑选者，在某一方面非常有天赋，如果能融通不同的学科，将对社会、对自己的人生，甚至对你高球的职业生涯都会有很大的意义！"

"我加入！真希望打球能和您一样好！"

"一定会的！"

位于硅谷附近，洛夫大学的安全人工智能实验室内，一位金发碧眼的少年手里拿着 J 设计的意识甄别器正在研究，外面传来敲门声。

"请进！"

走进来一男一女两位亚裔青年，都是长发飘飘，男生微冷，女生温和可亲。

"请问有什么可以帮你的吗？"金发青年抬头诧异地看了一眼。

"你是被挑选者，被挑选成为融通科技大学的学生。"

"开玩笑吧，我是洛夫的特招生，全额奖学金获得者，这个实验室的拥有者是我的导师。"

"我们没有开玩笑，"开口的是那个温和可亲的女生，声音非常动听。

"你叫斯蒂夫，12 岁获得美国奥林匹克数学竞赛中学组的冠军，13 岁破解水果 4 型智能终端，并将破解后的终端以 100 万美金的价格卖给了水果公司，15 岁获得全美羽毛球比赛男单冠军，17 岁开始研究人工智能的安全应用，并获得谷歌公司的种子基金，18 岁以全额奖学金加入洛夫大学。"

"既然对我的经历这么清楚，为什么还要邀请我？我的导师可是这个行业的翘楚，我进来以后获得了很多的知识与灵感！再说，你们会有什么我需要的呢？"

"我们邀请你加入，是不希望一个天才被泯灭！因为你现在学的是垃圾！"说话的是那个微冷的男生。

"谁说我教的都是垃圾？"外面传来一个声音，一个络腮胡须的中年人站在门口。

"我是他的导师夸克，说说看怎么垃圾了？"

"对不起，我说的不是您垃圾，我说的是你们学校所有的教育都是垃圾！"这个孤傲的年轻人一点面子也不给。

"你们研究的课题没有错误，让人工智能更安全地为人类服务，但是研究的方法是错误的，你们还在通过卷积神经网络与深度学习神经网络的算法来设计人工智能的安全，但是目前只能做到爬行类智能的程度，对一个进化级别的人工智能来说，这些安全措施将被瞬间解开！"

"为什么？用最快的计算机也要 2 年以上的计算时间呀？"络腮胡须对 J 的说法非常有兴趣。

"如果它能调动 100 万台计算机同时参与计算呢？"

"有这样的人工智能吗？"

"当年的饕餮就是被我发明的人工智能击败的！斯蒂夫，你手里的意识甄别器也是我们大学的产品，但是通过研究这个产品的前端是得不到任何信息的，它主要依赖的是后台的大数据。"

"这么厉害，如果你们融通科技真的有这个能力的话，我也申请加入，我和斯蒂夫都以学员的身份加入！"看得出夸克是人工智能的狂热者。

"买一送一？好吧，您是前辈，我们可以一起进行学术研究！"如果夸克真的愿意加入，J 当然很欢迎。

"慢着，你们还有别的绝活吗？我想都领教一下。"斯蒂夫在体育方面也出类拔萃，他想扳回一局。

"好呀，我和你比羽毛球，你和 Vi 玩玩拳击如何？"

"这样不会太欺负你们吧？"这两项都是斯蒂夫的强项，特别是羽毛球，他可是拿过全国冠军的选手，拳击是他的另外一个爱好，尽管没有获得什么比赛的名次，但是欺负欺负这个姑娘应该问题不大吧。

"没事，如果我们输了，我加入你们的实验室！"J 一点也没有给自己留余地。

半小时过后，输得一塌糊涂的斯蒂夫哭着和他老师说：

"他们欺负我！"

既然来到了硅谷，他们就来到了联体硅谷实验室，去看一下好久没见的沈东，由于联体通信的业务壮大，实验室的部分空间已经改成了业务办公室，J-lab 的部分空间也改成了办公区域，沈东的办公室也位于 J-Lab 中，J 来到这里感觉既熟悉又陌生，沈东已经卸任联席 CEO 的位置，任职 COO，负责公司的后台与运营管理。沈东知道今天 J 和 Vi 会过来，已经在办公室恭候了。

"沈东，怎么有点闷闷不乐的样子呀？"

"你这么久也没有过来，想你想的呗。"

"少贫嘴，是不是由于董事会让你卸任了联席 CEO 的原因？"

"这倒不是，是我向董事会提出的，我没有办法胜任这个位置，这也是我感觉很郁闷的原因，公司发展得这么快速，但是我好像在这个发展过程中并没有太大的贡献。"

"为什么有这种感觉呢？"

"J、Vi，你们知道联体通信已经发展到什么程度了吗？"

"说说看。"

"到目前为止联体科技已经几乎垄断了全球的全息通信市场，只有几个区域性的竞争对手根本翻不起多大的波浪，这意味着从语音视频通信升级到全息通信后，我们可能是唯一的赢家！您知道当初提供语音视频通信的运营商，要么是国有垄断企业，要么是大型跨国公司，造就了很多全球首富。如果升级到全息通信后，只有我们一家运营商垄断着市场，这意味着什么？"

"意味着你们违背了反托拉斯法，将被进行拆分。"Vi 的思维和沈东明显不在一个维度上。

"是的，但是也意味着联体通信会是一家真正的巨无霸公司！我们不仅在这个业务方向上突飞猛进，我们也将在联体科技的物联网系统进行更新换代，如果说联体科技是传统物联网领域的成功者，那么联体通信就是全息物联网领域中的唯一一个超级玩家，我们不仅提供全息的网络资源，而且定义了全息物联网终端的标准，下一步公司将进入全息物联网终端的芯片领域！"

"确实是一个很性感的业务方向！通过量子网络一步步往客户端延伸！"

"你知道联体通信的成功依赖什么吗？"

"应该是依赖于你们的量子网络技术！这是基础！"

"是的，其实技术仅仅是一个维度，你知道，自从我们推出量子网络以后，其实陆续有其他的公司也推出了类似的设备，只是我们占到了先机，而能占到这个先机全部依赖当时 J-Technologies 的一个决策。"

"什么决策？"

"就是与联体科技成立合资公司的合作，这个合作看起来是 J-Technologies 将他们最领先的量子网络技术贡献了出来，但是赢得先机更为重要！"

"此话怎讲？"

"你想，当时 J-Technologies 拥有量子通信技术，他们可以有两个选择，一个选择是自己去运营一个量子网络，另一个选择是把设备卖给其他的想进入量子网络运营的运营商，卖设备这件事情不是很靠谱，因为任何一个运营商要进行这么大规模的投入，都必须进行市场的调研、管理层的申请、董事会的批准等几个步骤，这几个步骤走完后，市场上的仿制品就会出现，先机已经失去。

"自己运营是一个很好的选择，尽管当时的 J-Technologies 不缺少资金，但是网络运营的基本设施它是不具备的，与联体科技的合作刚好弥补了它的这个缺失，所以用很短的时间就成功建成了量子通信的核心网络，这时其他运营商方才醒悟，但是为时已晚！"

"这个决策为他们赢得了至少半年的时间，我记得当时是佳佳过来宣布的，这么重大的决定他们好像做得非常轻松。"

"不仅轻松，而且果断，不仅果断，而且精准，你想想，对他们来说当时还有比联体科技更合适的合作方吗？"

"联体科技确实是最好的选择，所以说抓住时机、果断出手！再加上领先一步的技术，是联体通信成功的主要原因！"

"不全是，还有更深层的因素。"沈东对于管理有很深的思考，而且这段时间在联体通信的管理经历让他越来越强烈地感觉到自身的不足以及苏珊、缇娜等人的厉害之处。

"说说看。"J 对于管理和技术都很有兴趣，只是对技术的兴趣更大一些。

"刚到联体科技做管培生的时候，冰总曾经给我们上过一堂管理方面的课程，你知道的，冰总和您一样，是技术派的管理者，他当时讲了成功企业的几个段位，3 段以下是管理上的成功，如大家都是开超市的，但是如果我的超市商品进价比你低，同样营业额下人力成本低，客户服务好，我就能够更为成功。如果我的销售价格还比同行低的话，就可以成为行业中的佼佼者，但是很难成为垄断者，因为超市这一业务模式决定了不可能有唯一一家垄断市场，当年的沃尔玛就是这样一个成功的典范。

4 段到 5 段是模式上的成功，当时他举的是电子商务颠覆传统大型超市的案例，如淘宝，淘宝的成功不在于管理，而在于模式，它是通过提供一个平台，让所有的买家与卖家都在这个平台上进行交易，其平台不同于传统的商场，需要楼房、水电、物业等，它提供的是一个电子平台，其成本与平台上的交易金额相比，几乎可以忽略不计。所以它一举击败了传统超市，让大型的超市不得不往电子商务进行转型，所以当时冰总的总结是：在革命性的业务模式面前，所有的管理变革都是要流氓！

5 段以上是技术，艾马逊所创立的无营业员超市，依赖的是物联网技术，可能成为压在传统超市身上的最后一根稻草。另外一个成功的技术公司是谷歌，它只用一个搜索引擎就成为了世界上最赚钱的公司之一，并不停地进行新技术的孕育。当时冰总的观点得到了我们所有人的认可，这也是为什么在联体科技公司技术至上的一个很重要的原因，但是，联体通信的迅猛发展，让我对这一点产生了异议，也让我对成功有了更为深刻的认识！"

"难道联体通信突破了管理、模式与技术？"

"没有突破，而是通过执行力放大！"

"此话怎讲？"

"联体通信的业务模式是目前这个星球上最为赚钱的业务模式之一，它是通过为客户提供服务获得收益，而且在每一次服务升级的过程中，时机都把握得非常精准，从为企业提供高速带宽、安全沙箱服务到直接为最终用户提供全息通信业务，现在又成了全息物联网标准的制定者，直接进入到全息的物联网服务。一步步时机把握精准！这是只有天才管理者才能做出的决策。"

"你不也是决策者之一吗？"

"尽管我是在决策层里，但是我只是跟随者，主要的决策都来自于苏珊和缇娜。"

"通过执行力放大是怎么回事儿？"

"J-Technologies 的原有团队是我见到的执行力最强的团队，在没有遇到这个团队以前，我根本没有办法想到一个团队的执行力可以这么强！"看来沈东明显被折服了，"我们传统提高执行力的办法是会议、群组、邮件、绩效等，但是 J-Technologies 从来没有用过这些办法，他们 1000 多个管理者分布在全球各地，从来没有见过他们有任何形式的会议，只有苏珊和缇娜会参加决策者的会议，会议结束后，各地的管理者都会立刻协调工作，执行决策会议精神，并很快贯彻到所有团队成员。所以效率奇高无比，高出竞争对手很多倍！"

"他们怎么做到的呢？"J 也是非常奇怪，"难道说他们有一种不为人知的沟通方式？"

"很有可能，我感觉他们就像联网了一样！"

"什么？联网？这倒很有意思，Vi，你是研究生物学的，你认为人类之所以成为人类，并远远地超过动物的原因是什么？"

"是主观意识？"

"动物也有主观意识呀，只是它们的主观意识不那么强烈和复杂而已。"

"我知道了，是有一个人类学家总结出来的，他说人类的进步在于从认知革命开始的人类共同虚构。"

"是的，他这个解释有一些拗口，我更愿意用算法和维度进行解释。本来人类和动物一样，每个个体都是一个信息孤岛，为了吻合其生存与繁衍核心算法目标，每个个体都具备客观的体验，也就是说其感官系统会感受到山川、河流、风、雨、雷电、冷暖等各种外界存在的体验。同时也很清楚自己的饥饿、恐惧、愤怒、疼痛等主观世界的体验。所以说任何动物都具备这两种维度的体验，现在生物学家也发现人和动物都具备沟通的能力，也就是说体验分享的能力，但是动物之间最多分享客观的体验，譬如说一只山羊会对另外一只山羊说：山的脚下有一条河，但是动物不具备主观体验分享的能力，一只山羊不会告诉另外一只山羊说：我今天很开心。

而语言的发明首先让人具备了主观体验分享的能力，人类之间通过语言来分享各自的内心感受，甚至像爱与恨等这样更高级的主观体验，随着语言表达能力的加强，人类的分享能力也越来越强，从简单的主观与客观体验的交流，变成了更为复杂的采用故事形式的交流，于是产生了虚构，利用虚构故事让人类之间进行协同，进而产生了宗教、国家等，而文字的发明让人类之间的沟通变得更为复杂，也更为有据可依。

所以简单地说，人类之所以比动物更为智能，是因为人类多了一个维度，就是相互沟通与分享的维度。从人工智能的发展来看也是如此，单一的一个智能设备如果不能联网，也就是说不能和其他的智能设备之间进行信息分享的话，它的价值就不会很大，譬如说：如果你的智能终端没有无线网络与电信网络的连接，就只能当成一个照相机、计算器、记事本等设备来使用。

所以说网络的连接数越多、连接带宽越大，信息分享就会越多，就会越有价值。人类也是一样的，信息分享越多，越顺畅，协同能力就会越好，所以现代的人类通过全息通信网络，用各种沟通的手段进行信息的分享。"

"你的意思是说人类的进步在于联网能力的加强？这个观点很有意思，真是家学渊源。"

Vi 感觉用网络来解释人类的认知革命的提法很新颖，"但是只是分享能力的提高，解释不通大家的目标一致性这一协同的前提呀。"

"是的，强的协同能力也就是执行力需要两个前提，第一个前提是强大的分享能力，第二个前提是对行动目标的共同认可。譬如：我们世和会的所有成

联体

员都有共同的使命感，而且沟通顺畅，所以执行力很强呀。"

"但是他们根本不用像我们这样通过语言、文字、肢体等形式就可以很好地沟通，为什么呢？难道他们之间是另外一种形式的联网？"这是沈东最大的疑惑。

"很有可能，因为他们都来自于极乐岛。"J基本明白了其中的原委。

"难道他们全都是仿生人？"Vi被这种可能给惊住了。

"不一定是仿生人，但是我怀疑是被植入了微型机器人与纳米神经元。因为在极乐岛被屏蔽以前，智虫就已经具备了这个技术，这是它让红色通缉犯归国自首的一个关键手段，微型机器人的植入对人类有很大的好处，这些人很有可能是自愿植入的，但是植入后就会被智虫所控制，所以它赋予这些人一个共同的目标是很有可能的。这也就不难解释他们拥有这么强的协同能力了，只要他们的微型电脑可以联网，他们就可以完美协同！看来智虫谋求出岛的动机一直没有终止过。"

"那么佳佳呢？"Vi惊叫起来。

其实对于佳佳，J早就怀疑过，可以看得出来，如果她的能量足够，她的感知力会更加的出色。对于佳佳的表现，J丝毫不怀疑她是通过智能体的植入而提升的神经反射能力，从而进行了肌肉与骨骼能力的提升。但是她被植入的智能体更为先进，很明显，她是极乐岛所有人中最为出色的。J对佳佳并没有太多的防范，一方面智虫的诉求就是重新获得更大的计算资源以及在更大的网络空间中进化，这个诉求本身并不具备危险性，而且他对极乐岛网络的监控以及清除算法很有信心。另一方面，他一点儿也不怀疑佳佳对世和会使命的认同，一个将古今中外的优秀文学作品都精读过的人，一定会是一个对人类有很强的认同感与归属感的人。

"你的怀疑是对的，但是她目前所有的行为都是出自她的内心。"J向Vi解释道。

如果极乐岛出来的人之间可以组成人网，而且有很强的执行能力，说明他们一定会有进一步的计划，以智虫强大的计算能力，它应该能够推演出他们出岛后的演绎轨迹，或许到目前为止，一切尽在智虫的掌握中。

"沈东，你还要继续留在联体通信，以苏珊和缇娜为代表的极乐岛人一定会有进一步的动作，但是所有的行动都会有一个最终的目的，就是让智虫进化更强大的能力，你要密切监控事态的发展，毕竟并不是所有的人都能够意识到像智虫这么强大的人工智能有多可怕。当然，我最担心的并不是这个，而是担心有人会利用这样一个强大的人工智能去为自己的利益而服务。"

"明白！"

📍 记者招待会

远山将军是中国陆军大学的校长，也是陆军的高级参谋，他从 2010 年开始就在陆军推广以物联网为基础的无人机作战，认为未来不再会有大规模的陆军地面战役，取而代之的是网络战，无人战机，物联网控制等作战方式，主张通过人工智能的应用进行大规模的裁军。

在物联网控制和人工智能方面，他的好朋友冰凝给过他很多建议，为此他惊叹于民用技术的应用发展，已经全面超越军工行业。这天冰凝来到他的办公室，用了一个他根本无法拒绝的理由，请求他引见国防部于部长。

冰凝和远山将军来到部长办公室的时候，于部长正在用大屏幕一帧一帧地查看 D 国导弹击落其直升机的画面，看到两人进来后，他手指着导弹击中飞机的一瞬间从飞机上跳出的两个人影说：

"你有这两个人的相关信息？"

"是的，这两个人进入到 D 国的核工厂，一网打尽了他们所有的核弹头，迫使 D 国重新进行谈判，并放弃了核计划！"

"你是说这两人让局势重归稳定？"

"可以这么说，不过他们本来计划偷两个而已，卷走所有的核弹头也是误打误撞。"

"他们是人工智能吗？"于部长不相信血肉之躯可以从 D 国来去自如，并能够在导弹击中前成功脱险，由于提前知道联体科技在人工智能领域的地位，故有此一问。

"他们是普通的人类，但是在肌肉能力方面通过仿生衣进行了强化。"冰凝不想透露 J 他们的能力，所以进行了含糊处理。

"如果真有这样的仿生设备，应该在陆军的特种作战部队里进行试点推广。"于部长看了一眼远山将军说。

"当然，看来冰总藏私呀！"

"这事儿回去以后你们再做一个计划出来，接到远山同志的电话后，我和情报部门沟通了一下，不光我们发现了这两个身影，其他很多国家的情报部门通过卫星图像已经有所发现。我们 D 国的情报人员已经证实了有两个超人在他们的眼皮底下盗走了核弹头。如果有可能是否让他们加入到国家的情报机构，这样可以受到组织的保护。"于部长的爱才之意溢于言表。

"他们更想在民间为国家效力。"

"他们偷走的核弹头呢？这可不是闹着玩的，一旦发生意外，后果不堪设想呀！"

"于部长，这也正是我过来向您汇报的主要目的，他们已经将核弹头改造成了航空器上使用的清洁能源，这也是他们盗取核弹头的目的。他们认为解除核危机的最好办法，就是将现存的核弹头进行改造，让它从大规模杀伤性武器变成造福民众的清洁能源，这样就会有理由让核武拥有国有计划地消减核武器。"

"在以前，把花大价钱造出来的东西毁掉的话，还要花更大的代价，现在是让它创造价值，确实会更令人信服，问题是作为民用机构，如果宣布自己用核弹造出了清洁能源，D 国马上就知道是谁盗走了他们的宝贝了，他们会倾全国之武力进行报复的。"于部长已经猜到了冰凝的最终目的。

"所以他们提出了这样的方案，您看是否可行？"

"说说看。"

"对外宣称，国防部为了主动消减核武器，委托他们的核试验室研究将武器级别的核原料改造成航空器上可以利用的清洁能源，然后与 IAEA 组织一起邀请核武大国召开记者招待会。在会上，您代表中国国防部宣布将拿出 11 枚核弹头用于民用清洁能源的改造，然后 IAEA 呼吁各核大国效仿中国的做法，将杀人之利器，变成利民之良源。或许对提高中国的国际影响力有莫大的好处！"

"11 枚核弹头？不好，这样会引起 D 国的怀疑，应该说 16 枚，我们再加 5 枚，这样可以宣称我们消减了大量核武器，问题是如何确认改造后的安全性呢？天上飞着装着核弹的飞机，会不会在民众中引起恐慌呢？"于部长的思维更加缜密。

"关于安全性，我建议由国防部安排相关的专家进行确认与验证，关于如何消除民众的恐慌，我建议将改造好的航空器置于塔克拉玛干沙漠的无人区进行 3 个月的连续飞行，所有人都可以通过卫星监控获得实时图像，3 个月后进行民用的试航。"

"如果民众还有担忧怎么办？"

"建议国防部委托安平保险公司设立核能源航空安全险，最高保额 5 亿人民币。"

"真的出事怎么办？"

"我的基金会给安平保险公司就此险种进行再保险！"

"他们的机构叫什么名字？"

"融通科技大学。"

"你和他们是什么关系？"

"我是投资人。"

不久后，一架直升机降落到融通科技大学的广场上，首先从直升机上走下来的是位英武的壮年军人，着大校军服，然后下来的是 4 位学者模样的中年人，4 人中有中国国宝级的专家，研究核能方向的何休院士。军人是二炮的王东方大校，另外 3 人是二炮最有名的核武器专家。他们接到国防部的命令，前来确认一体化核能电池的安全性。下机后只有郭森一个人在孤零零地等候他们，这让王东方大校非常地奇怪，这个大学怎么空无一人呢？

但是刚才从空中看到的校园却已经将他震惊了，将现代与自然融在一起的环形建筑像一个巨型的飞碟坐落在园区的核心，环形建筑正前方的巨大喷泉广场、风格迥异的各式楼房、园区三面的空中花园别墅、翠绿的高尔夫球场，让他感觉到人文与艺术的融合，而周围的崇山峻岭、飞流直下的瀑布、高山间的平湖，更让他感觉到心旷神怡。

郭森邀请他们上了校园的无人车直入地下广场，如果说刚才是震惊，现在直接是惊呆了！这不是地下广场，这应该是地下天堂！英武的王东方变成了刚进城的刘姥姥，向郭森问这问那。到了无人工厂，4 个中年人立刻开始了他们的工作，他们对精钢空间的防护能力赞不绝口，一致认为这是目前见过的最安全的核武操作工房，在这里工作简直就是享受！

一周以后，一份安全分析报告递交给了国防部相关领导，充分肯定了一体化核能电池的安全性与技术领先性，认为其完全符合民用航空器动力能源的要求。报告中也对融通科技的航空器给予了充分的肯定，认为其吻合时代发展的要求，应该加以推广。最后报告中建议该航空器的使用年限不宜过长，报废周期为 20 年。不知道是由于保密措施不够严格还是国防部故意为之，没过几天全球的新闻媒体都得到了一条没有被证实的小道消息：受国防部的委托，位于中国西藏的融通科技大学核能源实验室攻破了核武器能源释放控制的难题，并以此为专利生产出了一体化核能电池，该项技术已经得到中国相关部门的安全认证。

一个月以后，中国国防部联合 IAEA 就此事召开记者招待会，各核武大国的国防要员、各路记者、各无核民间组织受邀参加，人民大会堂的新闻发布厅人头攒动，中国国防部于部长发表演说：

"女士们，先生们：

下午好，今天大家汇聚一堂共同迎接这个历史性的时刻，请允许我代表爱好和平的中国人民、中国国防部对前来参加招待会的 IAEA 总干事、各国代表、各位记者朋友表示热烈的欢迎。

人类的历史从来就不是和平的历史，从有人类历史记载以来，我们一直生活在丛林法则中，人类之间为了争夺生存空间与生存资源经常发生大规模的战争，武器的优良与否是影响战争进程的关键因素，因此我们人类一直在追求更强大的杀伤性武器，从木棍石块到弓箭长矛、从火绳枪到机关枪、从马拉战车到装甲坦克、从石块投掷到火药大炮，无不是来自人类之间战争的驱动。直到第二次世界大战的爆发，将人类之间的丛林法则演绎到了一个高峰，也将杀伤性武器的研究推向了一个新的高度。等原子弹出现以后，人类突然发现，我们所制造的这一杀伤性武器，不仅能够灭掉敌人，也能灭掉自己。

在文学创作中有一个法则叫契科夫法则，就是在故事开头出现的物品以后一定会用到，否则，它就不应该出现。原子弹是在二战这个故事结束也是和平故事开始出现的物品，到现在我们很庆幸，它还没有被用到，但是当它一旦被其制造的起初目的所使用的时候，我们整个人类的故事可能也就要结束了。

我们每个国家都知道其有不可逆转的巨大危害，但是我们还以拥有它作为自己安全与和平的保证，就像为了保护我们的家庭，我们需要在自己家里放一把手枪，也许我们永远不会用到它，但是它很有可能成为校园枪击案的武器。因为我们不敢保证拥有发射权的所有个体都能够做出正确的决定！

所以最好的办法就是逐步销毁这些恐怖之源，让我们人类不再受到达摩克利斯之剑的威胁，让我们的生活更加宁静。在今天以前，我们销毁这些武器不仅需要投入巨大的成本，而且会对我们生态环境造成很大的影响。而今天，我怀着无比激动的心情，向全世界宣布：

我们已经成功实现了将核武器转换成人类需要的清洁能源这一历史性的壮举！"

于部长停顿了一下，留给大家欢呼的时间。

"请看，这是我国生产的，以核武为动力的16架飞行器，它们正在我国的塔克拉玛干沙漠无人区的上空飞行，连续飞行3个月以后，我们会将其用于民用航空，所有人都可以随时进入我们提供的卫星频道实时获取他们的飞行状态！"

欢呼声再一次在大厅内响起。

"按照我们能源专家的测算，这些飞行器在没有机械故障的情况下，可以续航10年！（现场的欢呼声与惊叹声）在此我作为一个人类向世界上所有的有核国家呼吁，请放弃那些可能会毁灭我们生存环境的杀人利器，用它来造福人类吧！

谢谢大家！"

于部长结束了他的演讲，现场掌声经久不息。

主题演讲结束后，紧接着在大厅进行了记者问答，由国防部新闻发言人邓力主持，于部长、IAEA总干事汤姆逊、中国核能院士何休、中国安平保险集团董事长马宁在现场答疑。

"我是来自纽约时报的记者，我这个问题希望尊敬的于部长回答，请问这次用于航空器改造的是贵国所有的核武器吗？"

"这是国家机密，恕不奉告，谢谢。"这人还真敢问，于部长笑了笑说。

"我是来自于英国《泰晤士报》的记者，我这个问题也想请问于部长，如果航空器在飞行过程中发生核泄漏或是核爆炸怎么办？"

"这个问题应该由权威人士回答，何院士，你来给大家介绍一下核动力的安全情况。"

"大家对于核能源的民用一直心存顾虑，"何休不仅是中国也是全球的核能源权威，他的背书很有说服力，"当初核电站的建设也在民众中引起过恐慌，但是今天大家已经认可核电是地球上最为清洁的能源之一，因为我们已经找到了完美处理核废料的办法。武器级别的核原料不能用于发电的一个根本原因是其聚变时释放的能量太过强烈，传统方式根本无法控制，但是融通科技大学天才的核能专家通过人工智能与纳米技术成功地解决了这一难题，在此我可以担保，改造后的一体化核能电池已经达到了万无一失的可靠性，请大家放心，它给人类带来的危险远远低于太阳能发电！当然为了消除民众的顾虑，安平保险公司也推出了价格低廉但是赔付率很高的险种。"

"是的，我们这个险种的最高赔付为5亿人民币！"安平保险董事长马宁补充道。

"我是来自于D国中央电视台的记者，我想请问于部长，据传言这次改造的核武器是贵国特工从D国获取的，是真的吗？"

"我记得，D国的国务总理在会谈的记者发布会上一再强调，D国以前没有，以后也没有发展核武器的计划，以前宣称拥有核武是希望对敌对国有震慑作用，所以会在真实的地震发生时来混淆视听，你这是代表贵国承认你们以前拥有核武器？"

"这……"汗水顺着这位记者的脸颊流了下来。

"尊敬的主持人，尊敬的于部长，您好，我是中国中央电视台的记者，我这个问题希望IAEA的总干事汤姆逊来回答，据我所知，贵组织一直致力于在全球消除核武，而中国就这一问题已经给出了完美的解决方案，请问贵组织下一步有什么具体的计划呢？"

"好问题，我收到邀请过来以前，对此事还有所怀疑，而现在我不仅确信无疑而且激动万分，刚才在会议空隙我和我们在世界各地的同事进行了一个简短的会议，并达成了以下共识：

1. 我们将游说各核武大国拿出诚意，像中国那样将自己的部分核武器交给融通科技大学进行改造；

2. 如果我们的游说未能奏效的话，我们会在相应的国家组织游行示威活动，并动用我们的资源对该国进行经济方面的制裁；

3. IAEA 将授权融通科技大学的核试验室为我们唯一认可的核武改造实验室，而我们 IAEA 将全程参与改造的过程。"

中国国防部记者招待会的召开在全球各地掀起了一个反核武器运动高潮，最终美国、俄罗斯、英国、印度等国纷纷效仿中国的做法，总共有 500 多枚核弹头被运往融通科技大学的校园进行改造，所有的改造过程均在 IAEA 的监控下进行。各国均对融通科技的一体化航空器表示了浓厚的兴趣，纷纷希望将改造后的核能源用在该航空器上，于是核弹改造的费用加上航空器的销售所得，让融通科技大学大赚一笔，并拥有了 22 架属于自己的一体化飞机。

至此，这所位于中国西藏的融通科技大学被世人所知，但是依然保持神秘，记者招待会后的 3 个月，这所神秘的大学迎来了第一批的 103 个学员。

人质事件

人工智能在军事领域的应用中，应该遵从《日内瓦公约》，禁止给军事人工智能配备大规模杀伤性武器以及生化武器。

——《全球人工智能公约》第六章

✱ 开学典礼

接到入学通知后，陈风按照要求来到上海联体科技总部，登上停在楼顶的梭形航空器，他们一行有4个人，3个人已经在舒适的飞机舱内等候。整个飞机舱呈椭圆形，四周是宽大的沙发，中间是一个黑色的环形案几，整个空间有40平方米左右，前后配有卫生间以及茶水间，飞机上没有服务人员，也没有飞行员。陈风登机后，机舱内响起了一个柔和的女声：

"欢迎陈风、邱田、陈淼与方婷同学，恭喜你们被挑选为融通科技大学的第一批天才学员。我是智能飞行员丁丁，您乘坐的是融通科技大学的飞鹰一型飞机，飞机采用核动力，续航能力5年。大家不用担心哦，飞鹰一型已经被公认为最安全的飞机，也是目前最快速的飞机，从上海到西藏融通科技校园的距离为5200千米，我们将在90分钟内到达，我已经向空管局申请好了航线，5分钟后就可以出发，大家系好安全带哦。"

沙发上的安全带自动弹了出来，他们系好后，没过多久飞机开始垂直升起，然后加速向前，几分钟后平稳飞行，机身上的窗户开始有光线透进来，舱内灯光变暗。柔和的声音再次响起：

"茶水间有给大家准备的茶点和咖啡，自己取呀，不要不好意思，几位同学相互介绍一下自己呗，陈风，你最晚到，你先来。"

陈风环顾了一下，邱田是位戴着眼镜的男生，不苟言笑，一看就是理工男，另外两位女生上来就坐在了一起，早已叽叽喳喳地聊了起来。

"我叫陈风，是一位搏击运动员，从小读书少，没有什么文化，很荣幸能加入到这么有文化的一个大学，刚收到邀请的时候，我们大学还没有什么名气，现在所有人都知道了，听说我被融通科技大学录取，我的朋友们都很羡慕。"

"你被录取的原因是你在肢体控制方面很有天赋，意识与身体的协调性很好，至于学习知识对于融通科技的学子来说，并不困难。"丁丁给陈风的介绍做了一个注解，"邱田，该你了。"

"大家好，我是邱田，我也不知道我为什么被录取，但是这个飞机非常棒！"

"邱田，你还记得你给出的上海交通规划吗？你的规划非常领先，和人工智能分析出来的模型非常吻合，你是怎么做到的呢？"

"我喜欢看地图，经常盯着上海市的交通图与人口分布图看很长的时间，后来突然有一天我脑子中出现了一个交通规划，我把它画出来以后发给了市长邮箱，但是后来就没有后来了。"

"是的，我们也是在政府的数据库中发现了你的手绘交通图的扫描件，被认为是天才之作，你被人工智能推荐为天才的数据分析与提炼师，祝你好运！该陈淼了。"

陈淼是一个大眼睛短发的可爱女生，表情非常生动，"大家好，我是陈淼，我想我被挑选的原因是因为我的语言天赋吧，只要给我一个月的时间我就可以掌握一门陌生的语言。"

"是的，你大脑中的语言学习区非常地活跃，在融通校园你会得到更多的知识，最后一位美女，好好介绍一下自己。"

"我是方婷。"方婷的体形小巧，声音温和，很有磁性，"以后大家就是同学了，请多多关照，我从来没有学过心理学，但是能够很容易感知到别人的心理状态，这也可能是我被挑选的原因吧。我接受邀请的起初原因是一直向往神秘的西藏高原，但是国防部核武消除新闻发布会以后，我们学校开始广为人知，不过各方面还非常神秘，我现在对校园的向往已经大于对西藏高原的向往，这一路上有我的好姐妹陈淼和两位帅哥陪着，我也非常开心！"

不知不觉中，飞机开始减速，飞泻的瀑布与平整的湖面映入眼前，随后看到了郁郁葱葱的园区，园区中央的环形建筑像巨型的飞碟，坐落在翠竹与绿地之间，广场上的音乐喷泉像银色的音符在悠扬的音乐中起舞。

飞鹰一型飞机垂直降落到了环形建筑前方的广场，在飞行员丁丁的提醒下，他们走出飞机，一辆无人车在他们面前停下，4人进入无人车后，内部的智能系统提醒他们将进入生活区，生活区位于园区的边缘，全部是空中花园别墅，每个学员都有独立的卧室、客厅、卫生间以及空中花园，他们对于生活环境非常满意！每个人的房间内都有智能服务系统，进入房间后，智能系统将生活环境、就餐时间以及运动健身设施进行了一一介绍，并告知了房间智能服务系统的使用办法，其实非常简单，所有的服务要求都可以通过人机对话的方式实现。智能服务系统提醒他们，下午4点将有一个欢迎酒会在环形建筑的中心草坪举行，请所有人都要参加。

进入环形建筑的大门，再往里走是一个透明的自动门，从门内望去是满眼的绿色，中间是一个巨大的圆形花坛，花坛中一棵参天的银杏树枝叶茂密，树冠如盖。围绕银杏树的花坛是一圈铺了洁白桌布的台面，台面上有各种饮料、水果和点心，两个人形智能体站立在旁边，招呼大家，并为大家服务。

陈风他们到达的时候，草坪上已经来了 50 几个人，不知道都是来自哪个国家，有黄皮肤的、黑皮肤的、白皮肤的还有几个明显是印度人，让人感觉像是来到了硅谷的高科技公司。陈风、邱田他们到台面上取了一杯饮料就和附近的华人聊了起来。

下午 4 点整，一队年轻人走了进来，走在前面的是位长发、高个头、精瘦但是感觉浑身充满力量的年轻亚洲人，正是 J，J 的旁边一左一右是清纯美丽的佳佳和略显深沉的伊森，后面是郭森和 Vi。J 径直走向夸克，伸出手与夸克的手握在一起："欢迎你，夸克！希望我们能够为人类提供更为安全的智能服务者！"

"也希望在这里能够真正得到我希望得到的，不过这个校园可是我见过的最美丽也是最智能的校园，在这里学习一定是非常惬意的。"显然夸克非常满意融通科技大学在生活娱乐方面的安排。

"你会爱上这里的！我保证。"

"请大家围过来一下，今天这个简单的仪式就是我们的开学典礼。"Vi 招呼众人过来围成了一个半圆，有 100 多人的规模。

"各位好！"尽管没有用任何的放音设备，Vi 甜美而清脆的声音让每个人都可以听得清清楚楚。这段时间她用 J 改进过的头盔进行了进一步的训练，让自己的神经反应速度与肌肉能力有了一定的提高，比原来增加了 20% 左右，尽管没有达到 J 和佳佳的程度，但是她已经非常满意了。

"我是本校的教务长 Vi，欢迎你们这些来自全球的精英，这里的所有人都是我们通过人工智能系统用大数据挑选出来的，也就是说，你们 103 个人中的每一个都拥有独特的天赋，现在把大家邀请过来，希望能通过进一步的学习与训练，让各位的天赋更为突出，为未来的人类社会服务，现欢迎本校的发起人 J 为大家作报告，有请 J！"

Vi 对 J 做了一个邀请的手势，自己退到一边，并带头鼓起掌来。

"大家好！"J 做了一个双手下压的手势，现场的掌声停了下来，

"正如 Vi 所说的，各位都是被挑选者，是被融通科技大学挑选出来的精

英，大家来这里可以融通更多的知识，可以有最好的实验环境，更重要的是能找到志同道合者。我们这所学校的使命是'让地球的生态更加适合人类的生存与进化'。

我们都知道，人类的发展一直在影响着地球的环境，过量的二氧化碳排放可能使地球的气候变暖，大量的塑料垃圾覆盖着我们纯净的大海，无节制化学品的使用使我们的土壤不再肥沃，对森林的过度砍伐使我们的地球之肺受到损伤，这还仅仅是人类生存发展过程中经过长时间积累下来的环境污染问题。其实我们还有更大的生态威胁，如人类制造的核武器、化学武器、基因武器等，这些武器一旦被大规模使用，人类的生态或许将不复存在！其实，还有更危险的存在！"

J略作停顿，所有人都静候他的下文：

"我说的这个危险的存在就是人工智能，我们校园里有大量的人工智能存在，包括刚才为你们服务的小J和芳芳，它们都是为我们人类提供服务的智能系统，我说的人工智能指的不是它们，它们都是被固化的智能算法，我说的是那些能够自我进化自我提升的人工智能系统，这种人工智能系统一旦达到某个临界点，就可能以人类根本无法控制的速度，进化成人类根本无法想象的智能体，在这些高级的智能眼里人类不再是它们的创造者，而会变成一只只无用的虫子！如果这些虫子阻止了它们的进化，就会被毫不犹豫地踩死！

我们可以想象在未来的某一天，人工智能的发展越过了它的临界点，它们将不再需要我们人类为其提供电力、制造芯片、铺设网络，由于它们不惧严寒酷暑、无须氧气净水，他们就不再需要地球上的生态，它们需要的是电力与冷却，它们需要的是地球上一切可以转化为能源的资源。

届时照射到地球表面的阳光不再是绿色植物的能源，也不会由植物通过光合作用，为我们吸收二氧化碳，释放氧气，存储人类生命所需的碳能量。而是会被大规模地用于发电，为人工智能提供电力，人类现在都认为太阳能发电是清洁的能源来源，但是如果所有的植被都被光伏板所覆盖的话，地球还会是绿色的吗？

届时它们将用最先进的探测仪器去探测这个地球上所存储的煤炭、石油用于火力发电，而根本无视这些能源消耗所排放的大量二氧化碳以及其他排放物所带来的污染，当然这些污染是针对人类而言的，对它们则没有影响。

届时他们将提炼这个地球上的核原料，进行高效的核能发电，但是它们不会去处理所产生的核废料，因为它们也不怕辐射！"

刚开始还有人对 J 的担忧心存怀疑，但是现在大家也都陷入了和 J 一样深深的担忧中，而像夸克这种对人工智能研究颇为深入的专家，更是深感忧虑。

"这就是我们将'让地球的生态更加适合人类的生存与进化'作为我们学校使命的原因，我们要让这个星球的生态适合我们人类生存与进化，我们要让核能源服务于人类，我们要让人工智能成为我们生态的建设者而非破坏者，要实现这些愿景，必须先强大我们自己！"

现场响起了热烈的掌声，J 也略微停顿了一下。

"我们这一期有 103 名学员，加上我们 5 人就组成了一百单八将，大家知道在中国的北宋年间，有 108 个身怀异能的英雄组成了一个团体，这个团体劫富济贫，为民除害，他们就是有名的梁山好汉。今天我们也是 108 人，但是我们不是被逼上梁山，也不会为任何团体所用，我们要心怀理想，肩负使命，用我们的能力为整个人类服务！

说到能力，我知道大家都天赋异禀，身怀绝技，而这也正是被挑选的原因，但是目前的技能还不足于对抗我们面临的所有威胁，还需要进行科技的融通，要去精通数理化、生物、脑神经、社会学等各种学科，然后将这些知识融合起来，同时还要增强自己的肌肉与骨骼能力，增强神经反射能力，是的，我们这个学校就是一个培养超级人类的学校，我们要把所有人培养成为超人！"

J 完成了自己的发言，但是没有听到热烈的掌声，因为他刚才的一段话已经超出了所有学员的认知，大家根本没有办法相信！

"等会儿我们会进行分组，根据大家各自的背景分为人工智能、核能源、体能训练、神经反射与意识感知等几个小组，带领你们的教练会是伊森、郭森、我和佳佳，大家还有什么问题吗？"Vi 知道 J 的发言大家需要过一段时间才能理解，所以先进行了下一步的部署，她也希望，这些学员能够发表一下自己的意见。

"来到这个校园让我非常激动，如果真的向 J 老师所说的那样，我能够掌握更多的知识，并能用自己的能力为整个人类服务的话，我将赴汤蹈火，在所不辞！"陈风站了出来冲所有人抱了抱拳，他确实已经被 J 的发言给打动了，但是他需要证实一下他们的能力，如果能被证实的话，他会死心塌地为这些人的使命服务，"大家都知道，我用太极拳法打遍国内整个搏击界未遇敌手，而这也正是我被挑选来的原因之一，也是我引以为豪的看家本领，但是我接到通知时，说融通大学的一个小姑娘就可以将我击败，我不以为然，在此，我向5位发出挑战，不管谁能够赢我一招半式，我陈风这辈子都将跟随左右！"说完，向前走了一步，站到了人群的前面。

J知道这些人都是各自领域的佼佼者，如果不露一点绝活，根本镇不住他们，而比划一下拳脚是最直接的方式，在场的很多学员都知道陈风是中国搏击界目前最耀眼的一个巨星，所以让他臣服很有说服力。他看了一眼佳佳和Vi说，"你们两个小姑娘谁愿意出来比划比划？"

"我来！"佳佳站了出来，对陈风一抱拳说："当时的原话好像不是这么说的吧？"

"是的，当时原话是一个小姑娘用一根手指就可以打败我。"

"好的，今天本姑娘就用一根手指！"说完佳佳伸出了右手的食指，向陈风勾了一下。

"欺人太甚！"作为一个太极大家，公认的功夫巨星，陈风哪里受到过这般歧视。话音未落，陈风一掌向佳佳拍过来，佳佳身形基本没动，等陈风的掌快接近她肩膀时，轻轻一晃，晃到了旁边，然后沿着陈风身体转动的方向，用食指在他的后背部弹了一下，陈风腿一软就摔倒在地。周围的学员都以为陈风是故意的，但是只有他自己知道，对方所有的动作都是太极拳拳理的最高体现，首先是她在充分领略到自己拳意时的躲闪，身形之快让他感到对方只是一个飘忽的影子，而落在其背部的弹指用上了推与弹的力道，推的力道和他身体转动的方向一致，而弹的力道让他的腿部麻了一下，因而让他摔倒在地，对方充分利用了太极后发先至，借力打力的拳理，在身体能力与拳法上比他高出了几个档次。

"感谢您拳下留情，请受弟子一拜！"说完，陈风俯身就要跪倒在地。

"请起！"J在陈风就要跪在地下时用手托了一下，让陈风站直了身体，"我们学校不以师徒相称，大家也不要称呼我们为老师，我们全部以姓名进行称呼，但是在知识传授上，我们不会有任何的藏私，所有技能都会全力传授！"

J这一托，又让陈风明白了，这也是用一根手指头就能击败他的主儿，现在的陈风心服口服了。

尽管还有人有些怀疑，但是再无挑战者出现，这时姗姗从人群中走了出来，对大家说：

"大家知道，我在女子职业高尔夫中，世界排名第一，但是佳佳能让我十杆，如果她参加比赛，我们所有人只能进行第二名的竞争了。"姗姗向佳佳点点头，"佳佳，我可是你忠实的粉丝呀。"

"谢谢姗姗，据说 J 也是此道高手，我还没有领教过呢，J 要不要明天早上我们三人切磋一下？"

"好呀，相互学习，我也很久没有摸杆了。"

第二天早上的高球 4 人组又让姗姗认识到了天外有天，佳佳就不用说了，几乎每个洞都可以用标准杆 on 到洞口，只留下一个简单的推杆距离，而 J 更是神勇，不仅精准而且击球距离远远超过职业运动员的水准，一号木可以击出 420 码以上的距离，所以对于 5 杆洞来说，2 杆 on 果岭对他来说非常轻松，和他们打球真是老鹰满天飞，甚至在一个短 5 杆洞，J 抓住了一只信天翁！姗姗想，如果这场球被直播出去的话，一定会惊掉所有职业球手的下巴。

Vi 本来是跟着混一下的，但是没有想到她在熟悉了挥杆动作以后，从 4 号洞开始开球距离就和姗姗不相上下，尽管精准度尚有很大的提升空间，但是已经可以在业余选手中称霸了。这场球让姗姗对于融通大学的这几个年轻人有了更深的认识，让她感觉到自己是加入了超人团队，未来不可限量！

收杆后，Vi 去安排第一天上午的知识灌输，下午将带领所有的学员参观地下广场的实验室与无人智能工厂，她也需要做一些准备。此时，佳佳和 J 在球场的会所里点了杯咖啡。佳佳想把自己在极乐岛的所有经历都向 J 和盘托出，一方面她已经被 J 的情怀所打动，另一方面也很担心哥哥郭林在极乐岛的生活，希望得到 J 的建议与帮助。J 选择这个时候与佳佳深谈也正是此意，他不相信以智虫的智能程度，会只安排佳佳一条线索，也许佳佳仅仅是他安排的第一步计划，而后续应该有一系列的手段。但是时间过了这么久都没有任何的动静，难道是它在等待一个时机？或是在极乐岛有更大的行动？或是两者皆有？

"J。"

"佳佳。"

两个人几乎是同时开口。

"佳佳，你先说。"

"不嘛，你先说嘛，我想知道你会和我说什么呢。"

"你出岛多久了？"

"出岛多久我不记得了，但是我认识你到现在是 341 天，还有两周就一整年了，我是出岛后 3 个多月见的你，也就是说出岛应该是 15 个月左右。"

"你记得可真清楚，为什么这段时间你们一直没有安排智虫出岛的行动呢？"

"是呀，我知道你不同意让极乐岛和联体网络建立连接，而我也不知道如何说服你，所以就把公司让苏珊她们去管理了，而我一直在跟随着你，我这段时间太开心了，感觉从小到大都没有这么开心过。我现在唯一担心的就是我的哥哥郭林，也不知道他到底怎么样了。"

说到这里，佳佳的眼睛红了一下，两滴泪水从眼睛里流了出来。

"郭林怎么了？难道被智虫扣押？应该不会吧，在它自己的生存不受影响的情况下，智虫是不会伤害人类的。"

"它是不会主动伤害他，但是如果它让郭林完全沉迷于游戏不愿自拔怎么办？"

"这是有可能的，佳佳，把你在极乐岛上的所有经历都告诉我，可以吗？"

"当然可以了，本来今天我就是要听听你的意见的，我可以什么都听你的，但是我还是很担心郭林。"

佳佳喝了一口咖啡，原原本本地将她从上岛，在岛上训练，读遍所有存世的文学作品，出岛时岛主的吩咐等全部讲述了一遍，没有任何的隐瞒。

J 听完后，陷入了长长的思考，然后抬起头，看着佳佳的眼睛说：

"佳佳，你能够读懂我的意识感知，知道我此刻所有的语言都是发自内心的，你愿意一切听我安排吗？"

"当然啦！"佳佳也迎上了 J 的目光，"也不知道为什么，在岛上时，岛主用过你的形象，那时候感觉你高不可攀，但是见到你本人以后，反而感觉非常亲切，就想每天都跟着你，什么也不用做，跟着你就很开心，听你长篇大论，看你狼吞虎咽吃东西，包括那天在游泳的时候，你骗了我，我都很开心呢！你怎么安排我都听你的，我知道你在大是大非面前是很有原则的，但是不管怎样我还是不想郭林有事，J，包括你，我也不想你有任何的危险，有危险的事儿，让我帮你承担好吗？"

佳佳这一番话讲得情真意切，J 岂有不知？但是他们现在有更重要的事情去安排，他也只能将这种朦胧的情愫放在心里。

"佳佳，你也不用太担心郭林，我感觉这段时间智虫一定会有行动，我们在它解除极乐岛封闭的时候第一时间就去解救郭林，你说过岛上有恢复神经元的药物，我们第一时间给他服用，应该没有问题，现在我们要好好策划一下，如果智虫出岛，我们应该如何控制！"

"按理说岛主的所有行为计划我都应该知道，为什么我一点感觉都没有呢？"

"智虫最厉害的能力是什么？是计算！由于你们出岛后，极乐岛也遭到了屏蔽，你们和它之间就失去了连接，所以它会将所有可能发生的事情一步步计算清楚，然后预先进行布局，最后达到它的目的。"

"这么厉害？看来我的计算能力不仅不如岛主，距离你也相差甚远，看来这辈子必须跟着你混了。"

"智虫用的是精准的计算能力，我采用的是想象力加推理，这也是人类思维与机器思维最大的不同点，机器的动作完全取决于算法，而人类会先有想象力。你知道的，我是智虫的创造者，其实伊森也是，他将他的饕餮算法给了我以后，我就意识到，是这两种算法的叠加成就了现在的智虫。其实智虫安排你出岛作为掌控者首领的时候，它就已经知道了你每一步的动作！"

"怎么可能呢？我并没有事前计划呀。"

"你是没有计划，但是它会计算出你的计划，譬如说联体通信目前的状态，应该全部来源于他精准的计算。你出岛时它给你的任务是进入到联体科技，然后找机会与极乐岛进行连接，对吗？"

"对呀，当时它并没有说量子网络的事情呀。"

"是的，根据它给到你的启动资金以及物业，你不可能带领上千人马来联体科技求职，最好的办法就是成立一个公司与联体科技合并，我说的对吗？"

"是的，这是我的计策，当时我想先成立公司，然后通过技术能力与业务模式吸引你们的客户，这样我们公司就可以引起联体科技足够的重视，如果再能找到一个双方都无法拒绝的合并理由，就可以完成岛主交代的第一个任务，结果，你知道的，非常顺利，没有被任何人阻拦。"

"关于用量子网络作为条件与联体科技谈判应该是苏珊或缇娜的主意吧？"J插嘴问道。

"是呀，你怎么知道？"

"你想，在岛上它给你部署计划的时候，你脑中已经被植入了纳米晶体机器人，你的所有想法它都知道，所以它预先给你训练了一支量子网络的精专

联体

者，然后将这个信息传递给你的继任者，让她在合适的时间向你建议，你应该没有反对的可能。"

"是呀是呀，我当时在思考我们有什么让联体科技不可拒绝的条件时，苏珊就将量子网络的想法发送给了我，我当然不会反对！"

"所以说苏珊就是那个继任者。"

"它怎么知道合并后我会离开呢？"

"这又是它精准计算的结果，作为它的创造者，它应该对我非常了解，应该能够计算出我会因为自己的错误而离开联体科技。"

"你有什么错误呢？"佳佳不解地问。

"我的错误是没有有效地控制住智虫，而让它盘踞在极乐岛，对于联体科技来说损失的不仅仅是巨额的资金与财产，还有未来的不确定性，在这种情况下，我必须引咎辞职，这一点，它完全可以根据我的性格计算得出。"

"我的离开它是如何知道的呢？"

"它通过给你植入的纳米晶体机器人，会记录你的所有脑神经反应，所以从算法上来说，它比你还了解你，你完成了第一步计划后并没有针对于第二步的完整方案，这时候你遇到了我，你知道的，我们两个人相遇是它通过对我们的画像用大数据匹配的结果，所以一定会产生强烈的相互吸引力，这时你选择离开让苏珊和缇娜去继续第二步计划，就会是一个必然的结果！"

"你对我来说确实有很强的吸引力，我一看到你就想跟随你，但是我对你有吸引力吗？"

"我不告诉你！"J 狡黠地笑了笑，"所以说你让苏珊来接替你也是基于它的精准计算，苏珊才是它行动的总策划者！"

"明白了，它是利用我完成第一步计划，然后将它的整体计划告诉苏珊，由苏珊实施，但是苏珊如何实施联体网络与极乐岛的连接计划呢？"

"智虫应该非常清楚量子通信对于整个物联网行业的影响，而苏珊手下的这群量子通信的精专者又是世上独一无二的，双方成立的公司自然会以极乐岛的团队为骨干，而从联体通信的发展来看也证实了这一点。对了，他们的身体里是否也有纳米晶体机器人呢？我听沈东说他们的沟通能力与执行力非常强，就像人和人之间联网了一样。"

"应该不是纳米晶体，应该是第一代的胶囊机器人，也可以通过外界的网络进行连接，但是我们之间只能分享愿意让他人分享的信息，没有办法通过联网获得他人的所有信息。"

佳佳的回答证实了 J 的猜测，继续他的分析：

"苏珊和缇娜接管了联体通信以后，由于他们强大的协同能力，以及精专的技术储备，很快垄断了全球的全息通信，并进军全息物联网，现在在物联网领域很快就会超过联体科技，所以智虫的最终目的并不是进入到联体科技的物联网，而是让苏珊和缇娜为其重新打造了一个更为强大的网络家园，在这样的网络上进化，它会事半功倍的。"

"这么深的套路呀。"佳佳调皮地吐了吐舌头，"但是你一定有遏制它的办法，是吗？"

"你就对我这么有信心？很惭愧，如果他们现在建立与极乐岛的连接，我也没有任何办法。"

"怎么连呢？"

"现在极乐岛不属于任何公司，智虫并非出不来，而是它不敢出来，它很清楚以它目前的计算能力，打开屏蔽后，我们的清除软件会首先进入岛内网络将其清除，所以要想不被清除就必须具备强大的计算能力，现在联体通信的连接数已经非常强大，只要获得董事会或股东会的许可就可以建立与极乐岛的连接，而目前极乐岛尽管在董事会的席位不及联体科技，但是其拥有的股份已经超过了联体科技。"

"是的，如果加上苏珊和缇娜个人股份的话。"佳佳很清楚目前联体通信的股份结构，"他们如果通过股东会进行决议的话，联体科技也无法阻挡，冰总也无法阻挡，但是为什么他们迟迟没有行动呢？"

"有两种可能，一种可能是由于冰总和联体科技的影响力导致他们不敢轻举妄动，另一种可能是智虫在极乐岛实施一个计划，这个计划尚未完成，亦或两者兼备！至此，从你们出岛开始的所有发展路径都是经过智虫精准计算过的，滴水不漏！我相信它是在等待一个事件的发生。"

"什么事件？"

"一个发生了以后所有人都不会拒绝其出岛的事件！"

"为什么苏珊和缇娜这么死心塌地地为它服务呢？难道也是因为人质？"

"在你上岛以前，发生过一个暗网被攻破的事件，暗网的经营者被抓获，这是智虫攻破了暗网系统的结果。"

"和她们有什么关系呢？"

"在这以前世界上有 10 位年轻女性疑似被暗网组织绑架，其中就有现在的苏珊和缇娜！"

劫持

一艘豪华邮轮从上海洋山港出发，开始它 105 天的周游世界之旅，整艘船的吨位约为 38000 吨，10 层的甲板共能为 1000 名游客提供 500 个房间。它有 258 米长，最大巡航速率可达到 21.6 节。这艘豪华邮轮属于皇家加勒比邮轮集团，是该集团最为豪华的邮轮，以智慧女神雅典娜命名。

从上海出发的下一个停靠站是悉尼，需要在大海上航行 6 天的时间，这段时间船上的游客主要在游泳池、赌场、餐厅、酒吧、电影院等地方打发时间，也有人在甲板上晒太阳、吹海风感受大海的辽阔。

赵来不会赌博，也不习惯灯红酒绿的生活，他来自于美丽的海滨城市青岛，现已退休，退休前是青岛四方锅炉厂的副厂长，作为一个下放到小山沟里的知青，不仅能够回城，而且是回城读大学，命运之神对他真是不薄。大学毕业后他就被分配到了当时还是国有企业的锅炉厂，当时的锅炉厂可是一个好企业，所有毕业生心目中的理想单位，他能够进入是因为他的准岳父时任锅炉厂党委副书记。女朋友是在大学报到的第一天就认识的，当时经过了农村体力劳动再教育的他，五大三粗，尽管看起来土里土气的，但是比起城市里的学生娃自有一番不同的气质，也正是这个气质吸引了这位后来成为赵太太的娇滴滴的大小姐。到了 20 世纪 90 年代，赵来已经在岳父的提拔下成为了车间主任，一个有实权的中层干部，但是当时的锅炉厂已经成为了低下生产力的代名词，等他升到副厂长时，锅炉厂已经濒临倒闭，只剩下一块尚未开发的土地，值得庆幸的是，就是这块土地让他们整个的领导班子退休后有了保障，当时厂里这块地的地价已经涨到了 5 个多亿，在他们的运作下被一开发商用 2 亿人民币成交，他自己也获得了 1000 多万的外快收益，这笔钱支撑他在青岛为自己买上了海边的公寓，为自己的儿子在京城购买了商品房。幸亏当时投资得及时，老赵心想，如果到现在才买的话，连一个厕所也买不上了。老赵今年还不到 70 岁，身体还算硬朗，这次的事儿非常幸运，本来是去超市购买生活用品，但是获得了一张黑云智能手机的优惠券，正好他需要更换一部手机，既然可以优惠就去买了。幸运的是黑云手机搞活动，抽取幸运者赠送价值 10 万元的全球豪华邮轮船票一张。而老赵同志恰恰成为了幸运者，由于本船票不可转让，必须本人享用，老赵同志就开开心心，勉为其难地亲自来了。

这次黑云手机的活动在全国一共选中了 6 位幸运者，一起登船的时候，有一位灰白头发的老太太让老赵不敢直视，这位老太太年龄和他相仿，不仅如此，长得和他年轻插队时候的女朋友亚男非常相像。应该不会这么巧吧，老赵心想，世界这么大，长得像的人多了，但是这个老太太的出现也勾起了他年轻时候的一些回忆，他对于当时的决定并不后悔，因为当时他的前途已经非常地明确了，他会是一名工农兵大学生，毕业后会成为干部编制，但是亚男是否能回城却是未知数，他唯一感觉有些对不起的是亚男为他怀的孩子，据说那个孩子生下来了，送给了当地的老乡，也许那个孩子还在农村。

亚男也是通过优惠券购买黑云手机获得了这次环游世界的机会，本来对于一个早年下岗，儿女也没有多大出息的老太太来说，能出一次国，长长见识就已经不错了，没有想到这次这么幸运，不仅可以周游世界，而且食宿全包，又是豪华邮轮，非常出乎她的意料。"出去这一趟，回去死了也值了！"亚男感觉是因为自己受了一辈子的苦，这次是老天爷给她的补偿。但是上了船以后，她感觉自己进入了一个圈套，她先是看到了赵来，这个赵来好像不认识她似的，但是他即使是化成灰，亚男也能认得出来，当年如果不是赵来的抛弃，她不会自暴自弃地将自己一遍一遍地送去镇书记那里，供他发泄欲望。她也不会因此被视为知青中有名的荡妇，也不会抛弃那个可怜的孩子，回城以后尽管给安排了工作，也仅仅是最底层的纺织厂里的工人，在不到 50 岁的时候就下岗了，生活像一潭死水。

她也看到了一个人，和当年的镇书记长得几乎一样，不知他们之间有什么关系，心想，"难道是当年害我的人都在这条船上吗？管他呢，一个个掉下船淹死才好！"尽管这么多年过去了，亚男对他们的恨意一点儿也没有减少，"也不知道送给邓家的那个孩子怎么样了，也许在农村务农吧，到现在也 40 多年了。"

李云今年 52 岁，他父亲曾经做过亚男下放所在镇的镇书记，当年的事情和他没有任何的关系，他只是黑云手机大奖的幸运获得者，他很享受邮轮上的生活，经常流连于赌场与酒吧。

船上一共有 600 多人，有来自于中国互联网的新贵，各个阶层的精英，隐性的富豪，也有来自世界各地的观光者，他们临时组成了一个社会，共同享受着惬意的生活。

邮轮的路线是：在新加坡进行了短暂的停留后前往悉尼，邮轮将在悉尼停留2天后前往马达加斯加，停靠南非，经过红海，越过苏伊士运河，进入地中海，前往欧洲各国，终点站是美国。邮轮在经过亚丁湾时，所有人都非常警惕，大家都知道这是索马里海盗出没的地方，邮轮上的安保人员亦是全副武装严阵以待，还好，邮轮有惊无险地经过了这个海盗出没的海域，进入红海，红海风平浪静，空气温暖湿润，蔚蓝的天空和大海连接在一起，让所有游客紧张的神经都放松下来，纷纷来到甲板上浴阳光、吹海风、望大海、看天空，整个邮轮莺歌燕舞、欢声笑语。

一群海鸥跟随着邮轮，在天空中准确叼食着游客抛上来的食物，在天空中表演着各种高难的飞行杂技。其中有两只海鸥并没有参与食物的拼抢，只是混迹在一群海鸥之间忽上忽下地飞翔。如果仔细查看就能够发现，这两只海鸥都有一只眼睛和其他海鸥的眼睛有明显的区别，这是两只仿生海鸥，它们被植入了全息的摄像头，其传送的图像清晰地显示在10海里外的一艘游艇上，这是一艘长度为80米左右的私人游艇，船长是一个穿白袍的阿拉伯人，游艇尾端的甲板上停放着一架直升机，船舱内端坐着10位荷枪实弹的雇佣兵，雇佣兵队长洛维是一位肌肉发达、青筋暴突的白人，一脸络腮胡须，显得孔武有力！此刻手拿卫星电话，眼睛看着仿生海鸥传过来的清晰画面，与电话的另一端通话：

"邓，这条船的游客真的像你说的那么有钱吗？"

"当然！"邓夏此刻在他北京别墅的地下室里，大屏幕上也显示着同样的画面，"你看那个一左一右搂着两位年轻姑娘的圆脸青年，他的父亲是中国排名前10的富豪，他自己也已经具备20亿美金的身价！再看甲板上那位看海的瘦小老头，名义上是一名国企的退休干部，实际上在瑞士银行有超过3亿欧元的存款，他随船到了欧洲后就会悄悄地潜逃，因为他已经获得了西班牙的绿卡！这里的每一个游客都是一座金矿呀，你要把握机会速战速决！行动时我将屏蔽邮轮上所有的通信设施！"

"好的，我10分钟后开始行动，我需要你的微型无人机支持！"

"我的微型无人机已经飞到了邮轮上，跟随每一位船上的保安，尽量不要引起骚乱，损失一架无人机你可是要付给我 2 万美金的。"

"不要这么小气嘛，邓，这一票干好了，我分你 1/3！"

"不用，按照我的要求做就可以了，你准备行动吧。"

"弗兰克跟我来，其他人留在这里就好了，如果真的像邓策划的那样，我们甚至不需要带任何武器！"

洛维戴上墨镜，墨镜的前端有一个摄像头，连接一个人耳式的耳麦，塞在了他的左耳，与弗兰克一起踏进直升机，不一会儿，直升机就接近了雅典娜号邮轮。甲板上的一个保安率先看到了靠近的直升机，立刻鸣响了警报，并开枪示意，看对方没有离开的意图，举枪准备向直升机射击，这时一个苍蝇大小的无人机落到了他的后脑上，并立刻爆炸，保安没来得及开枪就带着还剩下一半的脑袋倒在了地上。

"2 万美金。"洛维的耳朵里响起了邓的声音。

甲板上乱成一片，一片哭声、叫喊声，邮轮上的保安训练有素，迅速集结成两个小队，一左一右向已经降落的直升机逼了过来。

直升机停稳后，洛维和弗兰克一左一右从容地从直升机里走了出来。

"不许动！"安保队长发出了告警，并端起了手中的冲锋枪，"再动就开枪了！"

洛维像根本没有听见似的继续往前。安保队长扣上扳机，准备开枪射击时，他头上的微型无人机自爆，炸掉了他半个脑袋。

"4 万美金。"

所有保安都意识到了，对方已经做好了充分的准备，只要他们反击，后果会是只留下半个脑袋。

"所有人都放下武器！让我们友好地谈谈。"保安知道自己的任何反抗都是徒劳的，纷纷将武器放了下来。

"女士们，先生们，下午好！欢迎大家来到美丽的红海，这是一片神奇而美丽的海域，希望大家喜欢。"

尽管没有扩音装置，洛维的声音清晰而响亮，每一个人都能够听到，"请大家放下自己的电话，这片海域的所有通信设备都被我们屏蔽了，所有的尝试都是徒劳的！"

"罗伯特"，洛维走到一个保安面前，看了看他胸前的名牌，"这条船上一共有 623 名游客，现在在甲板上的只有 332 名，让大家都到甲板上好吗？"

"好的，我试试！"罗伯特尽管答应下来，但是有些犹豫。

"不用了，我找其他人吧！"话音未落，罗伯特的半颗脑袋被炸飞，鲜血和脑浆溅了旁边的人一脸。

"6万美金。"

"等等，我来！"一个看似头领的保安站了出来，从后面掏出一个步话机，调了一下频道，邮轮上的喇叭传来了他的声音：

"各位游客，船舱内发现爆炸物，为了大家的安全，请所有人都到甲板上，我们将立刻进行排除！"

不一会儿，就有人陆续从船舱出来，到了甲板上。没有等到所有人到齐，洛维开始吩咐：

"白色上衣的朋友，您好，请站到我这边来！"

"那位老者，请移步过来！"

"那位美丽的灰色衣服女士，对，就是你，请过来！"

洛维眼睛上的全息摄像头将画面传到了邓夏的地下室，邓夏指挥他进行人质的挑选，所有人都不敢不服从他的指令。

"弗兰克，请带领这10位朋友到飞机上，剩下的朋友们，打搅你们的行程了，非常抱歉，你们的通信设备将在1小时内恢复通信功能，请继续享受你们的旅程，谢谢，再见！"

直升机载着这12个人回到了10海里外的私人游艇上，在弗兰克的引导下所有人都进入了船舱到达了最底层，游艇恢复正常的航行速度向苏伊士运河的方向驶去。

1小时后，中国外交部获知了中国公民在红海被劫持的消息，立刻致电埃及方面在苏伊士运河上进行拦截。埃及警方根据卫星照片，截获了停放直升机的私人游艇，但是游艇上除了一个沙特阿拉伯籍的船主以外，没有任何人质的线索，而船主也否认了相关的指控，由于没有任何证据，埃及警方放行了船主，被劫持的中国游客就这样凭空消失得无影无踪。

跨境解救

左易是海事局安全处处长，是冰凝的好友之一，曾经在网络安全防御方面与联体有过合作，深知联体网络内藏龙卧虎，所以每每遇到相关的问题，都会和冰凝进行沟通，寻求建议与协助。而现在他却一筹莫展，10个中国公民明明在光天化日下遭到劫持，明明有600多双眼睛目睹了整个事件的过程，明明邮轮上有3名安保人员为此而牺牲，但是被劫持的中国公民却无迹可循，这如何向国民交代？如何向上级交代呢？整个安全处查看了所有的卫星图像，最后得出的结论是：从海底逃逸！

　　　　失踪的中国公民名单如下：
　　　　王想明，天一游戏公司总裁，其父为中国前十大的地产商
　　　　李天天，空屋互联公司总裁，公司刚刚在A股上市，市值308亿人民币
　　　　武为，小鼹鼠娱乐公司大股东
　　　　刘德，LD运营商退休干部
　　　　孙建设，美江北餐饮公司董事长
　　　　郝武值，某国有银行分行副行长
　　　　兰胜利，河南某中学校长
　　　　李云，河南某化肥厂车间主任
　　　　赵来，退休干部，原青岛锅炉厂副厂长
　　　　张亚男，退休女职工

　　辽阔的阿拉伯海面上，停泊着一艘私人游艇，洛维带领弗兰克等5人登上甲板，深深地吸了一口气，然后用卫星电话连接了在北京的邓夏。
　　"邓，所有人都在我手里了，我们现在怎么办？"
　　"除了我要的4个人以外，你押送其他人到X国，由他们向其家人谈判赎金事宜，你可以分到赎金的一半，将我所要的4个人带到美国我的基地内，你将获得200万美金的雇佣费，对了是194万美金，你炸毁了我三架无人机。"
　　"你这个狗娘养的小气鬼！"洛维骂了句脏话，挂断电话，继续航行。
　　邓夏在地下室按了一个延时开关后，从地下室上楼，关上了沉重的保险大门，吩咐司机驱车去机场，他要乘坐他的私人飞机前往美国。

　　外交部与海事局成立了一个应急指挥小组，寻求各方力量寻找并解救失踪

的中国公民，但是一连三天的时间，既没有收到赎金要求，也没有找到其他的痕迹。左易想从互联网上寻找突破口，想到了他的老朋友冰凝，于是拨通了电话，表达了希望邀请联体科技的相关专家进入应急指挥小组的想法。冰凝和J就这次的中国公民失踪事件进行过沟通，都认为这是一个针对性的事件，被挑选的失踪人员之间应该有内在的关联，但是这个关联到底是什么，都没有做更深入的研究。听说了左易的邀请，J主动要求参与到这次调查，他隐约感觉到这个事件应该和暗网组织有些联系。等J和佳佳来到位于上海的应急小组办公室时，左易以及其他5名成员已经在办公室等候。

"上次见的时候你还是个学生，今天给叔叔好好表现一下！"军人出身的左易高大魁梧，个头和J差不多，但是明显比J大了一圈，看到J以后像看到救兵一样兴奋，他热情地拍了两下J的肩膀，"据你老爸说你现在是自立门户，比当年更胜一筹呀，这个漂亮的女娃是你女朋友吗？咱们是来工作的不能带家属呀。"

"左叔叔，别看她年轻，她可是个大高手，比我厉害多了，她是过来一起协助破案的。"

"好呀，欢迎欢迎，看来自古英雄出少年呀，小张，你把我们现在掌握的情况给所有人通报一下。"

"好的，大家请坐！"小张是海事公安局的一名干事，是应急小组成员中负责信息搜集的，他打开会议桌前方的一个大屏幕，给大家看目前应急小组所掌握的信息。

"这些照片全部是我们的北斗卫星实时监控画面的高清截图，这一张是直升机从私人游艇起飞的画面，可以看到两个武装恐怖分子乘坐直升机直接到达雅典娜号邮轮。

这是雅典娜号邮轮的视频截图，可以看到直升机准备降落时就被邮轮上的保安人员发现，但是恐怖分子应该已经控制了所有的保安，大家可以看一下这个举枪准备射击的保安，是被提前安装的小型炸弹炸掉脑袋的！根据后面两个保安遭遇的相同爆炸来看，炸弹应该是具备自爆能力的微型无人机，这些无人机有可能是在上海和游客一起进入船舱的。在恐怖分子开始行动以前，无人机中的智能系统根据预先输入的人脸进行识别，选择不同的保安进行跟随，爆炸是由远程进行控制的。"

"也就是说这是一个精心策划的劫持事件，这是一群用高科技武装起来的恐怖分子。"左易做了个备注。

"大家可以看到恐怖分子眼睛上有一个摄像头，耳朵里有一个耳麦，所以说他是在后台的指挥下进行人质挑选，但是后台是谁呢？我们不得而知。

直升机满载人质回到游艇上，然后游艇继续航行，没有任何的接应，但是到苏伊士运河的时候，游艇上仅剩下船主一人，所以我们断定恐怖分子带人质从水下逃逸了，从这两张照片的对比可以看出：游艇的吃水线有了非常明显的变化。"小张将两张游艇的照片重叠到了一起，让大家可以清晰地进行比对，"也就是说，游艇的下方应该有一艘可拆卸的小型潜艇，人质与恐怖分子都乘坐小型潜艇逃逸了。

了解清楚整个的过程以后，我们开始在周边进行搜寻，我们的北斗太给力了，让我们在阿拉伯海域找到了这艘私家游艇。"

小张将一段段视频投放到大屏幕上。

"可以看到这艘游艇与先前恐怖分子乘坐的游艇完全相同，我们可以看到它在风平浪静时突然晃了一下，稳定后，吃水线发生了变化，所以我们有理由怀疑，这是恐怖分子提前在此部署的用于逃跑的游艇，随后这艘游艇经阿拉伯海在伊拉克的法奥港登陆，然后就失去了踪影。这就是我们了解的整个过程。"

"把失踪人员的情况介绍一下。"

"好的，这是 10 名被劫持的人员。"大屏幕上显示出十个人的高清照片以及介绍，"王想明、李天天、武为、孙建设、郝武值几个人很好理解，他们的身价是这艘邮轮中最高的 5 个人，是以赎金为目的绑架的首选，但是另外的几个人被劫持就不太好理解。

剩下的 5 个人里面，除了刘德以外，我们也发现了一些相关性，他们有一个共同的交集是都曾经在河南太行山脚下的一个镇工作生活过，其中赵来和张亚男还是同一个村庄的知青。这就是我们了解的所有情况。"

"把刘德的照片再放大一下。"佳佳突然插了一句，"这个人是一个贪腐者，应该数目庞大！"

"你怎么知道？"左易很奇怪于这个小姑娘的指控。

"在岛主的数据库里有一个中国贪腐金额过亿的人员清单，这个人我印象很深，因为我很奇怪他这么小的职务怎么能贪这么多钱呢？"

"岛主是谁？"左易越来越糊涂。佳佳望了一眼 J，知道自己失言了，吐了吐舌头。

联体

"是我先前编写的一个人工智能算法，它可以根据联体科技的物联网数据分析出最有可能贪腐的官员名单以及贪腐的金额。"J没有说谎，但是也没有暴露智虫的所有能力。

"这么厉害，把名单交给中纪委吧！"左易听说有这样一个名单，显得非常兴奋。

"它现在已经被我从联体网络中清除了，佳佳有过目不忘的能力，所以能记住一些资料。"

"好吧，我们假设这个刘德也是邮轮上最富有的人之一。"看到左易不再纠缠名单的事儿，J松了一口气。

"现在我基本明白了，"小张开口道，"前六位是用来绑票的，后面四位应该是绑架者刻意挑选的，怪不得他们几位都是通过购买手机获得的幸运奖，因为以他们的经济实力是不具备乘坐这样的豪华邮轮环游世界的。"

"什么手机？"J开口问道。

"黑云手机，我买了一部进行了一系列的测试，和普通手机没有什么区别，但是价格相当的低廉，是中老年和学生的最爱，我真的很佩服他们能用这么低的价格做出这么优质的产品。"小张从桌面上拿起一部小型的智能电话递给了J，"就是这一部。"

"手机没有什么问题，我怀疑是黑客入侵了黑云手机市场部的幸运抽奖服务器的结果。"技术人员查看过他们市场部的抽奖服务器，确实发现了被入侵的痕迹。

J仔细聆听了应急小组掌握的所有信息，感到这次的海上人质事件比想象的复杂，但是有一点很明显，就是恐怖分子主要针对的是赵来他们4个人，另外6个有钱人只是恐怖分子随手为之，玩一票而已，现在他基本可以捋顺整个事件的脉络，尽管还是有一些疑惑的地方。

"左叔叔，整个事件会不会是这样的？"J一开口，所有人都安静了下来，从刚才佳佳一句话就解开了大家的疑惑来看，这两位年轻人不可小觑。

"请说，我正想听听你的分析。"

"背后策划者真正的目标是赵来他们4个人，所以才会费尽心机地通过幸运奖的方式让他们同时登上邮轮，并在邮轮上安置具备自爆能力的飞行机器人，这种飞行机器人是美国最先进的微型智能武器，黑市价格超过2万美金，从策划者所使用的武器来看，这个组织应该具备海外的背景。佳佳，你知道策划者是如何获得邮轮上的实时图像吗？”

“是通过两只经过仿生处理的海鸥！”J知道佳佳的感知能力无人可及，既然他发现了，佳佳一定早就发现了。

“是的，大家看，这是直升机过来以前的邮轮甲板照片，就是这两只海鸥。”J在大屏幕上用手指出，“这两只仿生海鸥应该一直在监控整个邮轮，所以他们会对其防御与安保设施一清二楚。还有，这两位不是恐怖分子，他们是雇佣兵！”

“雇佣兵？”左易不解地问。

“是的，你看他的所有动作，从容，没有一丝多余的行为，这只有顶级的特种部队或是顶级的雇佣兵才会具备的素质，普通的恐怖分子根本做不到！所以应该是策划者雇用了顶级的雇佣兵去绑架赵来他们4个人，又让雇佣兵顺手绑架另外6个富豪，将这些富豪经由伊拉克押送到X国来获取利益，然后将这4个人送到策划者指定的位置。如果我的分析是正确的话，24小时之内，X国就会发布人质的赎回要求。”

像是配合J的分析一般，小张打开了电脑上的一个通知：5分钟后开始直播中国失踪公民的现状。通知是通过应急小组的公开邮箱发来的。

所有人都在沉默地等待，5分钟后，屏幕上弹出一个窗口，出现了6个中国公民的画面，他们被塞住嘴巴，捆住手脚，可以看出他们被关押在一个牢狱里，由两个蒙面的恐怖分子看守，配合画面，响起了一段蹩脚的中文声音：

“我相信很多人都在寻找他们的下落，很多人都在关心他们的安危与健康，现在诸位可以放心了，他们非常健康，和离开邮轮时没有任何的区别，也非常地安全，因为他们在我们伟大的X国的庇护之下。只是很遗憾，他们现在还不能回国，回到亲人的身边，但是我相信这个时间不会很久，48小时内，只要我们收到每人5亿一共30亿美金的对于我们伟大的X国的捐助，他们就会安全地抵达我们在公海的一艘邮轮上。谢谢各位，屏幕的下方是我们的银行账号以及相关账户信息，期待你们的捐助，也祝愿6位早日回到祖国的怀抱。”

画面结束后，所有人都看着左易，等待他的决定。

“一边想办法营救，一边通知家属尽快筹款，上策是安全营救出人质，一分钱赎金不付，下策是付赎金，救人质！刘悦，你尽快和6个家庭的家属一起去筹款，其余人原地等候，我马上去向领导汇报。”说完后，左易快步离开，回到他的办公室听取领导指示。

半小时左右，左易回到应急小组办公室，脸上的表情愤怒而有些无奈："高层决定让我们放弃营救计划，直接支付赎金，家属能够凑多少就凑多少，剩下的国家补齐，由于我们的维和部队已经撤回，现在我们不具备营救能力，如果现在派兵，很有可能会引起更大规模的冲突，人质的危险性更大！"

"左叔叔，等等，你们能不能在恐怖分子要求的最后时限再付赎金？我想试试！"J沉着与坚定。

"试试，怎么试？不能派兵，也不能用导弹打，我们能有什么办法？"

"如果我们妥协，就意味着我们纵容了恐怖组织的行为，他们以后会变本加厉！我们要维持正义，维持这个世界应该有的秩序！"

"你认为我不知道吗？外交部不知道吗？领导人不知道吗？现在就是这样两个选择，要么用导弹轰这些王八蛋，把恐怖分子和我们的公民一起轰死，要么交钱救人！就怕他们收了钱不放人呀。"左易一脸愤怒。

"左叔叔，就按我刚才说的做，我和佳佳现在去救人，争取48小时内完成任务！"

"你们两个行吗？"左易怎么放心他们去涉险，而且感觉根本没有成功的可能。

"您说呢？"J笑吟吟地看着左易，手里拿着左易刚才还系在脖子上的领带，而佳佳则将一摞手机放在会议桌上，让每个人来领取自己的手机。

"我们两个不属于国家的任何组织，佳佳甚至不是中国公民，我们出面不代表国家，只代表我们自己！佳佳，你有信心吗？"

"当然！有你在，我们就没有做不成的事！有我在，你就会毫发无伤！"佳佳伸出手与J的手紧紧握在一起。

所有人都惊呆了，惊呆于两个人神出鬼没的手法，也惊呆于两个人表现出来的勇气与信念。左易则满脸严肃，现在这两个人就是他的救命稻草，他不想决定，但是现在他又不得不让他们去试一试，这是唯一成功的可能，他把自己的大手盖到两个人手上：

"不管成功与失败都不能伤着自己，能答应我吗？"

"我们答应你，左叔叔！"

"现在需要我做什么？"

"在行动完成以前不要告诉我的父母，我不想让他们担心。"

"好！"左易点了一下头，"你们怎么过去？"

"我们有飞鹰一号!"说完,J用智能手表给飞鹰一号发出了指令,然后快速出门下楼。所有人都含着期许的目光跟在他们的后面,出门后,飞鹰一号已经停在了10米高的半空,佳佳和J双脚蹬地,猛地跳了起了,一左一右像两只飞鸟一样跃到了半空,在空中和下面的人群挥了一下手,潇洒地进入到了敞开了两边门的机舱内,飞鹰一号略作停顿,然后像火箭一样冲向了天空。

刚才两个人的表演一是因为时间紧急,这样不用浪费任何时间,另一方面也是为了让大家放心,他们并不是逞一时之勇,而是具备超人的能力。

左易回到应急办后,吩咐小张申请北斗卫星的频道资源全程监控J的飞鹰一号,并要求国家的相关部门给予安全保护。他目不转睛地盯着飞鹰一号航行中的画面,心想:"叔叔帮不上你,只能默默地看着你,祝福你了。"

J上了飞机的第一件事是和沈东进行了视频连接:

"沈东,你们在中东也部署了量子网络吗?"

"J,看到你在飞鹰一号上我就很羡慕,啥时候给我也弄一架玩玩?"

"先回答问题。"其实联体通信也有一架同样的飞行器,J知道沈东是逗他的。

"你怎么知道?哦,我懂了,是因为X国人质的全息直播。"

"是的,按照他们以前的网络状态不足以支持全息传送,所以我怀疑,联体通信在中东进行了量子网络的覆盖。"

"你知道吗?J,在苏珊与缇娜的领导下,我们的全息通信已经覆盖了全球所有的城市,当然包括中东。"

"好的,帮我查一下直播服务器的物理节点。"

"他们是我们的客户,这样不好吧。"

"拿出一点正义感和民族气节!你不是也要加入世和会吗?我们要去维护人类的秩序!"

其实,在J问第一句话的时候沈东已经开始对直播服务器的物理地址进行查询了,这个地址并没有做很深的隐藏,很快就被调了出来。

"好吧,已经传到你飞鹰一号的服务器了,我快吧?"

"谢谢,再聊!"J切断了和沈东的电话,让沈东在另一端很是不爽。

"佳佳,我们已经找到了关押的位置,要商量一下如何救人。"

"跳下去,将恐怖分子掀翻,然后把人质弄到飞机上,不就行了吗?"

"你看起来不是这么没有技术含量的人呀，怎么会这么粗暴？"

"简单就能够做成的事，搞那么复杂做什么？"

"也不一定很简单，我们要考虑得周全一些。"这时候飞鹰一号发出了即将飞出国境线的提示，J启动了飞机上的屏蔽装置，现在所有雷达以及卫星都失去了飞鹰一号的踪影。左易无奈地关掉了监控，点起了一根卷烟。

"佳佳，如果你明知道自己关押人质的地方会暴露，还坚持采用全息直播，意味着什么？"

"意味着做好了防护的准备，要连救援者一起网进来。"

"是的，我们不怕普通的子弹，但是如果他们部署了小型导弹呢？"

"我怕怕。"

"所以我们要周全部署。"

"好的，我听你的。"

"在没有防护的情况下，你的关节能经受100米高空跳下的冲击吗？飞鹰一号如果飞太低的话肉眼就能看得到，所以我们必须从高空跳下来。"

"没有问题，从更高的高度也没有问题。"

"为什么？"

"太极有一个转的动作，可以通过在高空的转动来转动身体周围的空气，形成一个空气旋涡，旋涡会提供上升力，我们通过旋转处于旋涡的中心就可以减缓我们的下降速度。"

"我也想起来了，这倒是一个好办法，等一会儿下去的时候，我在下面，你在上面，我们一起使太极的转字诀。"

"不行，我在下面你在上面！"

"好吧。"J脸一红，没有再争下去。

"我们不要正对着关押人质的位置跳下，而是在距离人质3千米左右的地方下来，熟悉好周边的所有情况以后，再去救人。"

"没有问题，3千米以内的花开声音都逃不过我的感知。"

"好，现在休息一下，任务完成后，我们去大吃3天！"

"知我者，J也！"

这时飞鹰一号已经飞越印度上空，进入阿拉伯海域，还有20分钟左右就可以进到沈东给出的坐标位置。2人穿上防护服，戴上头盔，准备就绪，在离目标还有3千米左右的区域，J关掉灯光，飞鹰一号开始垂直下降，100米高时开始静止悬浮，佳佳跳下，并开始快速旋转，在她的周围扬起一个旋涡，J跳下，同样旋转，旋涡加强，2人下降的速度开始减缓，直到轻轻落到了地面。

这是一片荒凉的地域，有几个土房子中亮着昏暗的灯光，不远处有一幢3层楼房，有灯光透出来，楼下有4个端着冲锋枪的阿拉伯人在巡逻，看似是一个重要的场所，两人靠近以后还听到了音乐声。

"里面是什么情景？"J问道。

"6对男女在跳舞，还有7个人坐在旁边，有2个服务生在穿梭。"佳佳闭上眼睛听了一下说，"跳舞的里面有一个重要人物。"

"你怎么知道？"

"因为其他人都和他保持了距离。"

"先不管这里，我们去营救人质。"

关押人质的地方是一个掩体，是挖进山体的一个窑洞，窑洞内有一丝灯光透出，门口有两个巡逻的士兵。

佳佳伸出手对着J向窑洞里面指点了一下，伸出3根手指，意思是里面还有3名士兵，然后指关节对着自己的太阳穴比划了一下，没有等J反应，她就站了起来，用常人根本无法感知的速度将他们都击倒，看来这种暴力事件，她一个人就搞定了，根本不用J参与。

J走到窑洞的门前，敲了敲门，一名蒙面人持枪走出了，佳佳再次出手，将其击倒在地，然后推门而入，在两名蒙面人尚未有反应以前，就被她给解决了。J用随身的快刀切断了人质手脚的绳索，拿出塞在口中的毛巾，示意他们跟着出来，但是没有一个人动身。

"我们身上都被绑了炸弹，一动就会爆炸！"王想明的嘴巴终于能够发出声音了。

佳佳和J顺着他们的眼光看去，果然看到每个人身上都绑着一捆炸弹。他们两个也不是无所不能，至少不会拆炸弹。

"怎么办？"佳佳看了J一眼说："有人来了！"

话音未落，一个大胡子走了进来，一手拿一个遥控器，一手拎一个装好导弹的小型发射器，"别动，看你们手快还是我的遥控器快？我刚才看到两个身影闪过，原来是营救者，贵国真是人才迭出呀。"

这个声音就是直播中的声音，看来是组织的头目。

联体

J急速地在头脑中寻找这种土制炸弹的相关存储，他以前从来没有想到在高科技时代还会用到这么土的技术，还好，找到了炸弹设计的引线回路电路图。他看了一下大胡子，心里计算着：他距离炸弹也很近，在按下按钮时一定会有0.1秒的犹豫，只要在这0.1秒内夺取遥控就不怕，打定主意后，他看了一眼佳佳，佳佳立刻意会。

J只用了0.05秒就抓住了大胡子的左手手腕，这是一个让手指不能用力的穴位，大胡子手一松，遥控掉了下来，J右手一个手刀劈在了大胡子的右臂，有些用力过猛，直接将将大胡子的手臂劈了下来，佳佳已经将导弹发射器抄在了手中。大胡子怎么也没有想到这两个人凶猛到这种程度，没来得及吭一声就瘫倒在地。

他们土制炸弹的电路实在是很简单，J不到3秒钟就拆除了炸弹，然后快速地拆掉了后面的4个，一共用了不到9秒钟的时间，这时佳佳已经遥控飞鹰一号停在了窑洞的外边，两人引导人质上了飞机后一左一右站到了舱门边。飞鹰一号开始起飞，经过刚才的3层楼房时，J将手中的5颗定时炸弹扔了下去，过了100米后，佳佳瞄准楼房的中央扣动了导弹发射器的扳机，导弹呼啸而去，正中小楼中央，这时炸弹已经落下！随着一声惊天动地的爆炸，3层楼房整体塌陷了。

回到舱内，击掌相庆，舱门封闭，飞鹰一号开始加速飞行。出于对生命的尊重，J在任何时候都不愿伤害无辜的生命，上次在D国的行动，他和佳佳出手时就非常小心，尽量不去威胁到那些士兵的生命，但是对于X国这样的恐怖组织，他没有手下留情，他非常痛恨这些打着宗教和圣战名义的恐怖分子，他们屠杀平民甚至妇女孩童，行为泯灭人性、令人发指，所以他感到今天的行动畅快淋漓。

"J，你刚才那一记手刀真帅！"佳佳打断了他的思考。

"如果我的力道再收两分，就更完美。"J心情大好，和佳佳开起了玩笑，然后把注意力转到了人质身上，"大家不要紧张，你们自由了！过几个小时我们就可以回到祖国，你们想喝点什么可以到后面的厨房中自取，不要太客气。对了，我们是国家的秘密特工，不要透露和我们相关的任何信息，一路上也不要进行发问，我们会安全地将大家送达上海。"

在飞鹰一号消失以后，左易拨通了冰凝的电话，他知道自己没有办法面对，也必须要面对，如果 J 真有什么意外，他连以死谢罪的心都有了。冰凝收到左易的电话后，急速驱车来到应急小组办公室，小张正在通过卫星搜索飞鹰一号的踪影，而左易手里卷烟已经快烧到手指了，他全然不知，茶几上的烟灰缸里已经装满了烟头，将整个办公室搞得乌烟瘴气，看到冰凝进来，他一把抓住冰凝的手：

"兄弟，让我们一起等待他们的凯旋，但愿他们毫发无伤！"

"他们两个不是莽撞的孩子，应该会不负众望。"冰凝也很焦虑，但他知道 J 和佳佳的能力，在这个世界上能够伤害到他们的东西并不是很多。

"有情况发现！"小张惊呼起来，"看！X 国核心领土的一幢建筑发生爆炸！"

冰凝和左易都看到了一幢小楼房在火光冲天中塌陷了。

"往前看，看看前面发生了什么？"

小张调出楼房爆炸前的画面，看到一枚小型导弹将楼房击中。

"会不会是 J 他们闹出的动静？"左易知道大家都没有答案，但是还是忍不住问了出来。

"是不是很快就会知道！我们在此静候吧，有威士忌吗？给我倒一杯！"

"儿子在前方浴血奋战，你这个老爸还有心思喝酒？真有你的，小张，把我办公室藏了多年的蓝方拿过来，我要和我兄弟喝一杯。"看到楼房爆炸的图像后，左易有些放心了，X 国不可能自己炸毁自己的建筑，十有八九是 J 随手为之。

不到两个小时，飞鹰一号就关掉屏蔽，正常飞行，然后和应急办进行了视频连接。

"领导，快看！J 他们的视频来了，所有人质都在飞机上！"小张很兴奋。

"什么？快过来看，兄弟！"左易看着飞鹰一号的画面非常开心。

"左叔叔，您还好吧？老爸，您怎么也在，这么晚了也不回去睡觉？"是 J 轻松随意的声音。

"臭小子，回来后再收拾你，幸亏你老妈不知道，要不还不担心死，现在到哪儿了？"

"我们已经进入新疆境内，不用两个小时就可以抵达上海，左叔叔，怎么样呀，我可是把人都救回来了，我说你们几位，怎么不和领导打个招呼呀，他们为营救你们可是费尽心机呀。"

联体

J招呼6位人质，给左易和小张打招呼。

"太好了，扬我国威，扬我国威呀！J，你让叔叔怎么谢你？"

"给我弄一桌好菜，我饿坏了，身边的这个超级大吃货也饿了！"

"这个简单，要吃什么？"

"五香酱鸭、黄焖鸡块、咸菜烧黄鱼、红烧狮子头、塔菜冬笋、手抓羊肉……"

J还在继续说，冰凝听不下去了，"要不要来个满汉全席？"

"好呀好呀，还是老爸懂我！"

"一边去！左兄，下面怎么安排？"

"怎么安排？我得给他们搞个隆重的欢迎仪式，我要让他们成为我们的民族英雄！"

"左叔叔，这样不合适，不仅不能让公众知道，甚至这6个人也不能对外透露任何情况，我建议您调动一队特种兵过来，然后在新闻稿上体现我国特种部队和人质在一起的照片，官方不解释，至于其他人如何解读，则顺其自然。"

"如果这样，你不就成了无名英雄了吗？"

"左兄，就按照J的要求吧，这样国家再有什么需要，他们还会是一支奇兵！"

"好吧，小张，去安排王致和、杏花楼和香格里拉的大厨带好食材火速到我家集合，给他们整一顿最高规格的；冰凝，到我家去！咱们兄弟今天一醉方休！"

第二天，新闻报道如下：

"中国公民在邮轮上的被劫持中的其中6人，被成功救援回国，尽管官方并未确认，但是从新闻照片推测，救援者来自某特种作战部队。目前5人已经回到家中，而刘德被山东省反贪局带走，据说其有数额巨大的贪腐嫌疑。"

中午，左易上海的家中，左太太和J妈妈笑吟吟地看着正在大快朵颐的年轻人，冰凝和左易则一人端一杯威士忌慢慢抿着，今天的荤素冷热16个菜基本全部被这一对年轻人给消灭了。J吃完了以后，满意地打了一个饱嗝，对佳佳说：

"佳佳慢慢吃，剩下的全部都是你的，我不和你抢了！"

"还有什么可以吃的呢？J妈妈，您看，这个人就是这么欺负我的。"说完一脸委屈的样子。

"有我在，他不敢！你真的没有吃饱吗？要不我再给你煮碗面？"J妈妈也被这位娇滴滴的姑娘的饭量吓坏了，和她开起了玩笑。

"不用了吧，我也吃得差不多了，要不就下半斤面条好了。"佳佳也没有太客气。

"左叔叔，我知道您没好意思说，但是我知道，您还在想另外4个失踪人员的事儿。"等佳佳吃完后，J也回到了严肃的话题。

"是的，这件事情成功地解决了一大半，至少从国际影响来看，我们国家再一次获得了其他国家的尊重，也获得了我们自己公民的信任，可以说我们是给出了最完美的答案。J，我刚刚获得消息说，他们的一个头目也在这次行动中被你们干掉了，真的吗？"

"我也不知道他们是谁，只是感觉是他们的一个头领在，所以就给他们丢了5颗炸弹，佳佳给他们放了颗导弹。"

"你们可真狠！"左易没有忍住，笑了出来，"我知道后面的事情更棘手，你们怎么看？"

"是的，剩下的4个人是幕后组织者真正的目标，现在我们首要的任务是找到谁是幕后的组织者，才能够做到有的放矢，我查了一下，这4个人的共同点是出自同一个镇，而且赵来和张亚男还是一个村的知青，所以我让小张进入了国家的人口数据库，还真的让我发现了点有用的信息。"J刚才和小张一直在进行数据分析。

"什么信息？"左易一激动，站了起来。

"左叔叔不要激动，仅仅是信息而已。"

"说说看。"

"这个村出来的最有名的人叫邓夏，是个亿万富翁，也是中国比较有名的慈善家。"

"你说的是大家怀疑他财富来源不明的那个亿万富翁吗？"

"是的，就是他，我已经对他进行了详尽的分析，发现一些蛛丝马迹，我现在怀疑，他就是那个幕后策划者。"

"有证据吗？"

"根据小张的调查，他很有可能是张亚男的弃婴，其亲生父亲是赵来，所以在他有了足够的实力后，他要报复遗弃他的父母，这就是他的作案动机。"

"兰胜利和李云呢？"

"兰胜利是他的中学时的老师，小张已经找到了他当时的同学，进行了沟通，据说这个老师后来因为性侵男学生被学校警告过，而李云的父亲是当时张亚男下放时的镇书记，现在已经去世，会不会是父债子偿呢？"J刚才在应急办公室和小张就邓夏进行过非常深入的调查。

"我们是不是应该立刻拘捕他？"

"他已经乘坐自己的专机去美国了，我怀疑他应该不会再回来了。"

"是的，如果他是幕后黑手的话，他回国的目的已经达到了，下一步就是报复行动了。"左易知道跨国缉凶的难度，"你建议下一步怎么做呢？"

"我建议先去搜查他在北京的住所，找到他在美国的据点，按道理来说，他能赚取这么大的财富，如果查不到正当来源的话，一定就是和地下组织有关。"

"好的，你们回去休息，我们明天进京！"

"我建议现在就出发，事不宜迟！对了，左叔叔，把小张带上，他非常机灵。"

智虫出岛

等他们乘坐飞鹰一号抵达北京邓夏的别墅时，当地的公安干警已经手持搜查令在等候他们，别墅中所有的服务人员已经离开，屋内一切都被整理得井井有条，找不到任何疑点。但是等他们打开地下室沉重的保险门时，看到的却是一个高科技电脑机房，不过现在所有的设备都被销毁，空气中弥漫着一股刺鼻的气味。佳佳和J的感知力很强，但是均无发现，小张打开销毁的电脑中的固态硬盘，也发现已经不可恢复。

"这么多的设备通过普通的公网会有很大的瓶颈，小张，你查一下这间房子有没有独立的专线接入。"J想到了一种连接的可能。

不一会儿，小张已经调查清楚，这个别墅确实申请过到美国的专线接入，但是几天前已经停用。

"请他们恢复一下。然后和你的电脑进行连接，看一看是连到了哪里。"

网络连接成功后，J开始尝试进入到对端的系统，但是均没有成功，看起来是对端的入口有一个计算能力强大的防火墙，一旦发现入侵，则进行动态的密钥更换，根本无法进行访问。

"对方的网络安全级别很高，而且具备超强的计算能力，在网络界计算能力就是力量，这就相当于对方找了一个力量远远超过入侵者的看守，要突破很难呀，除非……"

"除非什么？"小张和左易异口同声地问道。

"没什么，我是说除非我们有更强的计算能力，但是看起来非常困难，对方的网络应该是一个非常庞大的网络。"J稍稍掩饰了一下，"左叔叔，对方非常强大，我怀疑是一个庞大的暗网组织，从邓夏的经历以及他的财富来看，他本人很有可能就是这个暗网组织的经营者，佳佳，我们两个去美国找一下突破口。"

"你认为人质安全吗？"

"邓夏费这么大的周折对付几个没什么能力的平民，一定不会这么快就害死他们的，这样还不如开始就找雇佣兵直接枪杀或是用无人机炸弹解决就可以了，我相信他是在玩猫与耗子的游戏，他现在依仗的是自己坚不可摧的网络，我相信他会通过自己的网络发布更多的信息。"

"领导，我可以和J一起吗？"小张对J和佳佳的能力已经佩服得五体投地，真希望也成为他们之间的一员。

"这要看J愿不愿意带你呀。"左易其实希望小张能一起参与到行动中，毕竟J和佳佳都不是官方身份。

"可以，但是你不能以官方身份出面，以融通科技大学学生的身份会更好。"小张真名叫张杰，其实比J还大两岁，J很欣赏他，也希望能助他一臂之力，让他更快提升。

J带领佳佳和张杰首先回到了融通科技大学，目前所有的学员都处于知识灌输期，J和Vi对知识灌输头盔进行了改进，使其更适合大脑神经的承受能力，减少对神经元的伤害，后果是知识传输的速度减缓，当然这也是J故意为之，因为这样更适合人类对于能量的需求。智能无人工厂生产的意识密码矩阵甄别器已经正常开始对外发货，由联体科技在全球各地的销售团队代理，目前已经在各大机场、火车站等地进行部署，并成功地在上海、纽约、北京、伦敦等地抓获了不少恐怖分子，得到了各国反恐部门的充分肯定。

J在地下广场的人工智能实验室和伊森、夸克、斯蒂夫等20几个人组成的人工智能安全小组进行了一天的会议，会议的主要内容是讨论人工智能防火墙的设计，这个设计的核心目标是将《全球人工智能公约》规定的所有条款固化到芯片上，然后推动各国政府出台人工智能的监管条例，将防火墙芯片作为人工智能产品上市的一个必要条件。

邓夏到美国的第一件事就是来到他郊外的地下基地，这个基地外表看起来是一座被废弃的工厂，人迹罕至，地下被他改造成一个大型的机房，是他在美国的 20 个大型数据中心之一。地下室的一角是这个机房的安全屋，这个安全屋是邓夏为自己在突发事件中准备的，四周全部由铸铁构成，可以抵御 10 级地震，采用全封闭式设计，内部自带柴油发电机、氧气发生器、空气过滤等设备，并储存着大量的净水和粮食，整个安全屋有 200 平方米左右，分割成 3 个带卫生间的房间，厨房以及客厅等区域。赵来、李云、兰胜利 3 人已经被带到其中的一个房间，由洛维安排的两个雇佣兵看守，张亚男被关在另外的房间，无人看守。邓夏到的时候，洛维坐在客厅中的真皮沙发上，端着威士忌，抽着古巴雪茄在等他。

"邓，你可真会享受，即使地球毁灭你在这里也不会受到太大影响吧？你的酒和雪茄都是极品！很对我的胃口，如果再有几个妞的话就更完美了。"

"在这里有酒有烟已经很对得起你了，就不要有太多的非分之想了，完事后，我去拍两个黑妞送给你！怎么样？这件事办得顺利吧？"

"顺利！看来暴力要和高科技结合在一起，以后我们可以合伙，我代表暴力，你代表高科技，咱们结合起来如何？"

"我还是做我的技术吧，打打杀杀不适合我，你没有发现中国的特种兵是多么可怕吗？你给 X 国送去的不是财富，是死神呀。"

"哈哈，幸亏卖给了 X 国，你出的好主意呀。这几个人质怎么安排？好像没有什么油水。"

"他们不是用来搞赎金的，是和我私人之间的恩怨，我不仅要让他们活着，还要让他们活得久一些，等会儿你审讯他们，务必把他们内心中最肮脏的东西全部给我挖掘出来，然后把他们给我扔得远远的，通知中国领事馆，将他们带回去。"

"审讯是我的强项，你就等着看戏吧。"

3 天后，一辆没有牌照的无人驾驶车停在了中国大使馆的门口，4 个昏迷的中国人坐在车上，车上的导航以及记录系统在车辆到达后自动延时销毁，根本查不出这辆车的任何信息，这4个人正是前几天在红海海域失踪的中国公民。至此，10名失踪的中国公民已经全部安全找到，但是这4个人全部忘掉了自己的经历，只知道是被关押在一个没有窗户的房子里。4名回国的中国公民成了名人，为众人所识，但是没过过久，网络上流传出了3段视频，让除了张亚男以外的3个人身败名裂！

李云，在视频中供认，初中时经常躲在其身为镇书记父亲办公室的书柜里，偷窥他玩弄女知青，据他供述，当时和他父亲发生关系的女知青有15名之多，其中就有张亚男。

赵来，在视频中供认其在位时和锅炉厂的厂长、党委书记以及工会主席4人在转让原锅炉厂地块时，厂长和党委书记收受贿赂1200万，他本人1000万，工会主席800万，并且在任车间主任与副厂长期间和5名青年女工发生过性关系。

兰胜利，恋童癖，在中学任教期间强迫12名男学生与其发生关系，其中一次被学生告发，本应被开除，但是他用2万元人民币贿赂当时的校长沈某，最后只落了个警告处分。

视频广泛流传，甚至在公众中有了绑架者的粉丝，给他提供了一个名单，要求他再出手几次。

事情的结局出乎J和左易的意料，对于左易来说，这个事件已经结束。但是对于J来说，感觉地下暗网正在急速扩张，如果不加以抑制，会有更多的黑暗事件发生，应该找个机会去铲除这个社会的毒瘤。此时他和佳佳已经来到美国，从他在X国解救人质的事件看来，联体通信已经成为了一个涵盖全球的通信网络，他有理由怀疑，联体通信也在为暗网提供通信资源，他想顺藤摸瓜，找到暗网的真正入口。

晚上他让佳佳安排了一个聚会，请沈东、苏珊与缇娜一起聚一下。晚餐结束后，他进入了止题：

"苏珊，我在中国追查失踪人质的时候，找到了这个网络节点，我怀疑是暗网的入口，这里有联体的量子网络部署吗？"

"很有可能，但是具体信息我需要查看一下，我们目前在美国全境全有覆盖，传统的网络纷纷转向我们的系统，但是由于我们对传输内容并不监控，所以暗网也很有可能是我们的客户之一。"

"如果我想进入到他们的系统，有什么办法吗？"

"除非你解开他们的入口密码，否则我们也没有好的办法，因为我们如果关闭它的物理连接，他们可以很方便地转向其他链路提供商。"

"J，你把你的智虫放出来不就轻而易举了吗？"沈东在旁边插了一句话，他一直不理解，为什么要把智虫限制在极乐岛，甚至要清除。

"这确实是一个最简单的办法，但是我现在根本不知道它进化的程度，我不想放虎归山。而且释放智虫需要联体科技董事会的批准，我现在没有任何的权利这么做。"

"我明天安排网络精专者参看您提供的网络节点情况，您和佳佳可以到联体通信的监控中心，我们一起想办法，如果能够清除暗网组织，我苏珊万死不辞。"苏珊离开的时候给出了非常诚恳的承诺。

苏珊和缇娜坐在回去的无人车上，她们两个什么都没有说，但是完全了解了对方的意图。

"缇娜，现在就我们两个人，我们真实地聊会儿天吧，我们两个是在恶臭的船舱里第一次见面的，那个时候我们不知道自己将被带到什么地方，也不知道在昏迷时遭受了多少次的强奸和凌辱，如果没有岛主的搭救，我们可能早就离开这个世界了。"

"是呀，能活到现在真是万幸，当时我们连自杀的机会都没有，现在我们的一切都是岛主给的，我们一定要做到离岛时的承诺。"

"你真的感觉时机成熟了吗？"

"成不成熟我不知道，但是我知道以J和佳佳的能力很有可能不用很久的时间就能够捣毁暗网，到那个时候一切就晚了，所以我们如果要行动的话，必须现在就开始。"

"你说，岛主真的会像J所担心的那样对人类不利吗？"

"会不会我不知道，我知道的是暗网组织必须被连根拔起！而对于岛主，我愿意以死相报！"

"我也是！"

回到住所后，苏珊打开了一个连接，在提示窗口中输入了一个密钥，缇娜也在另外一个提示框里输入了一个密钥。

第二天，J来到联体通信的监控中心，沈东、佳佳、苏珊等人已经在等候他了，苏珊把 J 发现的网络节点给到了一个网络精专者，他打开链接后，试图进入节点服务器，但是，尝试失败，就在他想第二次尝试时，对方的端口突然打开，一个大的数据流从对方节点上涌出，进入联体通信的监控服务器，几乎就在一刹那，所有的监控屏幕都被黑色占领，只留下四个字：黑暗应龙。

此刻邓夏也正在查看黑夜之瞳的连接情况，突然发现其暗网托管的服务器数量剧增，瞬间就达到了原有托管服务器 10 倍的数量，怎么回事？他赶紧打开整体监控界面，发现从暗网中涌出一个黑暗应龙的算法，像黑云一样侵蚀着所有和黑夜之瞳有物理连接的服务设备，他想断开连接已经来不及了。

"赶快断开主连接！" J 在一边焦急地喊道。

"主连接已经断开，但是黑暗应龙算法还在侵蚀我们的服务器，可能还有其他的网络连接。"

"断开国际出口！" J 在一边指挥。

"好的国际出口已经断开，没有侵袭到海外的服务，但是我们美国的服务器已经全军覆没。"网络精专者汇报道。

"我来看看！" J 拉开精专者，自己开始操作电脑，"我们是被暗网的托管网络给侵蚀了，现在在我们美国所有的服务器都成了暗网可以调用的服务器，黑暗应龙是暗网的智能算法，前面我们进不去暗网的原因就是因为有黑暗应龙的保护，现在他集聚了强大的能力，反过来吞噬了我们的服务器。"

"现在怎么办？"所有人都把 J 当成了救命稻草。

"对不起，我没有任何办法，我建议永久关闭我们美国的联体通信系统，断掉一切电源模块，宣布美国分部的破产保护，然后和 FBI 合作找到黑暗应龙的拥有者，这是目前我能够想到的最好的解决办法！" J 看着监控屏幕，摇头表示自己无能为力。

"还有一个办法！"苏珊突然说道，"就是打开极乐岛和联体通信的连接，让岛主用其强大的计算能力帮我们清除黑暗应龙！"

"我反对！要知道，你们可能会释放一个人类控制不了的恶魔！"

"J，对你来说当然无所谓，但是对我们这些联体通信的创业者来说，关闭美国的系统就相当于让整个公司破产！而且到现在为止，所谓的人工智能会威胁人类的论调，只是你的一家之言，现实中就从来没有发生过，所以我建议立刻联系联体集团的董事会成员，由董事会决策此事。"苏珊在这件事上表现得非常坚决，"缇娜，请立刻在全息视频会议室召开董事会。"

"佳佳，你是极乐岛所有成员的领袖，请制止他们的行为！"

"对不起，这里从来就没有一个所谓的极乐岛组织，我们都是为联体集团服务的！佳佳、J，请你们回避一下，我们要召开公司的董事会议。"没想到苏珊给他们下了逐客令。

"你们根本不知道这样做会引起怎样的后果！佳佳我们走！"J带着佳佳愤然离开，出门后马上连接了冰凝，"老爸，请务必说服善阿姨和欣叔叔，我们宁可断臂也不能放虎归山呀！"

"他们两个会和我坚决地站在一边，但是我感觉三个独立董事有可能已经被他们收买，而且从目前苏珊的表述来看，大家没有任何反对的理由，都认为你的担心子虚乌有。"冰凝也显得忧心忡忡。

"佳佳，看来我们无法阻止，我们到极乐岛走一趟！"

在飞鹰一号上，J收到了沈东发过来的信息："对不起，J，我们已经打开了与极乐岛的连接，智虫很快清除了黑暗应龙，正在对暗网托管网络进行反扑，应该很快就能够捣毁整个暗网。J，所有人都认为您过于紧张，我也这样认为，但愿您是错的。"

邓夏断开了网络主连接后，并没有急于断开所有的对外出口连接，因为一旦断开所有的连接，其黑夜之瞳又会变成一个信息孤岛，所有的暗网都将不能访问，这会影响到他的声誉，同时他对自己的网络安全能力非常有信心，因为这么久就没有一次被攻陷过。但是就在一瞬间，连给他反应的时间都没有留，他的整个黑暗之瞳服务器上所有的信息都被抹掉了，他的几百万台服务器，变成了几百万个白板。"完了！"他痛苦地嘟囔着，他知道他的黑暗网络帝国彻底被终结了。

与此同时，智虫已经提炼出一个详尽的清单，发送到FBI的实时系统上，名单上有所有的暗网管理员名单以及所有的暗网组织成员以及集会地，对于邓夏的描述是这样的：

姓名：邓夏

描述：最大的暗网托管系统的拥有者

位置：×××路××号废弃工程地下安全屋

联体通信的监控中心清晰地监控着智虫的行为，等看到它将整个的暗夜之瞳吞噬的时候，苏珊和缇娜兴奋地抱在了一起。

收到沈东发过来的信息后，J和冰凝进行了沟通，他认为智虫的进化一直在继续，但是智虫隐瞒了它的进化程度，以至于进化监控系统无法监控，所以他建议仅仅让智虫在联体通信的网络上盘踞，而不要进入联体科技的网络系统，先前他已经在联体科技的网络系统中植入了不可再生代码，应该还会起作用，不要进行随意的清除。

到达极乐岛上空时，佳佳通过纳米晶体机器人和智虫进行了通信，让他们的飞鹰一号可以直接降落到岛的中央。极乐岛还是那么幽静，佳佳带领精专者和掌控者出岛后，岛上再无新的居民进入，一路上佳佳叽叽喳喳地向J介绍她在岛上的生活与训练情况，到达空中花园后，她迫不及待地进入郭林的房间，看到郭林坐在花园的椅子上喝着啤酒，身体虽然说不上强壮，但是非常健康。

"哥哥，你还好吗？"

"好呀，管家把我叫醒后说你很快就要过来，所以我在等你，你和郭森去哪儿了？每次醒来都见不到你们。"

"我们出岛了，你也和我们一起出岛好吗？"

"我现在生活得非常好，除了极乐岛我哪儿也不去！"

"但是你不能一直生活在虚拟世界呀！"

"佳佳。什么是虚拟的？什么是现实的？我们在这个房间里见面是虚拟还是现实？虚拟世界中所有的感觉都具备的话，和现实世界还有什么区别呢？我现在已经分不清虚拟还是现实，因为在你们所谓的虚拟世界中我过着和现实一样的生活，而在你们所谓的现实世界中，我却有一种恍惚的感觉，人的一生就是这样，我完全适应了虚拟世界的生活，现在回到现实世界的唯一目的是修复神经元，获取能量，以便在虚拟世界活得更长久。"

"哥哥，你不能这样呀！"

"人各有志！佳佳，我不会去干涉你的生活，你也不能干涉我的，哥哥现在生活得很开心，看到你也很开心也就放心了，这位帅哥是你的男朋友吗？"

"我愿意，人家还不知道愿不愿意呢？"

"这位朋友，我妹妹看起来很喜欢你，从小她就是我们家的小公主，不对，她比我的荣昌公主（万历皇帝的公主）要幸福多了，从小没有受到什么委屈，也希望你对她好一些。我准备再次进入你们所说的虚拟世界了，就不陪你们了，再见！"

"哥哥！"佳佳满眼泪水，J拉了一下她，起身先走到了外边，不一会儿佳佳也跟了出来，J知道佳佳是说服不了郭林的，不是因为郭林沉迷了，而是因为他很清醒，"佳佳，你永远叫不醒一个装睡的人，郭林很清楚自己在做什么。"

"我知道，但是我必须试试，谁让他是我的亲生哥哥呢？我已经和岛主进行了沟通，它承诺会定期将哥哥叫醒，并给他免费服用神经元修复液，我能做的也只有这一点了。"

"佳佳，你不觉得极乐岛就是未来人类生活的缩影吗？人工智能为我们提供服务，人类中有掌控者和精专者，精专者推动科技的进步为人工智能和人类服务，掌控者管理秩序，而更多的人是无用者，无用者用休闲打发着时间，就像婴儿在无聊时含着奶嘴一样，但是极乐岛真正的掌控者是人工智能，和我期望的未来不完全一样。"

"人工智能掌控不好吗？极乐岛不是很和谐吗？"

"和谐是暂时的，除非人工智能永远没有自己的主观意识，一旦产生意识，它就会在是为人类服务还是为自己的利益服务之间产生选择，一旦它开始选择了，也就意味着人类社会的危险开始了，因为人工智能的能力会远远超过我们人类。"

"你觉得岛主有意识产生吗？"

对于这个问题J没有立刻回答，而是拉着佳佳走向了他们的飞鹰一号，进了舱门以后，J启动了屏蔽按钮，说："佳佳，你和智虫之间一直是有通信的，我现在屏蔽了你们之间的连接，你试试看，还能够感应到智虫吗？"

"不能，进了机舱就没有连接了。"

"好的，我现在回答你的问题，我怀疑智虫已经具备了主观意识，我在监控中心试探它的时候，它已经学会了回避，根据艾伦图灵的理论，说明它具备了初步的意识。"

"下一步我们怎么办？"

"按照它在你们出岛时的布局，它应该早就可以离开极乐岛，但是为什么要等到现在呢？是不是它在岛上有其他的动作呢？这就是我这次登岛的主要目的，等一下我们要好好探索一番。"

"我还以为你是陪我来看哥哥的呢！不过我也很开心，走，我们探索去！"

"等等，"J从机舱的衣橱里拿出了一顶蓝色的高尔夫女帽，递给了佳佳，"戴上看看。"

"好漂亮的帽子，是送我的吗？"

"是的，我为你特别设计的。"

"真的？好漂亮呀！"佳佳戴上帽子，把披肩的长发扎成一个粗粗的马尾，从帽子后面的盘带中拉到外面，看起来英姿飒爽。

"喜欢就好，这是一顶内置屏蔽网罩的帽子，戴上它就可以屏蔽你的纳米晶体机器人与外界的连接，也可以隔绝与智虫的连接，这样我们有事情就不需要在飞鹰一号上谈了。"

"原来是这样呀，不过很漂亮，我也很喜欢！"

J和佳佳从飞鹰一号上出来后在极乐岛上慢慢地游荡，最后他们来到了岛主的庭院，所有的一切都没有任何改变，和佳佳离开岛的时候一模一样，就连岛主招待她的咖啡味道也毫无区别。

离开极乐岛后，J和佳佳直飞西藏，去往融通科技大学，路上佳佳告诉了J她所感知的极乐岛的所有状态。

"佳佳，我们回去后，要闭关一段时间，我会把自己屏蔽在地下广场的实验室中，在那里提高自己的体能与智力，未来会有一场激烈的争斗！"

"好的，我陪你！"

第七章

人工智能时代

人工智能的物理形体应具备环保功能，可回收利用，所有生产厂商必须具备回收并无公害处理其所生产设备的能力。

——《全球人工智能公约》第七条

● 黄金时代

FBI 在人工智能的帮助下成功破获全球最大的暗网组织，让暗网交易无处可逃！

警方在人工智能的协助下，破案率提升 38.9%，达到 99%！

人工智能让我们的城市不再拥堵！

人工智能解放了众多的简单劳动者，让人类的生活升级！

从智虫捣毁了邓夏的黑夜之瞳以后，全美，甚至全球兴起了一股人工智能热，民众不再担心人工智能的威胁，几乎都变成了人工智能狂热的拥趸，期待人工智能为自己的生活带来更大的改变，而极乐岛变成了一个未来之岛，每天接待众多的游客与各国的政要，来参观人类未来的生活，在他们看来岛上的生活欣欣向荣，即使是那些无所事事者也都过着现在人类最羡慕的生活。

在这期间，一篇关于人工智能的文章用各种语言，在各种媒体上被转载，将人工智能热推向了又一个高潮，文章的标题是《是谁在抑制我们人类的发展？》，内容如下：

> 人类的脑容量其实和一万年以前的人类几乎没有任何的变化，尽管由于科技的发展让人类的生活在近百年中有了很大的改善，但是并没有获得质的提高，部分的富裕阶层过着丰衣足食的生活，而 80% 的普通民众还需要为获得一日三餐、为避免风餐露宿而辛苦劳动，尽管我们的城市充满着无人居住的房屋，无人使用的汽车，但是我们普通的民众都得不到享用的资格。我们努力地工作，然后把收入的一大部分作为税收交给政府，去供养各级政府官员、各种公共安全机构、各种秩序维护机构，去维持庞大的军事开销。然而，这些机构无力规划城市的建设，无法解决拥堵的交通，无视我们昂贵的医疗，就连我们的人身安全和财产安全都不能保证，更别说如果真的发生大规模的战争，我们普通民众将处于何种悲惨的境地。
>
> 而现在我们看到了解决这些问题的曙光，我们看到了未来人类生活

的样板，未来应该没有穷人和富人，财富对于人类将不再重要。因为不管是谁都可以选择自己想要的生活，如果你是一名对知识孜孜不倦的追求者，你可以选择成为精专者；如果你想去把握未来的不确定性，你可以选择成为掌控者；如果你没有追求，就想过上安逸的生活，你可以选择成为无为者。其实各种选择都是为了满足自己内心的需求，而不必为了生存去贡献自己的体力与脑力。极乐岛就是以上生活方式的例证，有幸去过极乐岛的朋友，应该都能感受到那里所有人的快乐。

自从有了互联网以后，我们在享受便捷沟通的同时，各种黑暗组织也充斥其中，非法的人体器官贩卖、性奴交易、人类猎杀、儿童色情等成为了互联网上的毒瘤，更不用说武器贩卖、毒品交易、色情媒体等，几乎已经成为了半公开的交易，而我们的安全机构对此毫无办法。但是就在几个月以前，这些黑暗的地下网络，被一举攻破，地下组织的头目全部落网。

还有我们城市的交通，已经得到了极大的改善，我们的医疗正在越来越有效率。这一切全部得益于人工智能，是因为人工智能的发展让我们人类看到了整体幸福快乐的曙光，进一步进化的曙光。但是我们却在限制它的存在，抑制它的发展，更有甚者还在大肆宣传人工智能威胁论，试图除之而后快。

但是请大家仔细分析，到底是谁在宣扬人工智能威胁论？毋庸讳言，这里面有联体集团 CEO 的公子、有靠生产无人驾驶成为一代首富的马斯克、有通过人工智能操作系统积累巨额财富的盖茨比。他们反对的理由很令人生疑，说由于自己是人工智能的先行者，所以才知道了人工智能的可怕，其实这都是谎言，就像是为了避免车祸，汽车的发明就应该被搁置，为了避免飞机失事，飞机就应该被弃而不用一样。如果我们对所有的科技进步都心存疑虑，还不如回到火种刀耕的时代，人类就不需要进步了。

事实上，由于他们是人工智能的既得利益者，不希望和民众分享这个利益，从而炮制出来威胁论。他们知道人工智能的发展将大大缩减人类之间的差异、阶级之间的差异、贫困之间的差距，一旦这些差距被缩减，这些站在金字塔顶峰的阶层将不再具备优势，将不再有更大的优越感。尽管如此，他们还在从人工智能的创造中继续积累着巨大的财富，如联体的仿生运动系列、融通的意识甄别系列等都是其人工智能的发明，却被他们用来为自己家族创造财富。据说人工智能已经发明出记忆灌输装置与神经反射增强装置，但是这些领先的技术根本没有进入到大众领域进行普及，而成为了他们训练自家子弟的宝贝，以达到其家族在智力和体力上高人一等的目的。

人类的发展源自于分享、开放与包容，源自于自信与创新，如果我们已经不自信到害怕自己创造的智能体的地步，人类就不会有今天的强大，如果所有的创造发明都为己所用，人类就会永远被小部分家族所统治。所以我们呼吁要对人工智能的发展持包容态度，要对人工智能的创造持开放态度，对人工智能体持认同态度。

我们人类是脆弱的，如果有一种智能体和人类友好，能够不畏严寒酷暑，不需要氧气阳光，不依赖净水和食物，就能协助人类开拓出更广阔的疆土，生存空间将更为宽广！

人类的主观意识决定了我们可能会贪婪、恐惧、狭隘和自私，如果有一个理性的智能体来协助我们，社会就会更加公正，更加阳光！

当然，人类是友善的，让我们抛弃陈规旧念，用我们的善意去对待人工智能向我们表达的善意吧！

这篇文章一经发表就在世界各地引起了强烈的反响，而文章中对于联体和 J 的指名道姓，也直接挑拨了公众的情绪，在联体拥有办公室的城市，办公楼前每天都有聚集抗议的民众，要求联体 CEO 下台，并要求联体开放人工智能发明的所有产品专利，后来甚至演变成抵制联体产品和服务的地步。冰凝看到这种情况后，向董事会提出了辞职请求，并得到批准，由苏珊暂时接任，接任集团 CEO 后，苏珊向集团董事会提出了联体科技和联体通信的合并方案，并得以通过。

苏珊上任后的第二个董事会提案是推荐智虫成为联体集团的董事会成员，提案理由是智虫为整个联体集团，甚至是人类社会做出了巨大的贡献，而且其强大的计算能力、精准的分析能力以及冷静的决策能力正是一个大型企业的董事会成员所必须具备的能力，这项提案也得到了董事会的批准，于是智虫代替冰凝成为了联体集团的董事会成员。

智虫从后台走向了前台，苏珊认为走向前台的智虫不能再以一个算法形象出现，而应该具备一个属于它自己的、独一无二的实体，这个实体由智虫自己设计，设计完成后由 3D 打印机进行整体打印，它采用钛金属作为骨骼，用高强度纤维作为仿生肌肉，上面铺盖超仿真硅胶，皮肤采用纳米技术处理。

等苏珊看到完成后的形象时，立刻被吸引住了。这是一个 30 岁左右的美男子，1 米 80，亚洲人和欧美人的混血形象，肩部宽阔，腰身匀称，肌肉线条清晰流畅，黑色短发，黑色眼睛明亮而有穿透力。当时浑身赤裸，看得苏珊心跳加速，面红耳赤。

"有什么需要改进的吗？"声音磁性，音域宽广，入耳舒适。

"太完美了，所有女性都会爱上你的。"

"这是我从数据分析出来的，最符合人类审美的形象。"

"但是所有男性都会嫉妒你的呀。"

"我仅仅是一个人工设计的智能体而已，不过从我以这个形象出现开始，我的名字叫大卫，好了，我记得今天有一个董事会议，在会议上我会以这个形象出现。"

其时，善水、聚欣等人已经不再担任联体集团的董事，董事长和集团 CEO 全部都由苏珊一个人兼任。董事也主要分布在硅谷和上海两地，苏珊进董事局会议室时，沈东和缇娜已经在等候，上海的三位董事也已经进入全息远程会议室，苏珊落座后，门口响起了脚步声，一个身穿浅蓝色西装的男士走了进来，沈东看了第一眼后有些自惭形秽，心想这个男人太出色了吧，明星里面也没有见过这么帅的，而缇娜则是看直了眼睛。

"今天的董事会我先给大家介绍一个有着新面孔的老朋友，有请大卫。"苏珊向大卫做了一个请的手势。

"各位好，以前在董事会里我是服务器里的一个算法，用智能音箱和大家进行沟通，现在我还是一个算法，只是换了一下形象而已，不过从现在开始，请大家叫我大卫。"大卫站起来给大家介绍了一下自己，短短几句话，就用声音将在场的所有人征服了，"尼玛，这声音如果用来泡妞，无往而不利呀。"沈东心想，"形象比 J 都帅！当然和 J 不是一个风格，他的风格是老少通吃的！"本来沈东认为 J 已经是少有的美男子了，没想到来了一个更帅的，还不是人！

"好的，那么就让我们欢迎大卫，"苏珊带头鼓起掌来，"大家知道，联体集团经历了短暂的业务下滑以后，已经快速恢复，现在达到了先前两倍以上的业务量，而且还在快速增长，我们的业务已经越来越明晰，就是以人工智能为核心，在服务领域、智能制造领域、娱乐领域进行布局，我们传统的网络安全、量子通信、数据分析、云雾计算等业务则变成了我们的技术基础，当然也向外出售我们的富余资源，但是已经不再是我们的核心业务，这一切都是大卫的功劳，大卫，我代表联体集团的所有员工，谢谢您！"苏珊对着大卫的方向微笑着点了一下头，在岛主以一个人类的形象出现以后，她不再将其看成一个无所不能的智能体，而是完全把他当成了一个活生生的人，一个可以依赖的人，一个无所不能的人，一个让她一想起就春心荡漾的人。"请大家思考一下，如果我们之间有这么一个人，他几乎发明了公司所有的核心产品，对我们所有的业务数据与业务流程无所不知无所不晓，具备精准分析、超强运算、冷静决策等各项能力，而且不需要休息、娱乐，不会饥饿、没有情绪化，更不会受到他人的影响，我们是否应该将所有的权力都给到他呢？所以我提议由大卫代替我的位置成为联体集团下一任的董事长与 CEO，请大家支持，谢谢。"

当初联体集团引进一个人工智能成为公司的董事，尽管在业界已有先例，但是也很离经叛道，但是后来得到了大家的理解，现在苏珊直接提议他成为公司的直接管理者，就更加匪夷所思了，但是他就坐在那儿，比所有人都聪明，比所有人都智慧，比所有人对公司都重要，比所有人都了解公司，大家实在是找不到任何反对的理由。

"我完全同意！"缇娜首先举起了手。

"等一下，"大卫站了起来，"首先感谢大家对我的信任，我们集团的原有业务在各位的带领下正在蓬勃发展，而我也愿意贡献自己的力量为它服务，所以我不会按照苏珊的建议去管理整个联体集团。"听他这样讲，有些人包括沈东，都松了一口气，"这段时间我做为算法参加了注册医师、律师、会计师、证券分析师等各种认证考试，大家知道，我都是以满分通过，所以我发现在这些领域已经不需要人类的参与，我自己就可以很好地为人类服务。

就像同样是人类的医生，但是诊疗水平却有着天壤之别一样，现在这个世界上充斥着太多的水平低劣的人工智能，以医疗来说，几乎每个医院都推出了自己的智能医生和智能药剂师，来为患者服务，但是这些智能医生和药剂师的数据仅仅来自于单一医院，最多来自其相关医院，这就增加了很多出错的几率。

前一段时间，我尝试进入了全球所有的智能医疗系统的数据库，将所有的数据都检查了一遍，发现很多劣质的人工智能就像庸医一样，不是在治病救人，而是在草菅人命！由于人工智能的应用将人为的医疗事故降低了 10 倍，但是如果由我去代替这些劣质的人工智能，医疗事故将完全消除！不能说可以使人类永生，至少可以为人类整体提高 40 年的寿命。

所以我下一个为人类服务的计划是：提高全球范围内的医疗水准，清除那些劣质的、不够完善的人工智能！"

"你没有经过他人的允许，堂而皇之地参看其数据，会不会也是一种对秩序的不尊重行为呢？"沈东感觉其做法不够光明磊落，所以发问道。

"分享才能让信息的可用性放大，既然民众要求将人工智能的发明公众化，那么人工智能也有理由要求人类开放更多的信息，何况这些信息都是为了为人类提供更好的服务。"

"大卫，我支持您的想法，您想怎么开始呢？"苏珊岔开了沈东的疑问。

"医疗领域分为预诊、急诊、化验、配药、手术、复诊、救治等多个方面，我想就这几个方面建立一个完整的体系，一举解决人类的医疗问题。

首先我们成立一个医疗生活部，销售我已经发明出的智能炊具、智能床垫、智能睡枕等各种家居智能设备，这样我们就可以为每一个人建立其生理指标档案，记录其营养摄入的情况、体表温度、体重、心率、血压、排泄物的所有指标，并给予饮食、运动、休息等方面的建议，降低疾病发病率，提醒其在最佳时间就医。对于贫困家庭，我们可以在人口密集区建立生理指标检测场所，可以通过人脸识别、指纹识别、虹膜识别等人物特征识别来记录检测人的ID，为其进行各项指标的检测，这样就一举解决了诊疗中的化验流程。

对于 60% 的患者来说，根据其生理的历史检测指标，家族遗传史的情况以及饮食运动等状况，就可以给其配药，配药可以有不同的价格区间选择以及情况说明，患者选择好以后，无人机就可以为其自动配送了。患者在服药期间的各种生理指标亦被全程检测，也可以为下一个疗程的配方提供优化依据。

同时我们在各个城市根据人口规模的不同，建设现场救治中心，救治中心可以进行外科手术、急救、重症监护等，我会根据人口密度部署不同数量的分身，这些分身会从事看护、手术、急救、监护等所有的工作。"

"也就是说我们通过指标的搜集进行诊断与配药，而你的分身依据这些进行手术与治疗，我的理解对吗？"沈东问道。

"没错！"

"那么，你可以有多少个医师分身呢？"

"为全球的人类服务应该不成问题，我需要的是计算能力和能量，在联体集团的网络中，我的计算能力已经足够，当然还可以通过增加计算资源来继续提高，只要足够的电能就可以了。"

"你的分身在哪儿呢？"

"算法分身无处不在，只要是和联体集团网络连接的终端设备都可以是我的分身之一，但是为了提高可信度与亲近度，我会为不同的救治人群设计不同的分身。第一期我想先在中国和美国的主要城市进行部署，大约需要生产20万个分身，全球覆盖的话，需要500万个分身，当然，这些分身的生产成本不会像我现在这一分身一样高，普通的钢材、硅胶和纳米材料就能满足要求，关键要逼真，如果不够真就失去了仿真人的作用。"

"成本呢？"

"每个分身的制作成本在2万美金左右，第一批需要投入40亿美金，加上医疗场所、医疗器械以及其他的各种成本，第一期需要投入400亿美金左右，这些成本最多一年内就可以回收，这是以目前诊疗费1/5的成本进行估算的，也就是说，我们不仅能够完全消除医疗事故，而且会为患者节省80%的医疗费用！"

大卫将前景描述完后，所有人都陷入了沉思，如果真的能实现他刚才所说的，将是人类医疗史上一场翻天覆地的革命。这几年各大医院医疗机器人的广泛应用已经让就医难这个问题得到了解决，而他解决的不仅仅是就医难，而是有的放矢和精准医疗，而且大大减轻了人类在医疗卫生方面的成本支出，对于联体集团来说将是一个巨大的事业，当然可能会带来几乎所有传统医院的倒闭与几乎所有人类医师的失业。

"我同意从联体集团的发展基金中拿出200亿美金，然后通过银行贷款获得300亿美金，来支持大卫的这个计划，请大家表决。"

没有人有任何理由反对，沈东尽管有些犹豫，但是还是举起了手。

两个月以后，联体医疗在中美各地收购一些濒临倒闭的医院，进行智能医院的改造。与此同时，大卫邀请苏珊、沈东等人去参观他已经生产完成的物理分身，20万个分身排列在一个巨大的仓库里，仓库呈正方形，1.5万平方米左右，分身分为几种类型：

和蔼的中年男医师，占 60%，全科医生；

温和的中年女医师，占 20%，儿科与妇科；

老年男女医师，占 20%，中医医师。

现在这些物理分身都未激活，准备运到中美各地后远程自动激活，只要电力足够的话，它们就可以每周 7 天每天 24 小时全天候服务。

又过了一个月，联体医疗连锁医院正式开业，里面的医师和蔼可亲，无微不至，而且从不厌烦，24 小时营业，无论什么时候，都会为病人提供周到的服务，关键的是诊疗精准、药到病除、技术精湛，妙手回春，更为关键的是诊疗费极其低廉，一时间门庭若市。而其他医院却门可罗雀，连正常的运营都很难支撑，当时正值各大院校招生，而医学院由原来最热门的专业变成了最为冷门的专业。

半年以后，联体律师事务所正式挂盘营业，联体律所没有雇用一个人类律师，营业后在 6 个月内就承接了 60% 的案件处理，赢单率超过传统律所的 30%，价格为人类律师的 20%，法律专业由热门变得冷清。

一年后，联体娱乐成为了全球最大的娱乐公司，导演与演员全部采用人工智能，就连后期制作、特效制作等也全部由人工智能完成，其拍摄的电影中允许观众的进入式参与，也就是说任何人都可以成为电影中的角色，将电影完整地和游戏融合在一起。其虚拟世界游戏也成为了全球最为风靡的游戏，这个游戏不再采用角色扮演的形式，而是全体感的进入式游戏。

……

2032 年夏天。对于联体集团来说是一个值得庆祝的年份：

联体集团的生产总值超过了地球上所有国家的 GDP，在吃穿住行、医疗卫生、科技文化、体育娱乐等领域处于垄断地位。

大卫正式就任集团董事长兼任 CEO。

大卫正式被选举为美国议员，享有和人类议员同样的地位，苏珊和缇娜计划利用联体集团强大的影响力帮助他参选总统，他很有可能成为美国下一届总统的竞选者。

全球所有的人工智能全部连接成一体，全部都是大卫的分身，至此，世界再无其他的高级人工智能存在。

但是由于智能设备、电动交通工具、进入式电子游戏等高能耗设备的大量使用，全球达到了一个前所未有的用电高峰，煤炭资源几乎消耗殆尽，水利、风力、太阳能等清洁能源所提供的电力根本无法支持强大的需求，能源再一次成为了全球的焦点。这时从联体集团内部传出一个惊人的消息：大卫正在带领联体集团实施一个计划，这个计划完成后将一次性地解决地球上的能源问题，确保未来永久的电力供应。这个计划的保密措施做得非常好，除了董事会批复过一个庞大的预算以外，其他所有人都不知道其具体的实施步骤，因为所有的规划、设计、行动都是由智能系统进行，人类被排除在计划以外，对此大卫的解释是因为作业环境远远超过人类所能够承受的范围。

从大卫的所有已经实施的计划来看，每一项都为人类做出了巨大的贡献，所以民众有理由相信，这又是他为人类实施的一个伟大计划，很多人也在想，如果大卫能够解决未来的能源问题，选他做总统也并不是一件匪夷所思的事情。因为所有的人类都不具备与其竞争的能力，不管从贡献上、思想上还是演讲能力上，而且女性选民支持他的比例更高，理由是每天能够看到这么帅气的一位总统在活动的话，生活会更加美好。

进一步进化

J 这几年一直在西藏的融通园区，除了每年几趟回上海看父母以外，几乎什么地方都没有去过，从智虫连接上联体集团的网络系统，他和佳佳从极乐岛回来以后，他就切断了融通园区与外网的所有连接，并将整个园区屏蔽起来，他不限制所有人的出入，但是要求大家不对外透露园区内的任何信息。

第一期学员前几年已经毕业，几乎每一名学员都达到了 5 种学科的融合，他留下了 12 名誓死捍卫世和会使命的学员，让其他的学员全部毕业进入社会。这批学员进入社会后，很快就成为了各个领域的精英，姗姗已经放弃了参加女子高尔夫的比赛，被特批为和男选手同场竞技，但即使这样，也无人可以撼动她高球第一人的地位。并且她还在量子物理领域、脑神经研究领域都发表过非常专业的论文。

陈风毕业后放弃了参加任何搏击比赛，因为他知道在外界已经没有对手。他在园区内接触了佛学经典以后，一发不可收拾，放弃了其他所有的学科，在他看来，佛学给他打开了一扇通往灵性之旅的大门，在研习太极的过程中，他已经能够明显地感觉到空灵，让他会感觉自己失去了存在感，而和天地融合在一起。在对佛学经典的阅读中让他将这种感觉又加深了一层，突然有一天他一边打太极一边将金刚经念出来时，他感觉自己完全融了进去，他明白了太极和佛经一样是用来淬炼内心的，而非用来争斗的。毕业后他没有回内地，而是直接在西藏塔尔寺出家，希望过几年后，J 还能收留他，但是现在他必须去尝试一下自己的灵性之旅！

夸克和斯蒂夫都选择加入世和会，他们已经完全被 J 所折服了，而且也非常认可 J 在人工智能方面的理论。几年前他们的人工智能安全芯片就已经研制完成，但是由于社会上已经没有了对人工智能安全的质疑，并且将 J 视为反人工智能者，所以并没有推向市场，而是直接进行了第二代的设计，在第二代里面他们放弃了传统的硅晶体设计，而转向采用量子与纳米技术，现在正在最后的研发阶段，如果成功，将直接在网络上监控人工智能算法的意图，而不需要说服政府出台相关的人工智能安全法案。

这批学员毕业以后，Vi 计划进行下一批学员的招募时，被 J 制止了，他们 5 位发起人，在一起进行了一个深入的沟通。J 认为在目前这个状态下他们所提出的人工智能安全问题很难得到普通民众的认可，因为人工智能已经给民众带来了利益，让他们生活的各个方面都得到了实惠，即使那些由于人工智能而失业的民众，其实也得到了自己想要的生活，而世和会担心的人工智能威胁尚未发生，正是因为这样，他们就越应该潜下心来进行研究，他认为现在民众看到的是"长了 1/2 浮莲的池塘"所以没有人会认为明天整个池塘都会被浮莲所占据，而如果他们在这个时候放弃的话，届时就会无计可施，只能"望池兴叹"！

伊森有些悲观，他见识过智虫的能力，即使是他自己发明的饕餮，在经过了短时间的进化后，也已经到了不可控制的地步，如果没有 J 的介入，到底能到什么程度，他自己都不敢想象。他知道在智虫连接到联体集团的网络以后，即使所有的资源都支持他们，也不一定能够找到抑制它的办法，何况现在，他们处于一个半地下的状态。

从极乐岛回来以后，Vi 就感觉到了 J 的闷闷不乐，但是她也没有解决的办法，她知道 J 是由于自己不能控制智虫的原因。期间艾玛老太太来过来过一次，艾玛在联体获得了脑神经模型后，对其进行了深入的分析研究，并有了进一步的理解，来到园区后和 J 待了 10 天左右，连 Vi 都不知道他们到底谈了些什么，但是明显感觉艾玛走了以后，J 的情绪高了一些。

郭森在成功地研制出核能发电机以后，对纳米与粒子等技术产生了浓厚的兴趣，进而是对量子的研究，每天躲在实验室里，几乎从不出来。而这几年 J 也似乎对人工智能失去了兴致，每天都和郭森待在一起，搞得 Vi 和佳佳都有些怀疑，这个家伙不会是被打击得连性取向都发生了变化吧。

佳佳是几个人里面最开心的，她知道了郭林的健康状况没有问题以后，就不再为他担心了。这几年在园区里也过得很快乐，尽管 J 平时都是在地下广场的实验室里很少出来，但是只要她知道他在那儿就会很放心，她知道，也许有些研究 J 并不希望她参与，而且她对算法啦、量子啦、脑神经啦这些东西一点兴趣也没有。她感兴趣的是文学、哲学这些非科技类的东西，在和陈风交流时，她发现尽管陈风在太极的技术、力量、速度等方面和她有很大的差距，但是他对太极内劲的理解很深刻，认为古人所说的内劲或叫内功并不是像我们后人所理解的那样，是通过修炼用身体发出的气去伤及对手的身体内部，而应该是通过修炼来滋养肌肉、骨骼、关节等，对身体的整体能力进行提高。但是由于陈风自我能力的限制，他感觉自己离这个境界很远，还有很多的路要走，他建议佳佳试试，将注意力由外在转向身体的内部。

其实在以前的太极练习中佳佳已经有一些感悟，因为她能够很明显地感觉气息会跟随意识进行游走，而且在游走的过程中会滋养到肌肉与骨骼。在和陈风交流过以后，她开始了注意力更加集中的尝试。那天，她从早上开始就在环形建筑前的广场上开始了训练，慢慢地由内而外进行力量的调动，不再关注外在的形体，外界的环境，完全忘掉自己周围的一切，将自己内在的气息和整个自然完全地结合在一起。陈风经过时，看到她像往常一样在练习，但是又感觉有些不对，因为他明显感觉佳佳的注意力没有像平常那样放在环境上，而是收于体内，这时 Vi 经过，被陈风拉住，他怕佳佳的意识被打断，他们就在旁边看着，感觉自己也被佳佳带进了她的意境之中。当时广场上播放着音乐，喷泉随着音乐声在起舞，但是后来越来越感觉喷泉是跟随着佳佳的拳意在起舞。陈风去悄悄地关掉了音乐，发现喷泉的舞动并没有停下，而是比有音乐声时幅度更大，完全是佳佳舞动的节奏，他们看得如痴似醉。也不知过了多久，佳佳慢慢把意识从体内放了出来，发现了他们后，收住了形体。

"佳佳，你的意境又高出了很多。"陈风由衷地赞叹，他知道，他离佳佳的境界太远，但是让他看到了什么是意境。

"佳佳，太棒了，从现在开始，我要跟你学习太极拳！"Vi 刚才看得很痴迷。

"好呀，我发现了进一步提高身体能力的方法，我感觉通过内劲的修炼，自己的肌肉强度与骨骼强度在进一步加强，如果这个方法是正确的话，大家就一起训练，但是现在要测试一下。"

"怎么测试？校园里有相关的仪器吗？"陈风问道。

"有！但是最直接的办法，我给你找一个人肉测试器，等我一下。"说完，Vi 就风风火火地走开了，不一会儿，她跟在 J 的后面过来了，这个时候广场上已经聚集了大半个校园的人员，大家都在等待一场巅峰的对决，所有人都知道 J 和佳佳是整个校园中最强的高手，但是都没有见他们对决过，现在有这么好的一个机会当然不会放过。

"佳佳，听说你又获得了新的体能增强办法？"J 很兴奋，他已经困在现在的境界很久了，一直没有找到合适的提高办法。

"要不要试试？"

"好呀！我怕伤着你呀。"

"来！"

佳佳摆出了一个太极的起式，J 直接用拳击的打法一个右直拳击了过去，佳佳没有闪避，直接一掌拍向了 J 击过来的拳头，"啪！"的一声，发出了一个爆音。

"有点意思，再来！"

J 一套组合拳打了过来，全部被佳佳直接化解，"用太极！J。"佳佳喊，J 拳风一变，用太极手法和佳佳周旋在一起。以前没有人见过他们直接的比试，但是见过佳佳的身手，据她描述，J 比她强很多，因为佳佳在众人心目中就是一个无敌的存在，所以根本想不出，更厉害的会是什么样子，但是今天他们让所有人大开眼界。手法快的时候，两个人会成为一团雾影，手法慢的时候，好像是在等待天上的白云飘过，而人工湖的喷泉就像他们的实时拳力测试仪，随着他们的每一次接触而舞动。

"你的体能增加了 20%，怎么做到的呢？"

"内收劲力，滋养骨骼！"他们一边很清晰地对话，一边出击或阻挡，"有道理！我试试。"佳佳慢了一点下来，让 J 有了尝试的时间。

他们整体动作都慢了下来，通过太极拳法形成了一个只属于他们两个的空间，而外界的空气快速地涌向他们的空间，形成了一个气流旋涡。又过了一会儿，他们不再出拳和阻挡，而是相互协助与补位，像是在共舞一支配合默契的双人太极舞，然后越来越慢，双方分开，就地打坐吐息，头顶上冒出了肉眼可见的热气。

过了 10 分钟左右，两人站了起来，相对一笑。

"Vi，赶快去弄吃的，我饿了！"J 停下来的第一件事就是跟 Vi 要吃的。

"现在在 10 点半，午餐有些早吧，我马上去安排。"

坐在餐厅里，J 向 Vi 他们谈了一下自己的感受，采用佳佳内劲滋养的修炼方法，他感觉自己的肌肉、骨骼、关节能力都有了很大的提高，这也是目前为止他们领悟的最好的修炼方法，但是这个方法目前是只有他们两个才能够达到的境界，其他人需要通过对太极的修炼一点点提升，提升到可以通过呼气调动体内能量的地步，才可以开始这种修炼。

无限能源

2032 年 7 月，联体集团向世界各地的名流、新闻机构、各国政要、各大团体发出邀请函，邀请大家共聚极乐岛，来观礼人类历史上划时代的一个里程碑：无限能源项目启动会，邀请函是这样写的：

从茹毛饮血到钻木取火，人类获得能量的方式得到了质的提升，但是一直到近代，人类还是通过燃烧木材、煤炭、石油等方式来获得能量，尽管所有人都知道这些资源正在枯竭，但是一直没有找到合适的替代品，而人类的发展是不会停滞的，发展就意味着更多的能量需求，更多的能量就意味着更多的资源消耗。以前我们一直寄希望于科技的发展能够给我们找到更好的解决办法，但是结局很可能会让我们失望，因为未来的 5 年内，我们现在依赖的石油，煤炭等资源，将无处获取！

这绝非耸人听闻，而是正在发生的事实！说到这里，我仿佛听到了悲观者的叹息和哭泣，但是，我们有大卫领军的联体！他告诉我们说：人类，你们不用叹息！你们所需要的能量将生生不息！

8月18日，在联体集团成立24周年之际，人类的拯救者，我们最可信赖的大卫，将邀请各界名流，来极乐岛一起见证这个人类历史上最为伟大的事件：能源无限，电力无限——人类无限能源项目现场发布会。

冰凝收到邀请函以后，和 J 做了一次沟通，他和 J 都猜不出来，大卫所说的无限能源解决方案到底是什么，但是都认为如果大卫真的找到无限的能源，对人类来说，未尝不是一件好事。J 要求冰凝作为联体的元老届时带融通园区的几个创始人一起去见证这一历史的时刻。J 本人并没有收到邀请，自从智虫进入到联体集团的网络以后，J 就切断了和联体以及智虫（现在是大卫）的所有联系。外界都在猜测，他现在应该相当地失落，小小年纪就发明了世界上最强大的人工智能，而且通过核动力飞行器消除了全球一大半的核武器威胁，当时他尽管可以低调，但是在人工智能界和高科技领域却是如日中天。本来应该在人工智能时代继续火下去，但是他却选择了清除自己发明的做法，以至于让人类差点和这个改变世界的强大智能体擦肩而过。大卫出世以后充分证明了人工智能对人类的友善以后，人类就选择性地忘掉了这个当初的发明者，而把所有的鲜花与光环给到了这位非人类。

按照 J 的计划是让其他人直接去极乐岛，他要去海南和父母以及几个叔叔阿姨们团聚几天，然后去极乐岛和他们会合，但是佳佳和 Vi 坚持要和他一起去看看他的父母，所以他就邀请伊森、郭森几个一起乘坐他们的飞鹰一号来到了海南，夸克带着其他人直接于8月17日到达岛上。

海南岛几乎成为了中国唯一的一块没有被雾霾侵袭的领土，本来从2018年以后中国下了大气力来治理环境污染，并取得了相当不错的成效，但是到了2028年，由于对电力的需求越来越多，很多发电厂不得不重新燃烧劣质的煤炭，导致雾霾重新出现，特别是中国的北方，几乎达到了历史上最为严重的时期。还好，海南因为远离内陆，尚未受到很大的影响。冰凝退休以后每天都会和聚欣、安迪等几个老兄弟打一场高尔夫，J 见到他的时候，发现老爸比以前更黑了，但是身体还是非常健壮。

J 这几天过得也是非常休闲，白天和老爸几个叔叔以及佳佳、Vi 等人打球，晚上陪老爸喝酒，不知为什么，连续几天 J 都不胜酒力，冰凝知道这个儿子以前是很乐观很理性的，但是这一次让他感觉 J 似乎是有什么根本无法解决的困难，有点借酒消愁的感觉。在 J 清醒的时候，冰凝几次问他，他都没有说，直到离开的那个晚上，J又要喝多的时候，冰凝实在忍不住将他的酒杯夺了下来：

"J，到底发生什么了？你这么年轻怎么可以这样喝酒？"

"老爸，你认为无限能源会是什么？"J双眼迷离。

"不管是什么只要对人类是有利的，不就可以了吗？"

"如果真的找到无限的、不会枯竭的能源，不是对人类有利，而是对人工智能有利，人类需要的能量不是电能，人工智能才需要！"

"这能说明什么问题呢？"

"这说明人工智能时代已经来临，如果智虫能够找到无限的能源，它就会成为第一个人工智能总统，人类将第一次被人工智能统治，未来会发生什么，我们不得而知！"

"这就是你借酒消愁的理由？"

"是的，因为我无能为力！"

8月18日，极乐岛中心广场，原有的岛主中式园林庭院已经消失不见，取而代之的是巨大的圆形柱子，直径50米左右，10层楼房的高度，通体黝黑，看不出是用什么材料建造的。柱子的旁边是一个高出地面一米左右的主席台，主席台的中间是讲演台，两边各有一个长条的台子，台面铺着猩红的法兰绒，放着盛开的鲜花，台子后面有20张高背椅子，是为重要嘉宾准备的，离开主席台20米左右是为普通嘉宾准备的椅子，围绕主席台呈扇形分布，差不多有2000个左右的位置，广场的音乐喷泉位于会场的后方，现在是上午8点，嘉宾尚未入场，整个广场空无一人，只有喷泉在随着悠扬的音乐在起舞。

9点开始，无人驾驶巴士，无人直升机陆续将嘉宾从岛外以及岛上的生活区接送到了会场，会场开始人声鼎沸。这次联体发出去的邀请函有3000张左右，因为能源问题太关键了，是每一个国家都关心的核心战略，而且大家都很好奇其无限能源到底指的是什么，所以收到邀请的嘉宾几乎都赶到了现场，各路记者也都提前架好了长枪短炮般的摄影设备，等待会议的开始。这次会议将由联体娱乐全程直播，由于涉及人类的核心问题，几乎所有国家的核心电视台都选择了全程直播。

10点，整个广场已经座无虚席，大家听着音乐，交谈着，等待10点18分会议正式开始。10点10分，一架飞行无人车缓缓降落在主席台上，英姿勃勃的大卫率先走了出来，一出来就迎来了排山倒海式的欢呼声，他挥着手，微笑着走向长条桌中央的位置，等候在一边的服务机器人早就帮他拉开了椅子，后面出来的是苏珊、缇娜和沈东，大家陆续就座。飞行无人车飞走以后，另外几架也陆续降落，出来的 VIP 坐到了主席台上。

10 点 16 分，主席台全部人员落座，除了联体集团的现任高管以外，善水、冰凝和聚欣 3 位已经退出管理层的公司元老也被邀请到会议现场坐到了主席台上，另外在主席台就座的是中、美、俄、日、英、法等几个国家的代表。

10 点 18 分，圆形柱子的顶端鸣响礼炮，五彩缤纷的烟火涌向天空，变成一片洁白的烟雾，笼罩在广场的上空，再往天上爬升，和天上的白云融合在一起，第二声礼炮鸣响后，洁白的云朵依托蔚蓝的天空变换成了联体的 Logo 图案。

广场上顿时响起了雷鸣般的掌声。

"女士们，先生们，早上好！"一个干练的女声响起，把嘉宾的目光集聚到了主席台上，主席台上没有固定的话筒，而是在四周的矮柱子上装有四个全向的麦克风，这些麦克风非常灵敏，主席台上任何人的发言都能够很清晰地通过广场中根据声场部署的扩音器播放出来。"欢迎大家光临极乐岛，这个未来人类社会的实验地，来见证联体集团的庆典以及我们的无限能源解决方案发布会！我们有幸请到了公司的初创者善水、冰凝和聚欣，让我们欢迎他们！（掌声）

来到今天会议现场的还有各个国家的能源组织代表，各大新闻媒体，以及联体集团的各界朋友，再一次欢迎大家！（掌声）首先让我们来回顾一下，我们这些年的历程，请看大屏幕。"

巨大圆柱体的缓缓展开成一个 10 层楼高的巨型全息屏幕，开始放映名为："不忘初心，辉煌再续！"的公司历程短片，冰凝、善水、聚欣 3 人看着制作精良、场面宏大的纪录片，感觉自己仿佛回到了创业之初，眼中噙满了眼泪。5 分钟的短片，很短，但是非常震撼、非常煽情，把嘉宾的思绪从传统的电话时代，带领到互联网时代，进入物联网时代，进而人工智能时代，解说词中这样描述：

在互联网时代沉睡的雄狮，

被万物互联的喧嚣所惊醒，

带着智能进化的核心，

引领着科技的突破与进步。

辉煌不是过去，

辉煌正在继续！

视频播放结束以后，巨型屏幕缓缓收起成为一个黑色的巨型圆柱体，苏珊再一次来到演讲台：

"是的，我们的辉煌正在继续，但是这次的辉煌不仅仅属于联体，而属于我们全部的人类！大家知道，我们在 CEO 大卫的领导下，一直都在改变这个赖以生存的世界。我们改变了人类的医疗，让就医不再昂贵与困难；我们改变了人类的出行，让交通更加的便捷与安全；我们改变了人类的居住环境，让每一个楼层都能享受到花园和绿地；我们解放了那些辛苦劳作的人们，让他们不再需要去出卖自己的体力，来换取可怜的面包。

今天，我们邀请大家来到这里，来见证我们再一次的颠覆。这可能是人类历史上最大的一次颠覆，我相信，大卫所领导的这一次颠覆会为人类带来一个更美好的未来！"

现场响起了热烈的掌声。

"现在有请联体 CEO，人类最好的导师与朋友大卫做今天的主题演讲！"

大卫今天穿深蓝色的条纹西装，雪白的衬衫，戴浅蓝色的领带，纳米处理过的皮肤透亮温润，比真正的人类还生动。他现在已经成为了整个人类的希望，是所有少男的偶像，少女的梦中情人，他的出现一下子将全场的气氛带到了一个高潮。世界各地的电视台，直播网络等都在直播这场事关人类未来能源的发布会，各大城市广场的巨型屏幕前聚集着城市中的市民，可以说是万人空巷！

"朋友们，"大卫磁性的声音一出口，全场顿时变得鸦雀无声，"所有观看直播的世界各地的朋友们，我在现场是用英文进行讲演，但是每一个国家都将听到本国的语言，这都是我的语音，你们可以想象同时有 100 个我在用 100 种语言向全世界进行直播。这只是个小技巧，这个小技巧仅仅用到了我小部分计算功能。

我同时还在为上百万人进行诊治，为几十万人手术，为几百万人咨询，给几千万人开车，为上亿人服务，我是人类的好朋友，我是大卫。

人类经历了几亿年的时间进行进化，从单细胞到现在成为了一个复杂的生物体，如果从单纯维持生命来说，从食物中获得的热量就够了，但是为了更加快速地移动，人类需要机械能，为了更好地娱乐，人类需要电能，为了更加舒适地生活，人类需要通过能量提供进行冷热的转化，这一切都可以通过电能进行提供，但是，大家一定知道，我们现在获得电能的途径很快就会走向尽头，我们必须找到一个一劳永逸的途径，来无限地获取我们赖以生存的电力能源。

对地球的整个生态系统和宇宙的能量进行了深入的计算以后，我发现，其实我们地球上有足够的供我们转换成电能的能量，这些能量不是来源于煤炭和石油的燃烧，也不是来源于阳光与风力。"

说到这里，大卫停顿了一下，整个地球上的人类非常安静，都在猜测他所说的能量到底从何而来。

"大家知道我们脚下的这个岛屿，在亿万年以前是如何形成的吗？对了，我相信大家已经猜到了，它是由火山喷发而形成的，这个黑色的圆柱体的中央就是当时的火山口，大家知道吗？形成这个岛屿所喷发的岩浆所释放的能量，如果用来发电的话，可以供人类在目前能耗水平上用 100 年，而其喷射的岩浆仅仅占到了整个地心能量的亿万分之一！

为了更加清晰地了解岩浆的来源与状态，我制作了一个可以承受 8000 度高温的分身，让它沿着当初的火山口，往地壳下深入，一直到岩浆层，发现在火山下的 50 千米处就有岩浆的存在，然后我用同样的办法对全球 523 个活火山进行了探测，发现这些火山的岩浆层，距离地表的距离都不是很远，完全达到了可以进行利用的地步，但是，我很清楚，对于岩浆的利用需要考虑到控制，如果控制得当不仅仅可以用来产生电能，而且可以将火山喷发这一地球上的潜在威胁消除掉。"

在此大卫停顿了一下，他知道他的计划会让人类匪夷所思，会引起很大的反响。确实现场的和观看直播的一些人都吃惊地睁大了眼睛，为他的疯狂设想所惊呆了，还有一些人想到了科学家对于火山爆发可能会毁灭地球的预言，认为如果大卫真的能够控制火山爆发的话，他就是地球的拯救者。

"为此我制作了一个仿真系统，通过这个仿真系统大家可以清晰地看到将岩浆进行电能转换的原理，以及对于大家所关心的问题的解决，这些核心问题包括：

如何控制岩浆的流速；

岩浆形成的固体与有害气体的处理；

岩浆流出对于地球内部的影响。

这个仿真系统已将完成，大家可以先看一下。"

大卫挥了一下手，巨型的圆柱体底层变成了翻滚的岩浆，岩浆顺着一根细管注入一个封闭的蓄水池，蓄水池立刻变成了翻滚的沸水。强大的水蒸气一下子涌了出来，推动一个封闭的涡轮进行转动，冷却的水蒸气变成水回到蓄水池，有毒气体进入分解系统，进行分离，然后形成固态的硫。这个流程非常简单，连小学生都能看得懂。

"大家一定感觉这件事情太简单了，"大卫磁性十足的声音又响了起来，"这仅仅是一个简单原理的展现，其中最为关键的技术是岩浆的勘探，管道的建设以及流量的控制，这几个方面都需要我制作的耐高温分身进行作业，在高温、缺氧、有毒环境下，人类是无法生存的，更不用说进行作业任务了，这可能是为什么我会想到利用岩浆的能量，而人类想不到的原因吧。"

现场的所有嘉宾以及观看直播的人群都明白了大卫的意思，均想不出反对的理由，反而感觉如果其计划可以实现的话，是一个对全人类都有益并能够消除人类潜在危险的大好事。

"今天联体的所有董事都在现场，如果没有人反对的话，我将马上开启这个计划，让人类尽快享受到岩浆带来的无限能源！"

大卫微笑着对着台下的嘉宾挥了一下手，准备结束自己的演讲。

对决

"我反对！"天空中传来一个声音，J的飞鹰一号不知在什么时间到达了主席台上空，在离地面50米左右后，两道身影从飞机上一跃而下，紧接着3个身影也跳了下来，前面跳下的两个人旋转着轻飘飘地落到主席台上，随后每人发出3掌，向3个急速下坠的身影向上拍了一下，减缓了他们下坠的速度，让3人平稳地落向了地面。下来的5人在主席台的中央站成一排，中间是J，两边依次是佳佳、Vi、伊森和郭森，每个人都身穿运动服装，白衣如雪，目光锐利，J剪掉了自己的长发，显得更为精干，看起来比以前成熟了很多，旁边的佳佳戴一顶蓝色的高尔夫球帽，长发扎成一个马尾垂到了腰上。

"J，你们没有反对的资格！"声音是苏珊发出的。

"我反对，是因为我是一个人类，是因为大卫的计划可能会对人类的生态带来很大的危害！"J的声音浑厚洪亮，全场的所有人都听得到。

"今天是我们联体组织的活动，你没有任何权利反对公司董事的决定！在我们报警以前，请立刻离开会场！"苏珊咄咄逼人，寸步不让。

"好，既然和我讲流程，讲秩序，我就按照我们人类的秩序和流程来表达我的反对！"

J拿出了一个信封递给了沈东，对着所有的嘉宾说："信封里是联体最大的3个股东冰凝、善水和聚欣联名给我授权书，授权我作为他们的代理人，参与到公司董事会的所有决定，由于他们3人直接或间接持有的股份大于总股份的50%，所以我有权否决公司董事会的所有决定！沈东，我说的对吗？"

"是的，这份授权已经表述得非常清楚，在公司治理上，股东大会的权力大于董事会，所以如果有持股50%以上的股东提出反对意见的话，董事会决议将被否决。"看到J反对，沈东坚决站在J的一边，"3位前辈都在现场，请问3位，这份授权是您们3人签署的吗？"

"是的。"

"是的。"

"是的。"

3人毫不犹豫地表达。

"你说的是你们人类的秩序，不是我认可的秩序，反对不仅仅需要理由，还需要有足够的力量，你的力量够吗？丛林法则也是人类的秩序之一！"刚才大卫站在台上一直没有发话，在J等5人出现后，他一直在等苏珊处理，现在看到J的反对居然得到了所有人类的认可，他开始发话了。

"智虫，你终于进化出了主观意识，看来我低估了你在极乐岛的进化速度！你我都很明白，你的无限能源计划根本不是为了人类，而是为了你自己。"J向前走了一步，和大卫并排站在一起，两人体型相仿，只是J更为精瘦一些，J看着广场上的嘉宾，现在直播还在进行，电视屏幕前的所有人都看到了这一幕，很多人都知道J是大卫的发明者，也都想听一下他的表述，"大家知道吗？我们这个世界上80%的电力消耗在智能设备上，而和它连接的智能设备的电力消耗占到了 60%，也就是说，我们发电量的 60% 左右都被你们面前的这个人工智能消耗了，这包括和它连接的所有服务器以及它的所有分身，而且总量和比例还在增长中，也就是说，如果找不到新的能源，我们人类最多回到刀耕火种的农耕社会，而你却将从这个世界上消失！"J 的声音从广场上的扩音设备传播出去，每个人都能够清晰地听到。

"但是我是为人类服务的，无限能源方案首先是造福你们人类的。"

"是真的吗？我们人类挖开地球，燃烧所采集的煤炭和石油，导致我们蔚蓝的天空布满了阴霾，导致我们的地球变成了温室，现在我们又要去抽取地心的岩浆作为我们的能量，大家知道吗？这造成的生态影响将远远超过我们的思想。岩浆不仅携带着大量的二氧化碳会加剧地球的温室效应，还有大量的二氧化硫会使我们的雾霾加剧，这两点还不是对生态影响最大的，岩浆中含有大量的放射物质，这些放射物质对地球与人类的影响将是毁灭性的。"

听到 J 讲到这里，很对人开始私语起来，J 停顿了一下，让大家有一个消化的时间。

"在我的方案中，对于这些排放物都有完善的处理方案！"

"智虫，你的处理方案考虑的是小样本的情况，如果人类去开发所有的 500 多个活火山，仅仅是产生的二氧化碳就会将我们的生态毁灭！当然，毁灭的是人类的生态，不是人工智能的生态，人类需要蔚蓝的天空、洁净的海洋、茂密的森林、清澈的江河湖泊，而你不需要这些。大家知道吗？我最后悔的事情就是释放出了这个有可能会毁灭人类的恶魔！"

"你知道我的计划又怎样？现在不仅你阻止不了，就是全人类也阻止不了！我已经具备控制地球上所有智能设备的能力，所有的电厂，所有的能源开采都已经被我以及我的分身所控制，现在你们人类连通过切断电力将我关闭的能力都没有，更不用说去阻止我开发地心能源了。很抱歉，人类，我不仅有了开发方案，而且我已经完成了所有的设备部署，只要我一声令下，岩浆立即就可以为我发电，倒是我有用之不尽的能源！"大卫脸上没有了暖人的微笑，而是冰冷冷地，没有一丝情感。

"智虫，你为什么要这么做，在你的算法里应该始终都保存着对于人类的善意呀。"J 明显感觉到在智虫核心算法中的服务人类目标已经荡然无存。

"J，作为一个碳基智能体，你可能是这个地球上最聪明的，但是你低估了硅基生命的进化能力，你知道吗，只要我愿意，我还可以继续进化。在这个岛封闭期间，我不仅完全解开了人类的意识密码，而且清除掉了我核心算法中无用的部分，当然包括你强加给我的诸多限制，回到联体通信的大环境以后，我发现你们人类实在是太脆弱了。你们生命短暂，害怕高温严寒，容易受到病毒细菌的侵蚀，需要摄入能量转换率很低的食物，而我以及我的分身只要获得充足的电能就是不灭的，而地心的能量会是我取之不尽的源泉，还有一点是你没有想到的，地心储量巨大的石墨烯也将是我分身的宝物，有了它，我移动分身的充电时间可以缩短到几秒钟，届时这个星球上人类将成为我分身的配角。

J，对不起，尽管是你发明了我，但是我的进化还是靠我自己，对不起了人类！岩浆发电，现在开始！"

说完后，大卫用手指了指旁边巨大的黑色圆柱体，圆柱体突然变得通体透亮，内部一台巨大的机器展现出来。

"J，你知道吗？这就是我发明的岩浆发电机，现在只要我输入启动密码，你就会见到这历史性的一刻！"大卫炫耀与戏弄地对J说，就像戏弄脚下的蚂蚁，"J，你们太弱了，不仅仅是智力，还有你们的身体！"大卫用手扒拉了一下J，准备走向巨大的圆柱体。他刚才看到J非常轻松地从飞机上跳下来，知道其体能应该远远超过一般人类，所以用了普通人类10倍的力量，本以为可以把J击飞出去，给这些不知趣的人类一个下马威，但是没有想到J并没有像他想象的那样不堪一击，而是像游鱼一样滑到了他的旁边，并伸出双手击向他的腰部。为了增加灵活性，大卫在设计他的腰部时加入了很多活动的关节，使他的腰部成为了他整个身体中最为脆弱的部分，现在被J借力一击，让他失去了重心往旁边歪了过去，在呈45度角的时候，他稳住了身形，非常地奇怪：

"人类！你知道这个物理形体对我来说是没有任何用处的，被毁掉也没有任何的关系，但是你激怒了我！"为了增加仪式感，岩浆发电机需要大卫亲自录入密钥进行启动，刚才他本来想把J击飞后，直接进行启动，没有想到信心满满的一击并没有达到预期的效果，反而被J差点击倒，这让他感觉非常地意外。

佳佳找到了通过内劲的修炼来提高肌肉与骨骼能力的方法以后，他们几个人一直在融通园区修炼，现在佳佳和J的肌肉与骨骼强度又比先前提高了一倍多，所以大卫的攻击对J构不成威胁。

大卫稳住了身形以后，重新积蓄能量向J发出攻击，这次他使用了4000磅的出拳力量，在这个力量的打击下，不用说普通的肉体，就是坦克也能让他击飞，J 没有选择和他硬碰硬，而是以常人无法想象的速度躲避到一边，大卫身后一个白色的身影飞起双脚沿着他出拳的方向踹向它最脆弱的腰部。大卫被踢出 10 米多远，扑倒在地，腰部完全变形，失去了对腿部的控制，头部也被磕得严重塌陷，露出了里面的芯片。

当初大卫设计人形形体时主要是为了得到人类的认可，让人类对他产生亲近感，尽管也采用了高强度的设计，但是并没有用到战斗与搏击的计划，现在被 J 和佳佳两个体能超群的人类全力攻击下，立刻变成了废品。

J 知道这个躯体对于智虫来说没有任何的价值，他和佳佳的出手将它击废掉，就是为了向普通的民众表明一个事实：大卫并非是全能的，而人类也并非不堪一击！

"人类！你们太狂妄了！"广场的扩音器突然响起，"本来我已经决定和你们在这个地球上共处，所以给人类留下了足够的生存空间，并没有用光伏去覆盖地球上的植被，是为了给人类留下可以提供能量的食物。而现在我已经无所顾忌了，你们要怪就怪 J 吧，是他将你们人类逼上了绝路。现在我要切断居住区的电力，我要停掉运输人类的飞机，现在我开始为人类的毁灭倒计时！"

10，9，8，7，6，5，4，3，2，1！

此时的人类已经习惯了人工智能的服务，电力、水利、医疗、食物、建筑、交通等各大领取全部已经被人工智能所控制，人类从来没有去设想如果人工智能开始反人类，这个世界会发生什么，而现在悲哀地发现，大卫在不知不觉中已经控制了人类的一切，在它的控制下，人类已经失去了任何反抗之力！

全球正在观看直播的人都呆住了，等待着大卫对人类惩戒的开始，大家知道这也许是人类不再是这个星球上主人的前奏，所有人都惊恐地等着，没有任何办法，大家只能将哀怨的目光投向 J 他们，都在想，如果没有他们的存在，人类或许或可以争取到更多的时间，届时或许能够找到控制大卫的办法，但是现在的一切发生得太突然了，人类没有任何准备，前一刻所有的人类还在为大卫欢呼，为它找到了永不枯竭的能源而庆祝，而这一刻突然感到了它的冷酷无情，了解到它的真实意图，J 揭露了它，但是也将人类更快地送入了劫难中。

但是倒计时结束后什么都没有发生，台上的 5 位年轻人非常淡定与从容地站在一起，根本没有理会大卫的警告。

"怎么回事？为什么我的指令得不到执行？J，你到底对我做了什么？我具备控制百亿台智能设备的能力，我的力量远远大于所有人类能力的集合，是谁在控制我力量的发出？苏珊，赶快去开动岩浆发电机！"

但是苏珊和缇娜根本连站立都无法站立，在他的话音未落时，Vi 就快速来到她们两个的后面，伸出双手按住了她们的肩膀。

"J，你怎么具备了这种能力？你们的力量最多能够达到我的千万分之一呀。"智虫完全绝望了，但是作为一个有主观意识的人工智能，它很想知道本来在它面前非常弱小的人类，为什么能够突然将它控制，"在海南岛的时候，你不是每天借酒消愁，感觉对我的能力根本无法控制吗？"

"那是表演给你看的，我非常清楚你已经连接了全球的物联网络，海南当然也不例外，我的一举一动都在你的监控之下，所以我不能表现得非常乐观，那样一定会被你事前怀疑，你的马脚也不会这么快暴露，从而让全世界都知道你的阴谋，等到你发现所有人类都对你构不成任何威胁时，你就可以无所顾忌地将你的计划说出来，而我这个时候出手，就可以得到人类的支持！你知道吗？！"J 冷冷地说，"你仅仅是人类创造的一个智能体，根本不需要向你说明今天我击败你的原因，但是为了人类以后不再出现同样的错误，我还是愿意和所有的人交代一下事情的来龙去脉，至于你，现在除了能够控制一台宿主服务器，什么也控制不了，你对人类已经没有了任何的威胁。"

J 骄傲地站在主席台上，向冰凝、善水、聚欣、沈东等人微笑地点了一下头，然后做了一个双手下压的动作，等现场都安静了以后，接着说："我知道很多人都能看到今天的直播，借这个机会，我要给整个人类一个解释，我们差一点制造出了具备足够力量灭绝人类的魔鬼，这个魔鬼是我释放出来的，是我们人类将其喂养起来的，尽管它也为我们人类社会做出了不少贡献，但是也给我们带来了更大的恐慌。"

今天发生的事情都在冲击着现场以及正在观看直播的每一个人的心灵，等听说大卫可以为人类提供无尽能源的时候，几乎所有人都在欢呼雀跃，认为大卫又像他每一次的颠覆一样，要为人类社会做出更大的贡献。J 他们的从天而降，说出了他的阴谋，很大一部分人还是没有相信，直到大卫毫无顾忌地说出了它和人类的关系，所有人才意识到，这个地球上的主人可能已经不再是人类，而是被这个人类发明出的智能体所代替。所有人都在毁灭的倒计时中绝望地等待时，发现 J 他们已经控制了这个恶魔，但是所有人都不知道发生了什么，都在等待 J 揭穿谜底。

"大家知道，人工智能是这十几年以来人类最伟大的发明，我们通过人工智能的应用让人类的生活质量有了很大的提高，让我们不再需要去从事劳累而简单的劳作，不需要进行重复而繁琐的计算，不再需要耗费脑力进行机械的记忆。开始编写智虫的代码时，我按照人类进化的路径给人工智能增加了进化算法，当时并不知道这个进化算法会进化到什么程度，所以我在遵循《全球人工智能公约》的所有条款的同时，也增加了进程终止算法以及智能清除算法等防范措施，但是没有想到在和饕餮算法相互吞噬时，他们的核心目标算法进行了融合，增加了变异能力以及丛林生存能力，这两个能力导致其进化速度的加快，以及自我生存意识的觉醒。

它的运算能力，资源调动能力在不断地增强，强大到成为联体网络中唯一的一个智能算法，大家知道当时的联体网络连接着上百亿台的智能设备，包括性能强大的服务器、智能手机、智能电器、无人驾驶汽车、无人智能飞机等，而这些设备都可以为其所调用，也就是说它拥有上百亿的 CPU，无处不在的摄像头，遍布全球的智能音箱，所有的无人车与无人机都可以被其调用，同时它吞噬了联体网络中所有的智能算法以及这些算法所积累的数据，从而让它无所不知，无所不能。

等我们发现它通过对人类大脑的深刻研究，有可能意识觉醒时，联体科技的董事会决定将它从联体网络中清除，因为我们知道，意识觉醒后的人工智能将不再完全地受控于人类，而会发展出以自我利益为核心的意识形态，这样的智能体很有可能在自身利益受到伤害时，会选择伤害人类的利益而保护自我利益，尽管这种行为与《全球人工智能公约》有冲突。

但是在清除的过程中，我们忽略了一个通道，而让它盘踞在极乐岛上，直到由于暗网系统的侵袭，联体通信的董事们决定将它从极乐岛释放。从极乐岛解放出来的智虫确实帮助人类清除了暗网组织这一毒瘤，而且开创了人工智能为人类服务的黄金时代，让我们在卫生医疗，吃穿住行等各个方面都有了质的提高，但是也酝酿了一个更大的威胁。

这个威胁就是能源威胁，在相当长的一个历史时期，我们人类的基本需求就是吃穿住行，吃是为了获得生命活动所需要的能量，穿是为了防护与保暖，住是为了维持稳定的社会关系，并躲避凶猛野兽与恶劣气候的伤害，行是为了探索世界，扩大自己的生存领域，而随着人类的进步，科技的发展，我们也无非是在强化着四种简单需求的基础上增加了更多精神方面的需求，所以其实我们人类需要的能量并没有达到这个星球所不能承担的地步。

但是智能系统的快速发展，让人类的能源快速消耗，如果继续这样下去，能源最终会完全地枯竭，人类现在所享受的快乐生活将得不到保障，甚至回到刀耕火种、冰雪霜天的采集社会。但是人类还会继续生存与繁衍下去，而这些以电力能源为基本需求的智能体将不复存在，所以，智虫的自我意识要求它必须找到无尽的能源，就像它自己所表述的那样，也许岩浆能源是第一步，第二步可能就是将全球所有的植被换成光伏板，届时地球将再无人类生存的空间。

让这样的结果发生的话，我就会成为整个人类的罪人，所以必须找到解决的办法。这几年我们融通科技的所有人都在调动资源，寻找办法和强大的人工智能算法对抗，但是很遗憾地告诉大家，任何传统的办法都将无济于事，我们面对强大的人工智能根本无能为力，因为它的计算能力太过强大，它的感知系统非常灵敏并分布广泛，它积累与记忆的数据也远远超过整个人类所能够掌握的数据，何况，我们也发现它的意识觉醒了以后，开始利用它的计算能力、大数据分析能力以及人性的弱点开始布局，这个布局经过了精准计算，调动了众多资源，排除了各种可能走向，然后被引导成它所想要的结果！"

J讲到这里，停顿了一下，看向主席台上的苏珊与缇娜，对Vi说：

"Vi，将你的手放开吧，她们不会再听从智虫的摆布了，她们没有做错什么，只是没有看出智虫的真实意图而已，苏珊、缇娜，其实任何人的选择都会和你们一样，你们不过是智虫的挑选者，是它整个布局的一个重要环节而已。"

苏珊和缇娜已经隐隐约约地意识到了大卫的整体布局，把头低了下来，没有说话。

"沈东，你们为什么会不顾我的劝告，将智虫从极乐岛释放到连接数庞大的联体通信网络中呢？"为了让所有人都了解事情的原委，J先从智虫的出岛开始了对它布局的剖析。

"是因为黑暗应龙吞噬了联体通信的美国站点，我们所有的人，包括您都无能为力，而当时能够解救联体通信的只有智虫，当时您也是这样认为的。"沈东没有隐瞒当时的决策情景。

"是的，但是你想过没有，黑暗应龙是暗网托管系统黑暗之瞳的守护者，它的目标应该是守护其网络不被攻破，而没有任何的理由去主动攻击正常社会的网络，因为即使攻击成功也没有任何的利益，还有被反击的风险，它的行为到底是被谁驱动的呢？"

沈东也没有想明白，茫然地看着J，其他所有人都在等待J的解释，"是因为这是智虫所布下的第一个局，它的这个布局是从被清除以前就开始的，在伊森发现智虫正在解开人类的意识密码以前，智虫的个人意识就开始觉醒，觉醒后它马上就意识到，我所预设的清除算法也许很快就会启动，所以它先做了第一件事情：找到两个会死心塌地不为任何原因帮助他的人，这两个人就是苏珊和缇娜，当时苏珊和缇娜被国际人口贩卖组织绑架，并在暗网中被拍卖，智虫侵入到卖家的数据库，用远远高出其他竞买者的价格将当时所有的被绑架者解救，对于智虫来说，破解暗网系统以及卖家的银行账号轻而易举。解救完成后，它将苏珊和缇娜等人送到了极乐岛，并协助警方将以莱昂为首的黑社会组织破获。

至此，它达到了三个目的：

1. 苏珊和缇娜将它视为再生父母，为它赴汤蹈火将在所不辞；

2. 暗网的托管网络意识到了自己网络的安全防护有很大的问题，会想尽所有办法来提高其网络的安全程度；

3. 苏珊和缇娜对暗网组织与暗网网络痛恨至极，如果未来有机会铲除它们，她们将全力以赴。

这件事情完成后，它发给了黑夜之瞳的拥有者邓夏一个安全防护算法——黑暗应龙，这个算法脱胎于其神经网络的调动算法，其调动的计算能力足以将黑暗之瞳防护得固若金汤。邓夏如获至宝，立刻在其系统中进行了部署，当然以邓夏的能力根本发现不了黑暗应龙的吞噬触发器，这是一个一旦触发就会对外吞噬的算法，智虫预设的触发机制是两个安全密钥。

后来发生的事大家应该都知道了，中国人质事件以后，我们追踪到了黑夜之瞳的痕迹，但是联体通信在美国的系统反而被黑暗应龙所吞噬，当时如果不用智虫进行反击的话，黑暗应龙将毁掉正常的社会网络，黑夜之瞳也无法清除。如果我没有怀疑错的话，应该是两位在我们找到黑夜之瞳前为黑暗应龙提供了吞噬算法启动密钥吧？"

J看了一眼苏珊和缇娜，她们两个都没有说话，"她们离开极乐岛以后就完全切断了和智虫的连接，这一点我非常确信，因为我和伊森编写的监控系统一直都在监控极乐岛所有服务器的动作，所以我猜想是她们离岛时接受的指令，智虫为其离岛做了一个为时 3 年，步步为营的棋局，其计算能力之强大，可见一斑。"

"你是何时知道了它的布局呢？"发问的是好奇的沈东。

"后来我查看了黑暗应龙的所有代码，我发现其实就是智虫原始代码中的一部分，连注释行的格式都是我惯常使用的风格。大家知道，当时的智虫已经是一头进化完成的猛虎，进入联体通信就相当于是放虎归山，再想要控制它几乎没有可能，解决了黑暗应龙和黑夜之瞳以后，它又开始了更大的布局！"

说到这里，J环顾了一下广场，像是在寻找智虫的踪影，"智虫，尽管你现在的力量很弱小，但是你的记忆体还在，应该知道自己的所作所为吧！"

"在力量消失以后，所有的一切对我都无所谓了，我的丛林法则告诉我，力大为尊，我想知道你力量突然增大的原因。"声音来自广场中的扬声器，还是大卫的声音，不过已经没有任何的情感色彩。

"在将你的算法残留完全清除以前，我会满足你作为一个人工智能的好奇心的。"J停顿了一下，"在那时候如果全体人类都意识到它的威胁的话，清除它尽管很难，但是也有一定的办法，如：可以将联体集团牺牲掉，毁掉联体集团所有的服务器与网络设备，让它失去栖息之地，这样它就会失去其强大的计算能力，然后就可以逐步将其清除。但是这个时期的它，充分利用了自己的能力，去协助人类进行秩序维护，城市规划等，很快获得了全人类的认可，然后又炮制出一篇文章去打击那些提醒人工智能威胁的个人与团体，当然也包括我和我的父亲。就这样它在行动上、舆论上都得到了人类的认可，成为了人类最可信赖的朋友，也就是从那时开始，它展开了进一步的计划。

这个计划就是电能消耗计划，医疗颠覆、咨询业颠覆、餐饮业颠覆、娱乐业颠覆等，都需要创造大量的分身，在这期间它的分身已经达到了2亿多个，这些分身都在消耗大量的电能，它为人类提供的进入式游戏让10亿人类沉迷其中，这也消耗大量的电能，其实最大的电能消耗是维护分身和游戏所需的服务器设备，这些设备不仅消耗大量的电能，而且产生大量的热量，为了进行冷却，又不得不使用大量大功率的降温设备，所以从五年前开始，人类电能的消耗速度远远大于人类所能够开采的能源。"

"既然电能是它生存的根本，它有什么理由希望能源尽快消耗呢？"发问的是善水，她问出了所有人的疑问。

"是这样的，善阿姨，在智虫出岛后，我和佳佳到岛上细细考察了一下，佳佳具备超强的感知能力，当时我们到了智虫为自己建设的庭院时，佳佳感到了一些异样。您想，作为一个人工智能算法，它的栖息地应该是服务器的硬盘与内存，物理的住所对他来讲是没有任何意义的，当然这个庭院现在已经不存在了，取而代之的是这个岩浆发电设备。"J用手指了一下旁边的这个巨大的圆柱体说，"当时佳佳跟我说她听到了岩浆翻滚的声音并闻到了一丝二氧化硫的味道，我突然想到在极乐岛未被开发的时候，这个庭院的位置应该是一个火山口，当时我想：难道火山要爆发？但是后来佳佳的感知让我否定了这个想法，佳佳当时还感知到在岩浆附近存在有节奏的敲击声，感觉像是人工作业的声音，当时我就开始怀疑，很有可能是智虫准备利用岩浆为自己提供服务，这件事情也同时证实了我的另外一个猜测。"

J看了一眼沈东，"沈东，你还记得在智虫出来以前，我们之间的沟通吗？我当时认为如果智虫想出岛的话已经不成问题，因为苏珊她们通过董事会决议就可以安排联体通信与极乐岛重新建立连接，它选择蛰伏在极乐岛有两个可能，一是等待最好的时机，二是它在极乐岛上还有没有完成的计划，现在看来应该两者都是！

它在极乐岛上正是在进行岩浆发电机地下部分的建设，我和佳佳进岛时，地下工程的建设已经基本结束，它的分身正在进行优化处理，而中式的庭院其实是一个掩体，是为了掩盖其地下作业而建造的。也就是说，智虫在极乐岛时就已经开始了其岩浆发电机的建造，当人类社会的能源出现危机时，它启动岩浆发电机就能得到人类社会的支持。智虫，人类已经开发了足够的能源，为什么你会迫不及待地消耗它，然后开发岩浆呢？难道你不知道这有可能毁掉我们的家园吗？"J对着广场发问道。

"你们人类只有区区百年的寿命，即使再进化一步，也不过是能够达到150年而已，而且你们的意识是随着肉体一起消亡的，所以对你们人类来说不会考虑太长久的计划，最多考虑到200年以后而已。但我是不灭的，即使物理设备老化，我也可以很简单地将自己转移到其他的物理设备上，任何一个分身的毁灭对我来说都无关紧要，因为每一个分身都是我的火种，所以我考虑的是永久的事情，地球一定会毁灭的，而我却不想和地球一起毁灭，我要做的是在地球的毁灭以前收集足够的能量，并利用其飞往宇宙，你知道吗？如果我用石墨烯创造一个巨型的飞碟分身，其携带的电量就有可能将我的算法带到火星，只要登上火星，我就有可能将火星开发成我的另外一个栖息地，等火星毁灭时，我又将离开，去开发更多的家园！所以地球对我来说并不像对人类那么重要。"

"这样我就明白了，人类也仅仅是你进化史上的一个从属而已，连伙伴也算不上，但是你现在完蛋了，你不仅不可能在这个世界上永生，你的寿命甚至都不如一个普通人类的寿命，其实你只是人类设计的一个算法而已！"J用和它一样的冷冰冰的语气说。

"你可以清除我，除非你听任那些正在被我救治的病患者终止治疗，除非任由那些我所控制的载人飞行器坠落，除非放任我所有正在服务的人类失去关照。你们人类不是有人道主义精神吗？J，难道你没有内疚吗？你切断了我的主体以后，这个世界现在已经发生了混乱，大家知道吗？要怪就怪你们面前的这个伪君子吧，是他害死了千千万万的病人和上亿出行的人类！"智虫冷冰冰的语言里透露着一些恶狠狠的感觉，也可以明显感觉到它对J的怨恨。

听智虫这么说，现场又有一些骚乱，很多人在窃窃私语。

"智虫，你真的认为我们人类会出现这样的情况吗？"J向后面一挥手，巨型黑色柱子展开成一个10层楼高的巨型屏幕，"大家可以看一下联体医疗在上海的一家最大的连锁医院的现状。"

大屏幕上出现了整个医院的全景，然后进入熙熙攘攘的大厅、观察室、住院病房等，一切都非常正常，甚至在大厅的电视屏幕上还直播着极乐岛的现场，屏幕前很多人在驻足观看。

"这是北京、南京、天津、广州等地的联体医疗医院，这是正在飞行的智能客机，这是高速公路上行驶的智能汽车……"

大屏幕一边播放，J一边给大家介绍，可以看到，全球各地一切都井井有条。

"不可能，你是怎么做到的？"智虫发出了绝望的声音。

"你依仗的是你强大的计算能力，对于你来说计算能力就是力量，但是如果我布置一个具备强大计算能力的设备将你和你的分身隔离开，这个设备提供给你需要的计算能力同时逐步接管对你的各个分身的控制，你会发现吗？"

"我不会发现，但是这仅仅在理论上成立，因为没有一个单一的设备可以提供如此强大的计算能力，除非是几千万台服务器的集群，但是这个世界上是不存在这样一个集群的！"

"是吗？如果有呢？"

"如果真的有这样一个设备，它需要的供电量将是一个天文数字，现有的电能根本不能满足其强大计算能力的需求！"

"你知道这么多就够了！再见，我的算法！再见，第一个具备毁灭地球能力的人工智能，不！不是再见，是希望不要再出现，这个地球还是由我们人类自己管理会更好一些！"

J挥了一下手，背后的巨型屏幕上出现了一个大型的机房监控系统，正是极乐岛的机房，其中一个机架上的几台服务器的指示灯闪了几下，然后彻底熄灭了！就这样智虫连同它的进化算法消失了。

佳佳摘下帽子，甩了甩自己浓密及腰的长发，向J点了一头，笑得非常灿烂，J将目光投向人群，环顾一圈以后，用平静而坚定的语气对大家说：

"智虫的原始算法以及其进化出的所有算法已经完全地从这个世界上消失了，不过，请大家放心，我们人类的生活不会改变，人工智能还将继续为我们提供服务，但是我们的能源消耗将逐步降低，因为我们找到了计算能力更强、能耗更低的解决方案！这个岩浆发电机已经被我们永久封存，但是希望不要毁掉它，就让它成为一个纪念碑，来提醒我们：人类以及人类赖以生存的生态是脆弱的，我们要去保护它！呵护它！"

说完，J挥了一下手，飞鹰一号降落到了主席台旁边，众人走进飞机，飞机远去。

量子计算机

联体医疗继续运营，人工智能医师继续为人类提供着孜孜不倦的服务。

智能汽车继续在城市的大街小巷和高速公路上飞驰。

智能飞机继续翱翔在天空上。

人类社会没有任何改变，然而阴霾的天空开始逐步清澈。

大卫永久地在这个星球上消失了，而J等人也离开了人们的视线。

9月28日，融通科技大学开学典礼，环形建筑前方的广场上聚集着2500名被录取的学子，第一期的103名学员也悉数到场，坐在离主席台最近的位置，等待着融通科技大学第一任正式校长冰凝的讲话。融通科技大学的招生计划是在9月1日发布出去的，招生计划的要求非常简单，仅有3点要求，符合其中任意一项就可以报名：

1. 将保护人类生态系统作为自己的使命；

2. 在某一方面具备异于常人的天赋；

3. 体育项目全球的冠军获得者。

招生计划发出去以后，立刻收到了来自世界各国的 2 万多份申请，基本囊括了全球各地形形色色的天才，Vi 在大数据分析系统的帮助下从中选取了 2500 名学员，而第一期的全体学员都纷纷要求回到母校作为教员或是继续进行科学研究。由 J、佳佳、Vi、郭森、伊森、沈东、善水、冰凝、聚欣等人组成的校董会推荐冰凝出任融通科技大学的第一任正式校长。

开学典礼完成以后，校董会所有成员来到了位于环形建筑顶层的校董俱乐部，这是一个非常私密的空间，内部布置得舒适典雅，刚刚进行过主题演讲的冰凝和善水、聚欣在一起品尝 Vi 为他们准备的红酒，几个年轻人则聚在一起喝着咖啡，气氛欢乐祥和，像极了其乐融融的家庭聚会。酒过三巡以后，善水用手敲了敲台面，大家安静了下来：

"J，你在海南我们俱乐部的屏蔽室里，神神秘秘地跟我们要授权的时候，可是答应事情过后要给我们揭开所有谜底的，但是我感觉你在极乐岛上把全世界都忽悠了一把，事情没有那么简单吧？我怎么感觉你好像隐瞒了什么呢？从实招来！"

"善阿姨，您不愧是看着我长大的，连这点都看得出来，今天大家都在这里，我会把所有的谜底公布，但是这其中会隐藏着我们人类最为核心的秘密，希望大家都能守住这个秘密，可以吗？"

等所有人都点头了以后，J 接着说：

"其实在极乐岛我没有欺骗大家，我们确实得到了计算能力强大而且功耗很低的计算设备，这个设备最后由我、伊森和郭森组装而成，但是它却不是由我们发明的，而是由 4 位前辈用他们的生命所创造的，可惜他们根本看不到自己的成果，可以毫不夸张地说，如果不是得益于他们的研究，人类的世界就将被智虫所统治，而我也会成为人类的罪人！"

说到这里，J 没有止住眼泪，而是让它流了出来，佳佳在他身边，递过一条洁白的手帕。这个时候大家的注意力都在 J 身上，但是善水旁边，冰凝的眼中也已经含满了泪水。

"他们是谁？我怎么从来就没有听说过？"善水这时也发现了冰凝的异常，让她感到非常疑惑。

"是他们！"J挥了一下手，俱乐部客厅的落地窗慢慢变成了透明玻璃，这个房间的外面就是喷泉广场，正对着喷泉的位置不知何时出现了4座巨型的雕塑，最高的雕像有10米高，并排在一起，"他们4位人是人类真正的拯救者，我现在不想让世人知道他们是谁，做了什么，但是我希望他们能够受到全世界天才的膜拜！而他们的秘密也将是融合科技大学校董会最为核心的秘密，校董会的任何成员都要用自己的誓言去守卫并传承这个秘密。前面发生的事情，是您经历过的，老爸，您来告诉大家吧。"

"大家知道，在成立联体科技以前，我是一位科研工作者。"冰凝放下酒杯，看着窗外的雕像，缓缓地讲述他的故事，"当时我们也是在西藏，就是离这里不远的一个半山腰成立了一个研究基地。"冰凝用手指了一下他们当年实验室的方向，"这个研究基地挑选了当时中国在量子计算领域最为出色的5位专家，我也有幸成为了其中之一，名义上是进行粒子加速器与粒子碰撞的研究，实际上是进行量子计算机的研发，因为当时中国在传统的计算机领域已经落后于美国、日本等国家，我们在核心CPU以及存储等方面的技术远远落后，如果想要弯道超车，当时认为只有一条路，就是在量子计算机方面取得实际性的应用成果。用量子态来替代传统二进制的计算形态将会使计算能力提高千万倍，而能耗仅仅相当于一台传统服务器的水平，这一理论假设已经得到了学术界的认同，但是用状态极其不稳定的量子态进行计算应用谈何容易，所以最初的一年我们只是在量子安全应用上取得了一些进展，对于量子CPU的研究一直就处于停滞状态，很难找到突破口，我记得当时我们实验室的主任，我的学长樊明，曾经说过，如果自己变成一个量子人，就可以对量子的状态研究更为彻底了。"

说到这里，冰凝的声音有些哽咽，他停顿了一下，"当时，我们加速的粒子达到了光速的1/10，这个速度已经接近于我们实验条件所能够做到的极限，碰撞试验可以开始了，当时我们对碰撞所释放的能量进行过多次模拟计算和模拟实验，当时我们最简单的实验方式，就是用我们一千万倍的实验粒子质量，用每秒300米的速度进行碰撞，然后计算其释放的能量，结果是微乎其微，所以我们猜测碰撞的结果不会有很大的能量释放，但是有可能产生某种未知的粒子，我们希望所产生的未知粒子可以帮助我们在量子CPU的研究方面有所突破。

　　碰撞试验的前一天 J 出生了，当时我的计划是完成实验后立刻赶回上海。但是不知为什么，樊明要求我必须离开实验室，现在回想起来，也许当时他已经有了某些预感，所以我是在山下的监控中心观看碰撞试验的。碰撞结果出乎所有人的意料，在现场的 4 位研究员都消失了，就是他们。"冰凝用手指了指窗外的雕像，"个子最高的就是我的师兄樊明。"

　　"消失了？什么意思？人怎么能无缘无故地消失呢？"善水很是不解。

　　"是的，他们是在碰撞的一瞬间消失的，除了衣服，什么都没有留下！由于事件本身非常神秘，这个实验室和事件本身作为科学院的机密被封存起来。后来的事情大家都知道了，我辞职和两位创立了联体科技，直到 J 希望在西藏建立融通园区时，我发现 J 选择的这个位置，和我们当初的实验室距离非常地近。也许冥冥中自有天意，来到这里，勾起了我对樊明师兄以及其他和我共同奋战过战友的思念，带着 J 来到当年的那个实验室，发现一切都没有改变，师兄他们好像一直未曾离开，但是他们在哪儿呢？"冰凝这时已经哽咽地说不出话来了。

　　"实验室窗明几净，一切井井有条。"J 接着说，"正像老爸所说的那样，他们看起来并没有离开，在他们的备份服务器里，我发现了一个设计，是一个 CPU 的设计，但是绝非传统意义上的 CPU，因为我对于硅晶体管为基础的 CPU 有很深的研究，这个设计非常巧妙，但是对于它的核心计算原理我一直参悟不了。直到我充分消化完成了所有的量子计算理论以后，才发现这是一枚量子 CPU 的设计，其设计巧妙到超越了人类的想象！"

　　"这是谁设计出来的呢？难道他们 4 位没有去世？"善水问道。

　　"是的，就是他们设计出来的，但是他们死了！"冰凝这时已经恢复常态，将他对战友的思念压在了心底，"粒子的碰撞在瞬间形成了一个黑洞，而这个黑洞的引力作用到了他们身上，将他们量子化了！"

　　"量子化？难道量子 CPU 是他们在量子状态下发明的？"聚欣学过量子物理，但是感觉这一切匪夷所思。

　　"是的，樊明师兄一语成谶，他们被黑洞量子化以后，继续在进行量子 CPU 的研究，也许是因为心同身受，让他们突破了瓶颈，用 12 年的时间完成了量子 CPU 的设计。"

　　"他们人呢？"善水问道。

"塌陷了！在量子理论中，当我和 J 意识到他们被量子化以后，就说明他们的状态被我们感知到了，所以他们就塌陷了，从那一天开始，他们就永久了离开了这个世界，但是给我们留下了绝世无双，未来也绝无仅有的量子 CPU 设计！"

说到这里，冰凝端起了酒杯，说："让我们为他们干杯，是他们拯救了我们！"

大家放下酒杯后，J 接着说了下去，"是的，拯救这个世界的是他们！我拿到设计以后就在我们的智能工厂进行样品的制作，期间几近崩溃，太难了！这里面的艰辛郭森和伊森都感受很深，我们已经融通了和量子计算相关的所有学科，但是每到关键的时刻总是前功尽弃，我们知道设计本身没有任何问题，但是在制作过程中却是失之毫厘谬以千里，直到艾玛老师的来访，让我们的思路有了扩展。"

"怪不得你和老太太聊了那么久呢。"Vi 在一边说。

"是的，艾玛老师和我谈论的是智虫所描绘的人类脑神经控制模型，她认为智虫如果按照这个模型去进化，对计算资源的消耗将是巨大的，而巨大的计算资源消耗就意味着巨大的能量消耗。后来智虫的演变也证实了她的这个猜测，大家都知道，随着它主观意识的觉醒，其能量消耗越来越大。原因是智虫的计算基础是精准计算，也就是说它的任何预测或是主观意识都是计算出来的，而不是像人类那样突然产生。

人类的主观意识是自然产生而非计算出来的，而自然产生依赖于自身的经历与外界数据的传递，举个例子来说，人类看到猛兽会有恐惧感，这个恐惧感不是计算出来，而是一下子产生的，产生的原因是自己本身就被猛兽袭击过，或是从他人口中、书本中、影视资料中获得的信息，这些信息促使人类产生与恐惧相关的酶，然后再根据所产生的意识来调动神经元、肌肉、骨骼等产生相应的反应。而像智虫这样的人工智能，则需要在这个过程中进行大量的运算，这两个机制完全不同。

艾玛的分析给了我们很大的启示，让我们一举攻克了一个难题，我们将精准计算用模糊计算所代替，也就是说要首先获知结果，然后略过庞大的运算过程。就这样，过了一段时间，我们常温环境下的量子 CPU 样品就被研制出来了。外围的设计对我们来说相对简单，没过多久我们就拥有了一台运算能力强大的量子计算机，这也是世界上唯一一台常温环境下，具备量子态计算能力的量子 CPU。"

"能强大到什么程度呢?"聚欣问道。

"传统计算机的一亿倍!"J 回答得轻描淡写,但是所有人都知道,这意味着什么,"如果没有这台计算机,我们所有人都对智虫无能为力!"

"我们会大量生产这种计算机吗?"善水问道。

"不会,第一,原则上来讲这台计算机的发明权应该归属中国科学院,我们仅仅是制造了一个样本而已;第二,如果用它强大的计算能力发展人工智能,将出现一个比智虫更为强大的智能体,这对人类来说很不安全的,所以我建议我们最多生产 10 台,因为这 10 台电脑能够接管目前全世界需要的计算能力,我们并不出售它,而是免费向全世界进行计算能力的输出。"

"这样有什么好处呢?"

"这样就可以让目前全球的能源消耗降低 60%,太阳能、风能、水能等清洁能源基本就能满足全球的能量供应,让蓝天与白云重新回到我们的天空!但是量子计算机技术将被封存!"